Turn the table

翻盘

郜治冶——著

SPM 南方出版传媒、广东人民出版社
·广州·

图书在版编目（CIP）数据

翻盘 / 郃治冶著. —广州：广东人民出版社，2018.3（2023.1重印）

ISBN 978-7-218-12386-8

Ⅰ. ①翻… Ⅱ. ①郃… Ⅲ. ①长篇小说—中国—当代 Ⅳ. ①I247.5

中国版本图书馆CIP数据核字（2017）第302206号

Fanpan

翻盘

郃治冶 著

出 版 人：肖风华

策划编辑：王湘庭
责任编辑：王湘庭
封面设计：蜀 黍
排 版：友间文化
责任技编：吴彦斌 周星奎

出版发行：广东人民出版社
地 址：广州市大沙头四马路10号（邮政编码：510199）
电 话：（020）85716809（总编室）
传 真：（020）83289585
网 址：http://www.gdpph.com
印 刷：三河市嵩川印刷有限公司
开 本：787毫米×1092毫米1/16
字 数：310千字
印 张：22.25
版 次：2018年3月第1版
印 次：2023年1月第2次印刷
定 价：65.00元

如发现印装质量问题，影响阅读，请与出版社（020-85716849）联系调换。

CONTENTS

目录

翻盘

第一章　风云变幻时

第二章　波诡云谲处

第三章　平地起风波

第四章　美人如玉剑如虹

第五章　绝处逢生再遇坎坷

第六章　伊人归来心已芜

第七章　风波易定情关难过

第八章　昔日大亨虎落平阳

第九章　各安天命相忘江湖

第一章

风云变幻时

Section 01 · 大厦将倾

田一珉今天真的崩溃了！

接二连三的突发事件让他有种末日来临般的感受。坐在办公桌前，那种前所未有的绝望无时无刻不在困扰着他，以致整整一上午也没想出应对困境的韬略，茫然中只感到灭顶之灾正一点点将他无情地吞噬……

早上，刚到办公室，就有讨债的材料商追上门来，紧接着陆续有其他供应商和施工队农民工接踵而至。吵闹声、怒骂声混成一片，以致整栋大楼如翻江倒海一般，楼上楼下皆是来来往往上下攒动的人头。

“骗子”“奸商”“黑心”的咒骂声不绝于耳。

“眼看要过年了，你总不能让我们两手空空地回家吧！”

“欠农民工的血汗钱不还，你就不怕遭报应！”

一包工头甚至撂下狠话：“啥也别说，今天你如果还不能把工钱结了，我就把工地的脚手架全拆了，我说到做到！”

“元山现代城”因资金链断裂已停工六个多月了，原因是田一珉雄心勃勃，想把企业做大做强，不顾公司副总经理于飞的反对，半年前挪用资金4000万，又投了一项目“海湾绿苑”，导致资金短缺，未按约支付各项材料款和工程款，直接造成工程停产。

整整六个多月了，“元山现代城”因地处繁华市区中心，项目一停产，马上就引起了社会各界的关注，一些原已签约的购房户见工程停下纷纷前来质询。开始时售楼小姐们还巧舌如簧，耐心安抚前来问询的客户，并承诺不久就会开工。但随着时间的流逝，工程没有一点开工的迹象，性质也开始变了。客户们由原来的期待变得焦躁，他们有的甚至提出退房，在得不到妥善处理后开始拒付银行的按揭款，这又导致情况变得更为复杂起来。银行贷款部的郭经理已找过田一珉多次，并告诫如长此以往，不仅公司的信誉受到损害，影响今后的金融往来业务，而且将被列入黑名单，企业如发生这样的情况将是致命的。

田一珉没想到情况会弄得这么糟，他原先设想资金虽抽走4000万，但房子还在销售，资金不成问题。没想到下半年受大环境及国家政策调整的影响，楼盘销售变得日渐萧条、门庭冷落起来。先前熙熙攘攘、人头攒动的售楼处现在却鲜有客户造访，弄得售楼小姐们也百无聊赖，人心开始浮动了。

更要命的是资金断了导致整个链条都开始出现危机。先是建筑材料，如砖石、水泥等陆续停止供应，紧接着施工队也停工了，整个工地变得静悄悄的，没一个人影走动，不复往日一片嘈杂、喧闹的场景。而讨债者却开始天天登门，一副不依不饶的架势。

眼看要过年了，从那些农民工血红的眼瞳中，田一珉看到的不止是愤怒，还有绝望后的无助和悲凉。他感到深深的自责，由于自己一意孤行，造成了今天不可挽回的局面。此时如有什么可变现的家产，他会毫不犹豫地拿出来，用于支付农民工的工钱。可现在他什么也没有，连房子也是下岗后的房改房。田一珉想到这儿不禁悲从中生，自己干了大半辈子，在南厦的地产界，说出去恐怕没人相信，甚至会遭到他人耻笑，可他真就是个一无所有的穷光蛋。

物业保安处见事态呈扩大化发展趋势，急忙抽调人员前来维持秩序。他们将各楼层的农民工逐步清理出大楼，分散的人流会聚到楼下，顷刻间更显出声势浩大的场面，黑压压的一片站满了楼下的小广场。“还我血汗钱”“不许克扣农民工工资”“我们要回家”等白色横幅醒目地打了出来。一浪高过一浪的讨债浪潮，引得来往的人们驻足观看，这又导致了交通的不畅。人声、车声、喇叭声构成了一幅混乱不堪的场景。

群情激愤的农民工喊了很长时间见毫无反响，又开始向楼门拥来。把守楼口的保安想把门关上，可是已来不及了，愤怒的人们直冲进了楼门，七八个保安见状一齐守住楼梯，坚决不允许农民工冲上楼去。另一保安也迅速将电梯锁了起来。农民工被堵在楼下的大堂里，一时间无处发泄，于是情绪更加高涨起来。个别人开始砸一楼窗户的玻璃。顷刻间，破碎声、裂损声不绝于耳，震惊了广场四周。保安们见事态呈恶化趋势，急忙拨打了110报警电话……

警车呼啸着开到楼门前，几个警察全副武装冲下车来，失控的农民工见状才不得不安静下来。在警察和保安的劝阻下他们退出了大楼。但外面的农民工仍是不停地呐喊和咒骂着。

时间接近9点40了，市劳动监察执法大队一行四人来到被农民工围困的楼下，他们个个表情严肃，神态庄重。“工人师傅们，大家不要采取极端方式，这对解决问题有害无益。你们先回去，相信党和政府，会帮助你们解决问题的！”其中一位对大家高喊起来。

“什么时候能拿到工钱？”一位农民工高声反问了一句。

“大家耐心等待，我们马上就去交涉，一会儿就给各位答复。请相信我们！”说完四人就上楼了。

市劳动监察执法大队一行四人来到田一珉的办公室，当场拿出一份《劳动执法通知书》交与田一珉，并当场宣读了《劳动法》的相关法律法规。“快过年了，你们欠宏瑞公司的施工费不能再拖了，楼下的情景你也看到了，他们已向市领导和各相关部门投诉，希望尽快解决。”

“再给些时间吧！”田一珉说。

“七天时间，到时仍不能偿还，不仅企业列入黑名单，而且还要受到相应的处罚！”一位执法者说。

“没商量的余地？”田一珉说。

“没商量，这不是菜市场！”执法者说。

看着田一珉在《通知书》上签了字，四位执法者才走出房门。

听着劳动监察执法大队众人在楼下与农民工的对话，望着逐渐散去的农民工，田一珉有一肚子的无奈，如果今天他不签字，就过不了这一关，农民工也就不会这么快离去。

正当田一珉焦头烂额地坐在办公桌前苦思冥想去哪儿筹钱时，桌上的手机响了，是好友江枫的妻子余惠雯打来的。余的电话不仅让田一珉惊愕万分，更是措手不及。她告诉田一珉，他的前妻何文华已带着女儿来到南厦。找他的理由是户口早已迁来，孩子也长大了，要接受良好的教育，必须到大城市来。

女儿朵朵是田一珉看着一点点长大的，从小就聪慧乖巧，去年还请了钢琴老师教弹琴。夫妻俩愈演愈烈的矛盾及最后的离异给孩子带来的伤害是无法弥补的，田一珉时常为此感到内疚。让朵朵来身边是他的心愿，所以他迁户口时就连女儿的也一起迁了。但这个关口显然太不是时候了，抛开他和前妻的积怨不说，单凭眼下的困境，就让田一珉自顾不暇、苦不堪言。他既没条件抚养女儿，也无能力解开眼前的乱麻，更何况还有官司缠身。说到官司他又联想到几天前接到法院的五张传票，与他有供需关系的五家企业已将他及其所属公司告上法庭，请求判令拖欠的各项费用合计达2700多万。

当田一珉拿到起诉状时就预感到自己已到了山穷水尽的地步。他是外地人，来南厦不到七年，基本没什么人脉资源。这么多的债务逼上头来，最后的结果只能是拍卖“元山现代城”来抵偿所欠的债务。这样一来，原先预算的利润不仅损失殆尽，而且还有亏损的可能。不仅如此，元山房地产公司的名声和信誉也将毁于一旦，他再想咸鱼翻身恐怕是难上加难了。这半年来他虽然也四处筹措资金，开了几次股东会，但都因意见不统一而作罢，以致拖到今日。原定明天上午再开一次股东会，但眼下的问题却又让他不得不认真对待。正当他反复衡量目前的态势时，又有一封特快专递呈送到他的面前。他一眼就看到信封下面赫然印有“滨河区人民法院”的字样。田一珉此时已麻木了，他根本无暇想谁又起诉了他，只是木木地打开了信封。

里面的的确确是一张传票，原告钟美华诉被告田一鸣及其所属公司赔偿其投资的人民币100万元及2年零9个月的利息的起诉状。火上浇油，落井下石！提起钟美华，他更有说不出的烦恼。她是田一珉的同学徐明凯介绍来的投资合伙人。当初徐介绍钟美华入股时，田一珉对她的第一印象就不怎么好。钟虽已年过四十，但浓妆艳抹、搔首弄姿的样子让田一珉看着很不舒服，加之钟是台湾人，更让田一珉觉得不合适。

“你了解这个女人多少？咱们对台湾人的习性、作风都不熟悉，将来有了矛盾能摆平吗？”当时田一珉盯着徐明凯说。

“一个女人能有多大妖力？再说咱不是缺钱吗！我这也是为公司着想，100万元对咱们来说不算是杯水车薪吧？”徐明凯坚持说。

看徐鼎力推荐，加之公司确需资金，田一珉勉强同意了。没想到这个时候她居然首先反水，让本来就风雨飘摇的公司雪上加霜。按协议规定，钟是不可以提出撤资要求的，但钟抛出的一段话不仅让田一珉惊讶，更让徐明凯大跌眼镜：“总经理不经股东会批准，擅自挪用巨额资金，已严重违反了《公司法》，如果不还钱给我，那只能法庭见了！”徐想不到钟竟然会拿这个要挟公司。但他心里明白，是因为自己最近疏远了钟。此外，更重要的是“元山现代城”已停工六个多月了，眼看官司连连，讨债者天天登门闹事，如进入法律诉讼，可能连本金都要损失大半，这也让钟看不到希望，萌生退股的想法。

此时的田一珉正拿着钟美华的起诉状漫不经心地看着，门外响起了敲门声，还没等田做出反应，门被推开了，法院的两位法官径直走了进来：“我们收到宏瑞建筑公司的起诉状和部分农民工的来访。他们反映，干了一年没拿到一分钱工资，快过年了，希望政府帮助他们解决问题，否则他们连家都回不去了！”两位法官开门见山、语气犀利，丝毫没有客套的意思。

“公司只欠宏瑞六个月的施工费用，根本不存在一年没支付任何钱的情况，至于前期工资应找他的老板要，而不是我们。”田一珉据理力争，他觉得这样对他来说实在是太不公平了。

“他是他，你是你，谁欠的都得照付。党和政府一再强调绝不能拖欠农民工的工钱。谁违反这条规定都将受到严惩，希望你不要以身试法，尽快筹钱还清他们。”两名法官说完直盯着田一珉。

“能不能给些时间？”田一珉说。

“眼看过年了，只有七天的期限！”两名法官异口同声说道，并且将《承诺书》推到田一珉的眼前。

“我尽量去筹吧，如果筹不到也没办法！”田一珉无奈地签了字，口中却喃喃自语。

“抗拒法律的后果，你应该清楚，到时……”两名法官不约而同地看了田一眼，收起《承诺书》，打道回府。只剩下田一珉心里像塞了一团干草，一动不动呆坐在那儿。

将近中午，有人给他送来一份盒饭，田一珉只看了一眼，便推开了，他哪还有心思吃饭。面对这些来自方方面面的压力，他感到自己快被挤压成粉末尘埃，轻飘飘地浮在空中，随便什么风一吹就不知飘向何处了。

七年前，不知哪根神经搭错了，他竟然鬼使神差地来到了南厦。而后企业改制，船沉了，他自然落水。办了一家房地产公司，才知道江湖的水有多深。舞文弄墨他还凑合，现在真刀真枪地拼经济，从别人腰包里掏钱，还真不是一件容易的事。他年轻时曾听一位名人说过，人的一生能做好一件事就不容易。他第一件事还没做好，就又改弦易辙，可见还是浮躁作祟。现在倒好，骑虎难下！

下午刚上班，工程部小吴就慌慌张张地前来报告：“田总，包工队已开始拆除工地的脚手架了，临街三号楼已拆掉大半……”

田一珉什么都来不及想，立即冲出门直奔工地。此时他的大脑一片空白，他只知道拆除临街三号楼的脚手架，就意味向全市宣告“元山现代城”项目彻底破产停工。他不想看到这样的结局，不想因自己的失算，而让凝聚了公司全部心血的“元山现代城”毁于一旦。这就如同产妇眼睁睁看着自己的心血结晶刚出世就离她而去，永不复返的心情一样。

当田一珉来到工地时，三号楼脚手架已被拆得所剩无几，只有离地面较低的部分，工人师傅还在拆卸中。田一珉见状大声制止：“不准拆！谁给你们的权力？”然而，他的话就像飘过的风一样，没人往耳朵里进。工人师傅仍然在干着他们该干的活儿，没人理会田一珉声嘶力竭的呐喊。田一珉气得冲上去抓住一农民工，企图阻止他拆卸钢管，谁知那农民工为难地说：“我只是一干活的，老板指哪儿，我就得去哪儿，要停下，你得去找老板，他发话了，哪个敢不听！”

就在田一珉与农民工僵持不下的时候，那个早上放狠话的包工头现身了：“田总，你要是把大家的工钱给发了，我马上停止拆卸，并且照原样安装上去，怎么样？”他瞟了田一眼，停了一下又说，“如果没有钱，那没办法，这些脚手架拆下来再租出去，也是一笔收入。长期撂在这儿，总公司也不同意！”他说完，大声对着工人们嚷开了，“看什么，还不赶紧干活，今天一定要拆完，不完工不下班！”

“钱、钱、钱！你们就知道钱，怎么一点都不考虑社会影响啊！”田一珉此时真的愤怒了，他直感到血往头上涌。此时二号楼也开始拆了，听见钢管“咣啷”“咣啷”的落地声，田一珉的心也一点点地被震碎。突然，他像疯子一般飞奔向二号楼的入口处，直冲上了楼顶。

“元山现代城”呈口字状，共二十四层，现已全部封顶，二号楼面西朝东。田一珉冲到楼顶上已大汗淋漓、气喘吁吁。然登高望远，看着都市鳞次栉比、气象万千、一幢高过一幢的大厦，田一珉忽然觉得自己太渺小了。自打懂事以来，他就像自然界的蚂蚁一样凭着顽强的生命力，在凄风苦雨和坎坷不平的路上踽踽独行。没有意外的惊喜和天上掉下的馅饼，有的只是加倍的努力和百般的勤奋。走到今天，他以为赶上了好时代，碰上了好机遇，谁知还是时运不济。好不容易近水楼台拿到一块地，心想该好好干一场了！不料金融危机，银根紧缩，又遇上国家调整政策，房地产遇冷。屋漏偏逢连雨天，真是天亡我也！田一珉站在二号楼顶层上望着空空如也的四周，不禁感慨万千，泪眼蒙眬……

不知什么时候，他听到下面一片尖叫声和嘈杂声。

“看哪，房地产的老板要跳楼了！”

“他破产了！不跳楼还能怎么办？”

“这年头常听说跳楼的，亲眼看到还是头一回！”

“唉！都是钱闹的，以前谁听说过跳楼？也没楼可跳！”

……

田一珉只听到下面的尖叫声，看到越聚越多的人头，至于人群在议论什么，他根本听不到。不过尖叫声却向他传递了一个真真切切的词汇——“跳楼”。田一珉从未想到这个词能与他有什么关联，可今天这个词却从天而降，适时适景，这让他不由得倒吸一口冷气。他常听说深圳有许多老板因破产而跳楼的事，但没想到冥冥中有人给他指了这条路，他成了今天人们热议的主角。此时的田一珉真是欲哭无泪，茫然无助！这么多年的风风雨雨都挺过来了，没想到今天的路像是走到尽头了。他从没向任何人低过头，也没向任何事服过输。打掉牙往肚里吞，打趴下再起来，屡战屡败，屡败屡战。他常暗自嘲讽自己是一颗蒸不熟、煮不烂，炒不扁、捶不爆的铜豌豆。但到此时好像一切都顺应了天意，势在必行。天意不可违！田一珉泪如雨下，模糊中他看到下面又聚集了更多的人头，黑压压的一片。此景让他想起当年做知青挨批斗时，台下也是这样黑压压的一片。

“田一珉不投降就让他灭亡！田一珉秉承右派老子衣钵，不认真接受贫下中农再教育，在知青中散布资产阶级腐朽言论，在广大群众中造成极坏影响。我们一定要肃清他的余毒，开展一场触及灵魂的革命。把他批倒批臭、打翻在地，再踏上一只脚，让他永世不得翻身。田一珉不投降就让他灭亡！”

田一珉那时才十九岁。他清楚地记得那个扎着羊角辫，穿一身草绿军装，头戴绿军帽的知青乔彦华上台就喊口号。台下是黑压压穿着破棉衣，戴着破帽子，睁着懵懂双眼的一群农民。

批判他的原因是他在一首诗中写了这样的诗句：“幸福啊！谁都可以拥有，为什么不到我的身边来？”那时的他穿着一件破棉袄，低着头一言不发，内心却固执地坚守着，并未听到耳边一声高过一声的批判浪潮……

时过境迁，田一珉再次面临了同样的处境，只是他的心境变了。大千世界、芸芸众生，人固有一死，何不顺势而为，一了百了，落个干净！听先哲们讲，人生下来就是受苦难，或许死后否极泰来，能上天堂也是不错的选择。田一珉想到这儿，脚不自觉地向前迈了一步。此时的他心里空空如也。什么滚滚红尘、朗朗乾坤；什么花香鸟语、杨柳清风，一切的一切都仿佛跟他没有任何关系了。再往前一步，他就可以撒手人寰，忘却世间的一切烦恼。然而，手机不早不晚偏在这时响起。田一珉真是愤愤不已，连死都不能让你安静离去，这个时候还来打搅你。他狠狠地摁断来电，不料忙中出错，手机里传来一个他熟悉得不能再熟悉的声音：

“田一珉，你真会赶时尚啊，跑到楼顶给谁看哪，想当英雄？你想让全世界的人都看你勇敢地跳下来，然后为你树碑立传，还是歌功颂德？丢人！赶紧给老娘滚下来，你跳下去也没人同情你，谁看了都说是死有余辜！丢人现眼到这份儿上了！你不就是缺钱吗？老娘带来一百万，够你顶一阵子吧？快点滚下来，让朵朵瞧见，以后还怎么当爹！”

田一珉怎么也没想到前妻竟然会在这个时候出现。他一生无论面对多少荣辱，她都是用近乎嘲讽的口吻奚落他、贬低他。此时她还是这样的口气。他离开她的原因之一就是她从来都飞扬跋扈，从不把自己的丈夫放在眼里。他清楚地记得，那一年夏天的一个晚上，他获得了全市最佳编剧奖，并得到一个精致的奖杯。当他兴冲冲把它拿回家时，恰巧朵朵在闹病，何文华见了他气不打一处来，两人吵了起来，吵到最后，何当着他的面将那个刚刚获得的奖杯一个弧线抛了出去，“啪”的一声，碎了满地。意思很明显，我才不稀罕你所谓的成就。她一直希望他平时下班赶紧回家，做饭洗衣、收拾房屋，过正常人的日子。可田一珉偏偏喜欢弄些虚不拉叽的东西，写小说、编剧本、搞讲座，忙得不亦乐乎。也是各自习性使然，家庭战争开始连绵不断。一个表面强悍，一个内心固执，到最后大家都累了，离婚便是水到渠成的事了。田一珉每想起这些过往，心就有些酸楚，两个好人遇到一起并不一定能成为好夫妻。可生活就是这么怪，老天又跟他开了一个绝佳的玩笑，让他偏偏在这时遇到前妻，并顺手又给了她一个嘲弄他的话柄，让他在她的面前永远都抬不起头来。他有些懊恼，但转念一想，自己都是快死的人了，还顾及这些有何意义！

正当他信马由缰、胡思乱想的时候，后面一声带着哭腔的“爸爸”，让他不禁回过头来。原来女儿朵朵不知什么时候站在了他后面，还没容他多想，女儿就张着双臂朝他飞奔而来。又一声“爸爸”的哭喊声，让田一珉终于回过神来，他赶忙迎上前双手紧紧抱住了朵朵，退到安全地带。

“爸爸，你不要我们了？”女儿哭诉着。

“谁说爸爸不要朵朵了！”田一珉一边泪流满面，一面擦拭着女儿脸上的泪水。

“他们都说你要跳楼，是真的吗？”女儿停止了哭泣。

“他们都在胡说，爸爸怎么能跳楼呢！爸爸还要看着朵朵上初中、考大学呢！”田一珉抚摸着女儿的头，安慰地说。

“那咱下楼吧，我在这儿好害怕，妈妈在楼下呢！”朵朵说。

“好，咱下楼。”田一珉抱着女儿朝楼下走去……

Section 02 · 伊人离去

心力交瘁的田一珉回到家，推开门，里面漆黑一片，没有一丝往日的活气。他有些意外，平日每晚回家总有温馨扑面而来，可今天却死寂沉沉、空无一人，打开灯也没见到晓雅。他有些疑惑，猜测她是学校有事还是其他缘故。就在他漫无边际想象的时候，无意中看到餐桌上扣着的碗盘和压在下面的一张纸。凭以往的习惯，扣着碗的盘子肯定是晓雅留的饭菜，而下面的纸条却是田一珉急切想知道的。他抓起来就看，没什么陈述的题文，只有一首词赫然留在纸上：

《忆江南·无题》

秋水长，

人云太迷茫，

昙花夜现难入目，

过眼烟云挽不住，

一枕梦黄粱！

月无常，

谁道也凄凉，

休言美景奈何天，

我游青山绿水间，

惆怅又何妨！

田一珉看得泪如雨下。他知道晓雅走了，什么时候回来就不得而知了，留给他的只是无尽的悲伤和思念。昨晚，她异乎寻常地跟他吵了一仗。原因是晓雅不慎怀了孕，考虑到自己三十多岁了，每到医院流产，大夫都告诫她，从医学的角度，她已是高危产妇，频繁做人流会导致最后绝育。于是她就和田一珉商量留下这个孩子。

“一珉，我今天上午去了医院，大夫认为我不适合做人流。她建议我把孩子生下来，如果老是打胎，可能会造成绝育。”晚饭中，晓雅和田一珉商量起来。

可田一珉并不这么想，他觉得眼下公司风雨飘摇，下一步怎么走都不知道，拿什么养孩子，他一门心思是如何保住“元山现代城”的项目，以图进一步发展。至于结婚生孩子，以后有了条件再考虑，还不是分分钟的事。

“你看现在是生孩子的时候吗？元山项目已停工六个月了，我每天都被逼得快疯了，不要说生孩子这档事，就连我是否能逃过这一劫都是未知数。你这个时候提这件事，让我怎么说！”田一珉认为晓雅显然是在添堵。

田一珉没想到晓雅会发这么大的飙。相处三年多，晓雅历来都是豁达大度、包容忍让的，从不跟倔得像头牛的田一珉争锋斗嘴，这让田一珉看到了自己的偏执，也体会到晓雅的品格和涵养。他暗自庆幸自己遇到一知己，这辈子没摊上什么好事，却让他碰见了上苍赐给他的最珍贵的礼物，他发誓要对她好一辈子，不辜负她的深情。可眼下的情况却是他完全没想到的。晓雅一反常态，怒斥田一珉变态冷血，不是男人，没有担当。

“我和你一起三年多，无怨无悔、一心一意，可你给了我什么？就是一块冰石头，也该捂热了！你整天想的就是自己那点事，你不觉得太自私了吗？还像不像个男人？有没有点人性？你是不是觉得我天生就是你的用人，没你我就活不了？我一不靠你养活，二不图你升官发财，连生个孩子都要看你的脸色。我和你在一起还有什么意思？这孩子我生定了，谁也管不着！”

晓雅的态度让田一珉深感意外，这个平日温文尔雅的女人今天却像着了魔一般，一点不给他面子。见她如此疯狂，田一珉觉得有点不可理喻，他一愠怒：

“生吧，你想生就生呗，谁干涉你了！”说完门一摔，独自进了卧室躺下。这一晚他翻来覆去没睡好，到天亮了头还昏沉沉的。

陆晓雅是田一珉在西州日报社做编辑时认识的，陆是市一中的语文教师，毕业于西北师范学院。她常喜欢给报社投些散文、诗歌。那一年市文联在双沟村举办文学笔会，他们有机会相处了三天。田一珉因在报社工作，又是全市较有影响的评论家，自然引起陆的关注。也就是那期笔会，田为陆写了一篇《与你同行》的散文，发表在省级刊物《祁连》上，这才点燃了两人在一起的火苗。田一珉初来南厦在总公司搞行政工作，因此结交了一帮新闻界的朋友。同行相见自然有共同语言，一广播电台的朋友看了田一珉的《与你同行》连声叫好，于是决定用作广播稿。播出的那天晚上，田一珉把小收音机的声线通过手机传到远在千里之外的陆晓雅耳中。谁知第五天的下午，陆晓雅就已经在来南厦的火车上了，接到电话的田一珉又惊又喜，他怎么也没想到，陆晓雅会从天而降。在站台上，两人像久别重逢的亲人，相拥着不肯撒手，全然不顾四周投来的各种目光。陆晓雅告诉田一珉，她已辞掉国家公办教师职务，前来投奔他了。田一珉虽然吃惊不小，但想阻止也为时晚矣。两人相处的时间并没多少，仅仅是心有灵犀而已，单凭这一点，一个女人就有如此的勇气，这让田一珉从心里钦佩为爱能舍弃一切的陆。田一珉当时觉得自己是世上最幸福的人。晓雅又找了一份教师工作，不过这回是民办学校，待遇大不如前。好在晓雅并不介意，她觉得两个相爱的人在一起比什么都重要，这让田一珉稍微宽下心来。温柔知性的晓雅不仅给田一珉的生活带来颠覆性的变化，让他感到生活的乐趣，而且还在精神上打开了他尘封已久的闸门。他们时常去海边散步，沐浴着海风，在椰树下听涛；也时常在自家附近的公园里谈论文学，感叹时下的衰落。田一珉来南厦几年，每天置身商海，对文学早已疏离，和晓雅聊起竟有“家中才数日，世上已千年”之感。晓雅常告诫田一珉，不要把钱看得太重了，要坚守自己的精神家园。她时常鼓励田一珉不要丢弃个人所长。为了表示倾慕，她还把田一珉当知青时作的一首词《永遇乐·灵神庙》做成书签保存在自己的行囊中，“昏黄落日、飞来急掠、鸦雀低行、遮天障野。柳色南来，又清明时节！五春荷锄，六秋摇镰，可堪岁岁年年！风吹劲，雨打青禾，耗尽多少风华！往事追怀，千瞬风云，更有百任凋零。关关漫道，曲曲折折，平生无歧路！小家田园、清堂瓦舍，今生绝不流连。早看破，海角天涯，一身流落！”她说这首词的平仄跟词谱虽有差异，不算真正意义上的填词，但意境深远、情景交融；行云流水，一气呵成，有稼轩风骨。田一珉听罢心想，那时除“老三篇”之外，哪还有什么书可看，更别提词谱了。话是这么说，可心里还是很得意。听晓雅的见解，田一珉觉得有超凡脱俗的感觉。来到南厦每天忙得团团转，钱没挣到，人却变得浑浑噩噩，完全忘了所谓的精神家园。他还清楚地记得，来的第一天晚上，他领晓雅去滨江道的一家名为“滨江晚茶”的餐厅，领略南厦乃至全国著名的海浪屿夜景和品味闽南风味小吃的情景。华灯初上，大街上车水马龙、熙熙攘攘。这家餐厅位于七楼，设计可谓匠心独具。一半大厅有窗户可眺望大海，另一半设置了露天的座位。两人等了半天才找到座位。暮色降临，登高眺望，可谓一览无余、万千气象。从楼上远望，海浪屿真可谓烟波浩渺，托出一方人间仙境。层峦叠嶂、灯火阑珊，给人以无穷的遐想。在夜色灯光的映衬下，花草树木都有了鲜活的生命。镶嵌在亭台楼榭的霓虹灯更是构建了仙山华阁、玉宇琼楼。继红墙绿瓦、尖顶楼，更有高高兀石，大放异彩，尽显沧桑本色。长长的探照灯，围着海浪屿轮番照射，给人以梦幻般的感觉。临岸的水中，轮渡的游艇，有的周身镶满轮廓式的霓虹灯，有的则张灯结彩，宛若水上蛟龙，来回穿梭于两岸之间，给本来就热闹的夜景更增添了一道亮丽的风景。本来对身外之物从不以为然的晓雅也被这眼前的景色迷住了。

“仙山横东郭，秋水绕西城！”触景生情，她不禁抒发了两句。之后又说，“难怪人们都说海浪屿风景最美，果然名不虚传，看这夜景堪比仙境，简直就是人间天堂！”望着对面的山海，一向文静、内敛的晓雅忽然激动起来，非拉着田一珉请人合照，一张不够，连着拍了七八张才算作罢。田一珉从来没见过晓雅这样开心。受她的感染，田一直压抑的心绪此刻也放松了不少。“南厦，从今天开始，我要在这儿生根、开花、结果，生死相依，不离不弃！”她似乎在对淼远苍茫的海天许愿，也仿佛告知眼前的田一珉。

很长的一段时间，田一珉的耳朵里还回响着晓雅那天旁若无人的呐喊。可现在人面不知何处去，寒舍依旧舞秋风。田一珉无论如何都割舍不下对晓雅的怀念之情。现在不要说建设精神家园，就连最基本的吃穿恐怕也成问题，又要回到刚来时“早出空肠净，晚归寒舍凉”的境地了。

晓雅对烹饪有极高的悟性。无论闽川湘辽，她做过两次就非常地道了，她的“河南烩面”更是让田一珉叫绝，晚餐来上一碗烩面再加点“老干妈”辣酱，那是最惬意不过了。田一珉时常暗自得意，来南厦最让他觉得没意思的就是什么想吃的都吃不到，连一张像样的饼都找不着。晓雅来了，这些事全解决了。想吃什么，晚上说了，第二天保准能吃到。田一珉的肚子就是从那时开始一天天鼓起来的。

望着桌上的这纸“休书”，田一珉的双眼一直被泪水模糊着，他今天好像流完了一辈子的泪。从早上到现在，他就一直沉浸在无奈、绝望、悲痛的感情旋涡中，他不知道晓雅此时身在何处，要是知道，即使远在天涯，他也会不顾一切寻她而去。世上一切皆是空，唯有晓雅才是他生命中不可分割的组成部分。他每每想起晓雅当年抛弃一切奔他而来，就止不住眼里的泪水。是自己扼杀了这段感情，怨谁呢！人生难买后悔药，失去方知珍贵，到此时他才有切肤之感。想到两人从此天各一方，无踪无觅，不知何时相见，田一珉忍不住伏在桌上痛哭起来。

就在田一珉伤心不止，无法自持的时候，手机响了，来电显示是公司副总——他的老同学徐明凯。他告诉田一珉："老田，南厦一家房地产公司老板想见见你，商谈一下合作事宜，不知你意下如何？”

“哪家房地产公司，什么背景？”田一珉虽沉浸在对晓雅的思念中，听到有公司愿与他合作，还是打起了精神。

“是一家台——”徐明凯连忙改口，他怕说出是台商会引起田一珉的迟疑，担心他以为又跟钟美华搅和在一起，“是一家名叫亚华置业的外商企业，实力很强，有海外资金背景。”

“有什么条件，是参股合作，还是借贷？”田一珉说。

“什么都没聊，只说见了面再谈。”徐明凯又说。

“好！明天上午是股东会，下午3点吧，在公司会议室见面。”田一珉放下了电话。

Section 03 · 救主心切

第二天上午9点整，公司股东会如期召开。每个来到会议室的人都感受到了气氛的紧张，山雨欲来风满楼。看每个人脸上的表情就知道今天的会议并不轻松。

田一珉到场先环视了大家一眼，然后坐下并做了简短的开场白：“大家非常清楚公司目前的处境，已到了生死关头。今天召集各位前来就是商讨怎么办，年关将至，能否挺过这一关是关键。是任其恶化倒闭，还是置之死地而后生，突出重围，找到一条生存之路。”

“我认为说倒闭和破产还为时尚早，毕竟还有那么多房子。现在应该在找出路上做文章。无论用什么方法，能让公司活下去才是硬道理！”徐明凯开了头一炮。他自认为现在应引导股东的思路，不然谁知道会发生什么意见偏差。他很满意自己的发言，说完看了大家一眼。

“现在是火烧眉毛！年关到了，寻找合作伙伴和融资都不太可能，唯一能解决问题的方法就是借高利贷。我一个姓黄的朋友愿借2000万，条件是二分利息，就是说每月要付40万。而且是借期不得少于半年，利息要借款当天一次性扣除。如果到时仍还不起钱，就按成本价购买2000万的房产，由他自行处理。”姓郑的股东介绍了他这些天奔波的结果。

“成本价的概念就是土地费、施工费、人工费、建筑材料费等加起来。这样的要求无异于趁火打劫！”于飞提出了反对意见。

“我认为还没到倒闭的程度，即使无路可走，借高利贷也不失为一条出路。只是利息高了点，扣除240万，我们实际只能拿到1760万。但这也比倒闭要好多了！至于拿房子做抵押，我认为时间还有半年哪，如果到那个时候还是无计可施，那只能说是天意了！”另一张姓股东说。

“可以考虑高利贷。现在是饮鸩止渴也要上，人家只给了我们七天时间，时不我待。要过年了，那些农民工拿不到钱回家，我们是无法交代的！”田一琨说。

“咱们是否向担保或其他借贷公司争取一下，看是否可能，起码利息没有这样高！”徐明凯又发表了自己的见地。他明明知道这条路也不大可能，但还是故意抛出这个议题，他的目的就是让大家意识到目前已走投无路，只有他才能救公司，而且一旦进入商谈阶段，谁也不能持有异议。

“你以为担保公司和那些贷款公司都是傻子？没有抵押物，他们一分钱都不借给你。即使你有他们所说的条件，待审批下来，也是远水解不了近渴。咱们只有七天的时间，眼下应将重点放在民营企业和私营老板中，只有这条路，或许还能救我们。”于飞发言说。她看出徐明凯是别有用心，不然也不会提出这么浅薄幼稚的建议。

徐明凯还想发言，但被田一琨打断了：“如果在座各位都认为公司还有希望，那么就要寻找七天之内能解决问题的方法。拜托各位，七天之内各显神通，让公司能渡过难关，我在此谢过大家了！”田一珉说完这番话，股东会算是结束了。

其实，这几个月来公司里最忧心的要数于飞，她既要抓销售还要联系合作伙伴和招商引资，动员了在南厦所有的人脉卖了几套房子，解决了公司日常行政开支的需要，但并没有什么大的成效。就在昨天，她还去见了先前的老东家——南厦塑钢门窗公司的老板叶昌德。六年前做塑钢门窗时，经亲戚介绍，于飞来到他的公司做了总经理助理。看到她的第一眼，叶昌德就喜欢得不行。于飞不仅长得貌美，而且气质有别于一般女人，骄傲得像个公主。眼见她的业务越来越娴熟，叶昌德也越来越喜欢时，于飞却突然攀高枝飞了。打听到最后，才知去了一家国字号的信托投资公司，而且把她挖走的是田一珉。叶昌德恨得牙根痒痒的。横刀夺爱，让他记住了“田一珉”这个名字。没想到三年不到信托公司在清理整顿中被解体了，于自然成了待业下岗人员。叶昌德看到机会来了，于是使出浑身解数想把于飞拉回身边来。为了增加筹码，他又许诺给于飞一个副总经理的头衔。结果依然是“黄鹤一去不复返”。于飞去了一家房地产公司，而且老板又是田一珉。叶昌德气得七窍生烟，他发誓要把田一珉弄惨搞垮，让他在南厦不得翻身。老天给了他可乘之机，后来元山项目的停工停产、客户退房及节前到公司讨要工资等风波随处可见叶昌德的影子。

今天见于飞主动上门，叶昌德心想该不是看田一珉的公司快垮了，到他这儿来寻出路了吧。他这样想着，脸上露出少有的笑容：“难得妹妹还想着我，真让哥哥受宠若惊。来！哥今天给你泡一壶最好的中国茶。让你知道什么才是真正名副其实的‘大红袍’！”叶昌德起身迎接并拿出自己的名贵茶招待于飞。

“我来找你是谈正事的。别拿一副土豪的腔调说话！”于飞见叶昌德有点过头，引不住敲打了他几句。

“好啊！既然有正事相谈，那就说说看，能来找我，说明还没忘记我，当然是备感荣幸了！”叶昌德见于飞冷言冷语，心里虽然有几分不快，但他还是不想放过任何讨好于飞的机会。

“你知道，我所在的元山房地产公司，现在资金链出了问题。你财大气粗，能不能帮我们一把，投资合作、参股加盟都可以考虑。你的钢窗也可供应给我们公司，咱们可长期合作，怎么样？”于飞尽量挑叶昌德感兴趣的内容说。

“是公司的事，而不是你个人的事？”叶昌德有些失望地看着于飞说。

“是啊，我个人能求你什么事！”于飞有些意外。

“你想让我帮田一珉那小子？”叶昌德说着说着变了脸色。

“没错！就是帮帮元山房地产公司。”于飞感到有些诧异。

“你让我帮田一珉？告诉你，我帮谁也不帮那个王八蛋。我恨不得喝他的血、吃他的肉，他垮台倒闭我才解恨呢。帮他？哼！除非太阳从西边出来。”叶昌德越说越激动，说到最后竟然站了起来。

“不帮就不帮，干吗咬牙切齿的！田一珉怎么得罪你了？”于飞脸色也有些变了。

“他抢了我的女人，而且不止一次。这口气我能咽得下去吗？”叶昌德仍旧气哼哼地说。

“谁是你的女人呀？他怎么抢了你的女人？”于飞脸有些红了，她生气地问道。

“就是你呀，要不是他把你挖走，咱俩早成了一家人，说不定儿子都会打酱油了！”叶昌德脸一蒙、心一横，顺嘴诌开了。

“你怎么自我感觉那么好！你以为这世界都是你的，女人可以随便拣，就像到羊圈里抓羊一样，你不觉得可笑吗？”于飞感到可气又可笑，面对叶昌德，她的心里充满了轻蔑。

“我说错了吗？当初你来时，我们俩处得多默契。我敢说，再有一年半载，你肯定成为这儿的老板娘！”叶昌德仍不以为然地说。

“你知道当初我为什么离开你公司吗？就是你这副自以为是的德行。把什么都不放在眼里，即使做得再大再好，充其量也只是个土豪。看透了这点，我才离开的！”于飞语重心长地说。

“土豪咋了？做好了就是企业家！我现在要风得风、要雨有雨。他田一珉不是土豪，那又怎样，还不是弄得求借无门，被逼跳楼……”

“做人要扶危济困、广结善缘。你倒好，人家院中起火，你反而幸灾乐祸。看来，我当初离开没有错，就你这样的心胸，事业做得再好，也是井底之蛙。根本没有海纳百川的胸怀，成不了大气候！”于飞说完起身头也不回地走了。

叶昌德没想到于飞损了他一顿就走了，很是后悔。他原本是想发一通牢骚借此表示自己有多爱于飞，不想弄巧成拙，反而让于飞对他有了看法，得不偿失，越想越后悔。他十六岁进入商海就一路得心应手。虽然也有不顺利的时候，但总体来看，还是顺风顺水，可以算得上是精明的生意人。但对女人，尤其在高颜值、高文化的美女面前，他就显得手足无措了，常常是吃力不讨好，而且弄到最后，不是遭人白眼就是让人嘲弄一番。这让他感到很窝火，但又无可奈何。与哥们儿喝酒聊天时，谈到最后也是让大家取笑一番，说他智商高，情商低。想吃天鹅肉，又没长翅膀，只能是望鹅兴叹了！话虽这样说，他还是不甘心，他总想给弟兄们证明一下，他叶昌德智商高，情商也不低，肯定能找到一个出类拔萃、上得厅堂、下得厨房的女人。所以三十好几了，愣是没娶亲。今天于飞主动登门了，本来是一个极好的机会，可还是让他不小心给弄砸了。他感到一阵懊恼，但还是不甘心，他不想这么简单就败下阵去，于是拿出手机，拨通了于飞的电话……

Section 04 · 隔岸观火

下午，由徐明凯引见，田一珉在会议室见到了有海外投资背景的外商老板林发权及其一行四人。

“您好！”田一珉主动上前握手迎接。

“久仰，田老板！”林发权也握手寒暄，双方按宾主落座。

“我的情况想必大家都知道了，听明凯说贵公司愿伸援助之手，真让田某感激不尽。现在的人都愿锦上添花，雪中送炭的少之又少，田一珉先向贵公司表示感谢！”

“田总客气了，大家都是生意人，您应该知道天下没有免费的午餐，我们公司也是众股东参股投资的，我得对大家负责啊！”林发权微笑着说。

“我们公司现急需3500万，如果贵公司肯出手相救，请说说你们的条件，只要不超出行业拆借底线，我代表公司全盘接受。”田一珉为表诚意先表明了态度。

“田总误解了，我们不是借贷，而是来合作或者说是投资入股的。”林发权表明来意。

“林总，既然贵公司是想投资参股，可否将您的想法和意见具体说说。坦率地讲，条件可以放宽，只要不超出底线，一般都可以接受。”田一珉把自己的想法放大了给对方看，他想了解对方的底牌。

“田总既然这么有诚意，大家就摊开说了，我们想确切了解元山房地产公司现在的状况，到底是不是传说的那样，您有大数据说明吗？”林发权说。

田一珉知道这是公司的核心商业秘密，告诉对方无疑置自己于死地，他早就做了准备。早上一进办公室就下令财务部按他的意见重新做一份财务报表，他要做到有备无患。多年的摸爬滚打让他练成了一套虚实结合的形意拳。正所谓：害人之心不可有，防人之心不可无。“按规定是不能将公司机密透露给外方的，但林总是来帮我们的，朋友来了有好酒。要一份财务报表也不为过。老徐，叫财务部准备一份财务报表拿给林总。到这份儿上，家丑咱也不怕外扬了！”田一珉一边调侃，一边好像亏了多大本似的说着。

趁着准备材料的空当，林发权主动对田一珉说："咱们先到你办公室聊聊，好吗？"

田一珉没想到林发权要单独与他谈谈，诧异了一下，随后答应了："好啊！来吧。"领着林发权进了办公室。

来到田的房间，林发权首先将门关上。对林发权的这个动作，田一珉感到意外。但凭感觉，他知道林有秘密跟他谈。

果然，林坐下后慢条斯理地说："这里就咱俩没别人，咱们打开天窗说亮话。你的处境我知道，这么着，我出1500万给你个人，剩下的事交亚华全面接手。我为你初步估算了一下，如果真破产恐怕你还拿不到这些钱。怎么样？"

田一珉想了很多林发权会与他谈什么，就是没想到林发权会用1500万买断他的项目，而且是两个人的私下交易。田一珉内心十分反感，这种小动作让他不屑。堂堂亚华老总竟然用如此低劣的手段来行贿他，真让他有点看不起。此外，采用这种方式既不像交易，也不像潜规则。田一珉觉得林发权这事做得是又拙又劣，他的态度也由之前的尊敬变得轻蔑了："你觉得我会接受你这种好意吗？"

林发权对田一珉的问话感到意外，他想象不出田一珉拒绝的理由。他认为这是最大的施舍，田一珉会感激涕零。"怎么，田总嫌少？"林发权感到困惑，他觉得田一珉有些不识抬举。你已奄奄一息，还充什么英雄！找任何一家也难有我这样优厚的条件。他没想到田一珉是个犟脾气，根本不像普通商人那么理性和灵活，是那种不见棺材不掉泪的主儿。但他不想就此罢手，于是进一步陈说利害："田总，你知道商家的大忌是什么吗？"

田一珉知道林发权要说什么，但他不想按林的思路玩下去，那样他就得乖乖地让林发权牵着鼻子走："林总，在商言商是生意人的规则。不过就我个人而言，从来都是率性而为，我就不是个循规蹈矩的人，望林总理解。"

林发权到现在才知道田一珉不是个按常理出牌的人，再谈下去毫无意义，便说："既然如此，我刚才的话权当没说，咱们还是回到桌面谈合作的事宜，好吧！”

这边，财务部的报表已做好，有人前来报告。林发权见事已至此，起身与田一珉告别：“田总留步，咱们明天再谈。”林总随行四人见老板起身，遂一一与田一珉道别。

“老徐，送送林总他们。”田一珉客气地送到电梯口。

徐明凯送走林发权便上楼来到田一珉的办公室，他想打探一下田的想法。公司走到今天，他也没底了，他更担心公司垮了他将何去何从。虽然钟美华承诺他不会没饭吃，但是他还是心不落底。昨天上午，钟美华约他出来，说有一家台商想要吃掉元山房地产公司，并承诺事成给他百分之一的劳务费。问徐明凯愿不愿意。徐明凯正愁公司没出路，自己面临失业的困境。听了钟美华的消息，他犹如在洪水中抓住一根救命稻草。他当即应允下来。公司有了着落，他也活了；即使公司成了别人的，他也有一笔不小的劳务费，怎么着也是只赚不赔、进退自如。

徐明凯昨天下午会见了台商林发权，亲耳听了林发权的想法和目的，明确了林开出的劳务费，这才放心回来，晚上他就把信息转给了田一珉，才有了今天下午的安排。徐明凯想知道田一珉的想法，了解一下他现在的底线，这样他就好斡旋了，必要时，还可将田的底牌透露给对方，以促成双方协议的达成。

“老田，感觉怎么样，你看这家公司有多少诚意？”徐明凯说。

“眼下还不好说，要看下一步有什么动作。凭感觉来者不善，有黄鼠狼给鸡拜年之感。”田一珉说。

“你怎么有这种感觉，是他们说了什么吗？”徐明凯暗自佩服田一珉的判断。

“刚开始我确实不知他们的意图，当我故意把问题转向借贷时，林总马上强调资金的来源和没有免费午餐等弦外之音，这都让我感觉到问题不会那么简单，恐怕还有更深层的含义。”田一珉认真分析着。

徐明凯折服了，仅就一个多小时的工夫，田一珉就能看到问题的实质，田确实比自己高明多了。

“咱们打算如何应对？”徐明凯进一步试探。

“能有什么打算，咱们是一盘死棋，只能以静制动，以不变应万变，看他怎么布局，怎么落子了！”

徐明凯听完后心里踏实了。无论如何，他都能保住自己的饭碗，再不济也能拿到一笔劳务费，他把心放宽了。

徐明凯和田一珉是北方大学的同学，毕业后他回到家乡在一家化工厂工作，田去了甘肃后又去了改革开放的前沿阵地——南厦，做得风生水起。这让徐感叹不已，懊悔自己没田的魄力，没能勇敢地迈出这一步。后来工厂每况愈下、连年亏损，改制下岗已传得沸沸扬扬，无奈之下他只好向老同学求救。恰巧田一珉被集团总部下派至一子公司任总经理兼下属企业法人代表，来得早不如来得巧，天赐良机，徐明凯顺利来到田所管辖的娱乐餐饮公司做了办公室主任。来到南厦的当天晚上，田一珉在自家酒楼为徐接风洗尘。席间，他反复琢磨田对他讲的一番说不上是感触还是提醒的话语。

“兄弟，别看这是国有企业，说不定哪天经营不善就倒闭关门了。来这儿充其量是过渡，要考虑今后做什么、怎么做！”

田一珉的这番话让本来兴致勃勃的徐明凯一头雾水。他想不明白，田为什么要和他说这些？他想听的是如何站稳脚跟，立于不败之地的鼓励。可田却是另一番论调，这让他有些困惑。同学多年不见，想法多或有防人之心都属正常，谁没个私心，这年头本来就人心不古，何况是多年不曾谋面的同学。想到这些，他没再多说什么。

“田兄说得有道理，我刚到，一切还仰仗兄弟关照，以后你说什么，我照办就是了！”徐明凯说完举起杯与田一珉碰了一下，仰脖干了。徐没想到只一年零七个月的时间，公司就因早期债务拖欠被法院查封。忙乎了近两年的徐明凯由最初的暗自得意到眼下的惶惶不可终日，他这才悟出田一珉当初和他说两手抓的含义，但已为时晚矣，没辙了，他只得来找田一珉。“怎么办？现在我是山穷水尽，搞不好就得打道回府了！”想到这两年老家的朋友和工厂的前同事对他是极尽羡慕和赞誉，一致称他有个好同学，借了大光，前途光明，财路无限。可眼下却是流水落花另一番光景，回去怎么见江东父老？想到这儿，他一脸的沮丧和颓唐。

“现在明白了吧！当初和你说你还不太理解，甚至认为我是夸大其词，是吓唬你。其实南方和北边都一样。宏观调控、银根紧缩，企业的日子都不好过。总公司正考虑下令裁员，谁都保不准会下岗。我已打算自己办一家公司，在南厦这地方也占个山头，好好经营自己的一亩三分地，如果你愿意入股，以后咱们一起干，我吃干的，绝不会让你喝稀的！”

田一珉的一番话，让徐又看到了希望，他恨自己脑子不够活泛，快来两年了，还是停留在计划经济的思维定式上。他知道，如果不迅速改弦易辙、更新观念，他将落伍，换言之就是将被这个时代淘汰。思想有了变化，行动自然而然也就跟上了。他想到半年前结识的台湾高雄富姐钟美华，两人相遇，大有相见恨晚之感。钟虽年过四十，但风韵犹存、气质不俗，加之举手投足间皆露出大家闺秀的优雅风范，这让徐明凯不免暗暗称奇，心也随之起了涟漪。钟也看上了徐明凯，看上他健硕、成熟，有着一副斯文的外表。有了感官的认同，来往自然也就多了起来，到后来，变得一日不见如隔三秋。钟是离异单身欲火难耐，来大陆第一次接触这样的美男子，自然是不愿放手。徐远离家人，自己难免寂寞孤独。白天工作，晚上回到住处光棍一条。遇见钟美华让他感觉如同干柴遇到烈火，尤其是那双火辣辣勾人魂魄的媚眼，更让徐暗自窃喜。两人虽萍水相逢，钟并不是他心中的理想佳人，但有这么一个能充饥且不用付饭票的干粮，终究比忍饥挨饿要好多了。于是两个人便心照不宣地走在了一起，在亲密无间的性爱中一晃半年过去了，其间偶尔也谈起投资生意、开公司做买卖等。钟对这方面是很谨慎的，尤其谈到钱，时常表现出警觉之心，好像有人要抢她的钱一样。

田一珉提出要办公司，这让他看到了商机，感觉自己大显身手的机会来了。虽然田允诺他一个位子，但他仍是一个打工的，发多大财都跟自己关系不大，只有参股才能发财，才能跟田一珉平起平坐，才能有话语权。徐明凯的大脑飞速地转动着，他想到了钟，于是就给钟美华打去了电话，邀她到滨江路上岛咖啡馆见面。不一会儿，钟来到了约定地点，见了面看到徐眉飞色舞的样子，不禁诧异："每次见你都魂不守舍、萎靡不振的样子，今天怎么了，捡了金元宝？"

"你说得还不完全对，比捡金元宝还让人高兴。"徐明凯兴致不减地说。

"说来听听，让我也替你高兴高兴！"钟也被他感染了。

于是徐将田一珉给他说的话一字不漏地全盘端了出来，末了还说："上苍给了我这个机会，一定要抓住，如果还不能翻身，我这辈子真的算完了！"徐明凯把发自内心的话一股脑儿地倒了出来。

钟美华似乎被徐的一番话感染了，她顺着他的话接着说："你也应该发财了，台湾像你这么有能耐的年轻人，哪个不是腰缠万贯、富得流油。"

"这回你得支持我，你知道我没什么钱，家又不在这儿，只有你能帮我！"徐深情地看着钟美华。在两人相视的一刹那，钟的眼睛里有一丝游移不定的光，她不敢正视徐的眼神，躲躲闪闪尽量避开徐直视她的目光。

"需要多少钱，才能把事办成？"钟美华敷衍着问，她仍不看徐的脸。

"要开一家房地产公司，登记注册起码要上千万、领营业执照、租写字楼、招聘员工等，哪件事都需要钱来开路。"徐明凯认真地盘算起来。

"你让我回去考虑考虑，这么多的钱可不是小事，给我一些时间好好打算。"她说完看了徐一眼。

徐明凯没想到钟竟是这个态度。望着她离去的身影，他想不明白，这个在他面前千娇百媚，在床上任他万般摆弄的女人，此刻却判若两人。他多少明白了。看来在这方面自己还是嫩了点，想得也简单。他感叹自己太幼稚，难怪田一珉老提醒他，什么事都别想得太简单了。

一连几天，钟都没来电话，徐也就逐渐放下了。跟这样的女人打交道，他觉得没太大意思，断了就断了，只是没资金参股，让他多少有些遗憾。就在他已放弃希望时，钟忽然打来电话，说她同意拿出100万，但不是借而是投资入股。“我想了一下，你们办的公司还是蛮靠谱的，为了咱们的友谊，我还是投资入股的好，以免将来有纠纷不好解决，这样对你对我都好。”

“好吧，我和田总商量商量，如果他同意，我没意见。”徐没想到钟竟是这样的思路。

“其实我这么做也是为了你好，你不知道，我见过还不起钱的人太多了，不是不想还，就是手里没有钱，谁也没办法。再说我拿钱投到你们公司里，也算帮你招商引资成功，凭这点，你就得感谢我！”

徐毕竟是北方人，也许他还没见过更多的世面，之前他碰到的女人都比较简单。总之，从那件事过后，他对钟逐渐冷淡起来，钟也看到了徐的变化。在签约不到两年四个月的时候，钟美华提出退股，并且要求不仅全额拿回所投的100万，而且要两年四个月的利息。这让徐明凯看清了钟美华的本质。朋友不能做，但还是可以利用的，他要利用她为自己做些事，于是就有了亚华公司想与田一珉商谈合作的事情。

Section 05 · 趁火打劫

台商林发权关注“元山现代城”停工事件已有很长一段时间了。自打了解到田一珉是外地人，在本地没有什么根基和人脉时，他就开始觊觎起这个项目。几个月下来，他已对“元山现代城”了如指掌。只是核心的那部分他还不甚清楚。此前，他一直在观望，他想等田一珉奄奄一息时再上前，就像自然界里狮子想把水牛吃掉，必须等它无力倒下时才是最佳机会。经过农民工们的大闹和法院、劳动监察部门的施压，他感到是出手的时候了。这时出来解围，占尽天时、地利、人和。特别年关将至，眼见元山房地产公司已是回天乏力，命悬一线，四面楚歌，濒临破产的边缘。

掌握了这些情况，林发权觉得时机到了，他找来钟美华，如此这般授意了一番，而钟美华又找到徐明凯，于是就有了亚华置业和元山房地产公司的首轮洽谈。他的本意是让田一珉先出局，然后再重组元山房地产公司。谁知田一珉并不就范，根本不和他谈转让之事，这让他看到田固执的一面。平心而论，换作是他，决不会断然回绝，起码讨价还价，再多要个两三百万不成问题。但田一珉却不为所动，这也让林发权看到田一珉的气度和胸襟。

第二天下午，林发权又带了财务总监等一行五人按约来到元山房地产公司会议室，田一珉仍热情接待了林发权及众人。

“林总，看过我们的财务报表后有什么想法和思路？”田一珉说。

“想法倒有一些，只不过没和田总商量，不知……”林发权语锋一转，停了下来。

“林总尽可开诚布公。我是北方人，喜欢直来直去。人道，滴水之恩当涌泉相报。林总这时伸援助之手，我当投桃报李、结草衔环来回报才是道理。尽管直言无妨。”田一珉尽显坦诚之心，好像昨天办公室的事没发生一样，让林发权愈发不好意思了。

“田总言重了！在商言商，咱们都是生意人，还是回到商道上来，探讨合作方案，形成双赢之大势！”林发权显然对田一珉的坦诚有些猝不及防，他不想在“情”上先失一局。只好避其锋芒，变道言商，突显他的功利之心。

田一珉知道，对方是江湖人士，未拔剑听语音便知功夫如何，他明白自己遇到了商道高手，是那种不跟对手纠缠，拔剑封喉，一击定天下的剑客。

果然，林发权发声了："田总，贵公司的财务报表我看了，个中反映的情况有些出入，下面请我们的财务邱总监做个发言。"

"贵公司的报表跟我们调查的情况大相径庭，多处存有差异：一是土地投入报表上显示的是3850万，而调查实际只有3000万左右；其次是建筑成本每平方米约900元，而报表则显示的是1150元；三是约五万平方米的建筑前期投入为7100万，而实际投入不足6500万；四是楼盘销售每平方米均价为3650元，而报表上显示的却是3290元。"

田一珉暗暗佩服外商的手段，且不论人家如何掌握这些信息，单凭这种细腻，执于知己知彼的信念，就比自己高明多了。

"我不知林总的信息是从哪里获取的，首先土地成本，银行抵押贷款2500万不假，但土地配套费及其他相关费用，还有一些潜规则有形无形的各种费用，贵公司调查了吗？其次建筑成本市场行情确实是900元左右，但是施工队知道是谁介绍的吗？城建局苏局长的小姨子力荐，你说费用该是多少？至于其他两项，我就不多说了，相信大家都是明白人，再说下去就没意思了！"田一珉说完看了众人一眼，最后直视林发权。

经田一珉一解释，众人也觉得有些道理，房地产市场本身就有很多说不清、道不明的东西在作祟，请神仙来也查不明白，谁愿蹚这道浑水。大家把目光一齐投向了林发权。

"既然田总这样说了，大家也就不必在细节上推敲了，说说吧，怎么个合作法？"林发权见大家都看着他，就表了态。

"还是我昨天的意见，你们出资3500万要多少股份？"田一珉单刀直入，先亮明了自己的观点。

没人言语，大家都看着林发权。

“我先谈一点个人不成熟的想法，不代表公司意见。你看这样行不行？我们出6000万，连同‘海湾绿苑’那块地算上，我们占百分之五十一的股份，贵公司占百分之四十九的股份。注资6000万，不仅盘活‘元山现代城’，而且使‘海湾绿苑’也得到及时开发，对大家来说是个双赢的机会，不知田总以为如何？”林发权说完把目光投向了田一珉。

田一珉虽然想到亚华置业公司会把“元山现代城”吃掉，但没想到他们的胃口竟然这样大。不仅拔旗扎寨，而且全盘通吃。他沉思半天说：“贵公司是大手笔，这样的思路也无可厚非。但区区6000万就想把两个项目掌控手中，未免有些不切实际了吧？”

“这仅是我个人意见，田总认为有什么不妥，但说无妨。”林发权微笑着说。

“‘元山现代城’项目总建筑面积51000多平方米，按眼下市场均价计算，起码有近两亿的收入。从开工至今，除刚才讲的土地费用外，项目施工及其他各项应付费用已超4100万，预计再加3200多万便可竣工。其中的利润连小学生都能算出来。‘海湾绿苑’我们已投4000万，那儿的土地是‘元山现代城’的四倍多，即使不算‘海湾绿苑’，仅这个项目就有八九千万的进项，林总6000万换我们百分之五十一的股份，即使我同意，其他股东那儿也通不过呀！”田一珉明确地向诸位阐述了他的意见。

“就‘元山现代城’而言，首先，土地的来源是田总玩了一个漂亮的空手道，以贷款置换土地抵押权。仅从银行把原土地单位贷款的2500万转成自己公司的贷款，也就是在银行更了个名而已，然后不露声色、移花接木就将那块土地揽入了囊中；其次，通过预售和垫资解决了开工建设资金不足的问题，前期工程设计费可能是自有资金300万到500万之间；再次，虽然施工费及其他各项费用达4100多万，但销售部的售楼进度表显示已售出13000多平方米，合计有近5000万的收入，除有4000万用于新项目的土地费用，公司实际只支付了1000多万，尚欠各家合计3000来万，总的算来，贵公司自有资金不足700万，我拿6000万只占百分之五十一的股份，还是较合理的。”

田一珉暗暗佩服林发权的分析，但他不愿承认这个事实，如认可林的推理，他就得同意双方的合作，那样他就亏大了。虽然他已到了日暮途穷、无路可走的地步，但他还不甘心束手就擒，他还想再搏一把，争取利益最大化。

“林总讲得其实并不尽然，即使有些地方看似有其合理性，但大的方面还是相差甚远。我目前虽然看似山穷水尽，但柳暗花明也不是没有可能。不瞒众位，我的副总于飞目前就在晋江与人商谈合作事宜，相信明后天就有分晓；另外，我的亲戚在河南是一家建筑公司老板，他最近就会前来南厦，不仅带来全部人马，而且会带来一定的资金。不说全部问题都可迎刃而解，起码可解燃眉之急。贵公司如确有诚意，大家互让一步，还是可以取得共识，达成一致的。”田一珉据理力争，虚实结合；既有诚意，又暗含杀机；既承认现实，又坦诚相见，说得众人不由得暗自点头。

“怎么样，林总？我的话已说到这份上，你再退一步，咱们就成交！”田一珉向对方表明了自己的态度。

“田总的意思是您占五十一，我投6000万占四十九？”林发权说。

“林总是明白人，就是这个意思。”田一珉点头。

“这样吧，我们回去商量商量，明天再定。”林发权说完站了起来。

“林总慢走，希望尽快研究拍板。如果有人捷足先登，愿与我同生共死，可别怪田某不够意思！”田一珉意味深长，与林发权握手道别时，还不忘暗示林发权。

这两天最累的要数徐明凯了，他一面担心双方的条件差距太大，最后谈不拢导致失败，一方面又担心谈成，自己的劳务费泡汤。看着田一珉和林发权你来我往地交锋斗法，他真是心惊胆战。商场如战场，他不希望任何一方在这场生死存亡的博弈中失败。但他的确体验到无硝烟战场上的那种惊心动魄的厮杀和一决高下的心智。谁都想战胜对手，田一珉和林发权在这场主导权的争夺战中看似打了个平手，其实还是田一珉略占上风，凭他那最后游刃有余的话锋，就让林不得不默许占股百分之四十九。这让徐明凯大开眼界。在学校时，他并不看好田一珉，田外表木讷，不善言辞，根本引不起大家的注意，不料几年不见，有刮目相看之感。他越仔细分析田一珉，就越觉得自己没用，他甚至感到自己太窝囊了。

正当徐明凯拿田一珉和自己比较时，手机响了，钟美华约他在滨西路的玛琪亚朵咖啡店见面。徐明凯虽然和钟美华恢复了正常的朋友关系，但他不像之前那样心无杂念，他觉得应利用她和台商之间的关系，为自己今后的出路打通关节，建立人脉资源。当徐明凯来到咖啡店时，钟美华已先他一步，坐在沙发上慢条斯理地品着咖啡，见了徐忙招呼他坐下："找你来是有好事告诉你，不知你是否愿意？"钟美华为徐的咖啡加了块糖。

"有什么好事？"徐明凯问。

"亚华置业想把你那百分之五的股份买下来，不知你是否愿意？"钟美华说。

"他怎么知道我有百分之五的股份？"徐明凯说。

"是我告诉他们的，亚华还说如果你愿意转让，他们尽量满足你提的条件。"钟美华说。

"你不是还有股份吗，为什么你不转让呢？"徐明凯说。

"唉！人发财得有命，我前些日子已经请律师起诉，估计最近就要开庭了。即使撤诉，田总知道我要将股份转给亚华，他也绝不会同意的！"钟美华说完长叹了一口气。

"亚华准备出多少钱买我的股份？"徐明凯说。

"他们出6000万买了百分之四十九，按此推算，你的股份至少值250万。"

徐明凯明白了，亚华一直坚持要控股，无非是要掌握这个项目的主动权。而田一珉抓住这点死死不放，也是看重了这一点。鹬蚌相争，他的这百分之五就是一个重要筹码了。徐明凯的大脑飞快地转动着，他要抓住这个千载难逢的机遇，把这筹码文章做足，给自己今后的发展空间打下良好的基础。

“股份我是不能卖的，一来卖了对不起田一珉，二来200多万也解决不了什么问题，我自己留着说不定将来有上千万的收入呢！退一步说，股份是不准对外转让的，如果我非得要卖，那就得离开元山公司，实际就等于失业，为了这点钱丢掉饭碗你认为值吗？”徐明凯脑子转了几圈后如是说。

“这样吧，你也别拒绝得那么干脆，我再和他们商量商量，看能不能把股价提高些，至少让你认为卖得很值，你看怎么样？”钟美华柔声细语地说。看到徐明凯不说话了，钟美华拿出手机，离开了沙发。不一会儿，她又回到沙发上。

“我跟亚华的林总通了电话，他说股价多少钱没关系，只要你把百分之五的股权卖给他们，到时他们还同意你继续担任公司的副总，可以了吧？”钟美华显得很兴奋。

“这事容我再考虑考虑。股份本来是田总给的，我私下转让总有些不妥，让我再想想吧！”徐明凯听了虽然暗自窃喜，但他还是留了个心眼，一切还没有定数，过早做任何决定都非明智之举。现在是非常时期，做任何事都要小心，他打定了主意。

看到徐明凯是这个态度，钟美华有些急了，她此次来找徐明凯是有任务的。她要说服他出让百分之五的股权，也只有这样，亚华才肯出6000万占百分之四十九的股份。而她也能从中获取百分之一的劳务费，看着徐明凯迟迟疑疑的，钟美华不得不亮出了底牌：“明凯，和你说实话吧，人家林总同意拿500万买你的股权，再加上你的劳务介绍费有60万，即使你离开公司不干了也值呀！机不可失、失不再来，千万不要错过哦！”钟美华一股脑儿地把亚华的底牌透露出来。

徐明凯没想到亚华肯出这么大的血本达到控股的目的，这让他看到田一珉岌岌可危的境地。说心里话，尽管他对田一珉有诸多不满，但田真的完蛋了，对他来说还是有那么一点兔死狐悲的感觉。但面对五六百万的财富，他心里的天平还是倾斜了。倘在北方，哪辈子才能赚到百万？这个机会千载难逢、稍纵即逝，恐怕一辈子也只有这一回。徐明凯想了又想最终还是下了决心："好吧，你跟林总说，按约定的价格我同意转让，另外，之前谈的劳务费事成之后要先按约支付，然后再论股权转让事宜。"徐明凯想明白了，就算能留在公司做副总再干下去也没有任何意思，背上五六百万，回老家或另起炉灶开一公司都是不错的选择。

这边的林发权回去后反复权衡得失。按理说他现在已达到了利益最大化。仅"元山现代城"的利润，他起码能拿到四五千万。但林发权不这样想，他觉得商场如战场，属于你死我活之争，不把敌人放倒不是真正的战士。虽然他釜底抽薪拿到徐明凯的百分之五，已实际控股，但他还没做到极致。他想再努力一下，按兵不动，明天不去签约，看田一珉会急到什么程度。如果他急，那对不起，让我控股，马上就签。还可省下转让股份的500万。如果不同意，找个理由拖上一两天再签也不迟，看他田一珉的耐力有多大？林发权想到这儿心里暗暗地笑了。商人最喜欢玩猫捉老鼠的游戏，逮住先不吃，而是和它慢慢玩上一阵儿才是乐趣所在。这个时候比的是耐力，看谁最先扛不住。

Section 06 · 柳暗花明

这边的徐明凯打好了自己的如意算盘，而那边的亚华公司也紧锣密鼓地筹划合作的各项事宜。双方约好第二天上午9时签约，可到了第二天上午10时依然不见亚华来半个人影。田一珉心里有些急，但他心里暗暗告诫自己，事关成败，不可有半点急躁。一上午就这样过去了，到下午快4点了，徐明凯推门进来："林发权这老狐狸卖的什么药？到这时还装聋作哑，电话也不来一个，安的什么心！"

田一珉苦笑了一声："他这是和我打心理战，他想让我投降，主动打电话约他来签合同。那样他提出控股要求，就不怕我不答应。"

徐明凯听了长叹一声："这台湾人心计太多了！本来说得好好的，到这时还拿你一把，真是吃人不吐骨头！"

田一珉冷笑一声："他遇见我也算是他算错人了，也许他现在正等我给他打电话，我还偏不打，看他怎么样！"

徐明凯一听急了："如果他今天不来怎么办？"

田一珉换了一种口气说："他今天不来明天来了我也不签！像这种毫无信誉可言的人，即使和他勉强签约，今后也免不了磕磕碰碰，麻烦的事多着呢！我宁愿破产也不想窝囊自己。"

徐明凯一听更急了，合作的事要是泡汤，他的损失太大了。无奈，他只好躲到卫生间里给林发权打了一个电话。响了半天才接通，接电话的是办公室万主任，当他听说是问签约的事，并没有马上回答，而是过了一小会儿才回答说："林总今天有点感冒，正在医院打点滴，预计明天会好些，只能等明天再定了！"听到今天不能签约的回答，徐明凯顿时傻掉了，反复无常、言而无信的事听是听得多了，但眼见还是第一次。他突然开始对林发权恨起来，希望破灭，比没有希望更残酷。

就在田一珉陷入一筹莫展的境地时，三天不见踪影的公司副总经理于飞晚上突然给田一珉打来电话："田总，晋江现有三家公司愿意出资5000万与咱们合作。条件是占项目百分之三十五的股权，其他的都好商量，你看怎么样？"

“同意！有这样的好事还不立刻答复他。哪怕是乘人之危、趁火打劫的合同我都要签了！务必先和他们草签协议。”田一珉兴奋得立即做了指示。

田一珉和于飞是多年的同事。田刚到总公司任职不久，公司总经理需要配备一名秘书，特委托田一珉和人事处长共同负责此事。在人才市场忙乎了一上午，但适合做大集团公司老总秘书的还是没招到。眼看中午休息了，两人都很沮丧，不知回去如何交差。返回的路上，田一珉边走边说：“整个人才市场，我看就一人符合咱们老板选秘书的条件，可惜这人还是负责招聘的！”田一珉说的是当时代表其他公司同在人才市场负责招聘的于飞，言外之意是表示遗憾和失望。没想到人事处长却动了心思：“你有合适人选？咱们回去看看，我不信国有大公司招人，她不动心！”之后，两人又折了回去。田告诉那位仁兄后，便在不远处看着他俩对话，不一会儿就见人事处长美滋滋地回来了：“搞定了，她答应下午3点钟到咱公司面试！”此后，田一珉和于飞便认识了，而且成为配合默契的搭档。

于飞原是市二中的数学教师，毕业于福建师范大学，因不喜欢复杂的人事关系，进了一家塑钢公司做总经理助理。于为人行事洒脱大度、泼辣干练，虽看似文雅，不乏倩女柔情，但做事从不拖泥带水，敢说敢做，赢得了同事的认可和尊重。也就是这个原因，田一珉建公司时第一个想到的就是她。当田一珉诚邀她加盟时，她只思考了片刻，便一口答应了。事后她说，加盟田一珉的公司是看到他为人正直、豁达沉稳的人格魅力，和这样的人共事有默契感并且身心愉悦。至于能赚多少钱是次要的。有感于此，田一珉当即答应送她百分之二十的公司股份。自从公司资金短缺，财务面临前所未有的压力后，她就四处奔波，虽然以房产换了部分资金，在一定程度上缓解了内部的开支压力，但对于大宗的工程款还是杯水车薪。看着田一珉每天为此忧心忡忡、愁眉不展，讨债的人络绎不绝，她的心也跟田一珉一样忍受煎熬。这次她来晋江已三天了，找人投资与合作的事仍毫无进展。其间有一家陶瓷私企老板同意出资3000万与她合作，但在晚上的酒桌上，老板看于飞好像不谙商道上的潜规则，于是，饶有兴趣地给她讲了个段子：

“有一老总打电话给秘书，说这几天去杭州玩玩，你准备一下。秘书于是就打电话给老公：这几天我要和老总去杭州开会。老公心中大喜过望，打电话给情人：这几天我老婆不在家，你来陪我。情人于是就打电话给辅导的学生：这几天老师有事，停课几天。学生很高兴地打电话给爷爷：这几天老师不上课，爷爷你陪我玩。爷爷无奈打电话给秘书：杭州去不了，孙子要我陪他玩。秘书于是又打电话给老公：老总临时有事不去杭州开会了。老公赶紧给情人打电话：老婆不走了，后会有期吧。情人恨恨地给学生打电话：这几天照常上课。学生马上给爷爷打电话：老师说这几天照常上课。于是老总又打电话给秘书：还是去杭州吧，你准备准备……”

说完他便拿眼睛色眯眯地看着于飞，那意思非常明显，遂了他的心愿，明天早上即可签订合作协议。于飞从在学校时起，由于品相出众，从不乏追求者。进入商海这些年，对于这类事好像司空见惯、处变不惊了。面对对方的暗示，她想捉弄一下这位仁兄，于是她也讲了一个段子：“一个小伙子手中有2000元。他用1500元给自己心仪的女孩买了一部手机，然后留500元准备吃饭开房。当他去约她时，她却说，你的确是一个好人，但我俩真不合适，拒绝了他的求爱。而他的情敌，另一小伙子却别出心裁。他花700元租了一辆宝马，然后花300元到花市买了99朵玫瑰，最后开着宝马车，手捧鲜花去见她，邀请她手牵手到那些浪漫的小吃街去体验生活的情趣。女孩于是欣然跟他去了，她说这是为了爱情。”于飞意味深长地讲完这个故事，看了老板一眼，“怎么样，我的这个故事和你的比起来，哪个更让你感兴趣？”看着老板一脸茫然的样子，于飞起身飘然而去。

她这次来晋江还有一个原因，她的大学同学陈浩如今在晋江做了老板，功成名就。一个月前就通知全班同学举办“纪念毕业十周年”的大型活动。费用包括机票、酒店全部由他来承担。在当天的纪念酒会上，于飞发觉，来的31人当中，只有她和另两个离异男生是单身，其余的全都已成家了。看着出双入对的同学，想着形单影只的自己，于飞有些黯然神伤。陈浩在学校时就是她的追求者，看到于飞神情有些异样，便凑上前来说："怎么了，我们的大美女？"于飞在学校时就有"冷艳美女"的别称，由于她拒人千里之外的个性，许多同学都不敢接近她。只有陈浩对她是憨脸皮厚、情有独钟。虽然当时没有结果，但陈浩一直念念不忘，十年了。今天他见于飞情绪有些不高，便上前问了一句。

"什么美女？年轻貌美的才叫美女。我嘛，叫剩女还差不多！"于飞自我揶揄道，"十年了，看着你们个个功成名就、家兴业旺，我们的差距真是越来越大了！"

"你不也是很好吗，听说在一家房地产公司做老板。现在最火的是房地产行业，我都想改行去盖房子了！"陈浩侃侃而谈，一副轻松的样子。

"你是只看表面，不看其中。现在国家对房地产行业的政策一直在调整，房子卖不出去，我都快要破产了！"于飞抱怨着说。

"没你说的那么恐怖吧？怎么回事，说说看！"陈浩感到有些不解。

于飞于是把公司的情况一五一十地告诉了他。

"这不是基本面的问题，而是你们公司盲目扩张、贪大求快的结果。房子不好卖是短期的，而城市化进程步伐加快才是长期的。要看到这一点！"陈浩强调说。

陈浩的一席话让于飞有点刮目相看，仅十年的光景，就让一个人变化如此之大，她不由得重新打量起眼前的这位老同学来。当年她就是看不起他死皮赖脸的滑头相，最终才没有什么结果。

"看不出，你的思想高度和政策敏感度提高得倒是蛮快嘛！"于飞说。

"十年了，你知道我在商海里喝了多少海水，翻了多少回船，遭遇了多少潜规则？商场如战场，不是嘴上说说，而是真真切切的厮杀。当年租厂房为了每平方米减一块钱租金，我坐长途车连跑了三趟龙岩，拜年话说了三千遍，才签下合同。这就是商场，世界上最残酷的战斗莫过如此！"陈浩越说越激动。

"难得你还慷慨悲歌，我现在连这精神都没了！只想着企业破产我该怎么办！”于飞又说。

“其实没你说的那么悲观，我倒是看好房地产业的。退一万步说有那么多的房子还怕钱回不来。你如果愿意，我投3000万，你还缺多少？”陈浩说得像玩儿似的。

“3000万恐怕不够，得4500万到5000万。”于飞的心像是从冰窖里一下子置于暖洋洋的太阳下，三天来的阴霾一扫而光。不要说5000万，有3000万就足以救公司的命了。但她还想得寸进尺，有5000万就毫无后顾之忧了。

“各位，咱们于飞同学的房地产公司急需2000万的资金，有谁愿意投资房地产的，手里又有富余资金的报上名来，愿意参股和购置房产的，这可是绝佳的机会啊！”陈浩向大家宣布了这一语惊四座的消息。本来是一场同学聚会，现在经陈浩的引导变成了投资咨询洽谈会，最后有两位同学刘富通和江黎平各出资1000万算是给这场同学聚会画了个圆满的句号。于飞怎么也没想到几天来的愁云今晚会一扫而光。真是踏破铁鞋无觅处，得来全不费功夫。她不由得向陈浩投去感激的目光。整整三天了，她不知这三天公司里会发生什么情况。田一珉要跳楼的事情传到她的耳朵里，让她感到心碎。她恨自己无能，让公司走到今天。现在奇迹发生了，她觉得阴霾天一下子变成了艳阳高照。她按捺不住内心的欣喜，马上打电话把这个喜讯告诉了田一珉，让他在无望的煎熬中尽快解脱出来。但晚上的氛围及酒精的作用拖到明天是否还能兑现？这又让她的心悬了起来，在忐忑不安中挨过了这一晚。第二天上午大家才陆续起来见面，同学们对这次的聚会极其满意，相约以后要多多举办类似活动，吃完午饭各自打道回府。于飞和陈浩、刘富通、江黎平四人又探讨了一些细节问题，最后达成了初步的合作意向，这才圆满结束。本来晚上陈浩准备为于飞设宴饯行，但于飞归心似箭，谢绝了陈的好意，告别了晋江的几个同学，驱车向南厦急驶而去。

得知于飞归来的消息，田一珉从工地直奔公司，看见面露疲惫却带着微笑的于飞，心里顿时温暖了许多。这种同事间的信任感和默契度是两人多年交往形成的。

“辛苦了，说说你的收获吧，我这已是奄奄一息。再过一天恐怕就要梦断元山了！”田一珉苦笑着说。

“情况昨晚我已在电话中大致说了。三个人共5000万，占项目百分之三十五的股份，在南厦怕是没人干的，所以我就自作主张答应了他们。”于飞说。

“你做得对！有这5000万等于救了公司。你知道我做了什么决定？你要是晚回来一天，明天早上这里包括下一个项目有近一半的股权将旁落。我此时只想起一个词叫饮鸩止渴，但这的确是不得已而为之的事。”田一珉说到激动处有些不能自已了。

“别说了，这几天我一直在担心，合该是咱们福大、命大、造化大，想想真是太不容易了！”看着田一珉的眼睛有些湿润，于飞赶紧把话题转移了。

男儿有泪不轻弹，于飞不知道田一珉这几天经历了什么，看到他情绪依旧有些黯然，就说：“好了，你就准备合同吧，他们明天会来的，如果顺利，年前首期预付款两千万会到账的！”

“真得谢谢你了！怪我当初没听你的话，没有你，公司不知死几回了！”田一珉真诚地说。

“那你今天请客，咱们找个地儿吃点好的，怎么样？”于飞兴致来了。

“好啊！滨河路上有一家山西刀削面特别地道，加点老陈醋和香辣子，那怎一个爽字了得！”田一珉的情绪开始高涨了。

“你也太抠门了！堂堂一房地产大老板请美女吃饭就弄一碗面，你也拿得出？”于飞开始调侃起田一珉来。

“那你说咱们去哪儿？那家刀削面也常有开宝马、奔驰的去吃啊！”田一珉毫无头绪地说。

“难得今天心情这么好，跟着你这几个月我也一直压抑着，今天我要轻松轻松，喝个一醉方休，不醉不归！”于飞一口气说了这么多。

“好，听你的！”田一珉也被于飞的情绪感染了。

两人正心情转暖议论到哪儿去吃饭时，门被推开了。于飞正想斥责下属不敲门就闯进来，可当她抬眼看时，一女子已走了进来。见那人一头齐肩短发，戴一副水晶白边框的眼镜，白皙的皮肤却掩饰不住一脸的怒气：“田一珉，你把我娘儿俩扔到酒店里就没影了，两天都不来看一眼，抛开咱们的恩怨不说，朵朵怎么了？千里迢迢找到这儿来，天天哭着要见爸爸。你倒好，不关心女儿死活，却在这儿跟人有说有笑，还像个父亲吗！”

于飞没见过这女人，她也没听田一珉提起过自己的家事，两人共事多年从不谈各自的私生活。对田一珉的家庭，她是一无所知。但凭着女人的直觉，她猜想可能是田一珉的妻子，不然绝不会用这种口气讲话。

“我这两天实在太忙了，前天开股东会，昨天与台商谈了一天，今天又草拟合同，下午去了工地，听说于总从晋江回来了，就急忙赶回来，我打算明天签完合同再去看你们。现在去我怕会影响朵朵的心情。”田一珉说。

“你现在的心情不是很好吗，有说有笑，哪像要跳楼的样子。见我们娘儿俩你就不好了，见别的女人你就乐开花了！”何文华越说越来气。

于飞听不下去了，她站起来说：“嫂子……”她的话还没往下说，就让何文华打断了：“别叫我嫂子，我们已离婚多年，现在什么关系都没有，不过女儿得叫他爸。他不想认是不行的！”

于飞见此情景也无话可说了。她看了田一珉一眼：“田总，既然你有家事，我先回了，你们谈！”说完她礼貌地向何文华点了个头，离开了办公室。

田一珉还想向于飞打个招呼，但被何文华打断了：“她是谁？看她对你的亲热劲，把她娶回家得了，开个夫妻店，你日子就好过了！”何文华冷嘲热讽道。

本来今天田一珉的心情好多了，几天来的压抑被于飞带来的消息一扫而光，现在经何文华一番刺耳的话，好心情又给破坏了。他的心里充满了怒气，他想狠狠地宣泄一下。但理智告诉他，冲动是魔鬼，天命之年的他应以平和的心态对待一切。经过两天前那场跳楼事件，他的心智又上升到一种新的境界，以静制动，以不变应万变，自在我心。

“咱们别一见面就吵，我没去是我的错，等明天忙完了，咱们就解决孩子的问题，好吗？”田一珉换了一种口吻说。

“这还差不多，记着，别老跟我过不去。以为离开我能过得多好呢，没承想混到要跳楼的地步，真行啊，田一珉！”何文华说。

田一珉不再言语了，这么多年她都是用这样的口气和他说话，他已经习惯了，随她说去吧，天不会塌下来。

“你不是缺钱吗，我带来的100万你还要不要？”

“刚才那个人是公司的于副总，是她从晋江融资5000万，缓解了公司的资金困难。你的钱还是按自己的计划该做啥做啥吧。谢谢你，在我最艰难的时候力挺我！”田一珉说。

“我才不管你呢。我是看朵朵没爹太可怜了，才出手相救的。要是你自己，跳去吧，跳下去都不解我心头之恨！”何文华恨恨地说。

“我怎么得罪你了，这样恨我？”田一珉不解地说。

“就恨你！我是个要强的人，在研究所勤奋工作，年年得奖。就因为离了婚别人都在背后对我指指点点。我一赌气就提前退休了。没了工作，我现在不知道干什么去！”何文华一口气倒出了她郁积已久的怨气。

“塞翁失马，焉知非福？说不定你来南厦否极泰来，有好运来了！”田一珉说。

“好运？来的第一天，就看你被逼得跳楼，我的心像刀绞似的。本来是到这儿投靠你，哪承想你混得这么惨，我现在真不知怎么好了。没来这儿之前，就常听人说，南方的老板因破产而跳楼的比比皆是，想不到我自己就摊上了，生存环境这样严酷，让人怎么活呀！”何文华说着说着抹起眼泪来。

田一珉让何文华数落得有些语塞。自己来南厦这么多年确实毫无建树，都说南厦遍地是黄金，可他连个影儿都没捞到。如今这娘儿俩来了，好歹得让她们有个安身的地儿。

田一珉想了想说：“既然来了，就不要想那么多了，你们娘儿俩先到我那儿住吧。我办公室有床，一个人在哪儿都能凑合。”

“多大年纪了，还以为自己是小青年呀！住办公室，亏你想得出！来之前我就想好了。到这儿先买一套房子，让女儿觉得有归宿感，这样才能安心学习。”何文华说。

“这样也好，总比我那破房子要好多了！”田一珉说。

“就是不知要买个什么样的，你是做房地产的，总该知道哪儿的房子好吧？”何文华说。

“你们先到我那儿住些日子，我了解一下，有合适的再定。”田一珉看着何文华说。

“也只能这样，我们娘儿俩来这儿两眼一抹黑，你不管谁管，难道让大街上的人去管！”何文华理直气壮地说。

“我管——我管！”田一珉一连说了两声，何文华的脸上才开始多云转晴。

“我该回去了，朵朵还在余阿姨家，怕是等急了！”看到来这儿的目的已达到，何文华站了起来。

看着何文华走了，田一珉才想起该给于飞打个电话表示歉意。

第二章

波诡云谲处

Section 01 · 被人拐卖

一宿没合眼的陆晓雅，翻来覆去想着她和田一珉这三年相处的时光。说心里话，田的沉稳、随性，睿智、幽默和从不求全责备的性格，她还是很喜欢的。虽然田很倔强，常常爱较真，一条道跑到黑，但对她还是宽容、大度的。这次怀孕风波是晓雅感觉自己的年龄实在太大了，35岁怀孕，大夫说不能再做引产，必须得生下来，这才让她有了坚持生下来的决心。田一珉不同意生下来，完全是站在他自己的角度上，而没考虑她的感受，这让晓雅无论如何也接受不了。思考再三，她决定暂时离开南厦一段日子。一来公司岌岌可危，她要到河南驻马店找她亲哥哥陆晓东一趟，请他来帮帮田一珉。必要时，停工的项目由他接着做。既解了田一珉的困局，又给哥哥的公司找到新的经济增长点。二来回家看看父母。自己已三年多没见到老人了，每每想起，晓雅都不胜伤感，父母把自己养大成材，自己却远离他们，不能尽孝，让晓雅时时不安。她想再过一两年，就将父母接到南厦来一起住，也好尽一份孝心。再次是好好休息一下。自打怀孕后，晓雅就感到特别累。无论心理还是生理，都有超负荷运转的感觉。加上回家看到田一珉愁眉不展的面容，也都给了她无形的压力。她决定远离田一珉一阵子，等孩子生下来再回到他的身边。到时奉子成婚，一切都顺理成章。主意打定，等早上田一珉走了，她就到学校辞了职，然后给田一珉做了顿晚餐，背上行囊登上回老家河南的火车了。

一路舟车劳顿的陆晓雅经南昌换车首先在驻马店下了车。哥哥陆晓东已到车站前来迎接。兄妹俩几年不见，自然格外亲热。看到妹妹比先前胖了许多，自然免不了调侃：“嗬！这是谁家的女人？怎么一点也不像我家那个亭亭玉立的陆晓雅了！”

“我都多大年纪了！你以为我还是上大学的时候啊？”妹妹笑着说。

“我妹妹是谁呀！万花丛中一点红，男人见了不羡仙。”陆晓东只要见了妹妹的面，总要夸上几句。

“别贫了！嫂子怎么样，挺好的吧？”

“好！好得不能再好了。自从生了果果，身价就不一般了。我回家哪句话不小心惹着了，准和我闹一晚上，我现在都有点怕她了！”

“你们男人就是不知足，人家越关心你，你越不知好赖。人家冷落你，你就过来求人家了！”晓雅说这话时想起了田一珉，不知此时他在哪儿发呆或着急呢。

见了嫂子，陆晓雅感到一股暖流流遍全身。嫂子跟自己有着特殊的感情。她上大学四年级，要毕业时，得知嫂子患了肝癌。她论文都没写，就和哥哥一起陪嫂子到天津肿瘤医院做护理。一个多月下来，吃没吃好、睡没睡好，人都快脱相了。其间，嫂子的家人连姐姐和妹妹都没来看上一眼。最后确诊不是癌。三人喜极而泣。患难见真情，自那以后，嫂子就对这位小姑格外上心、关怀备至。陆晓雅到了南厦，姑嫂两人也是联系不断，时常沟通，互相安慰。今天见小姑来了，嫂子特意请了假，做了一桌好菜，招待亲人。两人见面就拥抱起来，嫂子更是泪流满面，想念亲人足见一斑。吃完饭晓雅就将田一珉公司面临的困难和哥哥的机遇原原本本地陈述了一遍，末了她说：“现在介入正是时机。若在平时，你根本插不进去。比你条件好、有背景和资金雄厚的排队等着找活干，外地人更是连边都摸不着！”

哥哥似乎被妹妹说动心了，思忖再三才说：“他目前需要多少资金，才能缓解局势？”

“这要看你的实力了！多多益善。能入股，成为公司的股东，那你今后的财运就来了！”晓雅极力撺掇哥哥去南方一试身手。

“光听你这样说，那田一珉是不是像你这样想？你哥这些年摸爬滚打见得可是多了。商海无情、人心叵测，在利益面前，谁都是六亲不认的！”陆晓东一副饱经世故的腔调。

“哥，田一珉不是那种人！他是个文人。不像你们这些包工头见利忘义，有奶就是娘！”陆晓雅有些急了，她不愿别人诋毁田一珉，更不想哥哥也这么看他。

“啧！这还没过门就开始向着人家了，连带着把你哥也踩了一脚，要真结婚了，你哥连登门恐怕都难了！”陆晓东打趣地说。

“嫂子，你看我哥怎么变得这样了？我一番好心，他非但不领情，反而说三道四，认为我是让他跳火坑！”晓雅见哥哥涮她，转而向嫂子求救。

“别听你哥的，他是故意捉弄你。连我都听出来这是个好机会。北方一到冬天就猫冬，南方一年到头有活干。这年头谁怕钱咬手，等干好了，嫂子也搬到南厦和你做伴去，让你的侄儿侄女开开眼界，长大一脚跨到海外去！”陆晓东的夫人声援起了小姑子。

“好！既然妹妹把田一珉夸得像酱碟似的，那我就去南厦见见我未来的妹夫。谈得投机，我就雪中送个炭；不投机，我掉头就走，权当旅游了！”

晓雅见哥哥答应了，马上打开手机拨通了田一珉的电话。田一珉刚和于飞通完话准备休息了，接到晓雅的电话一下子从床上跳下了地。三天了，他无时无刻不在惦念着晓雅，现在终于听到了她的声音，这颗悬着的心有了着落。“你在哪儿？我担心死了！你不知道这几天我是怎么过来的。回来吧！晓雅，我们马上结婚，孩子我同意生下来！”田一珉一口气说出了晓雅梦寐以求的两件大事。

听到田一珉的这些话，晓雅是悲喜交加。几年了，她盼的就是这些话，今天田一珉终于说出口来。这让她激动不已，她的心洋溢着无比的温暖，憧憬着那一日的到来。但还有比这更重要的事等着她来协调。“一珉，我已来到哥哥的家，你知道他是做建筑工程的。我讲了你的困难，他听了愿伸援助之手，无论资金还是施工队。现在他就在我旁边，你们俩认识一下吧。”晓雅说完把电话递给了陆晓东。

“您好！我是陆晓雅的哥哥陆晓东，您是田总吧？听晓雅大致介绍了您那边的情况。这样，最近两天我抽时间过去和您当面洽谈，您看可好？”陆晓东简明扼要说了自己的想法。

“好！那你就来吧，临上飞机前发个航班号，我接你。”田一珉很高兴地回答了陆晓东。

“一珉，别惦记我了。我要在家陪爸妈住上一段时间，你要好好保重。哥哥去了，如能帮上你，就留下他。好歹是一家人，日后有个帮手，总比别人强。不多说了，再见！”晓雅怕再多说就会控制不住眼里的泪水，赶紧放下了电话。三年了，她从未离开田一珉这么远，那种思念之情让她随时有想哭的感觉。让哥哥嫂子看到会笑她的。

完成了使命，晓雅第二天就离开了哥哥家，任嫂子百般挽留，她还是执意登上了回家的火车。不料车到郑州后，来到售票大厅时她傻了眼。农民工占据了整个售票处，她根本挤不上前。晓雅无奈只好找个角落休息一下。她想等一会儿人少些时再去买票，她的家在开封市区，离郑州不太远，今晚无论如何也到家了。她想着想着竟然打了个盹。

“姐姐——这位姐姐！”女孩的呼唤声惊醒了陆晓雅，她睁开眼睛，一个看上去还不到20岁的女孩闯进了晓雅的视野。一双长而细的眼睛配上红扑扑的圆脸，给人一看便知是淳朴憨厚的农家小妞。

晓雅有些意外，她并不认识眼前的这位农家女。

“我们不认识，你找我有事吗？”晓雅心里只想着赶快回家，她不想与陌生人搭话。

“姐姐，我看你一个人怪孤单的，穿得又少，会冻出病的。”她话还没说完，便把自己身上穿着的羽绒服披在了晓雅身上。

晓雅顿时感到一阵温暖。由于习惯使然，从南厦出来她只带了秋衣绒裤，没想到下了火车竟然这么冷。她把带来的御寒衣服都穿在身上了仍感到有寒意上身。现在小女孩把她的羽绒服披在自己身上，晓雅虽暖在身上，但心里却过意不去。

“你把衣服让给我，你自己穿得也不多，这样会冻坏你的！”晓雅说完便把羽绒服塞给小女孩。羽绒服就在两人手里推过来又搡过去，最终还是落在晓雅的手里。

“衣服在我身上，你不冷吗？”晓雅问。

“我里面还有厚厚的坎肩，一点也不冷的！”小女孩指了指身上的蓝坎肩。

经过这个小插曲，两人的距离感一下子消除了。晓雅首先问起了小女孩：“小妹妹，你家在什么地方，今年多大了？”

“老家在漯河乡下，今年19岁。你管我叫汪小丫就行了！”小姑娘很爽快地回答了晓雅的问话。

“你中学毕业了吗，还是参加工作了？”晓雅与她聊了起来。

“我初中还没毕业，就下地干活了，这两年出来打工，在餐馆、旅店做过服务员，干过的事很多，就是挣不到钱！”汪小丫说。

“你还是读书的年纪，进入社会太早，可惜了！”晓雅不禁为这个小姑娘感到莫大的遗憾。

此时，售票大厅仍然是人头攒动、熙熙攘攘，水泄不通的人群也挡不住寒气袭人的天气。看到汪小丫不停地踱步，晓雅马上将外套披在她的身上。两人又是一阵推来让去。最后，汪小丫提议：“姐姐，咱们到候车室去吧，那里还是很暖和的，想买票等一会儿再来，也许到那时人会少一些的。”

看看一时也没什么好办法，陆晓雅只好点头同意。汪小丫见状帮忙拉起箱包，两人进了候车室。候车厅果然比售票处要暖和多了。两人找到座位放好行李坐下来。

“姐姐，你到哪儿去呀？”汪小丫说。

“我是回家，老家在开封市里。”晓雅说。

“哦！看你像个老师，回家过年？”汪小丫说。

“我是教中学语文的，放寒假回家过年。”陆晓雅放下了所有的戒心，毫无保留地与这个素昧平生的人开始聊起来。

“教中学的老师工资还是很高的吧？”汪小丫说。

“还可以吧，有3000多。”晓雅说。

“你一个月挣的钱还不如我干十天的，太少了！”汪小丫摇摇头说。

“你是做什么工作的？”晓雅感到好奇。

“给你说实话吧，我去福建安溪进铁观音茶，每去一趟，带回五六十斤，每斤赚三五十块，你说一个月我能赚多少钱？”汪小丫不无得意地说。

陆晓雅见小姑娘说得像玩似的，心里感慨万千。同是谋生，有的入不敷出、糊口度日；有的轻松上位、日进斗金。真是天地之差啊！

“姐姐，你在想什么？我看你都走神了！”汪小丫看着陆晓雅的眼睛说。

晓雅让她说得有些不好意思了，急忙辩解说：“我什么都没想，只是听你说赚钱太容易了！有这样好赚钱的事吗？”

“姐姐，你不信我说的，咱们俩就去一趟，看看是不是真的。本钱我出，回来赚钱各分一半。要过年了，有个伴总比一个人要好多了！”汪小丫像是对晓雅说也像对自己说。

看着小女孩认真的态度，陆晓雅并未多想：“小妹妹，我已三年没回家过年了，谢谢你的好意，我就不去了！”看着汪小丫瞬间流露出失望的眼神，她又补充了一句，“你留个电话给我，过完年了，咱们再相约去安溪一起做生意，可以吧？”聊了一会儿汪小丫要去买票了，两人匆匆告了别。看着汪小丫走远了。晓雅很是感慨，她教的学生比这个女孩小不了多少，可好多人出了学校，连家都找不到，跟这孩子相比，简直就是天壤之别。

在候车大厅暖过劲来的陆晓雅看着外面的天色已近傍晚，就拉着箱子向售票处走去。刚才还人满为患的售票大厅里，人似乎少了许多，能找到排队的后尾了，晓雅就排起队去了。此时，她归心似箭，不管心里有多少烦心事，见到亲人就好了，她相信自己父母是通情达理的人，有什么事他们也会理解和宽容的。晓雅愈想这些愈感到家的温暖，竟忘了身上的寒意。就在她专心排队等待购票时，一眼看到前面不远处汪小丫也在排队买票。小丫也看见了她，连声喊起：“姐姐——姐姐！”

晓雅向她点头示意，并摆起手。小丫也向她摆手示意：“姐姐，到我这儿来，这边排队快！”

晓雅不愿加塞，她觉得后面的人会有意见的。她只摆了摆手，谢绝了小丫的好意。没想到小丫冲出队伍径直来到她的面前：“姐，我替你买票，你在后面等着就行了！”她说完拉着晓雅退出了排队的人群。晓雅忙把钱交给她，小丫又把钱推了回来，并说：“等买完票再说，你就在这儿安心等着吧！”她说完又回到刚才的位置上。

不多会儿汪小丫买票回来了：“姐，咱们还到候车室去吧，这里太冷了！”她说完就拉着晓雅的箱包往外走。

“钱——车票钱！”晓雅一边低声唤着小丫，一边紧赶慢赶地说。

进了大厅，找到座位，还没等晓雅开口，她就说：“姐姐，你在这儿看一下东西，我去去就来。”她说完把自己的双肩包也放在了座椅上，然后走了。看着小丫消失得无影无踪，陆晓雅只好坐下等她回来。不知过了多久，汪小丫才赶了回来。这时，车站广播室的喇叭也开始播音了：“往南昌的253次列车，开始检票了，请旅客们排好队检票进站！”

“姐，检票了，咱们进站吧！”汪小丫不等晓雅开口便拉起箱包急急地向检票口走去。晓雅只好拿起汪小丫的双肩包紧跟着进了检票口。一切都那么自然而然、顺理成章，直到火车开走了，晓雅才如梦初醒：“这趟车经过开封吗？”她感到有些疑惑。

“姐姐，我是实在不想离开你，打第一眼看见你，我就知道咱俩有缘分。你太像我的大姐了，可惜她生孩子难产死了。”小丫说着说着眼睛里开始噙满了泪水。晓雅是个见不得眼泪的人，看见汪小丫动情落泪了，她的恻隐之心开始发酵了：“小妹妹，你既然认我是姐姐，我也认你这个妹妹，以后咱们常联系，你可以到开封来玩，我可以带你去禹王台、开封府、清明上河园玩和品尝灌汤包等开封名小吃。”

两人说话间列车广播室开始播音了：“旅客朋友们，列车前方到站是许昌车站，有下车的旅客请拿好行李准备下车……”晓雅听到广播后才知道上错了车。她马上向汪小丫要车票看个究竟。当她把两张票都看了一遍，才发现终点站全是南昌。到这时她才明白，小女孩把她骗上了车。虽然还不明白她的目的，但晓雅还是感到有些气愤：“我托你买票是要到开封，并没有让你买到南昌，你这是什么意思呀？”晓雅的火在往上升。此时的汪小丫一言不发，眼泪又是一滴一滴地掉下来。晓雅看她伤心不已的样子，心中的怒火也给一点点地浇灭了。

“你倒说话呀？你连和我商量一下都没有，就自作主张，怎么能这样呢？这票钱我可是不付啊！”晓雅还是有些不依不饶，望着窗外，她气恼得跟什么似的。

一直没有开口的汪小丫说话了：“我怎么看你都像我姐姐，就想和你多待几天。你就原谅我吧！来回车票钱由我出，你就陪我去安溪玩几天，赚的钱也有你一份，好不好？”汪小丫不哭了，她努力表现得很真诚的样子。

陆晓雅真是有些哭笑不得，她这一生从未遇到这样的事，看着眼前这个稚嫩的小女孩，比她教的学生大不了多少，但做的事却让人匪夷所思、不可理喻。她真是有些不知如何是好了。“你年纪小小的，为达目的就把人诓上车，你不知道这是骗人吗？往严重里说这是拐骗，是犯法的！”陆晓雅真不知说什么好了。

“姐，你可别吓我呀，我就是一人挺孤单的，想和你做个伴，去一趟南方赚点钱好回家过年，哪像你说的啊！”小丫边说眼睛里边流露出几分害怕的样子。陆晓雅有些无语了，大千世界无奇不有，遇到这样的小孩子，任你是谁也无可奈何了。“小丫，听着，我可以帮你。咱们速去速回，来回有五天就可以了，我也不要你赚的钱，只盼你回家和父母好好过个年就行了，记住，君子爱财取之有道。什么钱该赚，什么钱不该赚，你小小年纪要把握好，否则，一步走错，饮恨终生！”晓雅意味深长地说。

“你不怪我了？你真是我的好姐姐！我就是想和姐姐你多待一阵子。我一个人去那么远的地方，总感到有些孤独，有你跟着我就放心多了。”汪小丫的脸上开始露出先前的笑意。

经过一天一夜的辗转，两人终于来到泉州安溪县一个叫官桥镇的地方。在安溪县城叫了一辆面包车，上来两个四五十岁的男子。晓雅很意外，她不知上来的这两个人是做什么的，她想了很久终于想起来了，其中一个人早上在南昌火车站的洗手间门口和小丫说了几句话。当时晓雅坐的位子比较远，没听清他们说什么，只是单纯地以为男子向小丫打听事儿，并没有多想。现在男子竟然跟她们坐到同一辆车上，这让晓雅感到疑惑。一瞬间有种不祥的预感袭上心头，或许在郑州她就不该盲目地跟这个小女孩上车。但转念一想，自己是个三十多岁的成年人，谁又能把她怎么样，难不成会生吞活剥了她。可怜的陆晓雅什么坏处都想到了，唯一没想到“拐卖”这个改变她一生命运的词。不要老把人往坏里想，毕竟这世界还是好人多。晓雅就是在这种矛盾的心理中纠结着。

“姐姐，想什么呢？”坐在一旁的汪小丫见晓雅心神不定的，就问了一句。

“没想什么，只是感到有点累了。”晓雅忙掩饰自己疑惑的表情。

“就快到了，我每次来都是到茶农家收购，价格好，品质又能保证。”小丫极力把陆晓雅的思绪引到倒卖茶叶上。

面包车在崎岖的山路上又行驶了很长的一段时间，才停在一户农家的门前。“是这家吧？”小丫问了随行的男子。

“是的，就是这家！”男子说。

“姐，到了！今天太晚了，你饿了吧？”她说完先跳下了车，一行四人进了院中。

这是一栋两层高占地有近两百平方米的砖混房。外表一般，很普通的农家院舍。进了屋中只有简单装修。家中有两个男人出来迎接，看样子都有三十大几的年龄，见了晓雅就直愣愣地看着，让晓雅感到特别不舒服。几个人在厅堂里寒暄了几句，小丫就领陆晓雅上楼了，不一会儿端来一大碗米粉让晓雅吃。连日来紧赶慢赶的车程让晓雅的头一直是昏沉沉的，车上也没吃什么东西，看见食物让她有了饥饿感。但尽管是这样，她还是放不下心来，只动了几筷子就放下了。她总感到有些不对劲，但哪儿有问题她又说不出。小丫倒是上下来回跑了几趟，她给晓雅抱来一套新的被枕：“姐，你就在这屋睡吧，我怕打呼噜影响你睡不着，我到那屋去睡！”她说完摆了摆手，道了一声“晚安”就再也没有出现了。

晓雅躺在床上翻来覆去睡不着，虽然睡意很浓，但仍有一种感觉时刻干扰她的神经，让她不能入睡。从郑州上车开始，晓雅就发现自己犯了大错，为什么连车票都没看就稀里糊涂上了车，到了安溪看见南昌跟来的人为什么不问问，还进了这个一点也不像做茶叶的人家，屋里没有任何加工茶叶的工具和打好包装要卖的产品。晓雅越想越睡不着，她就这么来回闪现这两天的经历……不知什么时候，她开始迷糊了。也许是太累的缘故，她做了一个所有女人都梦寐以求的美梦。

梦里她穿着一身洁白的婚纱，而迎娶她的正是三年来与她风雨同舟、同甘共苦的田一珉。没有豪华的车队和热情的宾客。有的只是一条披满绿色青藤的长廊和铺满鲜花的小径。新郎田一琨身着一套大红唐装，向她大步走来。当她和他相拥的那一刻，她感到自己像风一样飘了起来，任由田一琨把她带到空中。当她回眸相望时，身后的牌坊竟然有“世外桃源”四个飘逸豪放的大字。也就在那一刻，她被外面强烈的敲门声震醒了，原来是一场梦。外面的门依然在不停地被击打着，让人感到莫名的恐惧。陆晓雅爬起来看时，天已大亮了，一缕阳光毫无阻挡地从窗缝中照射进来。晓雅急忙下地开了门。

Section 02 · 休戚与共

早上，田一琨照例准时到了公司。今天，有两件重大事项要他来拍板定夺。昨晚他和于飞只聊了一半就被前妻何文华打断了。他回去考虑再三，决定和于飞的同学合作。即使出现矛盾，有于飞在中间斡旋，双方会有很大的调和空间；派设财务人员，也不会干扰和影响各项工作的正常开展。第二件就是与晓雅的哥哥陆晓东的合作事宜。既然有施工队愿投奔自己的麾下，何乐而不为呢！从建“元山现代城”开始，他就感到施工队不是自己的，很多事都协调不到位。有了晓雅的哥哥来助阵，他可以放心把工程交给陆晓东来做了。田一琨正思考如何回绝与亚华公司签订合作协议时，于飞来到他的办公室。

昨晚与田一琨的一席话，让她对田的家庭及以前不知道的诸多事有了初步的了解。说心里话，原先她对田一琨的好感仅仅是因为他让她进入了一个国际化的大公司，开阔了她的视野，使她的人生格局有了更高的目标和境界。但经过几年的接触，她看到田一琨身上有着不同于一般人的可贵品质。田为人正直爽快、待人诚恳，高调做事、低调做人，从不飞扬跋扈、目中无人。不过骨子里却孤傲得很，不与他人过多接触。当田成立公司找到于飞时，出于对田的敬重和信赖，她还是选择加盟到田的公司，放弃了一直追她并给予丰厚待遇的塑钢公司老板叶昌德。田的人格魅力和成熟的思想像磁石一样吸引着她。时间久了，不知哪一天，她忽然发觉田的外表也让她有了顺眼的感觉。田一珉的身高只有一米七三左右，高度一般，黝黑的脸庞，镶嵌着一双不大但却炯炯有神的眼睛，厚厚的嘴唇让人难以有聪明和机智的联想，跟“帅哥”根本搭不上边。就是这样一个其貌不扬的人却有着九头牛拉不回来的倔劲。“海湾绿苑”就是他一意孤行导致被动局面的一大“杰作”。于一开始就反对用4000万拿下“海湾绿苑”这块地，原因是大环境银根紧缩，房产销售因银行资金收紧而变得严酷起来，她担心资金一旦回笼不畅，就有可能影响工程的进度。而这种担心还被田一珉戏称为“小脚女人”“没有胆识和魄力”。但随着房子销售每况愈下，她开始真正忧心起来。到最后也跟田一珉一样心急如焚、坐卧不安，仿佛所有的一切都悬在了“元山现代城”的项目上。现在峰回路转、柳暗花明，公司逃过一劫，于飞的心情又好了起来，今天只等和陈浩还有两个同学签了合同，一切便可万事大吉了。

历经像坐过山车一样体验的于飞，今天满面春风地进了田一珉的办公室，两人会心一笑，算是对眼下的危机做了最好的诠释。不用语言，只用一个眼神，对方便心领神会。于飞最欣赏的就是这种心灵的默契。她相信田一珉也是这样的心情。

“现在需要的是如何向亚华公司解释。毕竟双方达成了初步意向。”田一珉给于飞倒了一杯水，回到座位上说。

“你平时的睿智都哪儿去了？就说股东们不愿意，又找到了资金，以后还有合作机会，等等。”于飞不假思索地说了一大堆。

“这样的解释恐怕不能令人信服。”田一珉摇头说。

“那你有什么好办法，怎样既推掉合作又不伤了和气？”于飞说。

“眼下没什么好办法，容我考虑考虑再说。今天上午先接待晋江来的客人，条件成熟，即可签合作协议。确保资金到位，争取年前还部分欠债，让咱们过一个平安年！”田一珉说。

两人在正说着，于飞的手机响了，原来陈浩一行三人已到楼下了。于飞忙下楼迎接客人，这边的田一珉也通知办公室准备相关的合同文本。

在公司电梯口，田一珉与陈浩一行三人握手寒暄。于飞向各位一一做了介绍，大家一同进了会议室。于飞发现今天的田一珉格外精神，一身浅灰色的西装加上深红色的绸缎领带给人以眼前一亮的感觉，一时间，她看到了一个潇洒英俊的男人，没了往日的压抑，人也变得洒脱、热情起来。

“欢迎！听于副总说你们是同学，看来咱们是有缘分了。”田一珉以少有的热情与客人攀谈着。进了会议室，大家才开始说到正题。田一珉首先代表公司介绍了项目的概况，于飞接着又谈了双方合作的一些主要条件及细节。

“还是我昨天承诺的条件。投资5000万，占公司百分之三十五的股份。不参与经营，但可派财务监督资金的使用情况和全部销售收入及各项开支等。每季度定期召开股东会一次，汇报项目进展情况和存在的问题及解决的方法。”于飞一口气讲完了双方合作的条件和基本原则，“有些细节，双方还可协商修订，只要大的原则没问题，枝节问题都好商量的，我们田总很随和，一般我说的事，他都会全力支持的！”

大家正说着，秘书把合作协议拿了进来，人手一份发给大家。

“这份协议各位认真看一下，有什么问题可提出修改意见，既然是同学加朋友，什么事都好商量。”田一珉补充说。

“刚才两位都做了详细的介绍，我也听了个大概，这么着，时间也不早了，上午也签不成了，我们几个到酒店休息一下，顺便再讨论讨论，下午3点在这儿见。”陈浩看有了合同文本，提出了建议。

“好吧！于副总领你们去酒店，大家好好休息，咱们下午见。”田一珉与客人一一握手告别，并送到楼梯口。

“你的老板是北方人？言语虽不多，但听上去很坦诚。和这种人合作可以放心，一般都是言而有信，很少有坑爹的！”车上，陈浩表达了他自己的意见。于飞听了很舒服。这是第一次有人在她面前表扬田一琨。她心里想，平时的田一琨，可不像今天这般有模有样的，从哪方面看，都不像一个企业家。确实，田一琨很少注重个人形象，他认为一个人的内在才是更重要的。正所谓“进之愈深、其见愈奇”。但这个浮华世界，又有几人能看到其中的真谛呢！于飞常为这事替田一琨困扰。

中午，于飞在酒店的餐厅为三人接风。席间，还是陈浩首先发话：“你的老板也不过来陪咱们意思意思，是不是看不起我们？”

“你看他像那样的人吗，他是怕有他在会影响咱们之间的交流和探讨，影响大家的最后决策。没他，我们可畅所欲言，尽量发表自己的意见，免得将来有问题。晚上没事了，他一定会来的！”

“你是为老板开脱吧，还是真的为我们着想？”陈浩有意将了于飞一军。

“当然是为你们了！同学是永远的，老板随时换，你们说我该为谁考虑得多？”于飞说。

“这话听着让人感动。来！为老同学的友谊干一杯。”陈浩举起了杯子。

下午3点钟，陈浩一行三人准时来到会议室。

“合同我们也看了，基本上没什么问题。只是在转款时间上，我的意思是首期节前的2000万按合同上约定的时间准时支付，第二期付款应分两个时间节点。最后的1500万顺延一至两个月。这样才不至于造成太大的压力乃至违约。也给我们一个喘息的时间，对大家都有好处。”陈浩提出了修改合同条款的要求。

于飞看着田一琨，似乎在等他拿出意见。

“可以！协议可以这样签。但资金到时如果宽裕的话，最好能提前汇来，这样既确保了工程进度，又能提前回笼资金，对咱们大家来说是双赢的事，你们看好不好？”田一珉委婉地表达了自己的意见。

“没问题，如果到时资金回流及时，肯定会考虑的。就是怕万一有问题，失去信誉，不能正常履行合约，这就不好了！”陈浩代表另两个股东爽快地答应下来。协议很快修改完毕，田一珉和陈浩等四人一一在文书上签上了自己的名字，气氛顿时活跃起来。看着大家互相举杯庆贺，最开心的要数于飞，看到田一珉发自内心的微笑，她感觉自己此时也是最幸福的人了。

晚上，田一珉为陈浩等人举办了隆重的宴会。在一豪华的大包厢里，大家吃了起来。席间，为了活跃气氛，陈浩率先打破客套和互敬：“田总，都说房子好卖，怎么听你们的口吻却是无边落木萧萧下，真的是那样吗？”

“其实也不尽然。诚如一座山，横看成岭侧成峰，远近高低各不同。关键是你的角度和见识。听于飞说你是做服装出口的，不也有受国际环境和汇率影响而波动吗？”田一珉说。

在座几位都点头称是。

“其实我一直持这样的观点。商海沉浮，咱们要看大势。对房地产业，我一直看好，城市化进程是大趋势，这点我们要看到。我在这儿给各位讲个段子，希望能对大家有所启发。一个北京人，1994年为了圆出国梦，卖了鼓楼大街一个四合院的房子。筹了30万，背井离乡到意大利去淘金。风餐露宿，雨天送外卖，夜半学外语。辛苦节俭，两鬓苍苍。30年后，终于攒下100万欧元，相当于人民币768万，打算回国养老，享受荣华富贵。一回北京，发现当年卖掉的四合院现在中介挂牌5000万，刹那间他崩溃了。大家想想，这个故事告诉了我们什么？”陈浩说完看着大家。

“我认为这就是中国房地产的典型现象。人生很多时候都处于盲目阶段，选择有时比努力还重要。比如说这次与田总的合作。”一向不在众人面前发言的刘富通谈了自己的看法。

“既然大家都对房地产感兴趣，那我也给各位说个段子，看看你们的观点。说的是甲有三套房，不上班靠房租谋生。乙有一套房，但仍上班挣工资。丙无房，租房子住，在市场卖菜生活。忽然有天要收房产税了。丙说，太好了，反正我没房，收税也是收那帮炒房人的，我支持！等房价大跌了，我就可以买房了。乙说，没关系，我只有一套，要收税，也是收那帮炒房的税，我支持！房价跌了，我可以再买一套。甲说，噢！房产税收百分之一对吧？我下个月再涨百分之五的房租。房租上涨了，丙很郁闷，想换个房子，但发现都涨价，只好忍了。不过他将菜价也提了百分之五。甲和乙去买菜，发现菜价涨了，很郁闷，想换个菜场，发现菜场都涨价了，只好少吃点。你们说，这种现象给我们哪些启示？”江黎平说。

“要我看这些话题都太沉重了，咱们还是选点轻松的内容，要不然大家唱歌吧？”田一珉见气氛有些凝重，就岔开了话题。

“好，咱们唱歌吧！”于飞也表示赞同。于是大家都放开了歌喉。

……

看看时间已不早了，众人起身离开，于飞和田一珉把客人送到酒店后准备打道回府。田一珉的车因欠钱早已被拿去抵债，于飞开的是自己早年买的一辆本田越野。两人上了车，于飞才知道田已无家可归。“房子已给女儿和前妻住了，办公室有张床，我现在就到那儿去住。”他告诉于飞将车开到公司楼下就可以了。

于飞想不到田一珉已经到了这种境地。她的心隐约地感到有些痛。

“什么时候的事？”她说。

“今天早上，我把钥匙交给她们娘儿俩。估计现在已搬进去住了。”田一珉说。

于飞不再说什么，车子在灯光如昼的大街上沙沙地行驶着。说心里话，她自己就有一套三室两厅，是父母留给她的楼中楼，让田一珉去住绰绰有余。虽说她一个未婚的姑娘，领一个男人回家且进进出出，难免招人闲话。但于飞想的不是这些，她从来都是我行我素、独来独往的。世俗的观念早已不在她的大脑里存储。关键是她不知田一琨怎么想，万一人家另有想法，自己岂不是一厢情愿、贻笑大方。

“住办公室，会让大家怎么看你？”于飞说。

“我会怕人看！你与我共事多年，我什么时候是瞻前顾后的人？曾经沧海难为水，我都50多岁了，还怕别人说什么！”田一琨本来闭目养神，听于飞这么说，睁开了眼睛。

听了田一琨的这番话，于飞又仿佛看到了自己的影子。只一瞬间，她忽然有了新的想法，她决定暂不向田一琨发出邀请，现在提出并不合时宜，等过了这段时间，选个合适的时机再提会有事半功倍的效果。她这么想着，脚下的油门开始加力，车子在平坦的马路上风驰电掣……

第二天上午，于飞去给陈浩他们送行。临行前，她还再三叮嘱：“如首期款不存在问题，希望近日打来。农民工要回家过年了，他们的钱不给是不行的！”

“企业要都是你这样的员工该有多好呀！啥时候都想着公司和老板，我的媳妇跟你一点也不像，她才不管这些事呢，只要求我早点回家，哪儿都不能去！”

“当初你怎么不把于飞追到手啊？落个千古遗恨！”一向不大开玩笑的江黎平也插了一嘴。

“他是见异思迁，看有好的就扑过去了，根本就没什么耐心、恒心。到最后还是把我给扔了！”于飞顺着江黎平的话揶揄着陈浩。

“多让人感动啊！我现在回去就离婚，省得让你抱憾终生！”陈浩也顺杆爬起来。

“我可不做小三，害得人家妻离子散，那才是真正的缺德呢！”于飞笑得前仰后合。

“单身时不知道猛追，现在后悔了吧？”江黎平也开始揶揄起陈浩来。

“别说了，我现在肠子都悔青了。有后悔药吗？”陈浩装作悔不当初的样子说。

“别拿我开心，小心让你老婆听见，把一个多亿的嫁妆再拿回娘家去！”于飞拿陈浩开涮了。

陈浩确实娶了个富家女。结婚时，娘家的嫁妆有一家大公司、两套别墅、两辆豪华车及现金3000多万，合计有一亿五千多万，成为闽南当地轰动一时的头条新闻。

“人这一生是有定数的，命运让你有八升，你绝凑不上一斗。咱还是玩自己的八升吧！愿你能找到自己的真命天子，到时别忘请老同学喝喜酒就行。钱回去就打过来，放心吧！”陈浩感慨完发动了车子。

Section 03 · 投石问路

话说当日被骂了一顿的叶昌德，望着于飞远去的背影，婀娜的身姿配上猫步诱惑着他的眼睛一直到不见踪影为止，让他越看越有怜香惜玉之感。他很后悔由于鲁莽又错失了与她修好的良机。心有不甘的他拿起手机拨通了于飞的电话，听到“嘟”的一声又被挂断，无奈又拨了一次，还是被挂了。懊恼中，他感到只有当面解释或赎罪才有可能被原谅。但事务缠身，直拖到今天才没那么忙，于是他来到元山房地产公司的所在地——建工大厦。他想即使见不到于飞见着田一珉也可会会这位冷面郎君。他甚至已经想好了让田一珉答应让出于飞的条件。商人重利轻离别，这世界有谁像他叶昌德这样痴情、不离不弃！想到这儿，叶昌德觉得自己是商人中最伟大的情种。对于田一珉，他有两个办法让他妥协。一是供给他所需的全部钢窗，付款方式可灵活。仅这一条，在南厦是没人能做到的。况且他的钢窗是南厦唯一得到国家质量认证的产品。有了这个筹码不算，他在价格上给田一珉最优惠的，这样与正常公开的价格有了相当的价差。他把这部分钱私下打给田一珉。按时下的潜规则来说，他不相信田一珉会不为所动。如果还不行就拿出2000万投资参股田一珉的项目。他早盘算好了，在签正常的合同下另写一份用“元山现代城”房产做抵押的唯一借条，甚至借条上标明某单元某楼层房号、面积等。这样即使公司破产，按抵押协议，他也可拿到全额的房产。如参股获利，他完全可凭所占股份拿到该得的红利。有这两个重要的筹码，他相信，不管谁都得乖乖就范。底气足了，他到田一珉的公司也把头扬得高高的，大有傲视群雄的气度。

此时公司里只有徐明凯在。自上次在股东会上被于飞弄得灰溜溜的不成样子，耿耿于怀的他一直难咽这口气。自打公司成立以来，除田一珉外他就是二当家的，可于飞来后，处处高他一头，且从不把他放在眼里。徐明凯知道是自己不懂业务所致，但也不至于让她在自己面前飞扬跋扈、盛气凌人。也怪自己先前想讨好她好来一段浪漫的故事，以致惯成了这娘们儿的脾气。现如今他再想扳回早期的局面，恐怕是难上加难了。现在的徐明凯挖空心思地想着如何能将于飞挤走，拔出这眼中钉、肉中刺。但他也明白用一般的挑拨离间术是不会奏效的，弄不好还会让田一珉对他有看法，引火烧身的事对他来说得不偿失。有什么法子呢？他天天都在苦思冥想。

早上，来到办公室的徐明凯无所事事地翻了翻当天的报纸，百无聊赖地去了趟卫生间，当他完事回来路过行政办公区的走廊时，恰巧见一人在走廊里慢悠悠地踱着步。徐明凯见此人气宇轩昂，衣着打扮不俗，看人是一副高高在上、傲视万物的神态。徐明凯意识到当今有如此不可一世的态度的人不是土豪就是大款，一般人想装也装不出来。

“您好！您是办事还是找人？”徐明凯主动上前打了招呼。

来人并没有马上回答，而是想了一下回答说：“你们田总在吗？”

“他不在。”徐明凯说。

“于飞于副总在吗？”来人有些小心翼翼地说。

“她可能在工地上。您如果有事，不妨打个电话给她。”徐明凯很耐心地告诉他。

“不了，我只是来看看。您是哪位？”来人开始认真打量起徐明凯。徐赶紧拿出一张名片恭恭敬敬地递给对方。来人见状也递出一张烫金的名片。徐明凯细看名片上印着“南厦昌德塑钢门窗有限责任公司董事长/总经理叶昌德”，暗想来者果然不凡，忙打起招呼：“叶总难得来我公司，如果有事商谈，我可代为处理。请进！”徐明凯热情地将叶昌德让进门来，并泡茶款待。

“想找田总聊聊，看有没有合作的可能。”办公室里，叶昌德放下茶杯说。

“田总不在，如果叶总有什么合作想法，不妨和我说，也一样的。”徐明凯说。

“你们的于副总原来是我公司的员工，后来被田总挖走了，再后来就到了现在的公司。”叶昌德毫不讳言，直面道出了前因。

徐明凯一听叶话里有话，便说：“叶总有话明说，能帮的事兄弟我一定帮！”

“我来这儿有两件事。一是想跟你们田总协商，看能不能放了于飞；二是他如果同意，我愿意把我的钢窗卖给他，付款方式可以灵活。”叶昌德直来直去，一股脑儿亮出了自己的意图。

“没问题，这事我就可以帮你办！”徐明凯正愁于飞这块绊脚石没处搬，现在有人主动提出，他一口答应下来。

“事情没那么好办吧？”叶昌德有些疑惑，他看了徐明凯一眼。

“这事不能急，得慢慢来。关键是于副总是否愿意离开！”徐明凯说。

“她的事我来处理，这边的事就靠兄弟了！”叶昌德很高兴。没想到徐明凯这样仗义，初次见面就如此用心，够朋友，看来还是北方人好交。

“钢窗的事我尽力，如叶总相信我，一定能帮你卖个好价钱，而且根本不用灵活付款。”徐明凯试探着夸下海口。

“如兄弟能帮上这个忙，我会重重酬谢。按规矩付给劳务费。”

“好！请叶总等我的好消息，事成后我给您电话。”徐明凯心中大喜，遇上这等好事，无疑天上掉馅饼，他尽量在叶昌德面前掩饰内心的喜悦。

看着要办的事有了眉目，叶昌德起身告辞。徐明凯见状只好送出门。两人来到电梯旁，正互相道别，电梯开了，田一珉从中走了出来。徐明凯见状马上做了介绍：“这就是我们田总。这是南厦昌德塑钢门窗公司老板叶昌德，叶总想找您谈谈合作事宜。”

“田总大名现如今在南厦地产界可是无人不知、无人不晓啊！”叶昌德一语双关、豪爽地握起了田一珉的手。

田一珉以礼相还，并打趣地说：“想不到我还成了名人。真是好事不出门，坏事传千里！”说完哈哈大笑了两声。叶昌德见状也笑了起来。“请！”田一珉礼貌地做了个手势，两人来到田的办公室。

工作人员泡好茶后关门离去。叶昌德不等田一珉开口便亮出了自己的意图：“我这人心直口快，不喜欢绕来绕去。听说你是北方人，我喜欢北方人的干脆、豪爽。咱们要合作就先交朋友，对脾气了，怎么都好说。有些事，我还可以帮你摆平。在南厦，我不能说呼风唤雨，但疏通关节、协调沟通还是得心应手的！”

“叶总的长项正是我的短板，如果能有你的一半，我也不至于落到今日这般下场。”田一珉道出了自己的心声。

“听田总这样说，就知道是个坦诚人。你这个朋友可以交。我今天来这儿有两层意思。我是做塑钢门窗的，听说你的门窗已取消合同，看看我们之间是否有合作的空间。价格我给你本厂最低价，每平方米160元。你到全省乃至全国了解一下行情，有低于我的，我就按他的价格给你供货。质量是经过国家质量认证机构检测的，属达标产品，完全可放心使用。付款方式也可灵活自由，有商量的空间。”叶昌德一口气把合作的底牌亮了出来，对公司的销售人员，即使是业务总监，他也没有给过这样的权力。

“叶总这样慷慨让我十分感动，但咱们往日无缘，近日无亲，这种行为岂不违反了商场的游戏规则，你为什么给我这样的待遇？”田一珉颇感意外。

“这就是我要和你说的第二件事。咱们明人不做暗事，你公司的于副总原来是我的员工，五年前被你挖走了。我提的条件就是把她还给我，其余的都好商量。如果你缺资金，我还可以拿出几千万借给你，不要利息给房子就行。你看我开出的条件够优惠了吧？”叶昌德今天在田一珉面前可以说是史无前例地把他的豪爽劲发挥到了极致。

“条件确实够诱人的！但于飞毕竟是人，是有思想的。就算我同意，也不能决定她的意志。你首先得把她的思想工作给做通了，这才是正路子。”田一珉感到气恼，他认为这是捆绑交易，他根本不屑这种行为。但他不想表明自己的态度，只是委婉地拒绝了叶的要求。他知道叶肯定在于飞那里碰了钉子，不得已才来个曲线救国，想从他这儿打开缺口。

没想到叶昌德也有他的算盘，他想来个釜底抽薪，先把于飞的后路断了。“没关系，只要你同意放于飞走，咱们的协议就算成立，别的事情你不用管。你若担心，咱们今天就签合同，怎么样？”叶昌德爽快地将了田一珉一军。

“这样吧！你也别急着签约，我也不忙着答复你的要求。咱们俩都先做一下于飞的工作，看看她的态度，到时再做决定，你看怎么样？”田一珉觉得这叶昌德还真有那么一股劲儿。凭这种一往无前的精神，做什么都能成功。

“好吧，那就按你的建议来。不过，要是她同意了，你可不许反悔呀！”叶昌德眼珠转了一下，狡黠地看着田一珉。

“你放心，如果于飞想走，我决不阻拦。倒是我同意放人，咱们的合同算不算数啊？”田一珉反将了叶昌德一军。

“大丈夫一言九鼎，只要你说话算数，我就算数，咱们立马签合同都可以。”叶昌德的豪气来了，操起电话就要给公司打。

“好了，我相信你的为人，咱们改日签，也好让你再深思熟虑，别说我趁机骗你。”

“好！就照田总说的做。听人说你不好打交道，看来传闻有误。亲眼见了，并不是那么回事。往后在南厦，咱们联手大干一场，怎么样？”叶昌德显得很兴奋。不管怎样，这个传说中的冷面郎君今天给了他足够的面子，让他感到很惬意。

“很高兴认识你，今晚我做东，请你到海鲜舫喝两杯，怎么样？”田一珉见叶昌德很开心，适时提出了邀请。

“那怎能行呢！要请也得我请，在南厦这地面儿，我是东家，该我来请。”叶昌德把头摇得像拨浪鼓似的。

“好！都一样。”两人说完起身离开了办公室，还没走到电梯口，迎面看见刚从外面回来的于飞。

看见田一珉和叶昌德满面春风像多年的老朋友一样有说有笑，于飞感到诧异。前两天还恨得牙根痒痒、不共戴天的两个人，今天却成了一对欢喜冤家。她想不通是什么原因。

见于飞回来了，田一珉笑着说：“说曹操，曹操到。正好你回来了，要不然还得打电话请你。叶总请咱们吃饭，盛情难却，去吧！”

“吃什么饭呀！要吃你俩去，我不去！也不怕他在酒里下毒。”于飞见了叶昌德，气就不打一处来。她自然想起前几天叶昌德的态度。

“哎！什么态度啊？叶总如今是咱们的合作伙伴，朋友来了有好酒。咱们得以礼相待才是。”田一珉说。

“我什么态度！你问问他对我是什么态度。见面恨不得把我吃了。你让我和他吃饭去，除非太阳从西边升起！”于飞气咻咻地说。

“你们俩是怎么回事？干吗把她气成这样？”田一珉很意外，看着叶昌德。

“这事怪我，那天她找我帮你一把。我因记恨你把她挖走，说了几句不该说的话，她一恼，就气呼呼地走了。事后我觉得自己有些过，打电话想道歉，可她始终不接，我这不到这儿负荆请罪来了吗，希望她能原谅我。”叶昌德一口气道出了原委。

“不看僧面看佛面。人家愿意和解，你总得有点表示吧？”田一珉力劝于飞。

“黄鼠狼给鸡拜年，谁知他安的什么心！”于飞余怒未消。

“我是带着诚意来和田总合作的，如果他愿意，我就参股你们的‘海湾绿苑’。这算不算诚意？”叶昌德为了让于飞原谅他，提出了让两人都大为意外的合作意向。

于飞看了田一珉一眼，只一瞬间那种鼓励的眼神让她读懂了他的想法。“你今天脑子是不是烧坏了？前几天怎么就说不通呢？”于飞说。

“是你们田总的为人让我觉得可以信赖。以前不熟悉，不知者不怪，总得给人个认识的机会吧！”叶昌德说。

“这还差不多！看你的态度还算诚恳，原谅你了。”于飞顺水推舟地说。

“好！为欢迎叶总加盟咱们的大家庭，我做东，咱们到海鲜舫去庆祝一下，走！”喜出望外的田一珉招呼二人下楼去了海鲜舫。

Section 04 · 觅得新欢

满心欢喜地期待亚华和田一珉签署合作协议的徐明凯，早上来到公司屁股还没坐热，就接到田一珉的电话，让他到办公室来一趟。

“老徐，咱们和亚华公司的合作协议暂时不能签，你先和他们通个气，免得人家干等着，回来再给你细说。”田一珉只说了这些。

夜长梦多。徐明凯懊恼得跟什么似的。他想不明白，本来田一珉已认可双方达成的协议，怎么一夜之间就改变初衷了。眼看到手的五六百万化作泡影，要怪也只能怪林发权，徐来到亚华的楼下时还在想着这件事。

见了林总，他把田一珉的意思告诉了林发权。林听了这个消息也深感意外。他努力思索了好一阵子才开口：“南厦房地产界是没人出手相救的，田一珉是北方人，他的资源有限，只有外地公司和投资者有可能介入。”分析完了这些，他又想起了什么，“对！那天他提及有个副总去晋江融资，是不是她带来什么新的消息使咱们的合作搁浅？”林发权又说。

徐明凯听了林发权的一番分析，佩服得五体投地。难怪是生意人，就是比一般人的头脑好用得多。“田总今早上什么都没说，他只强调暂缓，并没说不签。至于什么时候签他也没讲。”徐明凯如实把田一珉的意思转达给林发权。

林发权这时才感到不妙，商场瞬息万变，是自己错过了机遇，怨不得别人。“这样吧，你回去就说我愿意马上签约。你放心，只要合作成功，给你的承诺一定会全部兑现！”林发权说。

当徐明凯回来看到会议室里的几个陌生人时，他即刻明白了，林发权分析得没错，看来与亚华的合作算是泡汤了。看到于飞笑容满面地为客人解答合同条款时，徐明凯恨得牙根痒痒的。平时，他是最欣赏于飞的。她那张白皙的瓜子脸，镶嵌了一双神采飞扬足以勾魂的眼睛，让人不易忘却。高鼻梁下的薄嘴唇，铸就了能说会道的天赋。一头浓密的微卷发，扎一马尾辫，给人以时尚和高雅的感觉。徐明凯每想到这儿都夜不能寐。他曾尝试着接近她，然而她却不以为意，每次都以各种理由或借口婉拒他。时间久了，徐明凯逐渐看出了端倪，于飞的眼里根本就没有他，倒是每次见田一珉，她的神情就变得分外柔和，语气也不似见他那样郑重，而是轻声委婉、细雨和风，一副亲密无间的样子。徐明凯每看到这情景时，心里总不是滋味儿。论形象，论学识，他自认为和田一珉相比绰绰有余，但自从来到南厦，他发现，在他看来其貌不扬的田一珉处处高他一头。公司里除办公室的人员见他还算客气，其余部门的员工，对他就视为一般了，远没有见田一珉和于飞那样毕恭毕敬。每想到这儿，徐明凯就愤愤不已。他总幻想有一天，要像田一珉那样，处处受人尊敬，到哪儿都有人高看，这才活得有尊严。徐明凯坐在那儿正想着自己的心事，包里的手机响了，拿出来一看是钟美华打来的，他急忙出了会议室。“亲，晚上没事吧？我请你吃饭。”电话里，钟美华柔情依旧。

“今晚恐怕不行，公司有晋江来的客人要陪，改天吧，我请你！”徐明凯回复说。

徐明凯最近泡了公司售楼处一女孩，昨天就约好了，今晚请女孩吃饭，他焉能为了一老女人失信。徐明凯是个耐不住寂寞的人，到夜总会去泡小姐传出去怕有损形象，二来腰包里的钱也不够他一掷千金。于是，他把眼睛盯上了自家售楼处的小妹妹们。通过一段时间的接触和了解，他看中了一个姓肖的东北女孩，女孩今年28岁，未婚。长得标致，高挑的身材，一双美丽迷人的大眼睛忽闪忽闪的，格外可爱。通过接触，徐明凯得知女孩叫肖虹，来自吉林省吉林市，高中文化，见人自来熟。同是北方人，见了徐明凯自然有“老乡见老乡，两眼泪汪汪”之感。有了这层因素加之徐又是公司的副总，两人的关系升温很快。还没到半月徐便提出邀请，而肖也爽快地答应了。

晚上，徐明凯请肖虹来到海边一家叫“南海渔村”的海鲜酒楼。肖虹没来过这样的地方，看到酒楼里灯火辉煌，楼上楼下服务人员来往穿梭，豪华程度绝非一般大排档可比，眼睛有点发直。两人等了半天，才等到有靠窗可看海景的位子。肖今天特意换了一身黑色长裙，配上一头飘逸的长发，更显时尚、妩媚，让徐明凯看得心花怒放，好不得意。有美女相伴，更凸显男人的身份和地位。徐明凯此时领略着时下大款的气度和风范，体验着贵客的洒脱和豪爽。

“想吃什么，尽管点，今晚让你吃遍山珍海味，不枉在南厦待一回！”徐明凯一改往日抠抠搜搜的习气，转而大度和潇洒起来。

肖虹虽表面显得对此不以为意，但仍然掩饰不住内心的喜悦和惊诧。这样豪华奢侈的场面，她还是第一次见识。看着菜单上五花八门的名称，她感到有些困惑，看了一阵儿，也没点出一道菜。“你点吧，我随便！”肖虹说完将菜单递给了徐明凯。

“男人不能说不行，女人不能说随便。怎么能随便呢！”徐明凯故意不看肖虹，盯着菜谱说。

肖虹的脸“腾”地一下子红了。

“龙虾一只，膏蟹两只，清蒸鲈鱼一条，鱼翅羹两盅，鲍鱼排骨汤两盅，佛跳墙两份，张裕干红一瓶。”菜点完了，徐明凯潇洒地挥了挥手。

“你点的菜有的我听都没听说过！”肖虹带着赞许的口吻说。

“来这儿也有几年了，天天请规划设计、土地、房管、包工队、材料商吃饭，什么菜都吃遍了。今天就是让你饱餐一顿，开开胃口！”徐明凯努力装出司空见惯、不以为然的表情。

“跟着你算是长见识了。在售楼处什么也见不到，什么也学不着。真是太没意思了！”肖虹感叹着说。

“这世道首先要求你的头脑活泛，悟性好，有些事你要抓住稍纵即逝的机会，正所谓过了这村就没这店了。机会，机会，你懂吗？”徐明凯像给学生上课一样发表着自己的感悟。

肖虹似懂非懂地点头称是：“以后我得管你叫老师了，希望今后多多指点，帮我找到更大的发展空间。”

“那我问你，女人的五大窝囊你知道吗？”

“不知道！”

“下班回家进厨房，吃完晚饭就上床，领了工资存银行，出门最远到商场，一生只上一张床！”徐明凯说完引得肖虹“咯咯”地笑个不停，“还有哪，你听了准保大笑，‘下班不用进厨房，别人工资买时装，自己工资存银行，可以整夜不上床，爱到哪里自己想，后备情郎排成行！’”

肖虹听后更是笑得花枝乱颤，小脸都红了半边。

“我还没说完哪，再说下去，你今天会笑饱的！”

“你说，我宁愿笑饱。”

“那你听着，‘下班可以不回家，几点上床由着她，领了工资自己花，想到哪花就哪花，随心所欲披婚纱！’”

这回肖虹不笑了，她接了徐明凯最后一句：“我说是个大奇葩！”

“几个意思？”徐明凯让肖虹说得有些意外。

“纯是瞎掰，哪儿听来的？”肖虹笑着说。

“手机啊，比这精彩的段子多的是！”徐明凯说。

二人正聊着，菜陆续上来了，望着色香味俱全的菜肴，肖虹喜形于色，拿起了筷子。“别急，无酒不成席，咱们得先干一杯，祝我们的友谊与日俱增、地久天长！”徐明凯给肖虹倒上酒，端起了杯子。

“好，地久天长！”肖虹也碰了一下杯子。两人一同干了。

几杯酒下肚，徐明凯的精神头来了："这年头机遇有的是，关键是你要有耐心。有时还没容你多想，它就降临到你的头上。"联想这两天发生的事，徐明凯感慨万千，一副豪情万丈的样子。

"徐哥说的我不明白，能不能讲得再透彻一点，小妹我洗耳恭听。"肖虹不知什么时候改口了，竟以兄妹相称。一边有滋有味地品尝，一边细语柔声、情意绵绵地说着。

"我说的机遇，就是不知在什么时候你的价值就放大了。于是会有人找上门，主动给你送钱来。"徐明凯始终在兜售他的机会哲学。

"徐哥说的我还是不懂，像我这样一个售楼员能有你说的机会吗？"肖虹还是摇头。

"你在售楼处接触的人最多，这本身就有很多的机遇。美到处都有，关键在于发现。是你这方面悟性不够，或者说没往这方面注意。"徐明凯举着酒杯醉眼蒙眬地看着肖虹。

"徐哥，你总是说得玄之又玄，让我云里雾里地猜，你就直说了我该怎么做，才能碰上你说的那种机遇。"肖虹与徐明凯碰了杯后说。

"你们售楼处开业不到三个月时，就有一开奔驰的大款认识了咱们的前同事郑小姐。房子没买，人让他买走了，这事你总还记得吧？"徐明凯说。

肖虹经徐一提醒，想起了那件事。当时姐妹们都不看好，可半年后郑小姐回来了，不仅开了一辆宝马轿跑，而且在滨海大道旁买了一套豪宅，身上穿金戴银的，引得售楼处的姐妹羡慕了好一阵子。大家都感叹着说"干得好不如嫁得好"！这件事在公司也轰动了一阵子。

"这就是机遇！难道你不认为这是机遇吗？"徐明凯呷了一口酒看着肖虹，"其实机遇不只这些，有些时候可能连你自己都不知道，机会就降临在面前了。不瞒你说，如果能和亚华公司合作成功，我就有千万的收入。你说这是不是机遇？"徐明凯今晚有些醉了，在美女面前，他一改平日谨小慎微的作风，说话有些肆意妄为起来。

“我哪有你的运气呀！你们当领导的有机会，我们平头百姓有的只是霉气。”肖虹也借着酒劲话多了起来。

“什么话，有徐哥在，你就有机会。庸才等待机会，天才创造机会。你等徐哥给你创造机会，让你飞黄腾达，一步上青云。”徐明凯越说越起劲，今晚他感到自己一下子有了呼风唤雨的本领，那种平日里看人脸色、揣摩别人的卑微心理早已丢到九霄云外去了，取而代之的是敢作敢为、一言九鼎的大丈夫。

酒瓶见底了。徐明凯大声喊着服务员“再来一瓶”，酒又被打开了。肖虹从来不喝酒，今晚却被徐明凯的豪放给感染了，况且加了雪碧的酒甜丝丝的很好喝，她也就一杯接一杯地喝开了。来南厦几年，她一直压抑自己的情感，从来没人对她施以温暖和热情。今晚见徐明凯特别放得开，她渐渐也舒展了自己的情绪，话也多了起来。两人喝了一瓶，没什么感觉，眼见第二瓶又下去一多半了，还是兴奋不已。“徐哥，小妹以后就多靠你了。来！我敬你一杯，祝徐哥好运连连、发财多多！”肖虹说完，一口气干了杯中酒。

徐明凯见肖虹如此放得开，自然也不甘落后，举起杯也敬肖虹：“承蒙妹妹抬爱，哥哥我定当鞠躬尽瘁、死而后已！”两人你来我往，不到一刻钟瓶里的酒又快见底了。

肖虹见酒又快没了，马上喊起来：“服务员，服……”她的喊声被徐明凯拦下了，“别喝了，再喝要回不去家了！”他说。

“徐哥，没事，我送你！”肖虹今天特别开心，喝到这份儿上她还意犹未尽。她甚至有些纵容自己，想进入一个无我的境界。

“还是适可而止吧！中庸之道是咱们必守的准则，把你灌醉了，别人还以为我居心不良呢！”徐明凯有意引火烧身且试探肖虹的反应。

“我不怕，徐哥。你以后有什么事用得着我的，包括洗洗衣服，收拾屋子，做饭，我都可以的！”酒精的作用让肖虹无所顾忌，口无遮拦，没了姑娘的矜持。

“今天吃得怎么样，光喝酒了，没吃好吧？”徐明凯出了酒楼，借着酒意说。

“我可什么菜都吃到了，就你光喝酒，剩了那么一桌菜，真是浪费了！以后，咱不能点这么多菜，钱可来之不易呀！”肖虹边挽着徐明凯的胳膊向外边走边说。

两人打了一辆车往回走。本来在酒楼里肖虹还没觉得怎样，可出门经风一吹，酒精的功效开始发作了，起先她还努力坚持，到后来她的头自然地斜靠在了徐明凯的肩上，酒醉的徐明凯也顺势将肖虹揽在了怀里，而且愈来愈紧地搂了起来。车到了徐的宿舍附近，可当他想下车时却想起紧靠着他的肖虹。他并不知道肖的宿舍在哪儿，于是推了推肖虹。“你到哪儿下？”他说。肖依然在酒醉中，昏迷的意识让她不假思索地抓着徐的胳膊就下了车，嘴上还喃喃自语：“跟着徐哥走，到哪儿也不怕！”直到的士司机喊给钱，徐才将肖虹扶在车的后备厢上，递给了司机一张20元的钞票，扶着肖向前走去。他的宿舍就在前面不远的地方，他在想将肖虹放置到什么地方。领宿舍去不大合适，弄不好会引火烧身。犹豫再三，他决定送她到附近的酒店住一晚。想好了，他扶着她来到附近的酒店，开了房间扶她上了床。他本想给她脱掉鞋子甚至外衣，但他始终犹豫着，该不该这样做？多一事不如少一事的理智最终占了上风，他开始抽手，准备离开。他刚想转身，衣角就被肖虹抓住了，而且越抓越紧，根本不想让他离开。徐明凯的心开始“怦怦”地跳起来，连他自己都感到心快要跳出来了。快50岁的人，还有女孩子对他恋恋不舍，让他有些诚惶诚恐。他转过身来，看着酒后肖虹的醉态，一种强烈的欲望让他亲吻了她。见她并没有什么反应，开始替她脱鞋，替她脱外衣，替她脱……当一切为人民服务的事都做完了，徐明凯再也控制不住自己的欲望。此刻，酒精在他的大脑里燃烧起来，而且越烧越旺，烧得他五脏俱焚，七魄焦裂。纵使眼前有刀山火海，他也毫不迟疑挺身跳进去；就算化作一缕青烟，他也在所不惜了……

再以后，一切归于沉寂。一番斗转星移、日月轮回，天亮了。徐明凯心里有事，睁眼感到四处无声，猛地跳下床来。对于昨天晚上的事，他心有余悸。贪吃了不该吃的禁果，犯了不该犯的原罪。望着床上一摊血迹，他不知接下来该如何面对，也不知将发生什么天塌地陷的事情。忐忑间，他想尽快离开这个是非之地。该死该活，一切听天由命，大不了卷铺盖走人，又能如何呢！想到这儿，他麻利穿上衣服，悄无声息地离开了酒店。

整整一天，徐明凯都在忐忑不安中度过。他不知下一分钟会发生什么事，是否会让他在顷刻间颜面扫地、狼狈不堪。他甚至想到警察会站到他面前，那样，他真的是没法活了。连田一珉问他昨天去哪里了，他也心不在焉、支吾搪塞。弄得田大惑不解，不知发生了什么事。快下班了，直到钟美华的电话打来，说晚上林总请他吃饭，如坐针毡的徐明凯才缓过情绪。他知道，今天算熬过去了，如果明天还没事，那就是平安了。

林发权是在南厦有名的潮汕酒家宴请徐明凯。当地人都知道，这家菜馆名气大、菜肴地道，是宴请高朋贵客的好去处。选这个地方，徐明凯自然知道林发权的良苦用心。刚刚度过煎熬的徐明凯此时一脸的倦意，见了林发权还有些没缓过劲来："林总太客气了，选这种地方请客，让我有些受宠若惊。老朋友了，大家还是随便些好！"

"哪里，像徐总这样的贵客，能接受我的邀请，那是太给面子了！"林发权客气着。

"就是，能到这地方来，林总真是诚意十足哦！"钟美华也不失时机地讨好双方说。

不一会儿，菜陆续上来，一瓶"人头马"洋酒也让服务员开瓶端了上来。

"来，为大家能成为朋友，咱们干一杯！"林发权首先提议。

"干！"三人一起举起了杯子相互碰了一下，干了。

“感谢林总，以后如有用得着徐某的地方，愿为效劳！”徐明凯也回敬了林发权一杯。

“我也敬二位一杯，愿你们合作愉快，多多发财！”钟美华也举起了酒杯。

“吃菜，这儿的味道还不错，我是这儿的常客，不要客气！”林发权示意两位。

“林总，你请我来不单是喝酒吃菜吧？”看看吃得差不多了，徐明凯单刀直入，问起了林发权。

“我找你来是有件事相求。就是想了解咱们的合作是否还有可能，如果有他人介入，徐总是否方便告知是哪家，投多少钱，占多少股份？”林发权说。

“是晋江的三家企业，分别是两家服装公司，一家食品厂。共投了5000万，占项目百分之三十五的股份。项目完工、房子售罄，双方的合作也就结束。人家的条件比贵公司优厚多了，所以估计咱们合作的可能几乎为零！”徐明凯直言不讳地介绍了事情的原委。

沉吟许久的林发权开口了：“昨天上午说暂缓，我就知道有问题，没想到还是有愿助他一臂之力者，成全了他！”林发权显得有些失落和懊悔。

徐明凯坐在林的对面，看着他一副悔不当初的样子，心里想，你是太精明了，想乘人之危、趁火打劫，却聪明反被聪明误，机关算尽，到头来还是一无所获。倒是我，前后里外帮你谋划，上下左右供你驱使，最终让你一顿饭打发了事，把我当什么人了！徐明凯心里有些愤愤不平。

坐在一旁的钟美华出来打圆场说：“林总、徐总，难得有机会相聚，我再敬二位一杯，希望以后多多关照！”她说完干了自己杯中的酒。林发权见钟美华放下杯子，看徐不注意，递了她一个眼色，钟心领神会，借故离开了席位，酒桌上只剩下徐和林发权。

“徐总，咱们认识也有一段时间了，我觉得你是个可交的朋友，咱们以后要经常联系，保持友谊。这次合作虽然没有成功，但以后还是有机会的，谢谢你为这事忙前忙后、尽心尽力。这是一点意思，望徐总笑纳。”林发权说完从包中拿出两万元递给徐明凯。徐见状连连摆手百般推辞。他心想，要不是你太黑了，我该得五六百万元，现如今你只给我这点钱，太小瞧我了！他坚持推回林递过来的两万元。林发权很尴尬，送不出去，又不好意思收回。正当他左右为难时，钟美华回来了。她见两人僵持不下，开口说：“你们俩推来扯去干什么呢，徐总不好意思，我先代他收下。”她说完接过了林总手中的两万元。

看看都吃得差不多了，林发权提议干了杯中的酒：“今天喝得很好，希望以后常聚，增进友情嘛！”

“谢谢林总的盛情，有时间我做东，到时请林总赏光。”徐明凯也以礼相还。

三人离开酒楼。看着林发权坐车走了，钟美华将钱塞给徐明凯：“他给的钱怎么不要？合作没成，也不能全怪他，你要是觉得钱少那就太小家子气了，以后他再求咱，先讲好条件，不行咱不干！”

“我跟他还有以后吗？这种人属卸磨杀驴的主，跟着他没什么好果子吃！”徐明凯气愤地说。

“这可说不好，说不定过几天他就会找你，到时你把握好就行了。”钟美华不以为然地说。

听了钟美华的话，徐虽余怒未消，但也无可奈何。他忽然想起肖虹，一天过去了，眼下不知怎样？如果明天还平安无事，他索性将这白来的两万元送给她，算作一点补偿，他的心里也平衡了。想到这儿，他才把钱放到包里。

“走吧，到我家去，朋友最近给了两斤‘金骏眉’，回家我让你品尝一下，看味道如何！”钟美华不管徐是否愿意，见来了一辆的士，拉着他就上了车。

Section 05 · 再落虎穴

未经世故的陆晓雅天真地打开了门，然而出现在她面前的不是汪小丫，而是昨晚见到的房东哥俩。她很诧异："到你家买茶叶的小姑娘呢，她在哪儿？"

"哪有买茶叶的小姑娘，她是人贩子，我们是花了两万元把你买来的，她和那个男的昨晚就走了！"哥俩一唱一和地说。

此时，陆晓雅才知道自己真的被小丫拐卖了。她不愿相信，一个比她学生大不了多少的小女孩，竟然能把一个大她十多岁且有文化的老师骗到山沟里卖掉。若不是亲身经历，她是无论如何也不会相信的。晓雅很后悔自己的一时冲动，离开了田一珉。现在，她就像一只荒原上的羔羊，时刻会有凶险。谁也帮不了她，只有靠她自己了。

"你们知道不知道，拐卖人口是犯法的，拿钱买妇女、儿童者也是犯法的！"陆晓雅义正词严地告诫哥俩。

"我们才不管那些呢，花了两万块钱，就是买一个能生孩子的女人，看你这样漂亮，生出的孩子也差不了！"其中一个上前抓起晓雅的胳膊就往屋里拉。

"你们要干什么？我现在是有四个月身孕的妈妈，你这样缺德，不怕天打雷劈呀！"陆晓雅又气又急，她拼命挣扎着不肯就范。

"等等！"这时哥哥说话了，"你说你怀孕了，有什么证明？如果你能拿出证明怀孕的东西，我们可以考虑放过你，如果没有，你今天就得做我们的新娘！"他说完直盯着晓雅。

对于自己的妊娠反应及到医院的几次检查，晓雅是非常重视的，听了那个哥哥的话，她仿佛看到希望，回身翻开自己的贴身背包，拿出了在南厦妇女儿童医院的三次检查报告。哥俩翻看了一阵子，相互看了一眼，退出了门外。不一会儿，当哥哥的又进来说："既然你已婚又怀孕四个多月，我们就不难为你，但你得老老实实待在这儿，否则对你不客气，听明白了吗？"

"你们放了我，如果你确实花了两万元，我可以让我家人给你寄来两万元算作补偿，可以吗？"晓雅说。

"你以为我们傻呀！告诉你家人你被我们买下了，警察还不得来啊。别做梦了，老老实实待在这儿别动，要不然有你的好果子吃！"哥哥说完关门上了锁走了。

暂时脱离险境的陆晓雅心里清楚，她就像掉进猎人陷阱里的动物一样，完全失去了人身自由，只有任人宰割的份儿。她不知道还有什么劫难在等着她，她只能提醒自己，头脑要保持清醒，随时做好伺机出逃的准备。

这边的哥俩一早就来到介绍人的家门："我们花两万元钱，你给我找了个已婚大肚子的，你他妈的还算是人吗！赶紧把两万元还给我，不然我就在你家不走，你看着办。"当哥哥的气愤地说。

"当时看她是个很苗条的女人，根本不知道是有身孕的，这怎能怪我呢！况且带她来的两个人已经走了，你让我找谁去？"介绍人说。

"我不管！你办的事，你来解决。"哥哥又说。

"这样，你们实在不要。我再找一家。等孩子生下来，如果是男孩，能卖到五万。白赚三万，又捡个女人，这事怎么算都划得来！"介绍人说。

"你自己养着呗，到时卖孩子赚五万，卖女人又赚两万，你就发达了！"当哥哥的讥讽着说。

"我要是没家，肯定这样干。这年头钱多难挣啊！给这样的机会都不要，太傻了！"介绍人像是说给哥俩听又像是自言自语。

"谁想要谁要，我要的是能生孩子的女人，咱不想别的！"哥哥又说。

“你们哥俩回去吧，等我消息，一有信儿我马上通知你们。”介绍人说。

“一两天可以，时间长了，谁能保证不出事啊！”还是哥哥先说出了顾虑。

“那就放在他家，出了事他负责！”弟弟想得很简单。

“我那一大家人，更容易出问题！”介绍人忙说。

“放我家可以，但我只给你五天时间，过了五天你给我两万。否则，别怪我哥俩跟你玩命！”哥哥扔下这句话掉头走了。

弟弟回到家有些不甘心，他想了想打开了门。晓雅见他一人进来有些害怕，她的心跳得很厉害，但她还是装得很镇定。“我是一名人民教师，劝你不要干傻事，犯了法后悔都来不及！”她义正词严地说。

“你到这地方还跟我讲法？我花钱了就是法！”他说完就想把晓雅往床上按。气急了的陆晓雅朝着他的脸上就是一阵乱抓，恼羞成怒的小伙子不顾脸上的疼痛，用力将晓雅按在了床上，他想腾出一只手解她的腰带，可当他手刚松开，晓雅就趁机抓住他的另一只手，狠命地咬了起来，疼得他不得不放手脱身。接下来就是一阵劈头盖脸的暴打，打完还不解气，他又朝她猛踢，滚在地上的晓雅捂住肚子任他踢踹。正当楼上打得不可开交时，哥哥从外面回来了，听见上面打斗喊叫声，急忙制止了弟弟的鲁莽。

“她有身孕，打流产了还得去医院，咱的两万就没了。搞不好让派出所知道，还不一定有什么后果。”哥哥知道事情的轻重，阻止了弟弟的胡闹。

“这女人也太可恨了！你看，把我脸抓的、手咬的。”弟弟恨恨地说。

“行了，再等几天就完事了，咱别碰她！”哥哥说。

遭受一顿毒打的陆晓雅心里甭提多难过了。有生以来，她还是第一次受到这样的欺凌。身上的疼痛她已顾不得了，她最担心的是肚里的孩子。她怕哪一脚踹中了要害，她就没活路了。她千辛万苦甚至远离亲密爱人，就是为了保住这个比她生命还重要的孩子。现在身遭不测，她只能暗暗祈祷，保佑她的孩子平安，渡过这场劫难。

一连三天，楼上都没有声音，到了第五天，还不见动静，哥俩有些耐不住了，他们担心她会在里面死掉。这些天她什么也不吃，送进的饭菜一口也没动。哥俩知道如果死了人，那事情就闹大了，瞒是瞒不住的。他们开始焦躁不安了。哥哥来到介绍人家，发现他也不在家，问他家人都推说不知道，哥哥有些心慌。他不知道下一步该怎么办，他感觉自己就像手里捧个刺猬一样，陷入两难的境地。本来，那天晚上见晓雅第一眼时，就感觉不像那么回事。晓雅气质斯文，容貌不俗，白净的脸上戴着一副精致的窄黑边眼镜。根本和他哥俩不是一个层次的人，之后又知道怀有身孕，更觉得不靠谱了。她和弟弟的厮打，让他坚定了自己的决断。他现在唯一的祈求是尽快拿回钱，送走这个与他家风马牛不相及的外人。当他看到介绍人也蒸发了，预感事情有些不妙，他回来与弟弟商量如何处置买来的人。弟弟见哥哥也没主意就急了："实在不行我去她家，把钱要回来再放她。"

"咱放了人，她再报警，钱不但得给拿走，而且还有坐牢的可能，不成！"哥哥摇头说。

"这不行，那不行，咱的钱就这样没了！"弟弟也开始烦躁了。哥俩像蹲监狱一样又苦熬了一天，仍不见介绍人露面。看看楼上的人已奄奄一息了，哥哥决定唤醒她，骗她吃点饭，就说明天放她走，她肯定会吃饭的。"吃点饭吧，明天有精神了，就放你走。"哥哥的骗术奏效了。当晓雅听说要放她走，挣扎着坐了起来，他们看着晓雅吃饭了，这才放下心来。又挨了一天，到晚上介绍人才露头。哥俩见了他像见救星一样，早没了怨气。

"怎么样，找到人家了？"弟弟说。

"找是找了一个，可人家不给那么多钱，好说歹说才拿13000元，而且是到家才给钱。"他嗫嗫嚅嚅地说。

"都是你害了我们，你说那7000元怎么办？"弟弟有些发怒了。他的眼睛像刀子一样直剜着介绍人。

“我赚的3000块不要了，可以吧？”他看着哥哥哀求说。

“岂止3000块，5000块也不止吧！”哥哥说。

“就这么多，我要说谎天打五雷轰！”介绍人看哥俩的神色不对急忙发起了毒誓。

“就是，你拿钱就得给人办事，事没办成就得把钱吐出来。”弟弟也跟着说。

“行！算我倒霉，赚你的3000块还给你，再加2000块，你们先拿着。车钱我出，等回来再给你们一万，这总可以了吧？”介绍人像亏了天大本似的说着。

看看也没什么更好的办法，哥俩只好勉强同意了。大约半个小时的时间，一辆“捷达”轿车开进了院中，哥俩见车停下忙将麻包抬了出来，放进后备厢之后“嘭”的一声关上了盖。

车开出了院子，上了乡村公路，又驶向了高速公路……

第三章

平地起风波

Section 01 · 饭桌搅局

送走晋江三位同学的第二天早上，于飞来到公司，她看到田一珉在屋中来回不停地走动，就知道是惦记晋江的钱什么时候打来。“看你在不停地踱步，我敢肯定你是在等钱！”于飞说。

“知我者，于飞也！”田一珉感叹地说。

“看你心神不定的样子就知道，谁一大早在办公室里散步！”于飞调侃着田一珉。

“钱不到位，我始终放不下心来！”田一珉坦诚地说。

“事都办到这程度了，还有什么不放心的！”于飞说。

“不是不放心，就是让眼前的这些事给闹的，生怕有半点差池。”田一珉说。

“咱俩打个赌，明天晚上款不到账，我请你到维多利亚·观海楼去吃佛跳墙怎么样？”于飞说。

“佛跳墙算什么！我小时候跟父亲去东山吃过一种叫‘黑瞎子上炕’的菜。就是一层猪肉，一层山蘑，一层野鸡，一层木耳，一层鹿肉，一层猴菇，一层兔肉，一层干菜，一层狍肉。从早上开炖一直到晚上，客人到齐了，把一大锅菜端到炕中央，大家就围着这一口大锅，大碗喝酒，大口吃菜，那种美味我一生再没有品尝过！”田一珉绘声绘色地讲述着，让于飞听得也有些入迷了。

“你说的菜我听都没听说过，现在到哪儿去吃这种菜？”于飞说。

“这种菜恐怕哪儿也吃不到了！不过现有的满汉全席在北京和沈阳都能吃得到。”田一珉仍然眉飞色舞地说着。于飞发现，只有现在，田一珉才体现出真我本色，样子十分天真可爱，完全没有了平时的郁郁寡欢。

下午3点半左右，财务部经理兴冲冲地跑来报告，公司已收到晋江佳丽服装公司的款项2000万。田一珉听罢喜出望外，他推门就往于飞的办公室跑，还没到于飞的门口，就听到于飞在讲电话，内容不外乎问转的2000万是否已收到。田一珉推门进来，他的愿望就是紧紧地拥抱于飞，以表达他此刻的心情。

于飞的电话刚接完，还没等她明白过来是怎么回事，田一珉已将她拥在怀里。多少年后，于飞每想起这件事，都有刻骨铭心的感受。那是她一生中最值得骄傲的一次拥抱。

“谢谢你，是你救了公司，救了我！”田一珉向于飞道出了自己的肺腑之言。

由最初本能的抗拒到后来的欣喜，于飞经历了一次巨大的情感转变。当她逐渐接受了田一珉的热情时，心也跟着一起律动起来。她很享受眼前这个男人的拥抱，自她长大成人后，还没有哪个男人这样拥抱过她。那种异性特有的磁场以强大而无法抗拒的引力吸引着她，让她情不自禁地迎上前去，感受着脉搏传导过来的跳动。长久的拥抱过后，两人又恢复了常态，于飞的脸上泛起了红晕，她不敢看田一珉，她不知道田是什么心情，反正她已是意乱情迷、不能自拔。

“真是及时雨，没这2000万，我真不知这年怎么过！”田一珉感慨万千，仰天长叹，“天不亡我，凤凰于飞！”他说完离开了于的办公室。

愣在办公室的于飞一时还没有品味到田一珉话里的含义，等她看着田一珉没了踪影，这才回过神来，一直追到田的办公室。

此时，田一珉的屋里已站着财务、工程、行政等各部门人员，大家都在听田一珉安排工作。看得出来，每个人都喜形于色，点头称是，一改几个月来忧心忡忡和迷茫阴沉的苦瓜脸。于飞感到很自豪，一种成就感在心中油然升起，是她的不懈努力才有眼下的喜人场景，可以说，她对得起公司，对得起田一珉和全体员工。

会开完了，田一珉简单地和于飞通报了刚才的情况。

“这是你的工作，你安排就行了。我只关心你讲的话还算不算数？”于飞说。

“我讲的什么话？”田一珉有点发蒙。

“上午讲的就不记得，真是昏头了！”于飞高声叫起来。

“啊！想起来了，请我到维多利亚吃佛跳墙。”田一珉摸着头故意装傻卖萌。

“有没有搞错？是你请我，不是我请你！”于飞又叫起来。

“好！好！我请你！”田一珉连连笑着答应道。

“什么房地产大老板？说话一点也不算数，要不是上午的事，过几天你准不认账了！”

“认账，认账，有美人儿陪着吃饭，请都请不来呢！我当知青那些年，虽然没钱，但去饭馆孤零零一人时，常期盼有陌生女孩能陪我吃顿饭，哪怕吃完各奔东西，哪怕费用由我全掏也在所不惜。可惜，没一个有慧眼的女孩能看出我的心思，这个遗憾一直延续到今天。”田一珉微笑着讲述他的过往。

“什么事到你口中都让人感到凄惨得不得了，有那么悲催吗？”于飞动情地说。

“你不是我们那一代人，所以你永远也不可能体会我们那一代曾经历过的生活。就像我有时看不懂现在的年轻人一样！”田一珉深有感触地说。

“听你讲话总有耐人寻味的地方，我愿听！”于飞说。

“跟一个人分享自己的隐私，那是知己；跟一群人分享自己的隐私，那叫博客；跟全国人民分享自己的隐私，那叫艺术人生。”田一珉今天的心情极好，他像小孩子一样，充分展示自己天真的一面，让于飞顿生爱意。

“你不说去吃饭吗？走吧。我刚刚纯属胡说八道！以后有你帮我把关，我就少走许多弯路了。”田一珉真诚地说。

“我可没你说的那样好。咱书没读两本，字不认三筐。才疏学浅，又自命不凡，以致到今天还没人青睐。这年头学问高了没人敢娶，学问低了没人要；自己挣钱花，男人望而却步；让男人养吧，又说你傍大款；生孩子怕老板炒鱿鱼，不生孩子又怕被老公炒鱿鱼。像我这样的只能沦为剩女了！”于飞自嘲地笑道。

“《围城》看过吗？外面的人想进来，里面的人想出去，就看你的取向是什么。没结婚有没结婚的好处，一路的风景等着你去欣赏和观看，让你累并快乐着，有什么不好呢！”田一珉像是劝慰又像是鼓励。

车驶向了滨海大道，沿途风景如画。一排排椰子树配上各种花草，让人心旷神怡。

“你今天的话怎么这样多啊？三年的话都让你这会儿说完了！”于飞说。

“那得看和谁说，酒逢知己千杯少，我说多了吗？”田一珉心情极好，听着车里放的音乐，他甚至手舞足蹈起来，“这是《挪威的森林》，它常让我想起青少年时期在广阔天地里，虽然有诗一般的大自然，但内心却荒凉无比。没有情，没有爱，有的只是残酷斗争、无情打击。它让你的心情永远是阴郁的……”田一珉说到这儿，心情又黯淡了下来。

“换个曲子，让你听个欢快的！”于飞随手按了一下键。这回音响传出理查德·克莱德曼的钢琴曲，婉转悠扬、情深意浓。“这首曲子叫《蓝色的爱》，蓝色是什么？是一种忧郁的色调。它描述的也是忧郁的爱。虽然曲调优美欢快，有较强的节奏感，但还是给人以情天恨海之感！”田一珉又说。

“我再让你听一首，看你有没有听过。”于飞又按了一下键。这回音响里的音乐不欢快了，伴着低沉而忧伤的旋律，一个悲怆的男中音犹如天籁般从音响中飘出，而后又是催人泪下的一段音乐，曲子反复演奏了两遍之后，便飘然而去，给人留下了更多怅惘和遐想的空间。

“这首曲子叫什么名，来自什么地方？”于飞说。

“不知道，也没听说过。但曲子太感人了，忧伤凄美，它能把你藏在心灵深处的那根弦给拨动，让你的灵魂感到战栗。”看得出来，田一珉还沉浸在刚才感人的旋律中。

“这首曲名叫《布列瑟农》，是意大利环保作曲家马修·连恩作的。它讲述了在意大利布列瑟农这个小镇上，一对青年男女相识相恋，最后分手离别的故事。”于飞说。

两人说话间，已来到维多利亚·观海楼，选了靠窗的位置坐了下来。今天大厅里人并不多，没有往日喧闹的景象。田一珉不喜欢人多，难得见到如此雅静的环境。窗外是波光粼粼的大海，远处，停泊着一艘艘商船，像一幢幢高楼大厦，在夜色的衬托下映出万家灯火，点缀着滨海夜晚的美丽和壮阔。

“光顾看景了，也不点菜，我都饿了！”于飞娇嗔着说。

“好！点菜。”田一珉拿起了菜谱，“两份佛跳墙，再来两只膏蟹，剩下的你点。”田一珉说完将菜谱递给了于飞。

“还是你点吧，我吃点青菜就行了！”于飞将菜谱又推给了田一珉。

“吃青菜怎么行呢，点条清蒸鲈鱼，鲍鱼排骨汤两盅，茼蒿菜一盘，再来一瓶张裕干红。”田一珉终于放下菜单。

“你还喝酒？”于飞有些惊讶了，她从来没见到过田一珉喝酒。

“我怎么不能喝！记得1975年，知青点就剩我一人过年。除夕晚上炒一碗白菜片，买了一瓶桂花酒，一人自斟自饮，到后来竟醉得不省人事……”田一珉说。

“你的故事太多了，听了总让人有心酸的感觉。”于飞说。

“不说了！今天请你吃饭，应该说些开心的事。”田一珉此刻在于飞的眼里就像个孩子，根本不像一个搏击商海的企业家。

菜陆续端了上来。看到田一珉还没从往事的旋涡中挣脱出来，于飞说话了：“回忆只会让我们脆弱，向前才使我们变得坚强。来！为了坚强，咱们干一杯！”于飞倒完酒先端了起来。

“你说得对，一个人不能老沉湎于往事中，只有向前看，才能让人振奋！”田一珉举起杯和于飞碰了一下。

看着田一珉的情绪逐渐有了好转，于飞也开心起来：“难得选这么一个好环境，谁愿看你的苦瓜脸！”于飞看着田的眼睛说。

“我这人很糟糕，每当逃过一劫的时候，心情久久不能平静，而这种负面情绪又常常传染给亲近的人。”田一珉擎着酒杯看着于飞说。

“你这是一种扭曲变态的心理。就拿我来说，本意是想和你吃顿晚饭，享受那种‘轻舟已过万重山’的感觉。我是女人，总希望自己看好的男人成就一番事业。而我自己却是‘待到山花烂漫时，她在丛中笑’。可到今天，我只看到泪水，而没看到欢乐。你从来没让我感到愉悦和欣喜！”于飞一下子倒出了积郁已久的心声。

“这确实是我的问题，我自己也想不明白，这是为什么！”田一珉说到这儿想起了让他刻骨铭心的陆晓雅。

两人正在聊着，旁边过来一胖胖的年轻人。

“这不是‘元山现代城’的田大老板吗！房子不好好盖，却有闲心在这玩花弄月。真行啊！房子盖好了，你泡什么妞都没人反对，现在你有美女作陪，开心找乐。我和未婚妻却因没房子让丈母娘活活拆散，这事找谁说理去！”有些醉意的小伙子站在田一珉身边骚扰起他们来。

喝得正酣的几个朋友见他到另一桌前问话，也凑了上来。“怎么了，兄弟？”几个人满嘴酒气，歪歪斜斜、站立不稳地看着朋友说。

“‘元山现代城’就是他盖的。停工半年了，我未来的丈母娘就是看我买的房子泡汤了，才拆散了我们俩。你们说，这样的开发商多可恨！”他说。

“开发商个个心黑得不得了，开盘宣传时讲得天花乱坠，等交款后他们就不理你了！”其中一人说。

“他们才不管你死活呢！他们想的就是吸光你的血，榨干你的油。地产大王任志强不就放炮说，他不给穷人盖房子，只给富人盖，问问他祖宗三代，是不是都为富人？”另一个插嘴说。

“这些家伙对咱们是这样，可他们自己却是花天酒地，一掷千金。拿百姓的血汗钱挥霍斗富，去夜场、泡女人、喝洋酒，还自诩品味高雅。这位不就是很好的例子吗，房子都快停工了，他照样在这儿偷情、泡女人！”其中一位更是尖酸刻薄地嘲讽着。

坐在面前的于飞越听越不像话，她感到句句都在戳她的脸皮，听着，听着，她再也听不下去了，就霍地站了起来：“你们是什么人？在大庭广众之下肆意骚扰他人，还懂点公德廉耻吗！”

“嘿！这小娘们儿是谁啊？牵连到你不爱听了，他不但骗我们，小心骗了你，为这种男人跟我们发火，不值！”那个最先到他们桌闹事的小青年说。

“什么乱七八糟的！告诉你，我就是元山房地产公司的副总经理，你有什么意见到公司或到有关部门反映。但你在公共场所进行人身攻击、无理取闹，是为社会所不容的，我现在打110报警，你会为此付出代价的。”

于飞的一席话震住了在场的几个小哥们儿，他们想不到眼前这个美貌如花的女人说话竟然如此掷地有声、铿锵有力，句句说到点子上，想必再闹下去，警察来了也没什么好果子吃，于是，悻悻地退了回去。

经这一闹腾，两人兴致全无。田一珉先叫一声“埋单”，没等他掏出钱来，于飞早已拿出卡让服务员刷去了，弄得田一珉尴尬不已。

“说好我请客，你又捷足先登。哪有女人老请男人的，你这样做让我情何以堪？”田一珉说。

“这点钱是小事，情绪让他们给破坏了，早知就不来这家了！”于飞说，“要不我领你再去一家地道的杭帮菜馆，怎么样？”

“还是回去吧，改天我们再去。今晚我还要把‘海湾绿苑’的初步设计稿再完善一下，过完年资金来了，规划设计就得跟上，争取明年下半年开工建设，棋就活了！”田一珉说到工作，精神头又来了。

“你这人对什么都没兴趣，可一谈工作就像打了鸡血一样，真是太没情趣了！”于飞显然露出了遗憾的神色。

“这或许就是我的命，有什么法子呢！”田一珉看着于飞无奈地说。

Section 02 · 窃取商业机密

为情所困的徐明凯这两天一直心神不宁、坐立不安。他急切想知道肖虹怎样了，他想等下班后去看看肖虹，可他的想法却让钟美华的一个电话给搅了。“明凯，下班后到南华路海岸餐厅来，咱俩共进晚餐。我等你！”钟美华柔声细语地说。

徐明凯本想找个借口说自己有事推掉，可听钟美华的语气好像有什么事，犹豫了一下，还是答应了：“好！我马上就到。”他想见了钟美华后再去找肖虹也不迟，这么想着就急忙下楼了。

匆忙赶到海岸餐厅的徐明凯进了店门一眼就看到等候他的钟美华。望着钟喜形于色的表情，徐明凯就知道又有什么好事在等着和他分享。趁着菜还没上来，徐明凯问："说吧，什么事？你脸上的表情已告诉了我。"

"这件事你可要注意保密。林总让我转告你，他需要一套'元山现代城'的全部资料，包括占地面积，取得土地的时间，容积率，规划设计最终确定的面积，楼层及开发时间和各相关的文件等。凡涉及这个项目的资料最好都备齐，他说有用。"钟美华详细地说出了林发权的要求。

"他要这些资料干什么？这些东西对他有什么用？"徐明凯有些意外。

"谁知道他有什么用。既然他求咱，就帮他一次，多个朋友多条路，何乐而不为呢！"钟美华自然而轻松地絮叨着。

"我弄不到！就是能弄到我也不干。你知道这是什么行为？是窃取商业秘密，是犯法的！"徐明凯一口回绝了钟。

"没你说的那么夸张吧，有啥商业秘密？不就一些项目的资料吗！再说人家又不白求你，说完事了给20万作为酬劳。20万可不是小数字，你一年能挣多少钱？"钟美华说。

"这钱烫手，我不想要！"徐明凯说。

"你不想干，他们也会找别人。这么多钱让别人挣去，太可惜了！"钟美华看着徐明凯摇了摇头。

菜端上来了，两人开始吃饭，徐明凯闷着头一声不响地吃着，钟美华不时给徐明凯夹些菜。"你要想好了，如真的不想要这钱，我就回复林总。但这个朋友可就没得交了，我劝你还是再考虑考虑。"钟美华一直劝导着徐明凯。

两人走出餐馆，要分手了，钟还是用期待的眼神望着徐，希望他能有所反应。"我怎么给林总说？"她看着徐的眼睛。

"让我回去考虑考虑，过两天再答复吧！"临上车徐明凯丢下了这句话。

"好吧！我等你的消息。礼拜天到我家来吧，我给你炖鸡汤喝。"钟美华终于看到了希望。

看到钟美华消失在他的视野里，徐明凯掏出手机给肖虹打了过去，随着电话“嘟……嘟”的响声，徐明凯的心也忐忑不安地跳着。两天了，他不知肖虹这边的情况，一个黄花大姑娘让他一夜给变成了妇女，无论如何他都是于心不安的。

手机终于接通了，电话那边正是肖虹的声音：“是徐总？”

“是我！”徐明凯的心都快跳出来了。肖虹的声音很正常，没有任何的抵触情绪，他终于如释重负，可以安心了。“你在干什么？没事咱们到海天路的玛琪亚朵喝咖啡去，怎么样？”徐明凯说。对方沉吟了好一阵子，才有了回声：“好吧！”

“我马上到你的宿舍楼下，你等着。听见喇叭声就下来！”徐明凯喜出望外，打个车直奔肖虹的宿舍。他相信，无论有什么天大的难事，只要两人能见面，就有解决的办法。

车子很快到了肖虹宿舍的楼下，听到喇叭声，肖虹下楼来到车前。今天的肖虹素面朝天，衣着也不似前晚那样飘逸飒爽，但也别有一番风韵。看得徐明凯暗叹不已。不化妆的肖虹也能让男人怦然心动，宛若出水芙蓉，一副清新脱俗的雅致样子。

两人进了咖啡馆落座，徐小心翼翼地征求肖虹的意见：“喝点什么？还没吃饭吧，要不要先点份牛排？这家的牛排很有名的！”

“我不饿，不想吃东西，喝点咖啡吧！”肖虹终于开口了。

“好！好！先喝些咖啡，等一会儿饿了再吃饭。”徐明凯连声附和道。

咖啡来了，徐明凯殷勤地为肖虹的杯子里加了块方糖，搅了搅推到肖的面前：“怎么样，这两天还好吧？本来昨晚上想见见你。有客人相约，没办法。今天推掉所有饭局，就是想来看看你。”徐明凯很欣赏自己的口才，既不失礼，又恰到好处地表达了他的心情。

“你找我有事吗？”一直默不作声的肖虹抬头问了徐明凯一句。

“我为前晚的事向你道歉。酒后无德，喝多了就把持不住自己了。我知道，我带给你的伤害是无法弥补的。你怎么惩罚我都行，我该死！”徐明凯说完站起来向肖虹深深地鞠了个躬。

“过去的事，我不想提了。其实来南厦后，嫁不成人，我就知道早晚会有这一天。红颜薄命，漂亮女人都躲不过这一劫，就看你遇到的男人是否有良心！”肖虹说。

肖虹的一席话说得徐明凯热血沸腾、激动万分，他当即表态：“肖虹，既然你都说到这份儿上了，我徐明凯今后如果对不起你，就让我一无所有，晚年鳏寡孤独、客死他乡！”

“我不要你起誓发愿的，只要你能对得起我就行了！现代人常说，‘老婆是家，情人是花；工资给家，奖金给花；病了回家，好了看花；常回家看看，别忘了浇花！’你能有这份心意我就满足了！”肖虹平静地说。

“你要相信我。从今以后，你的事我来负责。这两万元，你先拿着租一套好点的公寓，其他的事，咱们慢慢来。如果你想嫁给我，我就离婚，然后娶你！可以了吧？”徐明凯说完马上从包里拿出林给他的两万块钱放在了肖的面前。他的目的就是先稳住肖虹的心，其他事以后再说。

徐明凯的一番话让肖虹感到了真诚，但她还不想就范：“你以为除了你我嫁不出去了？”她反问徐明凯。

“你那么漂亮，谁不想娶你。我只是往最坏处说。如果能拥有你，这世界我什么都不要了！”徐明凯有意讨肖虹欢心并趁机表达自己的心意。

桌上红彤彤的两沓钱，耀眼地横在眼前，肖虹想了又想，她决定不收这笔钱：“你拿走吧，我不要你的钱！”她将钱又推到徐的面前。

“你还是不肯原谅我！让我怎么做你才肯相信？这两万先租房子，过些日子我还有一笔20万的进账也给你，我们买套房子，好吗？”刹那间，徐明凯决定接受林的委托。他知道，安抚肖虹最好的办法就是给她买套房。眼下他只有为林发权效力，才能拿到让肖虹为之动心的房款。

“钱你实在不要由我拿着，明天下午咱们去看房，看中就租下来，怎么样？”徐明凯看着肖虹征询道。

“你自己去吧，让人看见不好。租个一室一厅的就行了！”肖虹说。

“好吧，租了房子看看还缺什么，一并解决。”徐明凯稍许安下心来。

足足跑了两天，徐明凯才在祥瑞花园找了一套装修精致、家具齐全，各种设施完备的小两房。虽然价格高了些，但可拎包入住，推窗远望，半城风景一览无余，让人心旷神怡。徐明凯满心欢喜，按约交了半年的租金和押金，剩下还有不足一万。他想再给肖虹买一条项链，一枚戒指，钱也就花得差不多了。等那20万来了，再给她做个首付款，剩下的每月按揭，他也就安心了。他越这么想，心里就越得意。看田一珉身边有个文静优雅的女人，他心里忌妒得不行。现在他也有了，除了文化内涵没法比，其他哪样都相差无几，更让徐明凯暗自得意的是肖虹比陆晓雅的年龄小七八岁。这一比让徐明凯觉得自己活出人样了。

第二天下午，当他把肖虹领到新租的房子里，并亲自把项链和戒指戴到她的脖子和手上时，这几天一直寡言少语的肖虹也激动得拥抱起徐明凯来。被勾起欲火的徐明凯渐渐把持不住自己，他感到自己通身都起火了，没什么可以浇灭他的激情。只要他一挥手，整个房间就会燃起熊熊大火。他顺势将肖虹抱了起来，抱着抱着，他的手开始在她的身上游走起来。

这边的林发权在听完钟美华的汇报后，沉思了许久，他知道事情不会太容易。但把“元山现代城”的项目拿到手一直是他的心愿，他前期花了那么多心血，现在放手让他心有不甘。况且，他眼下仅有“绿城国际”的项目在运作。账上还有一部分资金，闲置也要照付很高利息的。融来的资金也要发挥它应有的作用，否则，账面上就是负数了。

“这样吧，如他不愿干，再加10万劳务费。重赏之下必有勇夫。我不信他不动心！”林发权说。

"好吧，我再劝劝他，30万可不是小数字，够买一套房子了，他肯定会动心！"钟美华喜出望外地说。

这边的徐明凯还在床上与肖虹缠绵着，那边的手机响起来，徐明凯赖在床上不想起，还是肖虹催他赶紧起来接电话。徐明凯不情愿地拿起手机，看到是钟美华打过来的更不想接，但见肖虹盯着他，只好接通。

"明凯，晚上到我家来一趟，有好事。"电话里钟美华依旧不失柔情地说着。

"什么事？"徐明凯不想再与钟美华纠缠。

"就是林总那边的事，想和你再商量商量。"钟美华说。

"你告诉他，我同意了，让他把钱准备好，到时一手交钱，一手交货。就到你那儿送货取钱！"徐明凯想尽快结束和这个女人的对话。电话接完他又装作若无其事的样子说："公司的屁事太多，什么事都来找我，能把人忙昏头！"

"你明天上班注意把'元山现代城'的资料搜集一下。最好是全套详细介绍这个项目的材料，弄好了马上给我。记住，最好不要惊动其他人。"徐明凯对肖虹说。

"什么事，弄得神神秘秘的？"肖虹有些不解地说。

"我要帮你卖几套房子，自然要保密了！"徐明凯为了不让肖虹知道内情，假装神秘地骗她说。

经过三天的搜集整理，加上肖虹帮他在售楼处弄出来的部分文件，徐明凯终于把全套"元山现代城"的资料拿到手上。当晚他就通知了钟美华，两人约定第二天晚上到钟美华家交易。

当徐明凯晚上来到钟美华家时，他看到屋中已备好一桌丰盛的晚餐，满屋飘香。看得徐明凯不禁垂涎欲滴。"我估计你快到了，就把青菜也炒了。"见徐明凯落座，钟美华打开了一瓶红酒。

“明凯，咱们认识也有四五年了，交你这位朋友我很高兴。来，为咱们的友谊，干杯！”钟美华说完举起杯子与徐明凯碰了一下。

受屋中气氛的影响，徐明凯也以礼回报：“感谢你的款待，希望咱们的友谊与日俱增、互相关照。”他说完也干了。

“吃菜，这盘红烧鱼是专门为你做的。还有，鲍鱼排骨汤是我最拿手的，有营养又大补，喝了保管你精气十足，做了还想做。”钟美华说完眉眼上挑，意味深长地瞟了徐明凯一眼。

徐明凯自然知晓钟的意思。没有肖虹时，为了充饥解渴，与钟美华有肌肤之亲是凑合。现在有肖虹了，放下眼前的羔羊肉不吃，转而去啃荒原的枯草确实太不值了。但今晚情况特殊，他是来取20万的，不能因小失大。明白了这个道理，徐明凯只能委曲求全，牺牲一次自己。他不从林发权那儿当面拿钱自有他的道理。倘东窗事发，只要钟不说，他就是安全的。从这一点，他就不能与钟美华闹掰。

“钱拿到了吗？”徐明凯说。

“拿来了！你的东西也带来了吧？”钟美华回答说。其实，她从林发权那儿拿来30万，因徐明凯那天只说20万就行，剩下的10万自然由她截留了。她知道徐和林一般是不会当面对质的，况且这种见不得阳光的灰色交易，过一阵子死无对证，自然不了了之。

酒足饭饱，剩下的自然是床笫之欢了。此时，徐明凯眼中的钟美华，就像一块失去新鲜味道且风干的肉一样，已丝毫引不起他的兴趣，但他还得装得垂涎三尺的样子。他知道钟还有利用价值，他不能因个人的好恶而断送任何机会。就像美国人信奉的哲学一样：没有永远的敌人，也没有永远的朋友，只有永远的利益。

他来到钟美华的身边，装作急不可耐的样子，一下子就将钟揽到怀里，然后双手紧紧地将她的腰勒起。听到有猫儿一般的几声呻吟后，钟的身子开始变软，像面团一样贴在徐明凯的身上。嘴上还不断地喃喃呓语着："多大年纪了，还这样猴急，腰都快让你勒断了！"徐明凯根本不管她在说什么，他只想赶紧直奔主题，完成他的使命。做学生时他看过《子夜》，当吴荪甫强奸用人吴妈时，想的是如何毁坏眼前的物件来宣泄自己的愤懑。而徐明凯与吴的不同点在于他不是毁坏，而是维系。两人的相同点在于都不是情欲的冲动。

钟的衣服被徐明凯一件件地剥了下来，最后只剩下了胸罩和内裤。看着这白光光的肉条，徐明凯想起了那个令他魂牵梦萦的肖虹，那是一副怎样令人销魂的鲜肉之躯呀！尽管有天壤之别，尽管他有一百个不情愿，但他还是得义无反顾地爬上去，爬上这个让他内心很反感，甚至很恶心的躯体之上……

当所有的程序都演绎完结后，徐明凯休息片刻，便拿出资料交给了钟美华，换来一张存有20万的工商银行卡。

"卡的密码是六个八，你把它全部取完后再还给我就行了。"钟美华意犹未尽地说。

拿到卡的徐明凯出了门便给肖虹打去电话。他要将这20万亲手交给肖虹，让她知道他徐明凯的能力。他要为她买套带户口的房子，这样，将来即使她嫁人，他也算对得起她了。

见徐明凯真的将20万的卡交到自己的手中，肖虹激动得一时不知说什么好了。她望着徐明凯的眼神里蕴含无限深情。

"这钱就做首付买套带户口的房子吧，按揭不够我替你出。你将来真有嫁人的一天，我也算对得起你了！"徐明凯平静地说。

"我不嫁人，我只要跟你！"肖虹说完抱住徐明凯的脖子一直不松手。

"你不嫁人也行，等我发财了再买套大房子给你住，让你舒舒服服地在家当阔太太，怎么样？"徐明凯为肖虹描绘了一幅所有女人都憧憬的生活图景。

"好！"肖虹幸福地看着徐明凯。

“亲一个！”徐明凯说。

肖虹就在徐的脸上亲了一口。

Section 03 · 孩子降生

冻得浑身麻木、奄奄一息而几度昏厥的陆晓雅被绑在狭小的后备厢里，几乎无法动弹。她感到自己的大脑好像快凝固了一般。她怕自己就这样死掉，于是努力提醒自己不能昏睡过去。她知道，如果照此下去，没准她就醒不过来了。为了肚里的孩子，她得坚持；为了不至大脑僵化，始终处于活跃状态，她努力回忆这几年和田一珉相处的时光。如同许多粉丝一样，在贫饥和荒漠化的西部，对文化的膜拜心理使得陆晓雅在第一次见到田一珉时便对他印象深刻。那天，市作协在党校大礼堂举办“西部文学研讨会”，田一珉所作的《论西部文学的现状及发展趋势》在一阵掌声中引起了陆晓雅的注意。自那以后，报上每有田一珉的评论文章，陆晓雅便反复拜读，久而久之，心生钦佩。后来听说田离婚即去了南方，不免暗自怅惘了好一阵子。经多方打听，才得知田去了南厦并在一家金融机构落脚。陆晓雅试探着给田一珉去了一封信，谁知等了一个多月，才有回信。内容也是客套话，说自己很好，感谢她还没忘记他。就是这封信让晓雅反复看了十多遍。而后有了第二封、第三封甚至第九封，最后有了声线广播，有了义无反顾的携手同行……

昏昏沉沉的陆晓雅，经过十多个小时的长途颠簸，终于在一个四面山峦环绕的小村庄被抬进屋来。松开绳索，舒缓好一阵子，她才有了意识。

望着买来的人，刘老汉的心里是七上八下的。他无儿无女，妻子早年跟人跑了。就他一人过了20多年，如今猛不丁又添人进口，他感到有些惶恐。看着陆晓雅从麻包露出来时，满脸灰土，嘴上粘着胶带，双眼紧闭，一副痛苦不堪的表情。他先把她嘴上的胶带撕下，然后一点点把套在她身上的麻包拉掉。刘老汉有些犯难，挺大一个活人，老这么捆着也不是个事。但全部松绑，人家与你素不相识，拍拍屁股走人，他的15000元可就打水漂了！想想，还是不能松绑。他正纠结着，陆晓雅的眼睛睁开了，一天半的颠簸劳顿，加上滴水未进，她几次晕死过去，昏迷中，她听到一群人在说着什么，不一会儿又被抬上车，而后又被抬出来扔到不知什么地方。当她再次醒来时，首先映入眼帘的就是一个精瘦老汉，正像看着一头被逮来的羔羊一样看着她。

“水——水！”她看着他发出了微弱的呼唤。刘老汉顿时明白了这女人的意思，忙端了一碗水送到她的嘴边。喝完水的晓雅不一会儿神志完全清醒了，她打量着屋中的一切，但手脚已完全麻木，失去了知觉，不能动弹。“大叔，给我松开吧，咱们有事好商量。”陆晓雅恳求说。

“我给你松开，你跑了怎么办？我可是花了全部积蓄才把你买来的！”刘老汉摇头说。

“你放开我，15000元我给你，可以了吧？”晓雅说。

“我花钱买的是老婆，谁给钱我也不卖！”刘老汉又说。

“那你要多少钱才能放我走？”晓雅说。

“多少也不放，我要你给我做老婆！”刘老汉盯着晓雅看，看着看着，他忽然感到心里有虫子在爬，而且迅速爬遍了他的下身，弄得他痒痒的，让他觉得心里的火一下子烧了起来，而且越烧越旺，直烧得他感到不能自持了，于是，就扑到陆晓雅的身上。

“你要干什么？我肚里还有孩子呀！”晓雅拼命反抗，死活要把骑在身上的刘老汉掀翻在地。可遗憾的是，近一天一夜的折腾加之未吃一口东西，晓雅已无任何反抗的力气，挣扎了半天，在耗尽最后一点力气时，她的眼泪汩汩地淌了出来，似乎在昭示自己的无助和悲哀。

骑在她身上的刘老汉先是想摸摸晓雅的脸，谁知晓雅拼命晃头不让他摸。而后又摸到了下身，费了九牛二虎的力气才摸到晓雅的裤带。他想，只要把这道程序完成了，他就得手了。对于晓雅怀有身孕，他根本不管。他想的是要对得起那些来之不易的钱，只要能随心所欲，这钱才花得值。然而毕竟年岁大了，经过这一阵子折腾，他也累得气喘吁吁、心怦怦直跳。心中的欲火耗掉了大半，没了先前的气力和那股多少年来没有发泄的征服欲。当他解下自己的裤带时，却发现那东西怎么也翘不起来，无论采用什么方法，仍然是一蹶不振。刹那间，心中几十年耸立的高峰如雪崩一样坍塌下来，直落万丈深渊，进而消失得无踪无影。刘老汉颓丧地倒了下去。

被捆着的陆晓雅虽身体虚弱，没有一点力气，但凭着顽强的意志还是挣扎着翻到了地上。她还想继续向外挪蹭，最终翻出门外。然而，倒在一旁的刘老汉看出了她的企图，马上起来又将晓雅拉到床上。“你想跑？我那钱找谁要去！”他生气地说。被捆着的晓雅这回不说话了，她恨恨地看着他，两眼射出仇恨的怒火。

“你别这样看着我，你现在是我的老婆。我花一万多买你来是跟我过日子的，不是让你这样看我的。你想走，也得把孩子生下来，到那时你实在不愿跟我过，就放你走，这总行吧！”刘老汉像是安慰晓雅又像是给自己宽心似的说着。

快到傍晚时，折腾小半天的刘老汉有点饿了，他想该是做饭的时候了。于是忙活起来。当他把饭吃完，忽然想起仍捆着的陆晓雅，他于是装了一碗粥端到她的眼前。“吃些饭吧，一天都没吃了，会饿坏的！”他看着她说。看到晓雅眼睛都不睁一下，他又说：“我喂你，这样你就能吃着。”他开始用一把汤匙给晓雅喂食。饭到嘴边了，可晓雅仍眼不睁、嘴不张，丝毫不为之动心。看到晓雅拒绝进食，刘老汉有些恼火，你不吃饿你自己，看你能挺到哪一天。他这么想，心也就宽宽地放下了。时间过了一天，又过了一天，陆晓雅的眼睛仍然不睁一下，刘老汉心里有些慌，他怕她这样会饿死。到时不仅人财两空，而且传出去闹不好要坐班房，一想到坐班房，刘老汉的心就开始哆嗦起来。

他于是帮她松开绳索，平放在床上，可她还是不动一下。刘老汉有些心急，他开始晃动晓雅，嘴上连连呼唤着。看到她终于睁开眼睛，刘老汉才放下心来。“你这样不吃不喝是不行的，你就不为自己着想，也得为肚里的孩子想想，你再这样作，孩子就完了！”刘老汉有些气急败坏地说。

“你以后还绑我吗？你要再敢绑我，就死给你看！”陆晓雅微弱嘶哑的声音中仍然透着倔强和坚韧。

“你要不跑我就不绑，这可以了吧？”刘老汉虽然有些软了，但他打起了自己的小算盘。看这女人的模样肯定是不会跟他过日子的。15000元打水漂他又不甘心，现在唯一的救命稻草就是她肚里的孩子，无论男孩女孩，只要生下来卖掉，他就不亏了。有了钱他可以再找一个，这是目前唯一的补救办法。但在她生孩子之前，要把她牢牢地看住。不能再捆手脚了，怎么办，他思谋了很久，终于想出了一个法子。

经过两天一夜的苦干，长宽均两米多的地窖挖成了。搭上三根木头，铺上一些木板，又把自家的箱箱柜柜都压了上去，装人的地窖就算完成了。他又费了好大的力气才把晓雅弄到地窖里，又给她铺了床被褥，算是了却了他的一桩心事。只等孩子一生，什么事都结了。她愿意跟他，那再好不过。她不愿意，找辆车半夜将她丢到三五十里开外，她就永远也找不回来了。这边的刘老汉盘算着自己的小九九，而晓雅也一直在寻找逃脱的机会。她原想以绝食来抗争，甚至想到一死了之。后来刘老汉的话提醒了她，她死了肚里的孩子也就完了。况且这样死太不值得，读了这么多年的书，要依靠智慧和头脑，选择恰当的机会，让自己脱离险境。从和小丫下车当晚到哥俩的家中，第二天早上，陆晓雅就知道自己被骗且失去了人身自由。当那哥俩去找中间人算账时，晓雅首先想到的是报警。然而当她翻遍了背包和全身的口袋也没有找到救命的手机。那部手机是她刚来南厦时田一珉给她买的诺基亚“绝色倾城”。手机外形时尚大气加之配有真皮皮套，给人以品位和奢华之感。晓雅非常喜欢这款手机，她把它当成信物一般，爱不释手，小心翼翼。现在手机不见了，她成了聋子和哑巴。非但不能报警，而且和这个世界失去了联系，以致被人接二连三地倒卖。来到刘老汉家，她发现这老东西大概是花钱太多的缘故，对她十分警觉。为防她逃跑，他可谓费尽心机、筑牢篱笆。

晓雅被丢进地窖后，经过三四天的休养，体力渐渐恢复，她努力在寻找机会，一旦时机到来，她会毫不犹豫地选择逃跑。日月如梭，白黑交替，连晓雅自己都不知过了多长时间，只是外面持续不断的鞭炮声让她知道春节来了。此后又是没白没黑地循环往复。这期间，肚子却一天天大了起来。有时晓雅甚至感到小家伙横踢乱踹的胎动，一个新生命即将诞生。这让将要做母亲的晓雅既喜又忧。喜的是自己的坚持终于有了结果；忧的是孩子在这样的环境里出生，如何养活养好是个大问题。

不知日月的陆晓雅为了能让自己的情绪不至于太坏，影响胎儿的发育，她努力回忆与田一珉在一起的幸福时光。想着想着自然想到了两人在西州唯一一次单独去野外游玩的情景：那是夏日，正值雨季，他们一起去山中游玩。记得那日天色空蒙，淡淡的浮云给夏日的早晨平添了几分清新宁静。随着脚步愈远，长久郁积的都市压抑感在远离尘嚣中逐渐得到释放。小录音机里响着理查德·克莱德曼的钢琴曲《献给爱丽丝》，又给两人的旅途增添了欢快的气氛。

“走出城市，回归自然”，他们不约而同聊起这个话题，并同时领略着田园风光、乡间绿色。城市愈远了，缥缈的景象，宛如海市蜃楼，在宁静中一点点湮没。

他向她说起生的沉重、活的纷繁。她当时平静如水，用一泓清澈见底的眼神看着他。她知道，他不想过多地影响她的心情，但他那超然物外的神色又告诉了她，他的意绪，恬淡中蕴含执着，温和中包含着坚韧。这难道不是他的追求，他的品格吗？

广袤无垠的山路看似咫尺，但走起来却远在天边，眼见十多分钟的路，却用了半小时的工夫。空灵的峡谷中，流沙直下，苍石兀立，静得连脚踏石头声都回音不绝。千年古崖居高俯瞰，仿佛惊异这两个人何以光顾此地？迂回山谷不久，偶遇三个小青年大声宣告：“远着哩，找不到尽头！”两人相视一笑。“见了黄河才心死！”他的幽默再次让她笑出了声。

九曲回旋、峰峦叠嶂，人迹罕至的沟壑中，几经辗转，山色才愈加清秀起来。先是隐去褐色的秃岩，而后是淡白的乱石横卧谷底。及临山口绝壁，才赫然一幅奇异景观耸立眼前。但见块块石头透出活气，青石碧玉，千姿百态，争奇斗艳。两人似乎忘记了爬山的辛劳，忘情地欣赏大自然的鬼斧神工，感叹造物主的神奇点化。那一刻，奇秀的石头随着“咔嚓”“咔嚓”的响声永远地定格于他们的心中。

午餐就在一硕大的石头上开席了。选一长方形石片，摆上精美的各色食品，小录音机里响起忧郁的萨克斯管声，两人举杯遥祭苍天，相互祝愿，醉倒青山。

山色愈加晦暗，退出峡谷，还顾盼流连。裸露的山岩上，偶见几丛骆驼刺和芨芨草屹立其间，随风摇曳，不免使人顿生凄迷之感。然山中奇秀历历在目，峰回路转，一扫眼前的苍凉，转眼间不免释怀了！“入之愈深，其见愈奇”，他的话让她陷入深思。大千世界、芸芸众生，有人甘于淡泊、不屑功利，然心中却有风情千种、雄兵百万，这难道不是他崇尚的品格么？

下山的路要比来时好走多了，只一刻间，便走出好大的一截。天色渐晚，郁积了一天的乌云沉沉地向下压来，而后愈浓，便有雨点落下。她的脚步急了，并催他急走。然他仍是悠然信步，不忘幽默：“急什么，我不让老天下，它就不敢下！”面对他坦然的心境，她的心也受了感染，脚步不由自主地慢了下来，与他同行，欣赏大雨前宁静的山野。

雨下来了，大颗的雨点落在地上“啪嗒”有声。但他仍兴致不减，甚至还有雨中散步的情趣。而她则开始忧虑路的漫漫、雨的绵长。

雨开始大了起来，他忽然像变魔术般拿出一柄雨伞罩在她的头上。望着他得意的神情，她真佩服他的远虑。与他同行，可保安全，免于劫难。听着头上“哗啦啦”的雨声，一种从未有过的依赖之情，宛若电流般流过她的全身。

风萧萧，雨斜斜。看到他有意用宽阔的肩膀和身躯为她遮风挡雨时，她提出与他平分雨伞的建议，他坚决不允。望着他执拗的眼神、有力的臂膀，一种暖意涌上她心头。那种与生俱来的冷漠被他坚定的目光消融了，只一瞬间，她的心中涌出了从未有过的信念，任风雨如磐，与他同行，同行于这茫茫的人生中。

雨不知何时竟然变得淅淅沥沥了，四野迷蒙，道路完全隐没其中。然而，他们的脚步开始变得轻松起来。他们不再急于回归城市，走向那个封闭的空间。他们愿意接受雨的洗礼，愿在风中锻造内心的坚韧，愿在风雨中编织对未来的憧憬，铸就灵魂的永恒……

多少个日日夜夜，晓雅就是靠这点回忆熬过了她一生中最为艰难的岁月。这是当下她唯一能自由驰骋和想象的空间。犹如一位名人的箴言：脚步无法到达的地方，精神却可以抵达。

这天，刚吃完饭没多久，晓雅感到肚子有些痛。刚开始，她还以为是吃坏了肚子，因为刘老汉经常将剩菜剩饭给她吃。但随着持续的阵痛，晓雅知道自己可能快分娩了，她于是大声地呼喊起来。

听见喊声的刘老汉下窖看了个仔细，他知道晓雅快生了，连忙跑去找人。老汉知道生孩子是早晚的事，所以事先就做了安排。邻近不远的赵大妈就曾给她自己的儿媳妇接过生，出了门他径直奔向了赵家。

晓雅被抬到床上，随着一声高过一声的惨叫，身在门外的刘老汉却在盘算着生下的孩子如何处置。他当然希望生下的是个男孩，那样他就可以卖上个好价钱，起码四五万，扣除一万五，还有两三万的收入。这可是一笔不小的收入，再找个婆娘或翻盖一下房子都足够了。他越想越惬意，高兴之余，他想到该去找介绍人，于是翻出介绍人留给他的电话号码，去村上的小卖店打电话去了。

……

Section 04 · 山雨欲来

田一珉被纪委的人带走了！由于事先毫无征兆，谁也没想到这个节骨眼上会发生这种事。由省纪委和市纪委及市国资局组成的联合调查组在公司会议室当众宣布后即刻带走了田一珉。由于刚刚过完春节，各项工作才开始正常运转，此消息一传出，公司马上炸锅了。

“怎么回事，这又不是国有企业，田总犯了什么法？”

“谁知道，纪委找去了，准没好事！”

“公司刚刚有了希望，就摊上这事，今后怎么办？”

“这公司没法干了！一波未平，一波又起，搞得人心惶惶的，来到公司我就一直没有稳定感！”

看到公司上下人心浮动，议论纷纷。徐明凯清楚，这事跟他可能有很大关系。林发权功亏一篑，没合作成功，自然心生怨气，他借徐明凯的手窃得“元山现代城”的全套资料，目的就是搞垮田一珉，至于他能捞到什么好处，徐明凯暂时还不得而知。但凭林的为人，他是无利不起早。想到这儿他感到有些对不起田一珉，毕竟是田将他从东北带到南方而且给了他一份不错的工作。这种以怨报德的行为是为人所不齿的，徐明凯感到很纠结。假如不是肖虹的出现，没有情感的债务，也许不会发生与林发权的交易。但另一种心理又让徐明凯始终处于不平衡的状态。田一珉能有今天无非是他的运气好，现如今让田一珉走点背运，甚至遭些劫难，从某种意义上说，他的心里会平衡一些。想到这儿，徐明凯的内疚心理渐渐地隐去了，开始琢磨能否趁机取代田一珉成为公司的话事人。他想田一珉被纪委立案调查肯定是因为“元山现代城”涉及的土地问题。而这种调查的结果不是法办就是收回土地的所有权。但两种结局无论哪种对田一珉来说都是致命的。他现在最好的选择就是挤走于飞，拉亚华入伙，以使自己立于不败之地。

徐明凯正思考着如何按他设计的蓝图去实现谋划时，电话响了，是亚华公司林总的秘书打来的，她约徐明凯到亚华一趟有事相谈。

来到林总的办公室，林正在泡茶。见徐明凯到来马上为他斟了一杯。

“我这茶怎么样，跟常喝的铁观音有什么不同？”林发权与徐明凯论起了茶道。

徐明凯端起茶杯一饮而尽，他感到一股温润的茶香瞬间流过咽喉。“不错！确实是好茶，喝下去有温胃通畅之感！”徐明凯说。

“茶这东西很怪，正所谓‘橘生淮南则为橘，生于淮北则为枳’。茶也一样，由于地貌、温差、水质、气候等各种自然条件的影响及制作工艺的不同，茶的品质和口感有天壤之别。比如说江南以黄山和杭州为代表的绿茶，以南方武夷山和台湾为代表的岩茶系列，以闽南安溪为代表的乌龙茶系列，以云南为代表的普洱红茶系列，以东北为代表的花茶系列，还有福建的正山小种系列和河南信阳绿茶系列等，这些茶由于产地和气候的不同，各有千秋，但引人入胜、回味余甘却是相同的。何以如此？就是它们各有自己的独到之处。和而不同，但它们又相互竞争、互为补充，构成了中国茶道的源远流长。”

林发权的一番茶文化的阐述，听得徐明凯似懂非懂。他不愿过早露出自己的浅薄，于是干脆来个装痴卖萌：“林总对茶的论道让我眼界大开、受益匪浅。但林总所指令徐某大惑，万望林总指点迷津，让我早得真谛、豁然开朗！”

“你不解我意？”林发权颇感意外。

“徐某愚钝，望林总开光。”徐明凯不愿说破，他希望由林发权开口，那样，他的罪过心理就会减轻甚至消失。

“你现有千载难逢的好机会，如果你愿意，荣华富贵、飞黄腾达都指日可待。你觉得如何？”林发权吊起了徐明凯的胃口。

徐明凯暗想，这老家伙是在指山卖磨。我公司的事，我岂能不知，还用你来教化。但他仍不想挑明，他想看看林发权到底包藏什么祸心。

“事情走到这一步，我也不瞒你了。田一珉想再回公司是难上加难。国资局已初步同意将‘元山现代城’项目评估后公开竞标。对于原公司股东，可根据自愿的原则，由新公司按原有份额确认并接收。元山房地产公司将注销不复存在。”林发权一口气泄露了调查组对田一珉及公司的处理意见。

如此的大动作，徐明凯并没有想到，他听后感到后脊梁骨直蹿凉气，如果结局是这样，谁都没有好日子过。“皮之不存，毛将焉附”！这不是他想要的，而这样的结果也和他的初衷是相悖的。

“一个私营企业未经法人和全体股东同意说注销就注销，这不符合《公司法》吧？”徐明凯既意外又气愤地说。

“他这个项目的土地是国有的，所以就很难办喽！”林发权说。

“照您的说法，事情已到无可挽回的地步？”徐明凯心有不甘地说。

“任何事情都没有绝对的，这要看纪委的态度和田一珉所犯错误的程度和性质。”林发权说。

“这件事要多长时间才能结案？”徐明凯不解地说。

“这也不好说，少则关个十天八天，多则三五个月都是有可能的。”

“这期间我该做些什么，从哪方面着手？”徐明凯有些乱了方寸，甚至不知所措。

“你回去可及时召开股东会，讲明目前形势，稳定人心。但不要做复工的准备工作，保持现有状态，可婉言透露有投资公司介入管理的消息。让各股东有思想准备。总之，既让大家心里安定，又要有改组洗牌的心理适应。”林发权以一个长者的语气安排着徐明凯要做的工作。

本无头绪的徐明凯经林发权的点拨，心里一下子豁亮了许多。起码他知道眼下该怎么做了，至于下一步，他还要审时度势，看清方向然后再做定夺。现在他最头疼的是于飞。于主管工程和销售进度，现资金已全部到位，重新开工建设、提振公司声誉是迫在眉睫和势在必行的头等大事，于飞不可能错失良机，坐以待毙。会议一旦召开，两人势必针锋相对、各不相让。于飞在公司有举足轻重的地位，而且股东全是她拉进来的。自己虽说是田一珉带进来的，但主管的是行政，人微言轻，没有几人看得起，话语权自然少之又少。徐明凯权衡着这会该怎么开对自己比较有利，让他稍感安心的是，临出门时林曾许诺如亚华接手元山房地产公司，他仍然任该公司副总经理。有了这个承诺，徐自然有了底气，攻守自如，他可以大胆工作了。徐回公司的路上正盘算着开会的事项时，公司办公室打来电话，通知他下午3时在会议室召开全体股东会，研究下一步工作重点和当前需要解决的问题。

徐明凯正思谋如何主导会议的议题时，却没想到让于飞来了个先手棋。他想着于开会的议题肯定是复工和营销两大主题，有了股东的批准，她就可以大张旗鼓、轰轰烈烈地大干起来。如果是这样，就没他徐明凯啥事了，他只能品尝被“晾”的苦涩滋味。对于这样的结果，他焉能善罢甘休。他盘算着如何破局，如何能化被动为主动，让自己有一席之地……

心急如焚的于飞，想着年后资金到位就可开工。没想到关键时刻，田一珉被纪委带走，让正常的秩序乱了套。看着公司内部人心惶惶、议论纷纷，她开始急了。想到最后，她决定召开董事会，由大家表决怎么办。为确保决策的科学性，她昨天下午就通知了全体董事必须出席会议。她的中心议题就是工程按计划开工还是等田一珉的问题处理完后再作打算。

董事会按时在会议室召开了。原有的五位及后加入的三位董事和财务总监共九人出席。于飞首先做了公司面临的状况和亟待解决的问题的发言。她说："资金落实后，公司在年前就已做好年后的一切工作计划安排。但计划不如变化快，田总被立案审查，打乱了我们的计划。今天请大家来就一个议题，是按原有的计划正常进行，还是等待田总的问题有了结论后再定？"于飞讲完后看了大家一眼便坐下了。会议室里一时安静下来。大家都在观望谁先出来发言。此时的徐明凯非常清楚，扭转局面，把思路引向反方他责无旁贷。于是，他开了头炮："就目前形势而言，我认为宜静不宜动。首先，就田总个人而言，直到今天纪委才传唤他，本身就说明问题的复杂性。选择这个时候开工无疑会使问题更加复杂化。再往严重里说，我们的行为是向党和政府叫板甚至是挑衅。而这样做的结果只会加重田总的罪责；其次，开工需要大量的资金，现在情况不甚明朗，资金风险要考虑，如果投下去血本无归谁来承担这个责任？最后，最大的问题，说到底土地是国有的。因此出现什么情况都有可能。对于这点我们应有充分的考虑。"

徐明凯的一番话确实起了作用，大家被他的上纲上线给镇住了。会场上一时悄无声息，大家面面相觑，没了刚进会议室的活跃。

"我看没你说的那样严重，一是这块土地我最清楚。当时是经各方研究批准才拿到的，根本不存在什么问题。肯定是别有用心的人投了匿名信，放大了国有资产的功效和作用，使人一谈国有资产便会联想到侵吞和流失等认识上的误区。二是选择这个时候开工是条件使然。停工六个月，又赶上过年，资金到位复工开建是自然而然的事，不存在和谁叫板和挑衅。上纲上线是'文化大革命'的产物，在改革开放的今天是没有市场的。三是所谓的投资风险是不存在的。请各位谨记，我们是私营企业，照章纳税、遵纪守法，没有任何不良记录，谁也不可能把我们的资本侵吞，这就是改革开放的伟大！四是河南方面的人马都已来了，并进驻了工地，我们现在停工让人家回去，怎么赔偿？请神容易送神难！这件事怎么办？"于飞越说越激动，她仿佛又回到当年在讲台上慷慨陈词的时候。

“讲得好！”陈浩带头鼓起掌来，“我刚才听了一下，觉得有必要说几句。一、咱是企业，首先得讲效益，不是国家机关，讲政治、上纲上线；二、投资是受法律保护的，不是谁想拿走就能拿走的；三、我们投的5000万已全部到位，如果贵公司不能按约履行合同所规定的条款，按《公司法》要承担相应的赔偿责任！”

“就是！陈总说得对，到时不能履行合约，要按约赔偿的！”刘富通和江黎平也同时发声。

另几位股东也开始交头接耳地议论着。

“关于停工和赔偿问题，我想大家不必着急。下一步怎么办，我们谁也说不好，但无论如何，谁来接这个盘，都会妥善处理的，希望大家不要有所顾虑。”徐明凯强调说。

“咱这是民营企业，即使田一珉真的触犯法律，那也是个人的事，他犯法不等于企业也跟着犯法。说到有人来接盘，简直是笑话！要否定和推翻中国的改革开放政策，咱们的总设计师邓大人天上有知，也会拍案怒起。”陈浩慷慨陈词，博得了与会股东的一致掌声。

徐明凯感觉到今天这个会议他是孤身奋战、孤掌难鸣。但再难他也不能退却，只能以保护田一珉为由力排众议，达到与林发权商议的既定方针。

“大家要冷静，现在任何举动都会影响组织上对田总的处理结果。我还是那句话，眼前宜静不宜动，希望大家三思！”徐明凯换了口气说。

于飞虽然看不透徐明凯的意图，但她明显感觉到徐明凯是在阻挠。对于田一珉的计划他非常清楚，但为什么反对呢？显然是别有用心。想到这儿她怒从心头起：“田总的安危我们固然要考虑，但开工也是年前定下的计划。这个火候把握不好，我们就会坐失良机，损失的可不是一城一池！”

徐明凯冷笑一声：“你只看眼前的利益，如果因这个行为给公司造成巨大损失，谁负得了这个责任？”他故意把问题说得耸人听闻，以使大家望而却步。

“别把问题说得那么严重，如果真有那一天，责任我来负！”于飞的心再也平静不下来了，她发声的频率高了起来。

徐明凯藐视地看着于飞说：“你负，你拿什么来负？脸蛋能长出钞票来！”

面对徐明凯的羞辱，于飞的脸红一阵白一阵的。此时她已顾不得什么尊严和颜面了，应声说道：“如果因这项决议给公司造成损失，我甘愿拿自己百分之二十的股权抵偿，你还有什么意见？”

徐明凯仍穷追不舍地说：“你的百分之二十算什么！如果关门倒闭呢？”

于飞被问得有些词穷，她稍一踌躇，那边的陈浩接茬了：“说到责任无非就是股东的姿态。这样吧，咱们今天到会的八位股东就刚才的议题做个表决。同意开工的请举手，不同意的可不举手。如此，责任不就分清了！”

结果显示，七人投了赞同票，只有徐明凯投了反对票。

“这种急功近利的做法无疑会对田一珉的问题起到火上浇油的作用，会使事件更趋复杂化，我表示坚决反对！”徐明凯丢下这句话气呼呼地站起来走了。

会场里顿时沉寂下来。许久，陈浩发言：“我参股是看到这家企业有好的前景，而不是过多考虑人的因素。如果我们每天囿于领导、上级、亲人、朋友的小圈子里，而不是洞悉风云变幻的市场和稍纵即逝的商机，就不算一个合格的商人。所以，我还是坚持我的意见，不能因为法人暂时有问题就停工停产，这不是一个企业的正常现象。人家万科的老板王石每天游山玩水，企业却做成房地产的龙头老大。这难道不给我们一些启示吗？”

刚才还为徐副总的讲话犯难的于飞听了陈浩的一番言辞，更坚定了自己的意见。对于田一珉的处境，她比谁都忧心。这个男人此刻在她的心中已占据大半的位置。所谓休戚与共、唇亡齿寒，是“元山现代城”把两个人的命运紧紧地捆绑在一起的。可以说，没有田一珉的存在，她于飞会感到形单影只，没了精神支柱。但眼下的形势不允许她有半点私情。本来停工已半年多，原购房客户有的已拒付银行贷款，再不开工恐怕会有更多的客户提出退房要求，进而形成退房潮，到那时局面就不好收拾了。今天徐副总的话明显指责她不顾田的安危，进而大有取而代之的意图。这让她感到万分委屈，有了进退两难之感。而陈浩的一番话又振聋发聩般地击醒了她，使她意识到市场和眼泪是风牛马不相及的两种形态。这个时候绝不能以个人感情取代严酷的经济活动。主意有了，她说："刚才陈浩先生的话提醒了我，公司在这个时刻更不能自乱阵脚。要按既定的方针走下去，准时开工，大张旗鼓地来一场声势浩大的宣传活动，让全市的民众看到元山现代城又开建了，让原购房客户吃上定心丸。争取今年的销售业绩再上新台阶！"她的话博得了与会股东的一阵掌声。

Section 05 · 愁肠百结

被纪委联合调查组带走的田一珉此时正在一个谁也不知道的地方接受组织调查。望着窗外郁郁葱葱的景色，田一珉一点也不为所动。他的心七上八下的，坐立不安，心神不宁。晓雅自离开南厦与他不辞而别已三个月有余，其间虽通了一次话，而且她的哥哥陆晓东年前曾来南下与他面谈了两天，通过交流，两人都有相见恨晚的感觉。陆当即表态，过完年就带他的施工队开赴南厦，除去自有资金500万，还可向银行另贷500万，入股田的元山公司。田一珉大喜过望，不仅向于飞和徐明凯介绍了陆晓东，而且隆重地把陆晓东介绍给其他股东并设宴款待。这位仁兄也不负众望，节后初八就率先头部队120多人进驻了工地。尔后又有近百人来到南厦。正月十五过后，1000万资金也悉数按约到账，填补了晋江资金到账前的短期资金缺口。

面对陆晓东的鼎力相助，田一珉喜出望外，然大喜过后自然更加思念陆晓雅。为此，他多次打电话到南厦和西川的学校及她有可能去的地方，他甚至把电话打到了晓雅开封的家里，但都没有消息。晓雅就像天上的鸟儿一样，飞走了就杳无音信。每想到这儿，田一珉就痛恨自己对晓雅关心不够。冷落了她，让她伤心至极才离他而去。“女人的最大心愿就是要有人爱”，这句经典台词是当年看《尼罗河上的惨案》看到的，是他无暇顾及晓雅才造成今天的悔恨。连他自己有时都搞不明白，来南厦这么多年，他究竟在忙些什么？为了利？他又觉得好像不是。他虽然没什么钱，年轻时不名一文甚至穷困潦倒，但从未对钱有过贪婪的欲念。正所谓“你不爱财，财不理你”，所以田一珉至今也是两手空空，没攒下什么钱。女儿和前妻也来几个月了，他只见了三次面，连给女儿联系学校的时间都没挤出来，更谈不上给娘儿俩买套房子了。对女儿朵朵他有更大的内疚感。自从离婚之后，他就离开了娘儿俩，对朵朵也就谈不上有任何教育。“养不教，父之过！”每想到这儿，田一珉就感到心痛。现如今他基本算是与外界隔离，朵朵的入学是他最大的心病，他的前妻现在不知用什么难听的词语诅咒着他，使他如坐针毡、心神不宁。他感觉自己都快疯掉了！

更让他揪心的是“元山现代城”的复工建设，本来春节前他就与于飞商定年后一定马上开工。他甚至要求工程方必须在年前把工地的脚手架全部安装完毕才支付工程款，说来也是奇迹，三天后，工地脚手架全部安装到位，施工方也顺利拿到了拖欠的全部工程款。一切都按计划进行着。天不遂人愿，正当他信心满满地期待凤凰涅槃、奇迹重生的时候，纪委联合调查组从天而降，没容他安排什么工作，甚至不容他多说一句话就将他带离了公司。迄今为止联合调查组的人只和他谈了一次话，让他如实将“元山现代城”的土地转让情况写成报告，然后等待组织调查、落实。

对于“元山现代城”土地的来龙去脉，田一珉记忆犹新，他很快就写完了报告，交给了调查组。此后，便是漫长的等待了。他现在最担心的是工地能否按他的意愿如期复工。他怕大家因他的事而乱了方寸，打乱了计划。这是他最不愿看到的。对于飞他还是了解的，他相信她有处变不惊的能力。两人共事多年，在大是大非面前默契度还是很高的。但他又忧心其他股东和徐明凯等人是否有不同意见。此时的田一珉就像笼中的困兽一样，虽然行动不能自由，但大脑却飞快地转动着，猜想各种变数的出现和意想不到事件的发生。

……

早上，于飞又组织召开一个由工程、材料、水电、监理等相关部门参加的复工动员会。会上，她要求各部门按公司提出的新规定、新举措严格执行；按计划、有步骤、保质保量地完成各项施工任务。会开完了，于飞正想下楼去工地现场察看工程进展情况，还没走到电梯口门就开了，迎面而来的是那天晚上在田一珉办公室遇见的女人。于飞认出是田一珉的前妻，女人的本能反应让她有些踌躇，但猛地想到田一珉已人去他处、身不由己了，只能由她接待了。“大姐，田总出差了，要两个星期才能回来，您找他有事吗？”于飞机智地应付道，连她自己都没想到会如此地应对如流。

“这田一珉就是个没心没肺的人。对我这样也就罢了，女儿要上中学了，他还是不闻不问，您说，有他这样做父亲的吗！”怒气冲冲的何文华像遇见多年的老熟人一样毫不留情地数落起田一珉来。

“大姐，他太忙了！这件事不怨他，是我给忘了。年前他曾跟我提起这事，是我当时考虑放假没处找人就搁下了。您放心吧，下午我给您联系，保证您的女儿按时上学。”于飞当着何文华的面拍了胸脯，打了包票。

“那可太谢谢您了！告诉您，我昨晚一宿没睡好觉。越想越生气，您说我们娘儿俩来这儿两眼一抹黑，谁都不认识。到户口所在的学校去打听，学校答复的是学生超员，条件有限，让我们到民办或郊区的学校去看看。女儿为此哭了不止一次。想想我就气不打一处来！现在好了，有您帮忙，让我吃了颗定心丸，太谢谢了！”何文华一扫刚才的阴霾，满脸春风，笑开了花。

送走何文华，于飞赶紧给她的同学——现任省重点中学六中教务处主任的康清诚打了个电话。铃声响了好一阵子，才有人接听。“是康主任吗？我找康主任！”于飞故意拿腔作调地说。

“哦！哪位？”康清诚说。

“哪位？真是官大不认人，连我都听不出来了！”于飞揶揄地说。

“啊！老同学——于大公主。什么风把你的美妙歌喉吹到我的耳朵里了。”康清诚热情地调侃着。

“找你有事，看你肯不肯帮？”于飞历来眼高于顶、专横跋扈，在学校时康就领教过。

“帮！我不帮谁，也不敢不帮你呀，于大公主是谁呀！”康清诚连声称道。

“我朋友的孩子，从外地刚来南厦，今年上初中，有南厦户口。看你能不能帮个忙，安排到你们学校上学？”于飞说。

“你了解现在学校的情况吗？不要说重点中学，就连普通学校都不好进，插班生一般只能去民办或城乡接合部的学校就读。想到我们中学插班的，赞助费少则5万，多者不限，而且那也是名额有限……”康清诚说。

于飞没想到学校也变化这样快。十年前生源并没有现在这样紧张。她很后悔找康清诚，给人家找了个大麻烦。早知如此，去个普通学校她还是胸有成竹的。现如今是箭在弦上，不得不发了。“我不管！容易的事我就不来找你了，你看着办。你让我出5万也行，咱们的同学情就到此为止，今后我再见咱班同学就说你六亲不认，谁也不要和你来往！”于飞眼下也没招了，只好拿出撒手锏对付康清诚了。她自己也清楚，撒娇耍赖若不成，就不能怪康了，说明他也确有为难之处。毕竟他不是校长，就是校长也有不可为之时。想到这儿，她不好意思再逼康清诚了。

电话里的康清诚以为于飞真的生气了。他知道于在同学中有很好的人缘，如果真让她在同学中说上一通，他康清诚在同学中的声誉就会一落千丈。不过，于飞求他的事也的确让他为难，他想了想说："我先和校长请示一下。等我电话，如果可以，就来办入学手续；如果不行，我再帮忙找个学校。也就是你于飞，连我爹来都没法给这个面子！"

"那就谢谢了！我知道这事难为你了，咱们友情后补。啥时你到我那儿去买房，我给你打最低折扣，老板什么价，我就什么价，保准比你学校的赞助费还高！"

几天后，于飞没想到这事还真办成了。她有点欣喜若狂，接到康的电话后，她马上给何文华打去了电话，把这好消息及时告诉了她。

Section 06 · 酒后不乱性

被带走的田一珉回来了。经过七天的审查，联合调查组查清了"元山现代城"土地转让的来龙去脉。对于这起清理国有资产过程中所揭发的问题，联合调查组不置可否。通过找原总公司当时负责人了解情况及调取处理资产时的会议纪要和上报国资局的批复文件等，发现并无问题。但考虑到田一珉是该公司负责人，虽然没有变相侵吞国有资产，使国家利益蒙受损失，但还是有利用职权之便转让国有土地的嫌疑。调查组就此问题找田一珉谈话，并指出瑕疵，征求他的意见。

得知调查组的结论，田一珉当即表示服从组织决定，个人没意见。只是元山公司由各股东私人投资建成，要按《公司法》规定妥善处理，不能激化矛盾，造成不必要的纠纷。当调查组进一步征询他的意见时，田一珉说出了他的建议：

“反映的问题无非是揭发我侵吞了部分国有资产，既然如此，何不按现行的国有土地政策进行重新评估。差价由元山公司补齐，这样就不存在侵吞的嫌疑了。我也洗清了罪名，你们也可结案，不知组织的意见如何？”田一珉的一番话让调查组认为可行。当即表示上报组织研究后再另行通知。土地差价由评估机构评估后上缴财政即可。结论有了，问题也清楚了，田一珉自然解放了。

对于田一珉的归来，最高兴的要数于飞了。在田一珉的办公室里，她眼含泪水看着田一珉，看着这个让她无时无刻不在牵挂的人。这些日子，虽然她在工地和售楼处整天忙碌着，但回到家里，躺在床上，脑海里自然浮现的就是田一珉的音容笑貌。这么多年，没有哪一个男人在她的心里占据着如此的位置，而田一珉是个例外。田根本够不上时下所谓的高、富、帅。不足一米七五的个头，黑黑的脸庞永远鲜有活气和笑容。至于财富，浑身上下更是一文不名。跟于飞这样白、富、美的极品女人相比，田一珉就是一个残次品。但就是这样一个其貌不扬的人，却有着强大的磁场。正所谓“近之愈深、其见愈奇”，接触久了，你就会发现在田倔强的表面下，内心却有着雄兵百万以及运筹千里之外的韬略。古今中外、天文地理、音乐绘画、诗词歌赋他无一不知，无一不晓。一向恃才傲物的于飞和田一珉接触几回后，也被田一珉的学识吸引了。她喜欢和田一珉聊天，田就像潘多拉的盒子，装有数不尽的世间奇闻和海外经典，让于飞看到了自己的不足。她相信，跟这样的人打天下，无论如何，默契和开心都会有的。现在，这个活生生的人就在眼前了，于飞紧绷的心一下子放开了。田一珉离开的这些天，她一方面要督促施工队加紧施工，一方面要加大营销力度，挽救因停工而受损的声誉。原来她和田是有分工的，现如今两项工作一人挑，而且是重新开始，其难度可想而知。田一珉回来不仅减轻了她的负担，而且让她有了主心骨，从心里得到解压才是她最开心的事。

田一珉看到公司秩序井然，各项工作都有条不紊地进行着，并没有因他的不在而乱成一团，他感到很欣慰。对于飞他更是充满感激之情：“谢谢你，我不在的日子，你费心了！”此时的他真想拥抱一下于飞，算作发自内心的感谢。还没等他付诸行动，员工们已一窝蜂地前来看他，大家纷纷表示将一如既往地跟着公司风雨同舟、同心同德，干好本职工作。田一珉听后更是感动至极，他向员工深深鞠了一躬。“谢谢大家这样信任我，我一定不辜负各位的厚望，努力工作，让大家都能增加收入，过上好日子！”田一珉的话博得了大家热烈的掌声。

“今晚为你接风洗尘，咱们到聚宾楼怎样？那儿有你喜欢的南北大菜，这些天怕是熬坏了！”于飞关切地说。

“好！我在里面时就想自己走得端、行得正，没有违法乱纪，大不了把这块地重新拍卖，所以吃得下、睡得香，什么都不想。现在出来了更高兴了，看看今天能吃多少东西。”田一珉饶有兴致地说。

“今天我不开车，陪你一醉方休，怎么样？”于飞说。

“不！咱们今天先吃饱。真想喝酒的话，回头再尽兴。大难不死，还有什么可怕的。如今有美人相伴，死亦足矣！”田一珉头一次开起了于飞的玩笑。

“少拿我开涮啊！你一贯标榜自己是正人君子，怎么一下子变得玩世不恭了！”于飞娇嗔地说。

“人生有你许多感受不到的东西，当你什么都经历了，可能你的视野抑或人生观就会发生变化，或者说，你会用另一种眼光和角度看待世界。”田一珉说。

“你快成哲学家了！我今天不想听这些，只想吃饱吃好，衣食足而知礼节，等吃饱喝足后再听你的歪理邪说！”于飞说完下楼开车去了。

两人来到聚宾楼找了位置坐下来点菜。

“吃什么？选些有营养的点。”于飞拿着菜谱问田一珉。

“客随主便，你点什么我吃什么。我这人最大的优点是吃什么都行，不挑食！”

没多久，菜陆续上来了，满满的一桌子。田一珉有些惊叹：“这么多？撑破肚皮也吃不完呀！”

“吃吧！这些天在那里光吃盒饭，有什么营养，今天就是给你补补，把这些天的亏空找回来。”于飞有些爱怜地看着田一琨说。

两人很快吃完了，上了车，于飞说：“到我家去吧，那儿安静，可尽情地喝。喝醉了也没人管！”田一琨与于飞这么多年虽然互为知己，但仅仅是工作关系，从没有越雷池一步，更没有私情。现在于飞邀他到家饮酒做客，让田一琨感到有些为难。于飞是一个未婚的姑娘，正所谓“男女授受不亲”，他一个老男人去她家让邻居看到传出去对她会有所影响。两人的友谊是纯洁的，田一琨不想因此破坏这种关系，影响到今后的方方面面。但拒绝不去又会让于飞感到尴尬，不仅自尊心受到伤害，而且也有可能影响到工作。坐在车中的田一琨此时陷入两难之中。

看着一直没有言语的田一琨，于飞开口了：“饭吃多了吗？”

“没有啊！”田一琨还没有回味出于飞这话的含义。

“那怎么一声不响了，我还以为撑得说不出话来了！”于飞一下子笑出声来。

田一琨让于飞取笑得有些回过味来，他也就顺她的话茬说：“确实有点撑着了，连东南西北都辨不清楚，你告诉我，前边的方向是不是奔海去了？”

“咱这是回家，不是投海！”于飞幽默地戏谑着。

一瞬间，田一琨拿定主意了，他决定到于飞家一次。把握好尺度，控制自己的情绪。正所谓“发乎情，止乎礼”，既保护于飞不受伤害，又维系了双方的友谊，让于飞不致觉得自己冷漠而为之伤情。说心里话，田一琨既是肉眼凡胎，也是凡夫俗子。有这样美丽知性的女人投怀送抱，且甘愿为他驱使，一般人还求之不得。但田一琨想的不是这些，他要考虑到今后的工作，还有如何面对深爱他的陆晓雅。虽然晓雅离他而去，但只是一时赌气，肯定有回来的一天。要对两个女人负责，他就不能乱性，想好了这点，田一琨感到彻底地释怀和放松了。

于飞的家简洁别致，刚一进屋就看到一幅蓝天白云相间的油画，占据了大半个客厅的背景墙。底部为波涛汹涌的海浪，居中有一艘18世纪的远洋帆船乘风破浪，直向远方。

田一珉还没见过如此巨幅的西洋油画，他伫立厅中仔细欣赏着。“漂亮！画得不仅动感十足、线条流畅，而且色彩的协调更衬托出海的辽阔与浩渺。船与海的搏击点出了主题的深远和寓意。好作品！”田一珉赞不绝口，一连几声“漂亮”，说得于飞也开心无比。

“难得有懂画的人。来我家的人都说画太大了，画了那么一条孤零零的船，与环境不协调，让我换下来！”

“星垂平野阔，月涌大江流！大千世界、芸芸众生，各有自己的认识和取向本无对错；仁者乐山、智者乐水，都是人间万象。这世间的人千差万别，你无法改变它，只能尝试改变自己。如果你改变不了自己，那就任他说去吧！就像画中这艘船，它有自己的航向，并不为惊涛骇浪所干扰。”田一珉像是自言自语又像说给于飞听。

“怎么没开喝就醉了？老发什么感慨呀！”于飞喜欢的就是田一珉这种旁若无人甚至是孩子气的率直，她觉得这最能看出一个人的本真。

“家如其人。看来房间布置也如其人，看这屋中家具、窗帘、沙发的色彩及款式都不落俗套，新颖别致，给人以温馨梦幻之感，让人在外无论有多少风雨沧桑回到家后即刻烟消云散。好品位！”田一珉对于飞的家赞不绝口。

“还没到楼上看呢，参观参观吧，让你开开眼界，以后再盖房子要更加注重人性化，以人为本才能受到客户的青睐。”于飞边说边引领田上到二楼。

“这女人的闺阁是进不得的，看看客房和其他的已饱眼福了，还是下楼喝酒吧！”田一珉看后忙不迭地下楼来了。

“看看我的卧室又能怎样，难不成你还有什么想法？”于飞有意逗了田一珉一句。

“有话叫‘姑娘的房和光棍的床’，是不能看的！”田一珉煞有介事地说。

“哪来的规矩呀，是你老家的皇历吧？都什么年代了，还讲这些！”于飞笑得眼泪都快出来了。参观完楼上楼下，两人这才坐下来，于飞旋即拿出水果盘、香肠和一瓶威士忌摆在茶几上。

“这种洋酒我喝不惯，有一般的红酒就可以，咱是土老帽一个，那种洋东西不是咱享受得了的！”田一珉知道洋酒的厉害，所以摇着头说。

“酒还真有几瓶，就是没人喝！”于飞说着又拿出一瓶张裕干红放在桌上。

“还有没有比这更低档的，比如说红葡萄酒和杨梅、桂花之类的甜酒？”田一珉说。

“没有，现在很少有人喝那种酒，而且厂家也不生产了！”于飞说。

酒倒上了，不一会儿屋中就溢满了酒的香气。不知什么时候，音乐的美妙声也环绕整个客厅响了起来。屋中的灯光也在那一刻全都亮了，更具温馨浪漫氛围。

“来，为你平安归来，为咱们能东山再起，干一杯！”于飞举起高脚杯与田一珉碰了一个。

“感谢你的关心，能有你这样的知己与合作伙伴是我一生最大的幸运和财富，为了‘元山现代城’，咱们干一杯！”田一珉声音有些微颤着与于飞对碰了一下，干了。

“别这样说，没你哪有公司，是你给了我这样的平台，才让我有了发展的空间和用武之地，我该谢谢你才对！”于飞动情地说。

“咱俩就在这儿惺惺相惜吧！”田一珉与于飞又碰了一下说。

“今天咱们在家别谈工作了。换个轻松的话题，讲讲你年轻时的恋爱史，好吗？”于飞完全变了个人似的。

“我哪有什么恋爱史！右派分子的儿子，那时是属于‘可以教育好的子女’。当知青时没有人愿意和我谈恋爱，有一农村姑娘喜欢我，结果人家父母不同意，母亲又骂我没出息。直到去了甘肃西州，没了家庭的羁绊，光棍一个，成了大龄青年，遇到一位大龄剩女。恰巧市上分房照顾大龄青年，于是两套行李搬到了一块儿，算是成家了，这就是我的恋爱史。”田一琨像说白话一样讲述了自己的恋爱经历。

“太苍白了吧！你这是编故事蒙我，哪有这么简单平淡的？”于飞好像不大相信。

“其实比我简单而平凡的多的是，你没看《牧马人》，八分钱邮票，就成就了一段姻缘。我的同学在农村结婚什么也没有，还是村民帮着盖了两间土坯房，买了两个木箱子就算结婚了！”田一琨很平静地诉说着。

屋中一时沉寂下来，许久没有了任何声响。还是田一琨先打破了沉闷：“你既然认为我的恋爱史太苍白无趣了，那讲讲你的风花雪月和罗曼蒂克，怎么样？”

“我更是一张白纸，在学校时，倒是有很多男生喜欢我，来公司投资的陈浩是追我最久的一个。由于受家庭的影响，加之看到许多同学毕业后都无果而终，就想等毕业参加工作后再说吧。进了学校觉得太平淡了，想到社会上闯一闯，虽然有很多机会遇到一些成功人士，但接触久了，感觉现在的男人功利性太强，看重的也是你的相貌，较少注意你的内涵。而且三句话离不开钱，思想平庸，格调乏味，没什么远大的抱负和理想。而且虚伪、欺骗的成分居多，看似风流倜傥、潇洒干练，其实大多都是金玉其外、败絮其中。我不妨给你讲一个最近网上流行的笑话，你听了就知道时下的风气了：一位男网友如愿以偿娶了一位美丽的女网友。新婚之夜，他们深情款款地为对方宽衣解带。新郎说，咱们既然做了夫妻，就应该以诚相待，我有几个秘密想告诉你。新娘风情万种地浅浅一笑，谁没几个小秘密呀，既然你能把隐私告诉我，我也决定把我的秘密告诉你。新郎用手抓下了头顶上的发套，对新娘说，其实我已秃顶了。没想到新娘把一头长发也随手摘了下来，这有什么大惊小怪的，我生来就是全秃的。一见新郎盯着自己的秃头发愣，新娘主动坦白，你看我的双眼皮漂亮吗？其实是人工割的。新郎毫不吃惊地说，这不算什么，你看我的左眼，他边说边把自己的左眼从眼眶里取了出来，原来他的左眼是假的。”

田一珉听得直摇头：“这个世界连人都是假的，还有什么不假呢！真是假名假姓假地址，骗吃骗喝骗感情！”

于飞说：“这还没完哪，你接着听吧。新郎说：不但我的左眼是假的，我的牙也是假的。新娘则不以为然，我的鼻子隆过五回了。新郎说，不瞒你吧，我脸上的皱纹是做了拉皮拉平的。新娘过了一会儿说，我这漂亮的脸蛋是整了八次容才整成这样的。新郎边脱上衣边说，我的心脏可是靠起搏器维持跳动的。新娘也脱下文胸，我是做了隆胸手术后才这么丰满的。新郎的动作慢了下来，既然你这么坦白，我把我最大的秘密告诉你吧，由于经济危机爆发，我已经快破产了！新娘也像下了最大的决心，本来我不想让人知道，但你对我这么信任，我就告诉你好啦——其实我原来不是女人，是做了变性手术的……”

田一珉听完不禁笑出了声：“网上也太能编了，精彩！”

“虽然是有编的成分，但也至少说明了一个问题，现在真实的东西是越来越少了！”于飞不无忧心地说，“所以这些年我愣是没碰到一个真诚的。不瞒你说，我现在都没和男人手拉手地逛过一次街，更别说与异性有亲密的接触了！”于飞说到这儿脸上露出不易察觉的红晕。

“你说我苍白，看来你也不比我强到哪里去。像你这样既有能力又有气质的女人，最终到了曲高和寡的境地，只能说明你选项有问题，走了一条形而上的极端路线！”田一珉不看于飞，自己一口喝了杯中的酒。

“我也没有什么过高的要求，只不过是多些共同点，有点精神追求就行了，至于财富、社会地位、外在形象等我一概不挑，这条件不高呀！”于飞不以为然地说。

“高处不胜寒，但凡有层次的人都有这个同感。男人与女人不同，女人美在年龄上，男人美在事业上。可惜现在是物质社会，人的思想完全被统一到金钱至上的范畴。你对精神至上情有独钟，其实已背离了当前社会的价值取向！”田一珉不知不觉地加了些训导的口吻。

“喝酒吧，看来我们俩也是话不投机了！”于飞拿起杯子与田碰了一下，自己先干了杯中的酒。

“咱俩的故事都平淡，那我给你讲一个浪漫而真实的故事，如何？”田一珉想缓和一下气氛。

“讲吧，我听着！”于飞说。

“我要讲的是一个为拯救爱而无私奉献的女人，一个宁愿牺牲自己而为他人排忧解难的女人，一个为爱远走他乡至今杳无音信的女人。你说，这故事算不算浪漫？”田一珉问于飞。

“浪漫。听引子就知道是个很凄美的故事。”于飞很感动。

“有这样一个女人，年轻貌美、学识超群，经常在报纸、杂志上发表一些小说、诗歌、散文等，是一所中学的语文老师。就是这样一位品貌兼优的女性，抛开众多的追求者不顾，却偏偏暗恋上了一位有家室的男子……”

“这个故事的开头怎么样？”田一珉抬头看着于飞。

“好！这故事我想听。”于飞神情专注地说。

“可那个男子并不知道有这样一位高雅的女性在暗恋着他。虽然他们同在一个城市，偶尔也能见上一面，彼此也互有好感，但就是不知道女人对男人还有这样的仰慕和思恋。直到有一天，女人发现男人离开了这座城市，而且是与他的妻子离婚后远走他乡，便潸然落泪。思恋的心情愈重，竟使她卧病不起。病重期间，看着窗外的落叶，听着深夜的雨声，更加伤感。于是，写了她人生第一封情书寄给了那个男子。恰巧那男的被派去外地考察项目，一个月后回来才看到此信。因他的朋友较多，以为不过是朋友间的问候而已，回了信也没有太在意女人的心思。只是简单地介绍了他的情况和自己目前的处境，并没有谈及更深层次的情感问题。女人接到回信，虽然是一个月后的事，但她还是看得泪水涟涟，兴奋得一连几宿都没睡好觉。思着想着，又发出了第二封信，这回信的内容有了变化，通篇都是责怪和批评，一个“怨”字贯穿全篇。接到信的男子似乎看出了女人的幽怨之情，于是回复了一封措辞委婉、言之情却的书信。大意是脚跟未稳，何去何从尚不知晓。况且自己的年龄、经济条件及离异等因素都决定了他现在根本无法考虑个人问题。信发出了，女人看到后又回信了。她批评男子有些陈腐，而且太俗，根本与当今社会的潮流格格不入，不像一个有思想、有作为、敢担当的男子汉。‘都什么年代了！现代人坐着火车去拉萨，而你还戴着黄草帽，骑着小毛驴去朝觐，你不觉得自己太落伍了吗？’男子见信深受感动，但他还是顾虑重重，于是又给女人回了一封阐述自己矛盾心理的信，并表示自己不想成为太自私的人，那样会害人害己，末了自己也会良心不安。最后感谢她有如此的深情，会把这份情谊藏在心底的某个角落永不忘却。信发出了，他的心却开始不平静了，多少个夜晚都辗转反侧，不能入寐。不久信又来了，通篇都是表明心迹，并批评他优柔寡断、缩手缩脚，辜负了她的一片深情。男子看了大为感动，终于写了一封情意绵绵的长信，既表达了自己孤独的状态，又为女人的深情厚谊而感动，发誓要创造好条件为将来相聚努力奋斗。关系确定了，而后又往返来了几封两地书。内容皆是：此去经年，应是良辰好景虚设，便纵有千种风情，更与何人说。直到一年有余，男子的一篇《与你同行》的散文播发在当地的广播电台上，他用手机的声线传到女人的电话上，这才促使她不顾一切辞了公职奔他而来。自此两人才走到一起，过起了举案齐眉、相敬如宾的生活。虽然他们的日子并不富有，但他们有精神家园的寄托，生活还是很幸福的。”田一珉讲完了故事，看着于飞，好像如释重负的样子。

“现在他们怎么样了？”于飞仍然沉浸在故事中。

“我开头已经说了，这个女人为了帮她心爱的男人排忧解难去搬救兵了，该做的事也做了。可人却一去不复返，音信皆无，好像蒸发了一样。

“我听明白了，这个男人不是别人，就是你！陆晓东就是她搬来的救兵，没错吧？”于飞此时才恍然大悟地看着田一琨说。

“让你猜着了，那个男人就是我，陆晓东就是她哥哥。”田一琨苦笑着点了点头。

“太悲催了，你怎么什么事都让人感慨万千呀！”此时的于飞说不上是感动抑或是同情，总之，她被田一琨的故事打动了，充满深情地看着眼前的这个男人。

“你的悲情感染了我，让我也融入其中。但这个女人到现在就一点消息也没有吗？”于飞抬起头看着田一琨。

“一点消息也没有，警也报了，网上也发了帖子，可就是杳无音信！”田一琨说。

屋中的气氛不知什么时候开始凝固了，继而是长时间的沉默。没有声音，连音响也不知什么时候停止了，静得连根针掉地下都能听见。

于飞又看了田一琨一眼，丝毫没有酒醉的样子，反而比刚进来时脸色白多了，她又从酒柜里拿出一瓶干白，给田一琨倒上。谁知于飞还没转过身来坐下，田的杯子已空了。“你的酒量可以呀，没看到你喝过这么多的酒。”于飞感到有些惊奇。

“酒逢知己千杯少！也只有到你这儿，我才彻底地放松了。平时一直是小心翼翼，如履薄冰。从做这个项目起，我就没一天消停过。欲罢不能，却又山重水复，早知今天，这块地我是不会要的！”田一琨说着说着有些哽咽。

看到田一琨的情绪有些低落，于飞安慰说：“其实每个人都不容易。有个顺口溜就这样说：一大早被闹钟吵醒，说明还活着；不得不从被窝里爬起来，说明还没失业；收到一些短信，说明还有朋友想着你；听别人的话有些刺耳，说明还有人在意你；衣服越来越紧，说明吃得还算有营养；总想看看门外是咋回事，说明还有追求。”于飞说完仍旧看着田一琨。

“一样确实一样，但个人的敏感度却有千差万别。比如‘一叶知秋’，诗人见了落叶便生出无限伤感，而一般人却认为是自然现象。可见，即使同是痛苦，每个人的体会也是千差万别的。”田一珉说完和于飞碰了一杯。

两人就这样喝着聊着，不觉天色已发白。

第四章

美人如玉剑如虹

Section 01 · 一石三鸟

早上来上班的时候，公司的员工发现，办公室新来一位衣着时尚、气质不俗、秀丽清新的女孩。去过售楼处的人都知道，她是原售楼处的售楼小姐陶洁。不知什么原因，调到办公室来了。大家都忙于自己的那一摊事，没人猜想她来办公室做什么工作。不过，引人注意的是，陶小姐一来就扎进了田一珉的办公室，出来进去好几回，打扫房间、端茶送水，勤快异常。田一珉进来时，办公室已秩序井然、纤尘不染。桌上泡的茶还温烫有余，不仅田一珉深感意外，就连同行的于飞也惊诧不已。

他问新来的陶洁："你是新调来的？我怎么不知道！"

"是徐副总说总经理没有秘书，让我先来试用的。"陶洁说。

"这老徐，在搞什么名堂？给我找什么秘书呀！"田一珉摇摇头说。

"你就留下吧，这也是老同学的一片心意，怕你太累了。再说天天有美女相陪，心情也会好上百倍！"于飞诡异地笑着说。

"怎么你也说这种风凉话？我田一珉是什么样的人你应该清楚。这不是国有企业，增加一个人要增加一份开支，这怎么能行呢！"田一珉的脸色严肃起来。

"老同学的心意你应该领。这两年非常流行老板有小蜜，你可别拂了人家徐总的一片好意！"于飞一副郑重其事的表情。

“你看我是那种人吗？当知青那年我在台上挨批斗，想想一个十八九岁的孩子要承受大人都无法承受的心理摧残。自那以后，尊严、面子对我来说毫无意义！”田一珉说着说着神色黯然起来。

两人正说着，徐明凯来了。见田一珉阴沉着脸，就说：“老田，还没来得及向你汇报，办公室的小张快生孩子了，她已辞职。只好换了一个人，叫陶洁，是咱售楼处的。”徐明凯见于飞也在场，于是便这样说。

“那她怎么说是来给我做秘书的？”田一珉反问道。

“这是我说的，主要是调动她的工作积极性。不然她是不想来的，我看是个人才，就想培养一下，但关键得看她能否胜任本职工作。”徐明凯避重就轻，极力想转移两人的思路。

“情况是这样就算了。老徐，我可不要什么秘书啊！至于怎么安排小陶你看着办就行了。”田一珉说完和于飞一起下楼去了工地。

看着二人下楼了，徐明凯露出一丝奸笑。看到于飞的脸色很难看，那种复杂的表情简直无法形容，既有醋意又无可奈何，徐明凯几天的郁闷一扫而光。调陶洁过来就是他一手策划的，那天与叶昌德见面后挖空心思才想出这么一条妙计。既可为田一珉因陆晓雅的出走而增添新欢，又可从中阻断于飞与田一珉越来越亲密的私情，此外还可为叶昌德将于飞挖走提供机会。此举可谓一石三鸟，既交了叶昌德这个朋友，又讨好了田一珉，还能将于飞挤走，了却自己的一桩心愿。徐明凯越想越得意。兴奋过后，他给肖虹打去电话：“宝贝，今晚咱别在家吃了，我请你去湖北人家，那里的菜特别地道，新开的，去晚了都订不到座位。”

徐明凯刚打完电话，手机又响起来，原来是钟美华打来的。“明凯，难得今天周末，晚上我请你，咱们找个地方喝一杯，好吗？”电话里的钟美华柔声细语地说。

徐明凯与钟美华已好久没见面了。自那次给他20万后，两人就没再联系过，后来听说钟起诉元山房地产公司的官司开庭，最终经调解撤销股权返还人民币100万并支付利息和红利共计50万。事情结了，徐明凯更不愿意再接触钟美华，他怕让田一珉知道对自己不利，而且有肖虹作陪，他也挤不出时间应酬她。

“今天晚上不行，公司有份材料要赶出来，改天吧，我请你！”徐明凯回绝了钟美华的邀请。

晚上6点半，徐明凯和肖虹一起来到湖北人家酒楼。两人选了个位置坐下来。菜点过后，又要了一瓶干红，二人开始对饮起来。

肖虹自从搬出宿舍换了新居又买了一套两居室的房子，心情也跟着好起来。有徐明凯的陪伴，按揭款又有人代缴，她自然是喜上眉梢，连精神面貌都焕然一新。今日陪徐明凯吃饭她也情绪高涨：“明凯，咱俩今晚好好喝一场，看谁找不到家！看谁上不了床！”肖虹说完一口干了大半杯酒。

“你别太快了，慢慢喝，不急！”徐明凯举杯呷了一口，有滋有味地品着。

“你太赖，人家喝了大半杯，你才喝一小口，不像男子汉！”肖虹娇嗔着说。

“我不像男子汉？等吃完饭回家上床，看我像不像男子汉！和美女睡觉兴奋到死，和情人睡觉醉生梦死，和老婆睡觉整夜装死。看看今夜我是哪种死法？”徐明凯嬉皮笑脸地小声对肖虹说。

“讨厌！看你平日道貌岸然像个正人君子，怎么这时却没皮没脸的像个无赖。”肖虹说。

“男人不坏，女人不爱！男人有四大悲你知道吗？”见肖虹摇头就说开了，“股票被套，小蜜被泡，账款被盗，伟哥失效。”说完他自己开心地大笑起来。徐明凯今天心情极好，见了肖虹也不像当初那样小心翼翼，生怕留下不好的印象。如今大不同了，肖虹已被拿下，无所顾忌就是他此刻的心情。看到肖虹只是乐，乘着酒兴他又讲开了：“你知道男人还有四大傻吗？”见肖虹摇头又说，“下班就回家，挣钱老婆花，给小姐留号码，去酒店点龙虾！”徐明凯的话刚说完，肖虹就笑得前仰后合的，绯红的脸色在灯光的映衬下更显得妩媚动人，花枝乱颤的双肩让人顿生无限怜香惜玉之感。徐明凯现在感到自己是万分地惬意。

“怎么不说话了，想什么呢？”肖虹见徐明凯忽然不作声了，问了一句。

“我在看你。”徐明凯端着酒杯欣赏着肖虹。

“和一个懂你的人说话，是减压；和一个不懂你的人说话，是无聊；和一个喜欢你的人说话，是快乐；和一个你不喜欢的人说话，是折磨。有钱没钱不重要，对你忠诚才重要。”肖虹说完看着徐明凯。

“你说的这些话是给我听的吗？”徐明凯也看着肖虹。

“你觉得是给你听的，那就是给你听的；你觉得不是给你听的，那就不是给你听的。”肖虹说完仍看着徐明凯。

“好！说给我听我就听。为你痴，为你累，为你受尽弥天罪；为你疯，为你狂，为你玩命撞大墙！这你总该满意了吧？”徐明凯说完还是一副嬉皮笑脸相。

“真讨厌，老是没正经的！”肖虹笑得眼泪都快流出来了。

“谁讨厌了？”徐明凯抬头一看，亚华的老总林发权就站在眼前，笑眯眯地看着肖虹。徐明凯连忙起身施礼：“是林总？”更让他尴尬的是林发权后面站着的竟然是钟美华。“你也来了？”徐明凯当时别提有多难堪了。他怎么也没有想到钟美华居然跟林发权来这儿吃饭。他恨不得有个地缝钻进去，好在林发权寒暄了一下，就领着钟美华到另一个座位上去了。远远望去，钟美华还盯着这边不放。徐明凯的心绪再也好不起来了，一瓶酒喝得还剩大半就喝不下去了，匆忙吃些菜就起身离去。引得肖虹满腹狐疑，一路上不说一句话，进了屋才问：“刚才看见那女的怎么情绪一下子就不对劲了，酒也不喝，饭也不吃了！是你的老相好？”

“什么老相好！你想哪里去了。是那个林发权，他看你的眼神不对劲，我担心他会打你的主意。”徐明凯故意将话题转向肖虹，以免她进一步深究。

“明明是你有事，怎么转到我头上来了。混淆视听，你太会绕了！”肖虹上前伸手朝徐的胳肢窝挠了起来。徐明凯趁势将肖虹搂住，然后亲了两口，事情才算告一段落。

Section 02 · 各揣心事

忙碌了一个多月的田一珉终于松了一口气。眼见工程的问题解决了，紧接着他又与于飞着手解决楼盘销售的瓶颈问题。针对“元山现代城”名声在外，声誉低下的问题，他将重点放在邻近的龙岩、彰州、泉州、晋江、石狮等地的客户。抓住节后外地人纷纷来南厦看房选房的时机，适当调整价格尺度，仅3月份就卖出了13套，面积达970多平方米，收到了很好的效果。此外，于飞提出的网络和电视销售并举，中介和代理联手合作的思路也开始奏效，显现出了潜在的爆发力。

当一切问题得到解决，全面进入正常的运作轨道时，“海湾绿苑”的项目也开始纳入他的议事日程。当他派人到市规划局申办《建设用地规划许可证》《建设工程规划许可证》时，才发现，此前的《国有土地使用证》已逾期达五年之久，工作人员没办法，只好回来向田一珉汇报。田听闻后感到事情严重，当初转手这块地时，根本没提开发年限，这让他很懊恼，不是疏忽，而是压根就没想到这一层。

他正思谋如何打通关节，顺利取得土地开发的所有证件时，电话响了，原来是叶昌德打来的。自从和田一珉相识，叶昌德感受到这个北方人礼贤下士、平易随和，豪爽中不乏谦谦君子的风度。今天，他打算签下钢窗供货合同。虽然利不大，但也有500多万的销售额。来而不往非礼也！他不相信田会无动于衷。钱少赚点没啥，看清一个人的本质才是最重要的。

“田总，最近可好。忘了咱们的约定了？”叶昌德开门见山，直奔主题。

“大丈夫一言九鼎，怎会出尔反尔呢！倒是你至今也没有表明态度，我还想问你到底说话算数不算数？”田一珉反问道。

“咱俩别在电话里打口水仗了，我马上带合同到你公司，咱们现场办公，就地兑现。你看怎么样？”叶昌德说。

“好，我等你，不见不散！”田一珉爽快地说。

不一会儿，叶昌德带着销售部人员来到元山房地产公司。刚推开门就见一女孩正收拾桌上的文件。女孩高挑斯文，一副白皙姣好的面容，一低头长发宛如一帘瀑布瞬间倾泻下来，让叶昌德看得目不转睛。谁家女子？长得如此闭月羞花，惹人怜爱。正想着，女孩抬头了：“您是找田总吧？他在财务室，马上就回来了，您请稍等。”声音清脆悦耳，礼貌而不失风度，极富感染力。叶昌德心里不免为之一颤。

田一珉进来，看见叶昌德在等他，连声说：“抱歉！你来得太快了，真是雷厉风行！”

“合同我带来了，今天签完，明天就可陆续供货。我叶昌德干事就是这么爽快！”

“你生产的钢窗符合元山设计的规格吗？”田一珉说。

“你也太小看我了！我生产的都是达标产品，就你那点房子，规格、型号我早就知道了。除个别区域的门窗要重新按尺寸加工，其余的随时供货，不会影响你的进度。”叶昌德拍着胸膛说。

“那就好，祝我们合作成功！”田一珉热情地握了握叶昌德的手。

合同很快签好了，两人再次握手。“走吧，今天我做东，咱们到渔人酒家喝上两杯。”叶昌德主动向田一珉发出邀请。

“要请也是我请你，怎么能老让你请哪！把我们的徐副总拉上，他酒量好，能陪你喝一阵子。”田一珉说完让陶洁去叫徐明凯。

徐明凯来了，三人直奔渔人酒家。

酒过三巡，菜过五味。叶昌德开始放肆了：“田老板，你的艳福不浅哪！身边的小妹一个比一个靓，真是羡煞旁人！”

“这你得问老徐，他是这方面的专家！”田一珉酒进了肚说话也就放开了。

一直在两位老总面前说话谨小慎微的徐明凯见有了说话的机会，便亮起了他的拿手绝活：“叶总是不是想让我帮忙找个小妹呀？时下流行的一句话是：花心练大脑，偷情心脏好，泡妞抗衰老，调情解烦恼，暗恋心不老，相思瞌睡少！”他的话还没说完，旁边的人哈哈大笑起来。

“这老徐真是一套一套的，哪儿学来的？”叶昌德笑完和两人碰了一杯。

“我们售楼处美女如云，如果叶老板感兴趣的话，我可从中斡旋，包你心想事成。”徐明凯见叶昌德高兴，不失时机地讨好说。

“我刚才签约时看见的那个就很出色，素质很高。田总看完合同，她还逐条审阅。看那认真的样子，就知道是个好秘书。我的身边怎么没这样的人才？就一个于飞，还让你们给挖走了。这年头旱的旱死，涝的涝死，还让人活不活了！”叶昌德酒喝得有点多，话也就随便起来。

“兄弟，那个女孩是田总的秘书。如果你真有想法，我保证帮你物色一个绝不比她差的女孩。怎么样？”徐明凯看了田一珉一眼又跟叶昌德说。

“如果叶兄真的看上了小陶，那是她的福气。给这么一个钻石王老五当秘书，离老板娘的位子也就差不远了！”田一珉说。

“田兄舍得？”叶昌德试探着将了田一珉一军。

“我有家室，怎敢得陇望蜀。如兄弟有意，我义不容辞，定当撮合成功。”田一珉说完与叶昌德碰了一杯。

“怎么样？田总这么慷慨，兄弟就笑纳了吧！”徐明凯不失时机地笑着说。

“这事成吗，还不知人家小陶愿不愿意？”叶昌德有些动心。

“这事你不用操心，只要你愿意，事成有八九。只是这样一来，于飞那边就渺茫了！”田一珉今天酒喝得有些多，到最后，他说话也没有把门的了。

“田兄这是给我下套啊！说了半天还是不想把于飞还给我呀！”叶昌德好像回过味来了，摇了摇头。

“田总没那个意思，你想多了！”徐明凯连忙解释。为了缓和气氛，他又与叶昌德举杯干了。

“是我欠考虑，如果叶兄还对于飞念念不忘的话，前面的就当酒话。你只要把小于说通了，我绝不阻拦，让你们终成眷属。够意思吧？”田一珉说完与叶昌德也干了一杯。

“兄弟，这回放心了吧？其实陶洁不亚于于飞，真放了她，田总还舍不得呢！”徐明凯左右逢源，充分表现自己能说会道的才能。

“君子不夺人所爱，既然这样我就更不能做不仗义的事了！”叶昌德心里暗想，多亏酒没喝多，不然，还真就上套了，让田一珉这小子偷着乐了。

田一珉今天与叶昌德喝酒还是有他的目的的。开发“海湾绿苑”的资金除了此前土地所投的4000万之外，尚缺1亿左右，自己目前只有陆晓东带来的1000万及陈浩投资的1000多万，还有8000多万的资金尚无着落。另外，他的土地开发严重超期问题一直没有解决，这让他坐立不安。宴请叶昌德除了例行礼节，还希望他能助自己一臂之力。看到酒已喝成这样了，田一珉本想就此打住。可看那俩人还没有散去的意思，就假借酒意说了：“叶老弟，你在南厦这地界比我熟多了，能不能帮我个忙。我的‘海湾绿苑’开发时间早已逾期，帮忙找个关系，疏通疏通，多少钱都没问题！”

正想着如何把于飞拉回自己身边的叶昌德，一听田一珉有求于他，劲头又来了：“田兄，还真让你问对了，我嫂子的哥哥就是土管局综合处的副处长。不和你吹，我们经常在一起喝酒，他为人仗义，就是有点好色。”叶昌德今天很开心，加上喝得有点多，就管不住嘴了。

徐明凯见是讨好的机会，马上接着叶昌德的话茬儿说：“叶总，既然有这路子，咱就好好做些文章。能把事办下来，田总也不会亏待你。这年头有权不用，过期作废！”

“可以！我回去问问，有消息我通知你们。但得把那块地的资料先拿给我。”叶昌德乘着酒兴爽快答应下了。

“老徐，你回去让小陶把该准备的资料明天上午务必准备好，由她直接送给叶总。这件事就由你全权负责，活动经费到财务支取。”田一珉说完又把酒杯举了起来，“我敬叶兄一杯，如果兄弟愿意，不妨咱们共同合作，一起开发‘海湾绿苑’怎么样？”田一珉把他的另一个心思也亮了出来。

“我没钱！就是有一两千万也起不了大作用！”叶昌德摇了摇头。

“兄弟在南厦地面人脉资源广得很，还愁弄不到钱！”田一珉给叶昌德戴起了高帽。

“就是，如果叶总都没办法，那我们都没法活了！”徐明凯也起劲地吹捧叶昌德。

“你们别把我架到火上烤，我自己有几斤几两我知道。土管局的事，我帮你办，投资合作的事，容我考虑考虑，以后再说也不迟。你们看怎么样？”叶昌德眼睛转了转，想了一下说。

看着想要解决的问题有了眉目，再说下去也没什么意义，田一珉给徐明凯递了个眼色说：“今天的酒喝得很好，谢谢叶老板能出手帮忙。有时间咱们再聚。来，咱们干了这杯。干！”

徐明凯也默契地配合田一珉一口气干了。

回到家的徐明凯大脑一直没有停止运转。今天酒桌上田一珉提出海湾绿苑开工建设的事，完全让他没有想到。“元山现代城”刚走上正轨，田一琨的野心就开始膨胀，他不得不佩服田的格局。他想了很多，想到刚才田总把攻克规划局的重任交给了他，并暗示公司可报销一笔公关经费，他有了主意。刚才叶说她嫂子的哥哥好色，只要他有这爱好，那就不愁攻不下难关。徐明凯觉得眼下只要有钱什么都不是事。这件事放下了，他又想到了林发权。他想利用林发权一直对元山项目耿耿于怀的心结，把田一琨要开发“海湾绿苑”的信息透露给他，看他的反应，适时怂恿林发权投资入股，自己可能会大捞一把。主意打定，他给林发权去了电话。

那边的林发权见徐明凯给他来电话，知道有事，接通了电话。当他得知田一琨开始动工修建“海湾绿苑”时，心里不由得闹腾起来。想当初功亏一篑，没拿到“元山现代城”这个项目，让他遗憾了好长一段时间。现如今徐明凯给他透露了这个信息，让他的心里又泛起涟漪。按他目前的状况，手头的6000万资金，一直没有找到合适的投资项目。可每月的融资成本是一笔不小的开支。迄今为止，他已支付利息500多万。每月高达60万的利息，足以令他寝食难安。说心里话，他一直认为田一琨是个很好的合作伙伴。鳄鱼与河马虽相处同一水域，但鳄鱼从不担心河马会对它有所侵害。相反，它却可以随时觊觎小河马，寻找时机将其吃掉。有了这样的心理，林发权觉得在南厦，田一琨是他首选的合作伙伴。但通过几次的交锋，他发现田一琨也不是好对付的角色。虽然表面上大开大合、大起大落，看似张飞卖肉一刀下去，其实刀工精湛，不差毫厘。给人看的是大气与豪爽。他思忖着如何与田一琨交锋斗法，在这个项目上占得上风，起码得平分秋色，不至于吃亏太多。想是这样想，但如何能如愿以偿，则需要下一番功夫。思来想去，他决定先见见徐明凯。徐从他手中共拿走32万，相信徐是见钱眼开的人。他打了电话，约徐明天下午四点在滨河路上岛咖啡馆见面。

接到电话的徐明凯暗自笑了。他想这只老狐狸是不会甘心的，他始终想在田一琨的嘴里抢一块肥肉。既然他这样贪婪，那就遂了他的心愿，至于是肥肉还是毒饵，那是他的命了。起码事成了，劳务费是断然不会少给的。

两人在约定的时间见面。为了表示尊重，徐明凯提前五分钟到达。见林发权进门，徐招手致意。两人寒暄几句，重新落座。

“听说‘海湾绿苑’就要开工了，能说说具体情况吗？”林发权开门见山拣自己最想了解的情况问起。

“自‘元山现代城’项目资金落实后，田一珉就开始着手‘海湾绿苑’的开工建设。由于手中资金有限，现急于寻求合作伙伴。前期资金缺口大约一个亿，而他目前只有2000多万，尚缺8000万。”徐明凯把他所掌握的情况做了介绍。

“他为何不向银行或其他部门借贷或融资？”林发权说。

“元山公司的信誉已一败涂地，没有银行会向他伸出援助之手。其他融资目前还没有听到消息。不过倒是有一家公司正在洽谈，但还没有达成协议。”徐明凯故意卖了个关子，吊林发权的胃口。

林发权果然中计，他赶紧问是哪家公司。徐明凯故意沉吟许久说：“是我介绍的一个哥们儿，两家正在谈，还没有结果。”

“能不能约你这个哥们儿见个面，看看他的意思？”林发权觉得这是个机会，如果把徐的这个朋友拉过来，形成合纵之势，那就比他一人谈的条件要高很多。这样一来，他的利益就能实现最大化。

徐明凯看出了林的意图，虽然他想促成这件事，捞取一定的好处，但他同样想的是利益如何最大化。

“这不太合适，我刚把他介绍给田一珉，现在又介绍给你，这不符合基本的游戏规则吧！”徐明凯笑着说。

“徐老弟，咱们认识也不是一两天了，我林发权向来恩怨分明。这事成了，你功不可没。咱们还按前一个项目约定的酬金支付，你看可行？”林发权看出了徐明凯的推托，他索性摊牌，说出徐关心但又不好说的重点。

见林发权开门见山正中他下怀，徐明凯心里一块石头落地。“林总多想了，我还没想这些，只是这件事我确实有为难之处。这样吧，我找个合适的时间和他谈谈，看看他的意思，你看如何？”徐明凯婉转地表达了他的态度，然后看着林发权。

林发权当然明白徐明凯的用意。无奈是求人帮忙，日后还要靠他在田一珉面前美言和股东会上促成这件事，前后都少不了他的作用，因此只能说：“那多谢了，以后这事还要徐总鼎力相助，事成了，大家都发财！”

徐明凯也就顺着说：“发财，大家都发财！”

Section 03 · 离间计与美人计

心里比谁都着急的徐明凯隔了两天借口请叶昌德喝酒，便约了林发权来见面。到了南海渔村包厢里，他才告诉叶还有一人前来赴宴。叶昌德起先并没有多想，直到酒桌上见面，谈起“海湾绿苑”项目合作事宜，他才有所察觉。

倒是徐明凯介绍二人落座后大谈他的处世哲学：“二位老总，你们都是商界精英，以后我得跟着你们干了。老话说得好，跟着蜜蜂找花朵，跟着苍蝇找厕所，跟着富翁挣百万，跟着乞丐会要饭！我希望跟着两位富翁也能挣上百万、千万。”说完给两人各倒满了酒，“林总、叶总，你们都是成功人士，有幸与两位同桌共饮，本人十分荣幸。二位在上，我敬你们一杯。干！”徐明凯敬完，桌上的气氛开始活跃起来。

“林总是前辈了，我该敬上一杯。林总，你随意，我干了！”叶昌德抬手将杯中的酒干了。

林发权见两人都敬了酒，也把杯子举起："两位年轻有为，都是我老朽学习的榜样，今天有幸认识叶老板，来！大家干一个。"

"干！"三人一饮而尽。

徐明凯又给二人倒上了酒。

"我听小徐介绍叶总是做钢窗的，做得很有规模，真乃后生可畏，有机会咱们一定要合作。"林发权首先套起了近乎。

"哪里！林老板是做房地产的，那才是大手笔，我们仅是这个产业的小链条而已！"叶昌德谦虚地说。

"亚洲金融危机的影响至今还没有消除，我都不想干了！"林发权说。

"林总都说不好干，我这小门小户就得关门了！"叶昌德自我调侃地说。

"二位可别这么想！时下流行的说法是：说股票是毒品，都在玩；说金钱是罪恶，都在捞；说美女是祸水，都想要；说高处不胜寒，都在爬；说烟酒伤身，就是不戒；说天堂美好，谁都不去。所以说，咱们还得各行其道，任尔东南西北风！"徐明凯还没说完两人就已哈哈大笑起来。

"徐总真是个人才！听说你们公司的'海湾绿苑'项目已启动，目前到什么程度了？"林发权有意把话锋引到正题上。

"现在规划设计和施工图都已完成，只是手续有点问题，叶总正在帮我们协调。另外，也是最主要的，还是资金问题。目前根据规划，可分两期开发，前期至少要开工10万平方米。公司尚缺8000万资金没有着落，不知两位是否感兴趣愿与我们公司合作，共创辉煌的明天？"徐明凯侃侃而谈，充分发挥了自己擅长的口才艺术。

"叶老弟听了有什么想法？不妨给大家说说。"林发权试探着问了叶昌德一句。

"前天我已和田总谈了，是否投资合作还在考虑中。"谨言慎行的叶昌德说了自己的想法。

“考虑的原因是合作者的问题还是其他方面？”林发权不失时机地问。

“人没什么问题，就田总而言，是个值得信赖的合作伙伴。我担心的是大环境和政策风险，中国的房地产很脆弱，金融危机、银根紧缩，一有风吹草动，首当其冲的就是房地产业！”

“叶总说得极是。但打工人员日益增多，城市化进程加快，商品房的需求也会大幅增加。这是大趋势，想必叶总也看到了！”林发权阐述了自己的看法，他认为要有大视野、大思路、大手笔。

“既然林总有这样敏锐的洞察力和胸襟，看来是想参与田一珉这个项目喽？”

“我不单参与，还想与你共同联手，怎么样？”林发权直视叶昌德，他想看看叶的态度。

一直没说话的徐明凯这时插话进来：“林总的意思是两个人的资金合起来，谈判的筹码就大了。那样，对你们二位的收益会比单方去谈好得多！”

对于徐明凯说的话，叶昌德有些意外。他想不通的是，徐是元山房地产公司的人，怎么为他人暗中谋划呢？看来此人并不简单，要多多留心才是。“我不知林总和田一珉谈过没有。一般来说，这样的合作在南厦比比皆是，大家心里都有一个行情价。如果有特殊情况，则另当别论。所以，我认为，这些都不是主要问题，要看整个世界经济形势和国家政策的走向。我因看不透这些，加之钱来之不易，所以才不敢贸然下手。”叶昌德谈了自己的顾虑。

“叶总说得对，做房地产的要看大势，但南厦有它特殊的地方。这是个四季如春的城市，它独特的区域优势及风景如画的地理位置决定了它的房价是稳中有升。在这儿做房地产肯定大有赚头。”林发权发表了自己的见地。

“林总对‘海湾绿苑’一直情有独钟，他这次准备投6000万。去年的‘元山现代城’本来已经达成协议，谁知让晋江的陈浩插了一脚，功亏一篑。今年，他对这个项目颇有兴趣，是我觉得你们二位如与我们公司合作，三雄联手必能形成强强之势，再造一个南厦房地产的奇迹也不是没有可能的！”徐明凯舌灿莲花地为二人描绘了一幅未来的宏伟蓝图。

“徐总的口才真是太好了！这么着吧，我回去再考虑考虑，是否加盟我三天之内答复。你看可好？”叶昌德快人快语，痛痛快快做了表态。

叶昌德回来越想越不对劲，思来想去觉得徐明凯这人有问题。当初答应帮他把于飞夺回来，出于私心他没有多想，现在看来问题似乎不那么简单。这次拉他和林发权联手与田一珉讨价还价，其目的很明显，可能林许诺了他好处。叶昌德最恨出卖公司利益的人，对于徐明凯这种人，还是少与他打交道为好。有他在中间搅和，好事也会变坏。至于投资入股，有林发权的介入，他更得慎重考虑了。

林发权在酒桌上就看出了叶昌德不会与他联手，更不可能在以后的工作中与他形成统一战线。没有伙伴，就可能在股东中孤立无援，事情就有可能没法按他的意愿走下去。如果这样，他的利益就无法保障。他思谋着到底还要不要投资，要不要与田一珉合作。思想斗争了很久，权衡利弊，最终还是与田一珉合作的倾向占了上风。他决定亲自找田一珉谈谈，如今还是雪中送炭，量田一珉也不会将他拒之门外。但转念一想，现在的田一珉已今非昔比。自己主动上门肯定讨不到便宜，思谋了好半天才想出一条妙计。谋划好了，他给田一珉打去了电话：“田总，最近忙什么？好久不见了，有时间聚聚？”

对于林发权的来电，田一珉很清楚，无事不登三宝殿。这个人找他肯定有一定的目的，好在生意人交往无非是利益。想到了这点便爽快答应说：“好啊，难得林总有如此雅兴，恭敬不如从命，您定时间，我准时赴约就是了！”

林发权没想到田一珉如此爽快应允，高兴地说：“那就明晚7点定在南海渔村，咱们不见不散！”

次日晚7点，田一珉如约来到南海渔村。这是一家集餐饮、娱乐、洗浴、住宿为一体的大型休闲养生会所。田一珉刚到门口，就有四个佳丽齐声问候，进了门又有一迎宾小姐上前招呼，田一珉刚说有一林先生预定了包间，小姐就马上领田上了三楼，在一间“椰岛风情”的包厢里，田一珉见到了久违的林发权。

林发权见田一珉到来起身迎接：“田总肯来，令老朽不胜荣幸。这是我公司员工赵小姐和财务部郑经理。”介绍完了大家入座。林发权向服务员点了点头，不一会儿，一瓶法国洋酒“轩尼诗”被端了上来。田一珉不想喝酒，但看瓶盖已打开，只好客随主便，任服务员给每人面前倒了小半杯。

看看菜陆续上来，林发权举起杯说：“来，为田总大驾光临干一杯！”

“干杯！”众人齐声响应。趁服务员给每位分派盘中的菜时，林发权招呼各位“慢用”。

一杯酒下肚后，坐在田一珉身边的赵小姐不失时机地又为他倒上。田一珉细看身边的赵小姐也就二十出头，艳若桃花，面带羞涩，整个人温婉可人。再看林发权身边的郑经理，应该有30多岁，虽风姿绰约，但终究比不上近旁的赵小姐。看人时，眼帘微微一垂，恍若飞落了两片桃花，那脸上又旋即呈现一层淡淡的红晕，惹人生出无限怜意。

就在田一珉观察身边的赵小姐时，对面的林发权说话了：“田总难得有此雅兴，来，今天咱们喝个一醉方休，干！”说完一口气先干了。赵小姐见状和田一珉碰了一下然后也干了。田一珉想不到她小小年纪竟如此海量，稍一迟疑也一口干了。

对面的郑经理这时说话了：“田总，久闻大名，今天才得以认识。我敬您一杯，希望以后多多关照。”她说完也干了杯中的酒。

田一珉见郑经理干脆利落，不得已只好也喝下眼前的酒。

林发权见小高潮迭起，急忙劝大家：“来，大家吃菜、吃菜！”

三杯酒下肚，田一珉觉得酒的劲头不小，他明显感到心中有火在烧。虽然他不太喜欢喝酒，尤其是这种洋酒，但盛情难却，他不好拂了林发权的一片心意。他知道林发权请他喝酒是名，实则另有图谋，他只能将计就计，以不胜酒力为虚，看对方的目的为实。于是他假装头脑有些不清醒，开口说："刚喝这么两杯，怎么就有些头晕！"

林发权不知田一琨酒量，说："不会吧？我这老年人都没怎么样，你还差远呢！"说完又给田一琨倒上酒。旁边的赵小姐不失时机地端起杯说："田总，刚才郑经理敬你一杯，现在我也敬你一杯，你要给我面子哦！"说完一饮而尽。

田一琨知道车轮战来了，只好小心应付。他假意喝了半杯就喝不下去的样子，端着酒杯做难受状。旁边的赵小姐到底是年轻，见田一琨如此这般，也不强求。田一琨瞟了对面的林发权一眼，对方分明流露出一丝不易察觉的焦虑。

田一琨看酒已喝得差不多了，再喝下去也没多大意思，还不如直奔主题。他知道，躲躲闪闪、迂回曲折是南方人的套路。但他不愿这样做，他觉得无论什么事，都是成与否的对立，纵你有千条妙计，到头来我有一定之规。做不做，那是我的事，与你采用什么办法无关。有了这种意识，他觉得是时候了。"林总，你知道我是北方人，喜欢直来直去，有什么事，但说无妨，能做的，我绝不推三阻四。"

林发权没想到田一琨会主动提出，他想等火候到了，或者喝得差不多时再说出来。那样谁都不尴尬，但对方抢先出牌，他只好应战："听说田总的'海湾绿苑'要开工上马，现在正四处寻求合作伙伴，不知是否属实？"

田一琨听后说："林总的消息太灵通。是啊！我确实在找合作伙伴。但像林总这样想赚大钱的人看不上我的小项目吧？"

"哪里！生意人讲的就是一个'利'字，只要有利就不存在看上看不上，只有利大利小而已。"林发权完全袒露心迹。

田一琨听后心里窃喜，他正愁资金缺口问题，想不到瞌睡有人递枕头，饿了天上掉馅饼。但林发权可不是馅饼，而是一条浑身都是刺儿的鱼，弄不好扎到喉咙里，那可是要命的事。他决定深入了解一下林发权的想法。要想探知林发权心里想的是什么，他还得把戏演下去："老林，我头有点晕，先到外面透个风，回来再谈。"说完摇摇晃晃地站了起来。赵小姐见状赶紧上前扶起。

"田总，我在六楼有一房间，不如你到那里先休息一阵儿，待会儿咱们再谈。"

田一珉说了声"好"便向外走。赵小姐扶着他一直进了电梯。此时的田一珉心里清楚无比，临出门时，他无意间看见林朝赵小姐使了一个眼色，他这时才明白自己是弄巧成拙，落入美人计的圈套。但眼下还得装下去，看看林发权耍什么花样。来到六楼618房门前，赵小姐不知什么时候拿到了房卡，开门后又将房门随手关上，此时的赵小姐已完全贴在田一珉身上，拥到床边才放手，关上窗帘又来到田一珉身边坐下来。看了一会儿把脸贴在田一珉的胸口，随后开始宽衣解带。

至此田一珉已完全明白林发权的用意，他一个鲤鱼打挺坐了起来。其实田一珉知道自己不是什么圣贤之人，况且身边一直没有女人，心中时常欲火燃起，难得有这样的小美人主动投怀送抱。但他想到这是玩火，其结果不知要付出多大代价。尤其与林发权这样老谋深算的生意人打交道，他得百倍警惕，小心驶得万年船。有这样的防范心理，纵有沉鱼落雁之容、羞花闭月之貌的美人儿在眼前，他也不敢有丁点非分之想。再装下去也装不成了，他索性坐了起来。

衣服尚未脱完的赵小姐见田一珉酒醒了，很是意外，慌乱中，她紧紧捂住胸前。"你——你醒了？"完全恢复常态的田一珉摆了摆手，假装去了趟卫生间之后，坐在了沙发上。此时赵小姐也整理好衣服坐在床边，欲说还休地开口了："田总，看你也四十大几的男人，怎么见了我一点也不动心，难道我不漂亮，还是不性感？"说完还用幽怨的眼神看着田一珉。

田一珉笑了，他说："赵小姐是既漂亮又性感，没有男人见了你不想入非非！”

“那你为什么起来？”赵小姐有些不解，困惑地看着田一珉。

田一珉觉得和她说太多也无用，仍然微笑着说：“你那么可爱，谁见了都有怜香惜玉之感，怎么能厌恶呢！”

听田一珉这么说，赵小姐低下了头，不一会儿眼泪噼里啪啦地掉下来：“你是不是把我看成夜总会的小姐了？其实我刚从湖南来这儿还不到半个月，应聘亚华公司做售楼小姐。今天上午接到通知说决定录用我，但要试用三个月，下午我来填表时就被留下来，说今晚有一活动要我参加。如表现优异，搞定客人不仅试用期缩短，而且将有一笔佣金马上兑现。看我当时有些疑惑，主管就明说了，问我过去有没有男朋友？我说就是为了躲避男朋友的纠缠才逃出来的。他说那你就该知道怎么做了。我知道他说的是什么意思，但迫于无奈，也只好答应。我把这些都和您说了，希望您能理解我！”

田一珉听罢心情有些复杂。芸芸众生，各为生计所迫，不知还有什么不为人知的事正在发生。林发权为达目的，不惜利用美人计来下套，可谓挖空心思、机关算尽。和这样的人打交道，他要多一百二十个心眼，才能互利双赢。

他看着对面的赵小姐神色黯然，不停擦着眼泪，就问：“你现在没完成任务，打算怎么办？”

沉思片刻的赵小姐忽然抬起头说：“他们不聘就算了，大不了我再找。我不信满世界都这样肮脏！”

“好！有志气。这样，如果他们不聘你，有一个地方肯定会聘你。”田一珉说完拿出笔和纸写了地址电话和人名交给赵小姐，然后说，“你到那儿就说是我让你来应聘的，相信你肯定能有用武之地。”

“谢谢您！”赵小姐连连鞠了三个躬以示感激。她没想到会绝处逢生，遇见了一个好人，不但没有蹂躏她，反而给了她一条生存之路，看来这世界还是好人多。

看看赵小姐的情绪好了许多，田一琨随后让她把林发权请来。不一会儿，林发权来了。看得出他的脸上很不自然，但还是装出什么事都没发生一样，见了田一琨开口就问酒醒得怎样了：“田总，不知道您不胜酒力，不好意思。”

田一琨点点头，然后说：“林总既然对我的‘海湾绿苑’感兴趣，说说您的想法，看看我们有没有合作的缘分？”

“田总，今天我看您酒喝多了，咱们改天再谈吧。对您的项目，坦率地说，我是感兴趣，希望田总能在股份上给予格外关照。”林发权吞吞吐吐地表达了他的意思。

了解了林发权的意图，知道他对“海湾绿苑”还抱有很大期望，田一琨心里还是蛮高兴的。他深知此人老谋深算，不是好对付的老江湖。他也只有见招拆招。这不，还没进入正题，他就先拆了一招。

“林总，您的意思我已明白，这样，明天下午两点半您到我公司来，咱们再具体谈。”见林早有此意，他也就顺水推舟约了时间。

第二天下午，林发权准时来到田一琨的办公室。进了元山公司，他感慨万千。五个月前，他来这儿是隔岸观火，甚至就有点幸灾乐祸、趁火打劫的意思。如今不同了，他融资的6000万因闲置已造成500多万的亏损，如不想法子尽早处理，只怕窟窿越来越大。此外，田一琨也远不像年前水深火热的状态。对于“海湾绿苑”项目，形势好，大环境有利就干。反之，再放上几年也不怕，进退自如。有了这些前提，自己讨价还价的底气就不足了。但他还不想轻易服输，他林发权摸爬滚打30多年，什么世面没见过，田一琨跟他比，只能算小字辈。

田一琨准时在办公室等候。见林发权进来，连忙起身迎接。“欢迎林总，‘元山现代城’我们没合作成，欠你个情，这次咱们要好好合作一把，争取共同发财！”田一琨握着林发权的手说。

见田一珉客气有加，根本没把昨天的事放在心上，林发权的心开始落底。他试探着问："不知田总项目进展得怎样了，资金还差多少，怎么个合作法？"

"项目的前期工作已基本就绪，只等《建设工程规划许可证》和《建设工程施工许可证》下来就可开工建设了！至于资金问题，我实话实说，现在总共缺8000万。若实在筹不到，我手头还有2000多万，年后销售形势较好，抽出点资金能支撑到地基的正负零，已与中信银行协商，盖两层拿去抵押一次，贷出款再盖两层，虽然难了一些，但还是能撑下去的。如果销售形势好，之后资金就不在话下了！"田一珉据实向林发权讲了自己的实际和应对的办法。

林发权听后觉得讲得比较实际，水分不大。他连连点头称是。

"有关合作问题，之前董事会也做了专门的讨论研究，并制定了相应的规章制度。'海湾绿苑'虽分两期，按3.5的容积率，总建筑面积可达20万平方米。预计前期资金总投入2.7亿左右。销售收入按目前市场指导价可达9到10个亿。综合算下来，每参股1000万，可获约百分之三点七的股份。"田一珉算了一下，最后得出结论说。

林发权心里算了一下，他的6000万只占不到百分之二十三的股份，想想五个月前，同样的6000万，当时还是两个项目，田一珉竟同意给他百分之四十九的股份，两相比较，真是天地之差啊。悔不当初，自己贪婪至极，心存不善，趁火打劫，违背了做人的基本原则，合该遭此报应。林发权越想越懊悔，活了60多岁，一念之差，丢掉的可能是几亿的资产。恍惚间，他想起好像在一本书中看到有这样的箴言：什么是名，什么是利？无名者，万物之始也。生于无名，而归于无名。不是你得的，你想去得，就是名；不该你得的，你得到了，就是利！进而延伸推广之，是命是运也，缓缓而行；为名为利乎，坐坐再走。君子人不与命争！只一瞬间，他仿佛醍醐灌顶，大脑清醒了。

"我有6000万资金，想投您的'海湾绿苑'，在这个项目上，田总能给我多少股份？"

“单按6000万来算，您的股份不到百分之二十三，如果林总有诚意与我合作，我理当以雪中送炭相待。这么着，看在上次欠您一个情的分上，我给您百分之二十五。如果大多数股东反对，我拿自己的股份补给您。这就是我的意见。如果这样的条件还不能达到林总的要求，那我只能说抱歉了！”田一珉说。看到林发权没有作声，他又说，“这次我是诚心想和林总合作的，不知您怎么想？”

看到田一珉话已说到这份上了，林发权再无讨价恋战的心理。特别是田提出加给他的百分之二点八，如按10亿的销售额，将有2000多万的进项。这不是个小数字，看来田一珉是真心实意邀他加盟，否则也不会如此让利。“田总，这样吧，容我回去和各位股东商议一下，统一意见，以免将来有问题不好面对。”

见林发权说得在理，田一珉也就不再说什么。本来嘛，投巨资合作，也该要众人讨论、评估后才能决策，林提出回去再议无可厚非。但田一珉对自己的项目充满信心，即使再来个金融危机，他都能扛得住。想到这儿，他爽快地说：“您回去考虑、商量都可以，只是半月之内要给我答复，如果超出期限，我今天的话可能就要作废！”

“不会的，顶多一两天，我给您答复，好吧？”林发权说。

当天下午，林发权就主持召开了董事联席会。聆听了各位董事的发言，他大致归纳了几点：一、中国的房地产市场还有很大的发展空间；二、城市化进程的速度有加快的趋势，金融支持力度加大了；三、改革开放的成果逐步显现，人民的生活水平逐步提高，购房意愿强烈；四、南厦属宜居城市，外来人口增加，势必带来新一轮的购房热潮。有了这几点共识，林发权的信心更增强了，他第二天上午就给田一珉打去电话，约好下午见面。

下午，林发权如约又来到田一珉的办公室。见面后，他首先表示“亚华”愿与田一珉合作，只是希望田一珉在股份上能再让些利。他说：“昨晚我们就开了董事会，大家意见一致认为与贵公司合作是前景无限。我今天来就是想把这件事确定下来，看看您能否再拿出些优惠政策来？”说完看着田一珉，意思是希望田能考虑考虑他们所占的股份问题。谁知田用坚定的目光看着他，虽然没说话，但意思也很明显。林发权看明白了，再多说显得自己格局太狭隘，而且也谈不下去。想了想，他从包里拿出一张银行卡推到田一珉面前：“这卡里有100万，田总拿去，一点意思。希望能在此基础上再增加五个百分点。到时我再给田总500万，君子一言，请相信我！”林发权说完将银行卡又向前推了一下。

对于这样的动作，田一珉虽然没亲身经历过，但听到的还是不少。像林发权这样公开而且赤裸裸的交易，对田一珉来说，无疑是一种人格的污辱。

“林总，您这样做让我情何以堪？先不说这样做对错与否，我总不能出卖自己，因小失大吧！况且让股东们知道了这事，他们怎么看我？”田一珉很生气，说话的语气重了些。

林发权没想到田一珉会是这样的态度，有道是：当官不打送礼的。可他今天遇到不是当官的就让他如此难堪。他尴尬极了，如坐针毡，头上的汗顷刻间冒了出来。

田一珉看见林发权的窘状，也觉得自己言重了，又换了一种口气说：“林总，请您原谅，我这人比较直，说重了您不要见怪。咱们俩既是朋友又是合作伙伴。按理说，您是雪中送炭，我理应给予最优惠的条件，不瞒你说，现在我已超出底线，如您还觉得不满意，我真是爱莫能助了！”田一珉措辞委婉、情真意切，既讲了双方合作的重要性，又袒露心迹；既亮出底牌，又给足了对方面子。说得林发权点头称是。

“既然田总把话说到这份上了，我也不好意思再讨价还价，就按你说的我投6000万，占‘海湾绿苑’项目百分之二十五的股权，这两天咱们就把合同签好，钱我即日便可打到贵公司的账上。另外，合同做好，我建议还是先到公证处做个公证，这样对你对我都好。”林发权爽快地同意合作，并提出了做公证的建议。

“好！林总的建议非常好，既然是企业行为，做公证对双方都有约束力，不至于产生矛盾。姜还是老的辣！以后要多跟林总学习。”田一琨说。

看着事已谈妥，林发权起身准备离去。田一琨也起身相送。临别前，田一琨握着林发权的手说：“以后咱们就是一条船上的人，理应同舟共济、风雨同行。今后还要林总掌舵才行，我们只管干，您就等着数钞票吧！”

“哪里！还要靠你们施展才能，帮我们赚几个利息呢。好好干，我全力支持你。”

望着林发权进了电梯，田一琨没想到，老奸巨猾的林发权竟然主动找上门来，虽然做了些小动作，最终还是接受了他的条件。虽然拿出100万贿赂，想获取更大的利益，但未能如愿仍初衷不改，依然坚持与他合作，这反倒让田一琨有些意外了。林发权好像换了个人似的，根本不像他的行事风格。但转念一想，既然有人送钱来，何乐不为呢。多乎哉，不多也！

Section 04 · 冥冥中有光

刘老汉拨出的电话终于通了，那边的介绍人听了他的情况后说：“孩子还没生下来，你让我怎么定啊？等生下来后再告诉我！”说完把电话挂断了。这边的刘老汉电话还抓在手里，听着好长时间都没声音了，这才悻悻地放下电话。

回到家刚进门就听见里面有婴儿的啼哭声，他心里一喜，知道孩子生下来了。但不知道是男是女，他急切想打听一下，就敲起了门：“他大娘，是男还是女呀？”

门开了，赵大妈一脸喜气："刘老汉，你这下有后了，是个男孩！"说完又关上了门。

听说是个男孩，刘老汉的心里乐开了花。他盘算着男孩再怎么也能卖个四五万，扣除他的15000元，起码还有25000到35000的赚头。虽然这半年是操了些心，但比起这么多的钱，操点心又算什么。他想还得去打个电话，告诉介绍人是个男孩，让他尽快找到买家，来抱孩子。就这样，他又来到先前的小卖店抄起了电话。电话通了，"兄弟，是个男孩，你找买家吧！"刘老汉急切地说。

"这么快！听我消息吧，一有买家，我马上去抱孩子。"介绍人说完挂了电话。刘老汉还想催他快点将孩子抱走，可电话里没了声音，只好作罢回到家来。

屋里安静下来，婴儿的啼哭声也没了，赵大妈还在里里外外忙碌着。见刘老汉回来忙说："熬些小米粥，再煮几个鸡蛋准备着。没有奶，婴儿是活不成的！"

养个孩子要这么麻烦，他正想着，赵大妈又叮嘱："你要给孩子买两套婴儿服，总不能让孩子光着身子抱出来吧！还有小薄被，包孩子的软布片等。"刘老汉一听头都大了，无奈，还是乖乖地去了小卖部。

当刘老汉把所需的东西全部买回来后，发现娘儿俩已安然入睡了。他想看看孩子长什么样，于是就悄悄地来到床前。刚出生的婴儿小得像猫一样，紧闭双眼，脸色也不那么粉白，有些血红色，离白胖两字相差很远。刘老汉看后摇摇头，心想，妈妈如此白净，怎么生个孩子却相差甚远，看来老话说得一点不假：一母生九子，九子各不同。刘老汉正端详着，也许是他的气息惊扰了晓雅，当她睁开眼睛看到刘老汉时，出于母性的本能，马上用手护住了自己的宝宝，睁圆了眼睛瞪着刘老汉。

刘老汉看晓雅怀有敌意地瞪着他，忙解释说："我就是看看孩子，你别这样瞪我。饭和鸡蛋快煮好了，我马上给你端去，你等着。"他说完就走开了。

焦急不安的刘老汉在门外苦等了三天后，这天下午，终于等来了介绍人和随行跟来的人。二人进屋看了孩子后又退了出来。三人在外嘀咕好一阵子，才又回到屋中。晓雅看到来人不怀好意，出于防卫，她将宝宝紧紧搂在怀中，但她终究敌不过两个大男人的抢夺。当宝宝在六只手的拉扯中大哭不已的时候，晓雅被另一个男人的双手强按在了床上，啼哭的婴儿瞬间被迫离开母亲的怀抱。随着母亲撕心裂肺的惨叫声，随着襁褓婴儿哇哇的哭声，两个铁石心肠的男人硬生生地将刚出生才四天的小宝宝抱出了屋外，头也不回地走掉了。忙乱中的刘老汉赶紧锁好门窗，急匆匆地追那两个人去了。

被锁在屋中的陆晓雅，此时已疯了一般。孩子被人抢走，无疑夺走了她的性命，她在屋中不顾一切地想冲出屋中，门被锁牢了，她拼命撞也撞不开，环顾四周，急中生智，她操起一个凳子，使劲砸开了窗户上的玻璃，随着“哗啦”一声脆响，晓雅不顾被玻璃划伤的可能，猛地冲了出去。她并不知道孩子被抱到哪里去了，但本能驱使她朝有路的地方追去。

约莫一个时辰过去了，跌跌撞撞的陆晓雅来到了一条不知名的公路上。疲惫不堪的她心里只想找到派出所，只有警察才能帮她脱离苦海，找到儿子。她沿着公路踉踉跄跄地走着，希望来往的车辆能搭救她。

夕阳西下，连风儿也没有一丝。公路上没有车辆穿行，披头散发的陆晓雅边走边暗自祈祷有人能救救她。看到前方开来一辆卡车，晓雅急忙摆手示意停下，然而车到跟前反而加速呼啸而过。望着远去的汽车，失望的晓雅颓然地坐在了地上。

一抹夕阳已落进山中，天色逐渐暗了下来，心急如焚的陆晓雅仍踉踉跄跄地在路上艰难地行走着，忽然，前面的路上亮起了灯光，晓雅高举双手不停地摆动着。一辆白色的小轿车停了下来，终于盼来救星的陆晓雅一下子瘫在了车前。车上的人见有人倒在车前，忙下来询问。

“救我——救救我！”晓雅用微弱的声音向下来的人发出求救信号。

“你是怎么了，为何弄成这样？”下来的人走到跟前询问道。

“我——我的孩子被人抢去卖了，帮帮我——报警！”晓雅有气无力、断断续续地说着。

“怎么回事，什么人把你的孩子卖了？”下车的年轻人把晓雅扶起。

“我是去年春节前回家探亲时在郑州被人贩子拐卖的，后被转卖到这地方，生个孩子又被他们给卖了。请帮帮我找到警察，帮我把孩子给找回来！”晓雅说。

“好！你上车，我刚才过来时，看见有一派出所就在路边。走，咱们到那儿去报警。”年轻人说完扶着晓雅上车掉头向派出所急驶而去。约二十分钟，车就到了派出所。挂牌显示的是安徽省万山县新镇派出所。

年轻人扶着陆晓雅走进了派出所……

当女警官听完陆晓雅讲述自己大半年的曲折经历后，也不禁为之动容。她马上向所领导作了汇报。仅一刻钟，一辆警车和年轻人的车风驰电掣般地向晓雅所说的地方驶去。

没费多大的功夫，便找到了刘老汉的家。此时的刘老汉正在家里数钱。望着桌上红彤彤的一堆钞票，他的心里乐开了花。不顾窗上破碎的玻璃，饶有兴致地数着那些不义之财。

门敲开了，当刘老汉见到晓雅身后的警察时，他的腿一下子哆嗦得迈不开步了。众人察看了地窖及屋中的陈设，并将其非法所得的45000元当场没收。当手铐铐在刘老汉的两手时，他“扑通”跪在警察面前，双手作揖连声告饶：“我错了，我错了，饶了我吧！”没人理会他的求饶，警察连拉带拖将他塞进了警车。

回到派出所又是做笔录，又是审讯，直到小半夜才算告一段落。其间，陆晓雅才有时间向搭救她的恩人致谢并攀谈起来。谈话中晓雅得知救她的人叫周建平，安徽歙县周村人，回老家途经此地路遇晓雅并救了她。回想起惊魂的大半年，晓雅至今记忆犹新。面对恩人，她用一个谢字已无法表达自己的感激之情。

“在我命悬一线的时候，是您及时出现，拯救了我。谢谢，谢谢您！”陆晓雅向周建平深深地鞠了一躬。

“不用谢！每个人遇到这种情况都会出手相救，我只是做了一件该做的事罢了。现在重要的是把孩子找回来。”周建平说。

看着那边的审讯也结束了，一警察过来说：“现已基本掌握人贩子的去向，我们已通知湖南株洲当地警方守候，一旦露头交易，立刻逮捕归案，你放心吧！”

“谢谢！”晓雅感动地向警察也深深地鞠了一躬。

“警官先生，今天也太晚了，我在附近的旅馆找个地方让她先休息几天，一边等待消息，一边调养身体吧。”周建平说。

“要不要通知你的家人来照顾你？”警官说。晓雅有些犹豫，她不知如何向父母交代。倒是周建平看出了她的心思：“我先领她住下吧，然后再考虑通知家人和亲戚。你说呢？”他向陆晓雅征求意见。看晓雅点了点头，他又问警察，“这附近有没有旅馆？”在得到确切的答复后两人起身离开。

晓雅身上已被洗劫一空，身无分文。周建平提议去住旅馆她还是有所顾虑的，她望着这个可能比她还小的年轻人一时不知如何是好。倒是周建平看出了晓雅的顾虑。“救人救到底，送佛送到西！你跟我走就是了，什么都不用操心，只管受用就行！”他说完把晓雅搀扶起来，走出了派出所。

二人来到警察介绍的旅馆，安顿了下来。周建平又给晓雅弄了些吃的，接着翻遍全身拿出530块钱放在晓雅的床上：“这钱你先用着，我最晚后天再过来。你放心，你的事我会管到底的。我今晚得先往家里赶！”他说完站起来，一声“拜拜”便匆匆出门走了。

望着周建平离去的背影，晓雅有一种说不出的感动。两人素昧平生，没有任何缘由，竟然如此热心。陆晓雅觉得当今社会还是好人多。

第二天中午，派出所的那个女警官打来电话，她告诉陆晓雅，把她卖给刘老汉的介绍人已落网，现正追查孩子的下落，让她耐心等待，孩子会找到的。已濒临崩溃边缘的陆晓雅接到这个电话情绪稍缓和了一点。她此时内心暗暗祈祷，保佑她的孩子尽早回到她的怀抱。情绪稍稍缓解的陆晓雅此时想到了父母，虽然她不想让他们操太多的心，但这个时候还是该让他们知道自己的下落，免得更担心。她这么想着，就到前台往家里打了个电话。谁知家里没人接，她又往姐姐家打去电话，有了晓雅的音信，那边的姐姐在电话里就哭了起来。她告诉妹妹，爸妈一早就坐火车去看她了。昨晚万山县警方就把电话打到她父母家，通报了他们女儿目前的处境。两位老人一宿也没有睡好，天亮就坐车走了，现在也不知到什么地方了。

晓雅知道二老年岁已高，如今让他们千里迢迢、舟车劳顿来这儿看自己，她的心就更加不安了。晓雅正在房间七上八下地胡乱想着，外面敲门声响起，晓雅开门，原来是周建平来了。只见他背了一个大双肩包，神色疲倦地走进来。仅两天的相识，晓雅就看出这是一个有爱心、乐于助人的善良人。

周建平打开双肩包，从中拿出一大堆女人的内衣、内裤，衬衣、衬裤、袜子、鞋等用品。

“这些用品拿去换换吧。太匆忙了，不知合不合身，先凑合着用，等有时间再去买合适的！”周建平满脸歉意地说。

到这个时候，晓雅才看清眼前这个乐于助人的年轻人。30岁不到的脸上，一双明亮的眼睛炯炯有神，鼻子下方长着浓密的胡子，中间露出俊秀的小嘴，一口洁白的牙齿。一米七五的个头，加上一头浓密的乌发，俨然一副活力无限的模样。晓雅凭面相更加确信这是个好人。能得到如此心细之人的帮助，她的心里一时充满了感激之情。

“谢谢您了，还能想到这些，真是有心人！”晓雅动情地说。

“看你当时的神情，就知道是遭了劫难，到派出所知道了你的全部遭遇，更让人有了同情之心。想到你大半年所受的非人待遇，就知这些东西你肯定需要！”周建平娓娓道来，让晓雅感动不已。

两人正谈着，新镇派出所的女警官打来电话，她告诉陆晓雅，孩子的踪迹目前公安人员正在追查，让她最好找个地方安顿下来等待。晓雅有些为难，在两眼一抹黑的此地，她哪有安身之地，回到家去等又于心不甘，一时陷入两难的境地中。

周建平倒是看出了她的心思，见她有几分郁闷的样子便说：“要么去我们那儿住几天，我办了个农场，有很多的员工，吃住是没问题的。况且离这儿又不远，有消息随时能赶到。你看怎样？”

看着周建平那双真诚的眼睛，晓雅有些犹豫，该帮的人家都帮了，现如今怎好再麻烦人，晓雅感到十分为难。

“还是那句话，‘帮人帮到底，送佛送到西’，既然好人做了，我就要有始有终。到农场去吧，那里还有好多人，你不会感到寂寞的！”周建平十分诚恳地说。

还是那双热情而又无法抗拒的眼睛打动了晓雅，她感受到的是真诚和鼓励。盛情难却，她只好点头应允。

那边的周建平见晓雅答应了，喜不自禁，高兴得马上帮着收拾起来，不一会儿东西全部放到拉杆箱里。百感交集的陆晓雅此时看着周建平，又看了看周边的村庄、田野和远处的山峦，心情复杂地上了车。

Section 05 · 女人的宿命

何文华娘儿俩搬家了。消息还是女儿在电话里告诉田一珉的。“爸爸，我们搬家了。新房子好大呀，小区绿化可好了，你来看看吧！”电话中的朵朵显得极其兴奋。

田一珉很意外，自打何文华娘儿俩搬到他家后，他就很少过问。一则两人见面何文华肯定数落他；二则最近一个时期，也是他最为忙碌的阶段，不仅让“元山现代城”的工程重新开建，而且又把“海湾绿苑”的项目抓了起来。目前，卡在土地年限逾期的问题上，他一门心思想把这事搞定。在叶昌德的帮助下，徐明凯连请了两次客，又做了打点，才算有了眉目，估计不日就可批复。但要缴交五年的土地开发违约金，事情办到如此程度，田一珉已经很高兴，比起现在的土地拍卖价格，不知要少几倍。

由于心情好，去见何文华他也掩饰不住内心的兴奋，还特意给朵朵买了一个书包和一部手提电脑。按女儿提供的地址，田一珉找到了位于滨河西路叫水岸豪庭的小区。小区的规模不太大，只有四栋高层住宅。但园内景观工程却极其精致，庭院采用江南园林的风格，假山亭榭、小桥流水，构成一幅美轮美奂的中国画。到了地方，门是敞开着的，一进门就见女儿在客厅一角练琴，乐声幽幽，非常悦耳。朵朵见爸爸来了热情地喊了一声“爸爸”，只那么一声呼唤，就勾起了田一珉心灵深处无限的亲情。从小到大，仿佛一直在冷漠无情的苦水中浸泡长大的田一珉，对所有的亲情也是习惯性地漠然处之。今天女儿的一声呼唤，仿佛从幽谷里发出，唤醒了他沉睡已久的心灵，这一刻，他才感到了亲情的暖意。何文华正在卧室里收拾东西，听到喊声来到客厅，见了田一珉习惯性地抱怨起来：“我看就算我们娘儿俩在这世界蒸发了，你也不会打听一下。知道我们搬家，你也不来帮把手。即使啥也不干，给人看看，也像一家人。你倒好，不闻不问，好像朵朵不是你女儿，是捡来的！”何文华不见面还好，见了准保是一通责难。她也知道田一珉和她已离婚，但性格使然，条件反射，只要见到田一珉，她就忘了两人现在的关系。而田一珉好像习惯了她的颐指气使，虽然心里多少有些愤怒，但她的话就像风吹过耳边一样，过后什么都忘了。面对今天的抱怨，他还是像往常一样听之任之，多说话，只会加剧矛盾。女儿倒是偏袒父亲：“妈，你怎么见我爸就抱怨，太烦人了！”

“别这样说你妈，她也不容易，要理解她！”田一珉安慰女儿说。

见田一珉这样说，何文华气消了许多：“买这房子多不容易，你也不帮我参谋一下，很多事我都不懂，也不知买得怎么样，是亏还是赚？”

“有多大面积，花了多少钱？”田一珉说。

“137.2平方米，连中介费、契税等共花了43万多。还包括全套家具家电。是2002年7月交的房，还不到四年。”何文华说。

“不错！买得很便宜，四年期还算新房子。加上装修他基本没赚钱。”田一珉夸赞着说。

“原房主急等用钱，说开的厂子没资金周转，快要停产了，只要能一次性付款就便宜出手。”何文华听田一珉这样说，脸上开始多云转晴，情绪也开始好了起来。

“你比我都强，来了几个月，就住上这么好的房子，我来了快十年了，还是那破房子。不像这儿有电梯，属高档社区，行！看来这儿挺适合你的，能发大财。”田一珉由衷地替娘儿俩高兴。她们过得比他好，他就没什么负担了，此时他感到特别轻松。

“发什么财！能好好活着就不错了，不过我又在朵朵的学校边买了一套新房，是楼中楼那种的。146平方米，单价4600多，带装修。到时拎包入住。”何文华又说出一个令田一珉震惊的消息。

“有胆识！敢买那么高价的房子，钱也花得差不多了吧？”田一珉对何文华有点刮目相看。

“他们都说那是学区房，将来要涨价的！孩子在那儿要读五六年的书，一放学就进家多好，我不想让朵朵太累了！”何文华说。

“有眼光！我看你要是经商肯定比我强。这种悟性是与生俱来的，不是想学就能学来的！”田一珉感叹地说。

“我妈就说我投胎投错了，应该是个男的。我如果是个男的，准比你强多了！”

“是，比我强，谁都比我强！”田一珉无心恋战，他觉得该是离开的时候了。他把书包和给女儿买的电脑拿了出来，“朵朵，这是爸爸给你买的礼物，希望你能好好学习，不辜负妈妈抚养你的艰辛。”田一珉说完放下东西转身想离去，后面传来女儿朵朵的声音：“爸爸，谢谢你！吃了饭再走吧，妈妈买了好多菜，有你爱吃的炸带鱼和红烧排骨。”

“不吃了，爸爸还要到工地看看，谢谢！”田一珉心里一热，赶紧扭过头去。

“他不吃拉倒，咱娘儿俩吃。他在外面天天大鱼大肉的，还稀罕咱的饭菜！”何文华不冷不热地说。

走出小区，田一珉感慨万千。一对夫妻，两个好人，为什么就不能和和睦睦，相濡以沫，执子之手，相伴走完人生呢？他想不通这是为什么。幸福的家庭是相同的，不幸的家庭却各有各的不幸。田一珉正在大街上漫无边际地遐想时，腰包里的手机响了，打开一看，是于飞打来的。她告诉田一珉，这两天售楼处火了。仅今天到现在，就有18位客户签了购房合同，到晚上，起码还有六七家要签合同。她要田一珉到现场来看一看，感受一下人们的购房热情。

接了于飞的电话，田一琨打车来到元山售楼处。果不其然，现场一派热闹景象，看模型的、洽谈的、咨询的，还有正在签约的。让人不禁想起开盘的当天也是这样熙熙攘攘的场面。那时的他踌躇满志，听不得半点不顺耳的话，以为房地产不过如此。现在这种轻狂早已荡然无存，取而代之的是如履薄冰、小心翼翼，生怕哪一天又是门庭冷落、无人问津。

旁边一中一老的两人对话引起了田一琨的注意。老的说："现在的房价真让人看不懂，一天一个价，我前两天看好了一套房，看着手头不够首付款，朝亲戚东挪西借，好容易凑足了，来售楼处一看，每平方米又涨了300多。这不要人命吗！从去年到今年，国家陆续出台'国八条'、住建部等七部委稳定房价、试点'房产税'等措施，今年又刚出台'国六条'，但房价不但没降，反而越涨越厉害，你说，这是怎么回事？"

"现在谁也说不清楚，政府越调控，房价涨得越快。不是市场调节吗，怎么还管得这么紧？从2005年到今年，去年3月就宣布取消房贷优惠利率，紧接着又改革房产税，10月份又实施房地产税一体化管理。今年政府工作报告也提出要抑制上涨过快的房价。但就是看不到效果！有开发商说：政府每打压一次房价，随之而来的就是一次疯狂的报复性增长。现在社会上都传，中国的房价不是总理说了算，而是总经理说了算！"另一位看似干部身份的人发了感慨。

"我有个感觉，像咱们这样的风景旅游城市，房价还得涨，要买就赶紧下手。不然的话，你不买外地人就来买。指望房价能下跌，除非来个世界金融海啸！"老人侃侃而谈，让田一琨刮目相看。

那位干部模样的人听了伙伴这样肯定的预见，虽频频点头，但仍然有他的见解："我看政府不会坐视不管，肯定会继续出台一系列打压房地产的政策。从年初的政府工作报告到前些日子的'国六条'以及央行加息和九部委的'十五条'再到最近住房营业税征收政策的出台，都表明政府调控的决心和力度。这让人看到一些端倪，我看政府不把房价压下来，是不会放手的！"

田一珉听得是振聋发聩，两个高人的一番对话，不仅让他听到了百姓的声音，而且为他目前的决策提供了参照。他还想听听两个人的高见，不料那个老的却跟着老伴签约去了。剩下干部模样的也自然没了说话的对象。

于飞来到田一珉的面前，虽表面装出超然物外的神态，但还是掩饰不住内心的喜悦之情："这几天不知怎么了！外地人蜂拥而上，简直就像买白菜萝卜一样，了解一下就签约，有的进来不问，选好楼层和房号就签约。有时我还没反应过来，人家已把合同拿到眼前让我签字了！"于飞喜于言表，兴奋得像个孩子。

"进度怎么样，销售的情况如何？"田一珉急切想知道又售出多少房子，那样他就能测算出有多少资金入账，要不要再找人筹措资金开发他的"海湾绿苑"。

"从年后到昨天，共售出79套，销售面积达8952平方米，销售额达3700万左右。"于飞说。

"银行办理按揭的情况怎样？最近你要重点抓银行办理按揭的进度，我等钱用！"田一珉放下心来。按于飞讲的情况，如果再有3000万进账，他的"海湾绿苑"一期工程资金加上林发权的6000万就可全部到位。到时他就可应付自如，完全不像"元山现代城"那样愁肠百结、焦头烂额，差点全军覆没。

"好吧！我最近勤跑银行，争取尽快让资金到位，好让你逍遥自在！"于飞开始拿田一珉开涮了。

"凭你这句话，今晚我得请你吃饭，犒劳你一下。说吧，到哪儿去？"田一珉今儿个一整天心情都是万里无云、阳光灿烂。

"你不是喜欢吃刀削面吗，咱到那儿去好了！"于飞想起田一珉说的话，开始调侃起他。

"那怎么成！再穷也不能穷了教育，再苦也不能苦了'孩子'。"田一珉见于飞的心情很好，就回敬了一句。

"你就贫吧，回头房子不好销，看你还贫不！"于飞觉得自己受了愚弄，马上反击田一珉。

自从田一珉上次在于飞家中喝酒跟她讲了自己的爱情故事后，于飞在好长一段时间里没有跟田一珉单独接触。她知道，田一珉还深爱着那个女人，他和她讲了那个故事，就是明白无误地告诉她，自己已有爱人。于飞自然清楚田一珉的用意，虽然她内心很痛苦，但过了一段时间后，逐渐从感情的旋涡中走了出来。通过这件事，她更看清了田一珉的为人，是个值得尊重和钦佩的人。对爱情专一，无论何时都洁身自好，不越雷池一步，即使喝得烂醉，也能把持自己。如果他不讲这个故事，对她始乱终弃，事后，于飞又能如何呢！她越想他的优点，就越觉得田一珉是个不可多得的人；越觉得他可爱，就越忘不了他。今天，她就是想了解田一珉的爱人有消息没有，如果她真的出现了，自己也就绝了这念头。基于这样的想法，她才给田一珉打去了电话。

田一珉并不知道于飞的想法，他想的是售楼处能给他卖出3000万，真是谢天谢地。对于飞的一往情深，他非常清楚，从每次见面的眼神就能读懂她的心。但他不想亵渎这份美好的情谊，他想让双方都保持这种超越爱情的友谊，永远给对方一个难以忘怀的印象。这段时间，于飞一直蹲在售楼处督战很少回公司，销售果然大有起色，这让田一珉欢欣鼓舞，他也想找个机会慰劳一下于飞，今天机会来了："什么时候走啊？我还没吃午饭哪！"田一珉故意装作有些饥饿的样子。

"马上好，我给董经理交代一下就走！"于飞说完推门进了经理室。没两分钟出来了，提着包跟田一珉出了售楼处。

"到哪儿去？"上了车于飞说。

"你想吃什么？"田一珉说。

于飞想了想："到'外婆家'吧？"

"你说去哪儿就去哪儿，今天是犒劳你，自然你说了算！"

来到这家名满南厦具有明显江南特色的酒楼，两人选了个靠窗的位置。田一珉凭窗眺望，几棵芭蕉树亭亭玉立，风摆蕉叶，更添几分婀娜多姿，仿佛几位绿衣美女在翩翩起舞。

“几棵芭蕉树就让你如此专注，你是请我来吃饭的还是发什么思古之情的？”于飞点完了菜，发现田一珉专心致志地在欣赏窗外的景致，知道他又有了感触，便调侃了他几句。

“这几棵芭蕉树绿意盎然、起舞翩跹，空灵律动，仿佛有鲜活的生命，给人以无限的启发空间，古人讲‘朝闻夕死’，我到今天才悟到这个道理，真是不易呀！”田一珉感慨地说。

“都什么年代了，还见花流泪、对月伤怀。我觉得你好像是唐·吉诃德式的人物！”于飞有些气恼地说。

“咱俩本来就不是同一时代的人，你是21世纪的天之骄子，而我是18世纪的耄耋老人。年龄和思想的差距都注定我俩是老人与小孩的关系。”田一珉意味深长地说。

“别老把自己当成悲天悯人的哲学家，把别人都当成无知的阿Q！”于飞根本不管田一珉说什么，她开始讽刺起田一珉。

“吃饭、吃饭！国家都讲和谐社会，咱就不能和平共处吗？”田一珉努力想缓和一下气氛。

“这还差不多！明天我管你叫大叔，看你应不应？”于飞娇嗔地说。

二人正互相戏谑着，菜陆续上来了，色香味扑面而来。田一珉品了一口“外婆烧菜”，味香醇厚，又夹了一块“东坡烧肉”，更是地道无比，连说：“好吃！”

“知道你喜欢吃什么，全是按你口味点的，满意吗？”于飞爱怜无限地看着田一珉。

“这不好，本来是我请你，该点你爱吃的才对，怎么以我为中心了！”田一珉摇起头来。他马上把服务生叫来，重新对着菜谱说，“你最少再点两道自己喜欢的菜，否则我就不吃了！”田一珉说完真的放下筷子，看着于飞不作声，他忽然拿起菜谱，点了一个“外婆豆腐煲”，又点了一盘“外婆熏鱼”，这才让服务生拿去厨房。于飞很感动，知己莫过田一珉，他居然知道自己爱吃这两道菜，看其表面虽不拘小节，其实也有细腻柔情的一面。她不由得看了他一眼。不一会儿，菜端上来了，田一珉主动拿公筷为于飞夹菜：“我记得你好像和我说过你特别喜欢吃这两道菜。尝尝，这儿的味道怎么样？”

“你今天是怎么了？还挺会关心人！”

“我什么时候都知道关心人，只是你没看到而已！”

“知道关心人，怎么还让人走了！”

“这我就不知道了。女人的心，秋天的云！”田一珉说完有些幽幽地看着于飞。

“看我做什么？你自己的女人，你都不知道，别人更不知道！”于飞说。

田一珉这回不说话了，埋头吃了起来。

“她现在有消息吗？”于飞小心翼翼地问了一句。

“没有！整个世界都翻遍了，凡是与她相关的人和地方，该找的都找了，还是没任何消息。”

“那你打算怎么办？”

“能有什么办法，等呗！我不信她会上天入地。”

于飞听了这话，心里陡然涌出一种莫名其妙的怅惘。她说不出是喜是悲，喜的是至今尚无定论，未来还有时间让她期许；悲的是自己怎么陷入了这个雷区？明知不可为而为之，这难道就是她的命吗？她也知道天涯何处无芳草，但自己却像三岁的孩童抓住他人的玩具不放手一样，任人如何相劝也无济于事。她知道自己钻进了老人常说的魇，但没办法。人人都有自己无法摆脱的宿命，而田一珉就是她的魇，她至少如今还在这种魔咒里裹足不前。

Section 06 · 性贿赂

心领神会的徐明凯自从那天在酒桌上得到田一珉的授权便开始了他的行动。他先请叶昌德和他嫂子的哥哥连着喝了两回酒。一来二去混熟了，知道此人姓扬，是个副处长。两人互留了电话。这天晚上，他单独请扬处长喝了一通。完事后，他主动提出：“兄弟，酒喝完了，今晚我带你去洗桑拿，怎么样？”

“好哇！”扬处长说。

两人来到市区一处偏僻的洗浴中心。此处表面看起来虽不太起眼，但进到里面，却别有洞天，令人眼前一亮。“我说老徐，眼光不错呀！”扬处长笑逐颜开。进了里面，早有楼面经理等候迎接并安排房间，先一步进去打开了电视。徐明凯客气地请扬处长进了包房。房间里一应俱全，徐明凯在来之前就已了解得清清楚楚，小吃、饮料、洗浴、按摩，包括女人的全套服务计共1000元。等扬处长进去后，他就在贵宾室等候。足足两个小时，扬处长才出来，见了徐明凯说：“你怎么出来得这么早，我还以为你怎么也得比我晚出来呢！”

徐明凯只是笑笑说：“怎么样，玩得还可以吧？”

扬只是诡秘地笑了笑，看样子很满意。

一连两次，徐明凯都是在外恭候。到了第三次，楼面经理死活让徐明凯也进去过一把瘾，连推带拉把他拽进了包厢，而且不由分说便叫来五个小妹，让徐明凯挑选。无奈，人进了戏台中，不唱也得张嘴了。徐明凯看那几个女孩模样都差不多，便挑了一个身材好、腿长的为他服务。其实徐明凯不进来是有原因的。他女友肖虹不比这里的小妹差，再者与肖虹还是蜜月期，跟这些人厮混有些对不起她。灵魂不背叛，肉体也不能背叛。但今晚不能怪他，他是被迫的，这不能算背叛吧。徐明凯就是在这种纠结下进了包间，任那女孩把他的衣服脱了个精光。当徐明凯被扒得只剩裤头时，他有些不好意思了。他还从没有让女人给他脱衣服的习惯。女孩只笑了一下，接着三下五除二脱光了自己的衣服，白光光地站在徐明凯面前，毫无扭捏之感。徐明凯似乎得到鼓舞，脱了裤头跳进水池。女孩也随之跟进，在浴池里与徐明凯洗起了鸳鸯浴。也不知什么时候，女孩开始轻轻地揉起徐明凯的肌肤，让徐明凯顿觉舒服无比，任女孩在他身上揉来揉去，此时的徐明凯仿佛进入太虚幻境，身不由己地腾云驾雾起来。直到那女孩在他的耳边轻轻地唤了一声“好了”，这才如梦初醒，起身离开水中。接着是洗浴按摩，女孩把徐明凯扶到一张铺有厚厚的垫子的塑料床上，并在他身上喷洒了浓香的沐浴露水，接着按摩便开始了。按摩上身时，徐明凯顿感惬意无比，待按到下身时，那种舒服更是无法用语言表达了。他忽然很后悔，以前怎么没想到，还有这天堂般的地方能让他如此逍遥快活呢！徐明凯正享受着神仙般的感觉时，女孩又扶他翻身。徐已双目微闭，任凭女孩在他身上揉来搓去，享受着这美妙无比的时刻。不知什么时候，女孩已爬到他的身上来，用她那丰硕的乳房在徐明凯的各个敏感部位揉搓起来。徐明凯眯着眼看了那女孩一眼，女孩毫无表情，专业得就像在认真擦拭一件精美物品一样，没有任何情感的流露。这让徐明凯再没有勇气看那女孩的眼睛了。又不知过了多久，女孩唤他起来，两人一同进了喷淋间，开始冲洗。自始至终，女孩都裸着胴体，与徐明凯缠绕着肌肤之亲，让徐明凯的欲望一点一点高涨，到了喷淋间，徐明凯已经控制不住自己，他想冲上去抱住女孩发泄早已高涨到极致的欲望。但他最终没有伸手，他觉得自己还不是一个地道的禽兽，还没回到洪荒远古的时代。出了淋浴间，女孩给徐明凯擦干身体，然后便安静地躺在床上，等待徐明凯的饿虎扑食。此时的徐明凯还囿于自己是人还是兽的内心挣扎中，看着女孩躺在床上等他上位，恍惚间恢复了理智，轻轻地说了一声：“起来吧，我洗完了。谢谢您的服务。”女孩一脸诧异地看着徐明凯。她还是第一次遇到见花不采的男人。

徐明凯出得门来，竟破例看见扬处长先出来了，坐在贵宾室等他，他脱口说：“今天咋这么快？”

“嗨！老了。”说完起身往外走。送扬回到家，徐明凯才往回走。还没到家，就接到田一珉打来电话，告诉他有一张传票。本来这两天徐明凯就一直忧心忡忡，许是心灵感应，总觉得有什么不祥的事要发生。听说传票，知道麻烦来了。起因是老家一个厂的哥们儿半年前来南厦旅游时特意来看他。有朋自远方来，不亦乐乎！为了显示自己在南方混得顺风顺水，徐当即在南厦有名的南海渔家设宴款待朋友。席间，为显示自己春风得意、紧跟潮流，又把肖虹带来作陪。肖红长发飘飘、光彩照人，给徐明凯的哥们儿以惊艳之感。谁知朋友回去后见了全厂的人就广为传播，不知哪一次的酒桌上，说漏了嘴，把徐明凯有小蜜的消息说了出去，并把肖虹夸得是天花乱坠，说她有闭月羞花之貌。徐明凯的夫人刘燕是市第二医院的护士长，听了这传闻自然面子上挂不住，什么也没说就给徐明凯打电话提出要离婚。

徐明凯虽然十分不情愿，但事到如今也是无奈。见了田一珉只好据实说出。田告诉他，刘燕已来过南厦，并发现他和肖虹的住处，为了他的面子，才没有声张。条件只有一个，把肖虹开除，否则便大闹南厦，让徐明凯身败名裂。田一珉说完看着徐明凯，意思是看徐如何处理。事到如今，徐也无话可说，只好同意了。

一个多月后，徐明凯请假从东北老家回来。他告诉田一珉，婚已离了，真正的净身出户，他也成了地道的光棍。

第五章

绝处逢生 再遇坎坷

Section 01 · 世外桃源

天将擦黑，轿车拐下公路驶进了一片群山环绕的乡村水泥路。路面平整，亮光光地引着汽车欢快地向前飞驶。听着车里播放的音乐，晓雅的心情也逐渐轻松起来。一路上沉默寡言的周建平也像换了个人似的开始讲起他的家乡，他的果园、他的创业故事：“我在学校学的就是农林园艺专业，毕业后，分配到乡园林站。干了三年多，我觉得没什么意思，就辞去了乡园林技术员的公职。爸妈为此还跟我闹了好一阵子，千辛万苦把我培养成大学生，好不容易有了铁饭碗，说不要就不要了，他们想不通。这期间，我和初高中的几个同学商量，承包家乡的山地，建果园。经过商量，以我为主的六个人成立了果园示范农场，开始了果树栽培种植。我们先承包一座四万多平方米的山地，种上了当时市场畅销的冰糖橘。当时村里人和我爸爸都持怀疑态度，他们认为千百年来没人干这事。五年后，看到满山的果树挂满果实，他们也惊呆了。那一年，我不但还清了全部贷款，而且在半山盖起了一栋小洋楼。你到农场就知道了！”说话间，周建平的农场就出现在眼前。在半山腰的一块平地上，矗立着一栋醒目的小洋楼，外观设计新颖别致，红墙绿瓦，墙的边角皆是错落有致的白色石头，里外叠起，整体色彩搭配协调，更彰显楼房设计者的匠心独具。

“到了，下车吧！”随着喇叭声响了两下，周建平下了车。而这时楼门也开了，有人出来迎接。

“这些都我的合作伙伴。”周建平打开车门，扶着晓雅下了车。

“回来啦，场长？”一小青年走上来。

“帮着把车里的东西拿到客房去！”周建平大声吩咐了一句。

来到二楼的客房部，推开门晓雅就惊呆了。她原以为只是简单的装修，没想到里面的装饰一点也不亚于三星级酒店。凡酒店的设施一应俱全，连洗浴间都有热水。

“没想到这深山绿林里，竟然跟现代的都市生活紧密衔接，太了不起了！”晓雅感叹地说。

“我们这儿全是年轻人，敢想、敢说、敢做，思想前卫、精神创新，就是喜欢做些反传统的事。在这里，每个人都是主人，又是园林工人，不分大小尊卑。平等、互爱，是农场的最高行为准则。你待几天就全知道了！”周建平说完朝门口走去，“你先休息一下，我让食堂给你做碗面吃。送客饺子迎客面。”他说完轻轻关上门走了。

屋中静谧下来，让晓雅的心也随之平静了。这里的一切都是那么新鲜、那么舒适，她忽然想起“宁静致远”这个词。像这样远离尘嚣、远离世俗的自然环境，不正是她内心所追求和崇尚的世外桃源吗？她还在遐想中，忽然耳边响起周建平的呼唤声：“面来了，滚烫喷香的大碗面来了！”

晓雅转身见周已将面放在桌上，瞬间，葱花的香味就飘满了小屋。“快吃吧，你肯定饿了！”周建平热情洋溢地对陆晓雅说。看着那双真诚的眼睛，看着面前这个充满活力的年轻人，晓雅感动得不知说什么好，一个素不相识、未曾谋面的年轻人，心怀什么大爱才有如此的胸襟？给她钱，帮她忙，又送她到自己的农场休养，这样无私奉献的人在当下能有多少？而她却遇上了。

“赶快吃吧，一会儿凉了！”周建平见晓雅有些哽咽，马上劝道。

晓雅就着泪水吃起了面，那是她自离开田一珉后吃得最香的一碗面。面还没有吃完，门铃响了，开了门，拥进四五个人。他们看着陆晓雅，不知谁说了一句："大美女啊！"另一人又开了口："真像个老师的模样！"晓雅听得不好意思起来，她站起身向大家点头示意。没等她开口，周建平就做了介绍："这就是我给你们说的陆老师，她的遭遇值得我们同情，这两天在我们这儿休养一阵儿，希望大家给予关照，让她感到我们这儿不仅山好、水好，人更好！"

"好！我们一定让陆老师永远不忘这个地方和这里的人！"大家众口一致地说。

此时的陆晓雅眼睛又潮湿了，她噙着眼泪向大家鞠了一躬："谢谢——谢谢大家，在我最困难的时候，得到你们的帮助。真的谢谢了！"

"好了，今天太晚了，让陆老师休息，咱们明天有时间再聊！"看到周建平发话了，众人才陆续散去。"你休息吧，明天我领你到果园参观参观，看看我们这几年的成果，说不定你会喜欢这儿的。"他说完轻轻地关上门走了。

天亮了，晓雅被鸟儿的叫声闹醒，推开窗户，清新的空气夹带着花的香气扑面而来，让她不由得贪婪地猛吸几口。出了小楼才看清四周的环境，苍翠的群山环绕，一条小溪从山涧蜿蜒而来，风涛鸣泉，绿色无边，洋楼伫立其间，大有鹤立鸡群，傲视群山的雄姿。山后是一眼望不尽的果园，一条弯弯的山道隐没在果树丛中。

"起来了，这么早。昨晚睡得怎么样？"从屋中出来的周建平见晓雅起来了，有些意外。

"我是被鸟儿吵醒的，起来看看。这儿的风景太美了，想想城里的空气和这儿一比，简直没法活了！"晓雅说。

"待会儿我让人领你四处逛逛，参观一下我们这儿，也让你这城里人看看咱农村人是怎样生活的。我到乡里参加一个产品订货会，下午才能回来，希望你能静心休养，保持一个好心情。"两人正说着，屋里有人招呼："开饭了！"

来到餐厅，桌上早已摆上热腾腾的馒头和地瓜粥。令晓雅惊奇的是，早餐除了应有的酱菜和鸡蛋、水果外，还有各种蔬菜打出的菜汁，一杯杯摆在桌上。

“喝上一杯，上午的营养也就够了。”周建平介绍说。新的一天，新的环境，新的面孔，一切对陆晓雅来说都是新鲜的。而最重要的是，这里的人相互尊重，平等相待，对外来人也是礼貌有加，客气无比。晓雅在学校时曾有过这样的感觉，时隔多年又找到了这种感觉，集体生活的氛围让她一下子感到了大家庭的温暖。

“小刘，今天上午你领陆老师参观咱们的农场和后山的学校等。讲讲农场的昨天、今天和明天。让她感受一下现代化新农村的面貌。”

沿着后山漫步，所到之处，满目都是绿色。累累的果实挂满枝头，虽呈深绿并未有泛黄之意，但还是格外赏心悦目。

“这些橘子树，因为选择苗木时就严格把关，挑选的是新品种，所以长出的果实就味美甘甜，由于施的全是农家肥，一年比一年的品质好，近百万斤的冰糖橘每年都供不应求。而这些成就的取得，又都跟我们周场长的努力分不开！”小刘滔滔不绝地夸赞着他们的场长。

沿着山下蜿蜒曲折的路前行，远远看见袅袅炊烟缭绕的村庄，树木掩映其间，一派氤氲之气，最为醒目的是一面旗帜高高飘扬，给这平和安静的乡村平添了一道亮丽的风景线。学校就在村庄边的高地上。前后两排房，有二十多间。由于年久失修，加之有残垣断壁，已呈破败景象。唯其内琅琅的读书声，给整个校园增添了些许活气。

“学校只有两个本村的老师，还是代课的。分教一、二、三、四年级，五六年级的学生到乡中心小学就读，山高路远，孩子们的辛苦可想而知！”陪同的小刘漫不经心地向陆晓雅介绍着学校的概况。

“这个情况，乡上、县上的教育部门不知道吗？”晓雅说。

“知道又如何？前年好不容易争取一个公办教师名额，结果没教两个月就以调动的名义走了。事后得知，挤占名额的是县领导的亲戚，本来就是走过场！”小刘无奈地说。

进了村庄，晓雅意外地发现，全村清一色的徽派建筑。错落有致、布局合理；白墙青瓦、巧夺天工。虽经岁月的洗礼，仍掩不住当年的肃穆庄严，给人以敬畏崇尚之感。更令晓雅惊奇的是，村中的水道纵横，家家门前皆有山泉流过，水质清澈见底，缓缓而行，滋润家家户户。晓雅不禁感叹：“想不到这偏远之乡，虽远离城市，却不疏离文明；虽处深山腹地，却一派祥和安宁。真不愧是现代的桃花源啊！”陪同的小刘见状也自豪起来：“这些年，尽管出去打工赚钱的很多，但我们村出去的却很少，日子过得虽不富裕，但仍是恋家守土、乐天知命。周场长带领我们办起农场，起了带头示范作用。下一步，他要引领全村把周边的山都栽上果树或经济林，共同致富。他还详细制订了我们村的中长期发展规划。计划创办一个大型养殖场和果汁厂，并建立水果保鲜基地、苗木栽培基地、生态农家旅游和学校等。”年轻的小伙子兴致勃勃地向晓雅描绘了一幅令人向往的蓝图。

一上午的参观结束了，回到农场。午餐很丰盛，五菜一汤，中有一盆猪脚炖黄豆。蔬菜是农场种的，新鲜、营养，施的均是农家肥，真真切切的绿色食品。坐在餐桌上，大家早已没了陌生感，七嘴八舌地向晓雅问起来这儿的感受：“比起城市来，我们这儿地方咋样？”

“看过咱的村子了，跟中国其他农村相比，是落后是还先进？”

面对这些提问，晓雅笑着一一做了回答。给她印象深刻的是这些年轻人，他们思想解放、敢想敢做，或许对外面世界仅靠网络和电视来了解，但他们完全摈弃传统的思维定式，表现的直接方式就是与先辈的劳作形态做了切割。他们不是传统意义上被动的“日出而作、日落而息”，而是主动地寻觅商机，与外部世界紧密相连，为自己的商品创造了多元化的网络销售渠道。对内也采取网格化的管理模式，大到一座山，小到一棵树都有专人负责，而最终的效益又跟管理者息息相关。晓雅内心升起了一种钦佩之情，这个让她对农村刮目相看的人正是危急关头解救自己的周建平。跟田一珉一样，外表并不起眼的他心中却有广阔的蓝图，海一样的深沉。

下午4点多，周建平回来了。他告诉大家一个好消息，农场的橘子在订货会上已被两家经销商全部包销并当场签订了购销合同。大家一听，立刻欢呼起来。

“都参观了哪些地方，感觉如何？”看见晓雅，周建平微笑着问道。

“别有天地，令人神往！没想到偏远的山村竟还有如此的人间净土，没有污染，没有喧嚣；阡陌纵横，鸡犬相闻。陶渊明描绘的桃花源也不过如此！”晓雅说。

早上，还在昏睡的陆晓雅蒙眬中听到外面有敲门声。她开了门，就见周建平拿着手机闯了进来：“快！你的电话。”晓雅接过手机，原来是姐姐通过派出所打来的。她告诉晓雅，爸妈半年多没听到晓雅的音信，思虑过度，现如今猛地听到女儿有了下落，情绪有些激动。爸爸患有严重的高血压，加之舟车劳顿，人还没到南昌就感到不适。无奈只能中途折返，还没到家就昏迷不醒，送到开封医院没等抢救就不行了。姐姐在电话中边说边哭。这边的晓雅听说父亲去世了，如五雷轰顶、身心俱焚，当场就大哭起来，差点晕了过去。经周建平劝慰，情绪稍稍平静下来。她坐在床上一言不发，眼泪却一串串地流个不停。那边的姐姐又打来电话说哥哥嫂子也在往家赶，问她的打算。思虑再三，她决定先回家奔丧，尽份孝道。没有她的意外遭遇，就不会有父亲的突然离世。至于孩子有了消息再回来也不迟。主意打定了，收拾现有的东西，给派出所去了电话，连饭都没吃就让周建平送她到了黄山火车站。

开车的铃声响了，望着眼前这个一直默默无语、乐于助人的小伙子，她动情地说：“我会回来的，感谢你。是你让我看到了这个世界的光明，体验了人间的真情。再见！”

Section 02 · 父亲的丧事

人得喜事精神爽。过了年，田一珉这边喜事不断。先是工程复工，紧接着他的第二个项目“海湾绿苑”又在叶昌德的帮助下拿到了《建筑工程施工许可证》和《国有土地使用证》，虽然缴了部分违约金，但能让他开工建设已是他最大的愿望。三是，让他意外惊喜的是谨慎有余、工于算计的林发权竟然主动且无条件投资6000万加盟“海湾绿苑”，一举解决了资金上的难题，让他此后没了后顾之忧。此外，售楼处的喜人形势也让他兴奋异常，有了3000多万进项，他彻底放下心来，不致再为资金短缺而愁肠百结。自拿到元山这块地，他就开始了有生以来最大的煎熬。但凡人间的苦难，他都经历过了。正所谓“曾经沧海难为水”，他现在想起来还是心酸不已，他丢掉了生命中最重要、最难割舍的陆晓雅。如果时光倒流，再来一次，他的选择毫无疑问是心爱的女人，而不是令他死去活来的“元山现代城”。到了这把年纪，他已不像多年前那样执着于事业第一的信念。生命本来短暂，何必舍弃大好年华！这种达观的处世哲学，随着年龄的增长潜移默化地渗透到他的骨髓里。随之而来的是对家庭的向往和渴望。当初他看到“海湾绿苑”五万多平方米的地块时，出于商人的本能，巨大的利益诱惑使他寝食难安，最终不顾于飞的反对，倾其所有拿下了这块地。他给自己的理由是，安贫乐道亦可过，富贵荣华更心安。钱多总不是坏事，起码五湖泛舟、三山驾车，没钱还是不行的。此外，生活要得到改善，人能有尊严地活着，没钱也是不行的。看看他人住的是别墅，开的是宝马、奔驰。而自己仅有一套七十多平方米的房改房，公司的一辆“蓝鸟”车还在半年前就拿去抵债了。别人有的为什么自己就不能有？也就是这种不平衡的心理促使他跃跃欲试，进而导致他得陇望蜀，乃至陷入旋涡中不能自拔。因而也就有了危机四伏与起死回生的沉浮经历，也就有了弄潮过后的感慨和叹息。

田一珉正在办公室里胡思乱想着，陆晓东推门进来，脸上一副悲戚的神情：“我爸爸过世了，我得赶回去发丧。晓雅也找到了，她也在往家赶的路上。”

听到晓东父亲去世已让田一珉深感意外，听到晓雅也找到了更让他大为震惊。仿佛被电击了一般，田一珉一下子从椅子上跳了起来：“你是说晓雅找到了？”

“要不是我爸急着想见她，还不至于这么快就过世！”陆晓东哽咽道，眼泪也止不住地流下来。

惊呆了的田一珉急忙问起原委，陆晓东于是把事情的前前后后叙述了一遍，最后说：“她这半年多可遭大罪了！要不是这样，我爸也不会急着去看她。在老人的眼里，晓雅是最有出息的！”

此时的田一珉，心里说不出是什么滋味，他涌出的第一个念头就是想抽自己一顿。千不该、万不该把她逼走。他自认为是最懂晓雅的。懂她的心，懂她的情。相处久了，他早已把她当成自己的亲人了，可他没有想到的是，女人对孩子的爱往往超过男人。她们判断男人对她的爱又往往先从对孩子的态度上。遗憾的是田一珉根本没想到这点，况且，他们还不是合法夫妻。所有这些，都使得他俩在认知上渐行渐远。

“我跟你一起去。你马上回去安排一下，钱我来准备，过一会儿我到工地接你，事不宜迟，咱们现在就走。”田一珉说完挥了挥手，径直去财务室了。

两人下飞机又转车到开封已是凌晨3点多。陆晓东考虑到田一珉初次登门，身份特殊，只好在附近找了家酒店住下。

早上，昏昏沉沉的田一珉听到了敲门声。门开了，让他意想不到的是陆晓雅竟站在他的眼前，虽半年多未见，还依稀可见先前的风采，只是近前仔细端详才看出憔悴的印痕。一双眼睛里透出淡淡的忧伤，没了以往坚定执着的神色。最明显的是身材有了变化，产后的虚胖尚未消退。没有忘情的拥抱，只有成串的眼泪像水珠似的掉落下来。相见无言，还是田一珉上前拥抱了她，这时的晓雅才委屈地哭出声来，哽咽抽搐的身躯任泪水在田的胸前流淌。许久，许久，哭声才弱了下来。抱着她的田一珉虽无言相对，但内心也在流泪。他恨自己的倔强，造成她的艰辛历程。假如时光倒流，他决不会犯下连自己都不能宽恕的错误。两人在门前不知相拥了多久，晓雅的内心也觉得畅快了许多，这才进屋坐下。

“你知道这半年多我是怎么过来的吗？白天满脑子都是倒闭、破产、债务，晚上就是你的音容笑貌，我们在一起的快乐时光。每天晚上就像放电影一样。真想不出你到哪里去了，你的亲戚、朋友，家里、学校，凡是能想到的地方统统问到了，警也报了，可你从你哥那儿出来就无影无踪。我发挥了自己所有的想象力都猜不到是这样的结果！”田一珉边说边擦着脸上的泪水。

“我也不知有这样的劫难啊！”陆晓雅说完又大哭起来。

“好了，别哭了，说说父亲的事怎么处理？”田一珉拍了拍晓雅说。

“人在太平间，一切都等我哥回来做主。我现在是家里的罪人，虽然没人说我一句，但我自己都没法原谅自己。闯了这么大的祸，孩子也丢了。我真不知怎么面对哥哥、姐姐、妈妈和你！”晓雅说完又呜呜地哭起来。

田一珉能说什么呢，本来老人走了、小孩丢了已够晓雅难过了，现在他只能是安慰她了：“别想太多了！先把老人的事处理好，然后再说其他的。”

听着田一珉贴心的话语，晓雅才止住了哭泣。正当两人准备出门时，陆晓东推门进来：“田总，我妈说想见你一面，她好像有话说。”

“好吧！既然来了，见见也好。我这是傻女婿见病丈母娘——来的不是时候。但赶上了，没办法！”田一珉自我调侃地说。

“说什么呢，你傻我妈可没病！”陆晓雅斜着看了田一珉一眼。

“走吧，还有事要办哪！”陆晓东催促着。

到了陆家。虽是一楼，但前庭的小花园收拾得非常雅致。各种盆景花木竞相争奇斗艳，彰显主人的情趣和品位。和田一珉猜想的差不多，屋中也是古朴素雅，客厅一幅长长的画卷引人入胜。画的是一株枝干稀疏花朵怒放的斗雪春梅。田一珉还来不及欣赏，就见陆晓东搀扶着一个老人出来相见。看得出来，老人身体还算硬朗，鬓角虽白，却满头黑发，白皙的脸上，依稀可见当年的风采。走路稳健，根本不像七十有余的人。“辛苦你了，这么远还让你跑一趟。听电话里的声音知道是个稳重的人，见面更加深了印象。她哥哥也对你赞不绝口，说你为人正派，是个干大事的人。女儿什么都好，就是任性。都是她爸惯的，说什么穷养儿子富养女。唉！你要待她像自家人一样，互相帮助，和睦相处。钱挣多少没关系，难得的是亲情。希望你和晓雅能相亲相爱，不离不弃。我老了，能见你一面，也就放心了！”老人说完坐了下来。

田一珉很感动，他想不到老人虽年事已高，但思维敏捷，思路清晰，谈吐根本不像70多岁的老人。不由得肃然起敬。激动之余，当即从包中拿出准备好的10万元交给老人。“来得匆忙，什么也没准备，这10万作为爸爸的丧葬费仅表示我的一点心意，请老人家收下，让我也在悲痛中能稍许心安！”田一珉毕恭毕敬地对老人说。

“这怎么行呢！我和她爸爸从来都是勤俭持家、清贫度日，不习惯大手大脚。孩子，钱来之不易，还是拿回去吧，我们不需要。安葬老头的钱我们还是有的！”老人执意不要。

田一珉想不到老人如此固执，他把眼光移到陆晓东的身上，似乎在向他求救。陆晓东明白田一珉的意思。在他看来，这点钱算不了什么。田一珉是大老板，一个项目下来，几千万甚至上亿都是有可能的，这点钱简直就是九牛一毛。“田大哥已经拿来了，怎么好带回去。既然是他的一份心意，您就收下吧。况且，我也是从工地回来，身上没带一分钱，连机票都是田大哥买的。”陆晓东出来说话了。

“不行！钱还是要他拿回去。咱家不缺钱。妈说咱家还攒了些，足够用了。况且公家还出一部分，还是拿回去吧。”晓雅这时开口了。她心想，田一珉自打搞了“元山现代城”的项目，几年间很少往家拿过钱，有时还靠她的工资过日子。虽说田一珉也时常感到歉意，并承诺等发财了一定百倍补偿。但晓雅只是笑笑，她从未把这事放在心里。现在田一珉一下子拿出这么多的钱，她还是有些疑惑，疑心他挪用了公家的钱款。

陆晓东的妻子倒是豁达，说：“都是一家人，既然拿来了，就放下吧，用钱的地方还很多，谁知道要花什么钱？即使这会儿用不了，留给咱妈养老也是可以的。钱他们哥俩回去算好了，从工钱里扣也行！”她的一席话把大家说住了，再也没人反对。晓雅的姐姐也点了点头。大家正聊着，有人敲门了，原来是父亲生前的几个好友前来看望。大家只好起来迎接客人。

两天的忙碌，终于把老人的丧事办完。上午9时，老人的原单位还在殡仪馆为其举办了一场隆重的追悼会。悼词颂扬了老人一生为教育事业辛勤耕耘、甘做园丁的精神风范，肯定了他为教育事业贡献一生的可贵品质。

望着庄严肃穆的现场，看着低头哀思的人群，田一珉忽然涌出无尽的悲凉。老人去世，还有这么多的人前来悼念送行。倘自己离开人世时，怕是只有女儿孤独的啼哭算是这个世界对他的最后哀悼，此外，还有什么人能为他作一首离别的挽歌呢？想到这儿，眼睛不觉潮湿，心情也随之低落起来。晓雅自始至终站在田一珉的身边，她的眼泪一刻没停下来过，父亲的去世对她的打击最大。虽然没人责怪她一句，但她始终不能原谅自己。由于自己的任性，加之长期在田一珉跟前所感到的压抑，使她体验了一次刻骨铭心的人生劫难。不仅丢了儿子，还间接造成父亲的离世，可谓祸不单行。一连串的噩运致使她的精神接近崩溃的边缘。从得知父亲离世起，她的眼泪就没断过。想到从小就疼爱自己的父亲，想着刚出生还没看几眼的骨肉，陆晓雅就几近崩溃，她甚至不能控制自己，有精神分裂的倾向。而家人也看出了端倪，大家都为她担心起来。

丧事处理完后，剩下的是老人的安置和晓雅的归宿问题。晚上，全家人坐在一起商量母亲的养老问题时，老人很坚决地表示："我哪儿也不去，就在这儿陪你爸。再过几年，腿脚不好了，我就去养老院。知道你们都过得很好，我就放心了！"

大家一听，皆面面相觑，谁也没话了。还是姐姐大度："你们放心吧，妈这边有我在，差不了多少。孩子们都大了，我会常回家看看，帮妈做点什么，有时在这儿陪一两晚上，也没事的！"

陆晓东一听马上来了精神："姐你就多费心了，我多寄些钱给妈，让妈吃好、喝好，安享晚年！"

轮到晓雅说话了，她的话语让大家吃惊不已："你们都走吧，我在家陪着妈，哪儿也不去了。和妈过到老、过到死！"

"不行！妹妹，你这样，让田大哥怎么办？"陆晓东首先提出异议。

"他看着办呗！反正我得陪妈过。"晓雅说。

"你们都走，我谁也不需要。我和你爸清静惯了，人多反而嫌太闹了！"老太太口气坚决，不容子女们否决她的意见。

一直没发表意见的田一珉见众说纷纭，说了自己的想法："大家都是好心，想把妈安顿好。我的意见是，回去我马上换一套楼上楼下的房子。让妈跟着我们住，由我给她养老送终。另外，想让晓东也买套房子在南厦安家。这样，两家一起照顾老人，大家都放心了！"

晓东的爱人听了很高兴："这个主意好，既解决了问题，又解除了所有人的后顾之忧，我赞同！"

"我还是刚才的意见，你们该干啥干啥去，我现在能动弹，不要你们管！"老人掷地有声，不为大家所动。

看着老人很坚决，陆晓东说话了："那就按妈的意见吧，等几年再说，或许到那时妈的思想就通了。”

看着事情办得差不多了，第二天早上田一珉准备起程返回南厦，兄妹俩前来送行。考虑到晓东还有事要处理，田就问了一句：“你还得待两天吧？晓雅呢，跟我回还是再住些日子？”

“晓雅昨晚说了，她要在家待几天，陪陪妈，让自己静下来，然后再回南厦。”陆晓东替妹妹说了她的打算。

看着神情恍惚的陆晓雅，田一珉的心有些被刺痛了。斗转星移、物是人非，仅半年多的光景，晓雅就判若两人，清醒时，完全看不出任何问题，更多时候，却表现出颠三倒四、魂不守舍的样子。他强忍泪水，上前抱了她一下，道了声：“南厦见！”上车走了。回头看看，晓雅站在那里；再回头望，晓雅还是站在那里一动不动……

Section 03 · 人为财死

这几天，一直抱有期待的徐明凯在焦急地等待着。原因是林发权与田一珉合作投资“海湾绿苑”的合同已正式签约。按事先林与徐私下达成的口头协议，林应付徐60万的劳务费。合同已签过三天了，仍不见林发权有任何反应。心急的徐明凯想打电话问问，但又觉着不妥。自从与刘燕离婚后，肖虹也被迫离了职，整天在家啼哭不止。本来心情就不好的徐明凯被肖虹闹得烦死了。他气得狠狠说了肖虹一顿：“你不去找工作，整天在家哭哭啼啼有什么用！现在的社会不相信眼泪，你要硬下心来，找一份比售楼员更好的工作，让人看看，你还是有能力的！”

肖虹让徐明凯说得更伤心了："要不是你，我能失业吗？没认识你之前，我过得挺好。自从跟了你，我就像做贼一样，无论做什么事，都心虚得不行。你不安慰安慰我，反倒说我，还有良心吗！"肖虹越说越生气，说到最后，哭得更厉害了。

徐明凯让肖虹闹得真是烦透了，一恼火，推开门就走了。大街上，灯火辉煌，车辆川流不息，望着鳞次栉比的高楼大厦，徐明凯忽然感到自己是那么孤独、那么无助。自打他来到南厦，每天都挖空心思计算如何能获取财富，尽管他每天都努力作为，但始终是一无所获。钱没挣到多少，却因偷吃了荤腥，落个妻离子散，想想实在是得不偿失。肖虹虽然还在身边，但长久下去，状况得不到改观，难保不会弃他而去。他自己非常清楚，在这座欲望都市里，没有钱，没有自己的事业，不要说身边的女人，就连朋友都没有，没人会多看你一眼。你存在与否，与这灯红酒绿的缤纷世界根本就是二律背反，徐明凯忽然怀疑起自己来南方的正确性。但只是一瞬间，他又否定了这个念头。即使不来南厦，他又如何呢？下岗失业，尔后又能干什么呢？他一个肩不能担、手不能提的人，如果无所事事，一文不名，老婆难免抱怨不止或离他而去。想想，心又释然了。怎么想都是命该如此，怨天怨地毫无意义。只有站起来与天地奋斗，与人奋斗才能活下去，此外别无他路。徐明凯想到这儿豁然开朗，虽然先人讲"君子不与命争"，但他不行，他要与命相争。物竞天择、适者生存。想活得好，就得争。切入点首选是林发权。他决定选个合适的机会宴请林发权，在酒桌上提是最合适的机会。他想了想，给林发权拨去了电话。

自与田一珉签了投资"海湾绿苑"合作入股的协议后，林发权按约将手中的6000万拨到了"海湾绿苑"的专款户头上。虽然与田一珉的合作离他的预期还有一段差距。但世上哪有尽善尽美的事，按理说，田一珉给了他百分之二十五的股份，已超出原定的近三个百分点，也只有田一珉才能如此大度。在这点上，林发权还是比较满意的。但商人的宗旨就是追求利益的最大化，没有任何一个生意人愿做赔本的买卖。尤其在当代，哪怕只有一分利的空间，都会让买卖双方不遗余力，使出浑身解数，耍尽千般伎俩，争出一个输赢。这是商人不同于一般人的准则。多年商场的摸爬滚打，养成了林发权这样的秉性。6000万的利息又让他坐卧不宁，不堪重负。手里的资金目前所剩无几，考虑市场机遇的因素，林发权回到高雄，想再筹一笔资金，以备不时之需。另外，他的在建项目“绿城国际”已快封顶。按他的本意是想全部建成后再出售。从投资房地产的角度，外商投资房地产不像当地的开发商可通过银行贷款来缓解自有资金不足的压力，外商没有这样的政策，自有资金得占据项目的百分之八十以上或者全部，否则，一般不会颁发《建筑工程施工许可证》和其他证件。有了这样的限制，外商一般不会像当地开发商那样，只要今天拿到地，明天就可以销售期房，虽然价格比交房时相差很大，但资金回笼得快，缓解压力不说，而且银行信誉好，能为取得下一个项目打下基础。外商则不然，因为自有资金占多数，不存在急于回笼资金的问题。因而，产品何时销售，开发商大多审时度势，视市场行情的走势再定。林发权也同其他外商一样，权衡再三，他决定捂盘惜售，楼盘完工后再行定夺，价格肯定超过预期。过了2006年春节后，南厦的房地产形势蒸蒸日上，不但销量大增，价格也是芝麻开花——节节高。喜人的形势不仅让开发商笑逐颜开，也使得林发权蠢蠢欲动。他原先捂盘惜售的计划受时下影响，不免开始松动了。价格已达到他的预期，该出手时就出手！他要调整策略，以尽早回笼资金，赢得个满堂彩。想法有了，行动自然跟了上来。首先一楼大堂开始装修，估计在九月前全部装修好。他要赶在“金九银十”前开盘销售，这样，大楼明年底竣工，他的资金起码能回来一半以上。他又有资本可以另谋机遇，规划蓝图了。就在他回台湾的前几天，他已下令工程部和办公室，一个请装修公司近日拿出装修图纸，一个近期登广告招聘售楼人员。安排完毕，他才返回高雄。

回来已三天了，虽然融资效果不甚理想，但也有几人应允，合计也有2000多万，林发权还想再等几天，筹到5000万是他的理想。他不会马上带走，因为钱一到手，他就得开始兑付利息。

他坐在自家的小院里正盘算着。忽然，南厦来了电话，细看是徐明凯打来的。林发权犹豫不决，接还是不接？徐现在对他已无任何用处。换句话说，已没有什么可利用的价值。他猜想可能是找他讨要劳务中介费的。无奈，他只好接过来："是小徐呀，我现已回台湾，有什么事等我回去再谈好吗？我正与一个朋友谈事。"

听到那边的回话，徐明凯只好无奈地说："好吧！等你回来后再谈。"便挂断了。

Section 04 · 缘起即灭、缘生已空

一直寻找时机想与于飞重归于好的叶昌德终于等来了一次机会。原因是前些日子他帮田一珉解决了土地延期开发所造成的违约问题，并顺利拿到《建筑工程施工许可证》，为答谢叶昌德及其亲戚，田一珉临去开封吊唁前特意安排于飞办理此事。接到电话的叶昌德喜出望外，他清楚是田一珉给他创造了机会，好让他能如愿以偿。他想着怎样利用这次难得的机会取悦于飞，让于飞重新燃起对他的好感，最终回到他的身边。他甚至看了好几本书，熟记其中经典的台词，以期打动于飞。为了不影响他的表演，他谁也没请，一人单刀赴会，准备了鲜花和礼物，甚至连戒指都准备好了，一旦时机成熟，水到渠成时，拿出戒指给她戴上，就大功告成了。叶昌德一想起这事自己都觉着美得不行。

叶昌德按约来到于飞指定的维多利亚·望海楼，于飞已在此等候。见只有叶昌德一人先到便说：“咱们定的包间是204，你先入座吧，我再等等。”

叶昌德笑着说：“别等了，人家两口子去云南旅游了，就咱俩。”看见于飞脸上流露出一丝不易察觉的失望，叶昌德有些得意地说：“请他们那些人吃饭很累的，就咱俩轻松自在，想说啥说啥，你看多好！”

接了田一珉临走时交给她的任务，为把这次招待搞得隆重一些，她特意选了全市最有名的餐厅。没想到只来了叶昌德一人，失望至极的于飞无奈地看了叶昌德一眼。

暗自窃喜的叶昌德已料到会是这样的情景，他忍不住笑嘻嘻地说：“走吧！还愣着干什么，我不是客人吗？”

“你算什么客人，充其量是个拉皮条的！”于飞说完往楼上走。

叶昌德并不生气，跟在后面边走边说：“没我这个拉皮条的，你们的工程就开不了工，你该感谢我才是！”

“怎么感谢你？把你摆到桌子上，找个牌位供起来！”于飞回头看了叶昌德一眼。

进了包厢，于飞吩咐服务员把原订的酒席撤掉，重新点菜。叶昌德见了马上说：“别呀，还按原来订的上，钱我付！”

“你钱那么多！”于飞说。

“不多！但今天这顿饭我还请得起。”叶昌德心情极好，无论于飞说什么，他都毫不在意，反而处处表现出大度和宽容。

“今天是吃什么药了，说什么你都不生气？”于飞对始终一脸春风的叶昌德感到诧异，她想起年前叶昌德当着她的面骂田一珉的情形来。

“我今天很高兴，所以，无论你说什么，我都是开心的！”叶昌德的话让于飞大为意外。

“你开心什么？”于飞说。

“我走路是自在的；睡觉是安然的；吃饭是可口的；见到于飞是心潮澎湃的！”叶昌德坦然地笑着说。

“见到我，你澎湃什么？”于飞不以为意地说。

“有一种爱叫不离不弃，爱的路上只有你和我；有一种爱叫不离不弃，今生注定你是我的唯一！”叶昌德像朗诵诗歌一样抒发着自己的深情，末了，连他自己都有些不好意思了。打出校门，他还是第一次这样表现自己。

“啥时成了诗人，太感人了！你当演员肯定没问题。”于飞说不上嘲弄抑或是肯定地笑着。

菜陆续上来了。“来瓶酒吧，无酒不成席。咱们喝一杯？”叶昌德提议说。

“我不喝酒，要喝你喝！”于飞说。

不一会儿酒上来了。叶昌德给于飞倒了一杯，也给自己倒了一杯，嘴里还不停地说着：“喝30块钱的酒和喝3000块钱的酒吐了是一样的；住30平方米的房和住300平方米的房孤独是一样的！”

于飞觉得今天的叶昌德好像换了个人似的。不仅始终面带笑容，而且说话一套一套的，让她有点另眼相看。

“你今天是怎么了？是进了补习班，还是去大学当了旁听生？水平见长啊！”于飞揶揄起叶昌德来。

“这都是给逼出来的。有压力才会有动力，有动力，就没有什么事情是做不成的！”叶昌德说完拿起酒杯与放在于飞面前的杯子碰了一下，独自干了。

于飞忽然觉得自己有些失礼，虽然她内心看不起叶昌德，但人家毕竟帮了大忙。来而不往非礼也！她该表示一点诚意。她举起杯：“叶老板，我代表田总敬您一杯。感谢您为我们公司排忧解难，使‘海湾绿苑’能顺利开工。真诚希望以后能相互帮助、合作双赢。”于飞说完，干了杯中的酒。

叶昌德有些意外，还没来得及说话，于飞已干了。他也随着又喝了一杯。

“来吃些菜，不能光喝酒。女人是给人爱的，不是陪酒的！人家迪拜的女人只花钱，德国的女人只工作，日本的女人只带孩子，咱们中国的女人哪！外面炒股，家里炒菜；进了KTV是歌星，进了广场是舞星！”叶昌德边说边给于飞夹菜。

叶的话刚说完，于飞忍不住被逗乐了。她下意识地用手掩饰了一下，让叶昌德的兴奋被点燃了。

叶昌德见他营造的气氛有了效果，连忙劝于飞吃菜，并将一只鲜亮的螃蟹送到于飞的盘子里。

“我这人虽然文化不高，但为人坦诚、执着。如果我看准一件事，就会一条道跑到黑。我不知道这是不是我的宿命！”叶昌德逐渐把话题引到正题上来。

于飞没有说话，她虽然表面看似细品菜肴的滋味，但却听出了叶昌德的弦外之音。平心而论，叶昌德这几年对她的一往情深和不离不弃，足以让任何一个涉世不深的小女孩感动不已。况且叶昌德的外在形象和身价也符合时下推崇的“高富帅”的。但于飞却不看重这些，她也曾拿叶昌德和田一珉做过比较，结果是根本没法比。民间有句谚语：宁给好汉牵马认蹬，不给赖汉当祖宗。于飞一直秉承这种观念，所以她的处世哲学与他人迥然有别。

“你的这种精神用在事业上无可厚非。但如果用在爱情上就落伍了。当今时代，社会在变，城市在变，观念在变，技术在变，人在变！还有一成不变的吗？”酒精的作用使于飞悄然有了变化。

叶昌德被于飞的一通洗脑弄得有些惶惑。他本来想诉说自己的相思之苦和忠贞不贰，但于飞讲的是相背而行，突出的是“变”，这既让他困惑又心有不甘。

“你没明白我的意思，这几年我的一片苦心，难道你一点也没看出来吗？”叶昌德有些悲观了。

于飞当然明白叶昌德的意思，但她不想被动地应付，免得让他说出难以回答又伤和气的话。

“叶总，我再敬你一杯。”看着叶昌德干了，她又说，“咱们认识的时间也不短了，你的心意我也明白，谢谢你这么在意我。但我们实在没缘分，我给你讲一个寓言，你听了大概会有所启发：风始终追求叶子，并承诺要带叶子去看外面的精彩世界。叶子犹豫不决，征求树的意见，树说：你若不离，我便不弃。终有一天，叶子被风打动，于是选择随风漂泊。离开的那一刻，它问风：你为什么要追求我？风真诚地回答：因为世界上没有相同的两片叶子。叶子沉默了，是树不懂得爱，还是风太执着？树问叶子：你为什么离开我？叶子开心地说：因为我想看看外面的世界。树为了满足叶子的愿望，就没有再执意挽留。风问叶子：你为什么跟我飘？叶子欣喜地说：因为你给了我梦想！当叶子好奇地看着世界时，风停了，于是叶子飘落在地上，转眼间被一辆汽车碾碎了。风继续热情地吹着，它丝毫没有伤感，反而又去追逐其他叶子。于是，故事又重新开始了。是叶子不懂得珍惜，还是风太无情？”于飞缓缓地讲完，看着叶昌德，希望他能说些什么。

叶昌德还囿于寓言所蕴含的寓意，被于飞这样一看，反而有点不知所措。他信口开河说：“当然是风无情了！它引诱叶子随风起舞，虽然也看到了外面的精彩世界，但它又抛弃了叶子，造成最后叶子被汽车碾压的结局，太可悲了！”

“按你说是风太可恶了？”

“我看是。叶子在树上待得好好的，并得到承诺不离不弃，风偏要把它从树上掠走，还不是风的始乱终弃！”

“如果没有风，叶子就不会掉下来吗？”

叶昌德不语了。对话到现在，他恍然明白，于飞说这些无非是绕圈子告诉他，两人没可能在一起。这有文化的人就是不一样，想拒绝你，还不明说，跟你起劲地绕。他想到这儿，一股悲凉涌上心头，先前那些激情也渐渐消退了。“其实你讲这些话的含义我还是明白的，今天应邀来就是想和你互相交个底，看有没有往前走的可能。现在我明白了，可能我们命中无缘，与其痛苦，不如放手！”叶昌德说完拿起酒杯，一口气将杯中酒喝了下去，随后又满满地倒了一杯喝了下去。

“别喝了，你这个样子，我心里也不好受！”看到叶昌德痛苦的样子，于飞一时也找不出合适的语言安慰他，只有这样说。

“其实我早料到这个结果，只是不死心而已。现在终于得到答案了，以后就可丢掉幻想，告别惴惴不安的日子了！”叶昌德好像轻松了，他拿起酒杯向于飞示意，然后一口干了。

看着叶昌德一连喝了三大杯，于飞无限歉意涌上心头。对于类似的求爱，她不止遇到过一次。但都没有叶昌德这样执着，这样长久，这样痴情。刹那间，她甚至怀疑今后能否遇到这样执着的爱，能否有这样的人与自己携手同行，走完人生的路程。但旋即又坚定了自己的信念，即使今后仍形单影只踽踽独行，她也绝不后悔。人生本来就是矛盾的综合体，上帝为你开一扇门的时候，就会关上一扇窗。想法坚定了，她举起酒杯，示意一下叶昌德，一口气也干了。

“为了答谢你的那位亲戚，这50万是公司的一点意思，请转给他，没有他的帮忙，批文真不知道什么时候能下来，谢谢他了！”于飞说完拿出一张银行卡交给叶昌德。

Section 05 · 心有千千结

一路上被伤感萦绕的田一珉，回到南厦仍摆脱不了晓雅那副悲伤过度、恍惚茫然的神情。黯淡空洞的眼神，仿佛在诉说着什么，但又好像什么都说不出。田一珉以前从来都不担心晓雅，现在，他有了一种无形的责任和压力。他真怕晓雅回不到从前，两人的关系也回不到从前。

于飞来了。她是得知田一珉回来后来看他的。“回来了，情况怎样？”于飞见面就问起陆晓雅家的情况。

“她的父亲已火化处理，晓雅仍在家里……”田一珉话说到一半有些说不下去了。

“陆晓雅怎么了？看你说话吞吞吐吐的！”于飞有些意外。

田一珉去河南时走得急，来不及安排公司的各项工作，他利用机场候机的时间给于飞打了个电话，安排了工作并简单告知去河南的缘由。田一珉回来后，她自然急切想知道事情的原委。

当田一珉把事情的前前后后向她讲述清楚之后，她也感到非常意外。得知陆晓雅患病，她脱口而出：“你打算怎么办？”

“回来只能慢慢养。这种病，时间是最好的治疗方法。”

于飞沉默了。她想象不出陆晓雅经历了怎样一场地狱般的折磨和劫难。她更想象不出丢子丧父的双重打击会让一个女人如何地崩溃。她开始担心起田一珉，担心他开始转入漫长而痛苦的煎熬。这样，作为他的朋友，也将为他感到痛惜，感到忧虑。

“回来后你应多陪陪她，首先让她感受到精神上的关爱，有助于身心的恢复。你其实不懂女人，根本不是一个暖男！”于飞告诫田一珉。

“说说公司的情况吧，现在‘海湾绿苑’就要开工了，我打算开一次股东会。重点讨论工程建设问题，其次是你的销售进度。我听说情况还不错。”田一珉转移了话题。

“销售情况非常好，目前已回笼资金8600多万，预计月底可超9000万！”于飞掩饰不住内心的喜悦说。

“太好了！这样我们不仅可以还掉银行的土地抵押款，而且还有2000万的自有资金和3000万的项目预留金。咱们有钱了！”田一珉有些兴奋，停了一刻，他又说，“剩下的2000万你打算干什么？”

“给你买辆车吧！不仅是你个人的问题，还要考虑公司的形象。另外，给员工发个半年奖，调动大家的工作积极性，都是必要的。”于飞建议。

“好！给你也买辆车作为奖励。另外，我还要给股东也发一笔红利，让他们看到希望，增强信心。”田一珉眉飞色舞地说着。

“我不要，这会让人说闲话的！”于飞不同意这样做。

“谁敢说闲话？我这不是国有企业。论功行赏是企业的动力，谁能做到这一点我都一视同仁！”田一珉说。

股东会如期召开。众股东不晓得会议的内容，大家都相互打探，猜测不知又出了什么问题。因为每次股东会，都是困难一堆，让人愁肠百结。

田一珉看看股东已悉数到场，连陆晓东也端坐其中，就宣布开会。他首先介绍了陆晓东作为新股东的身份，然后重点介绍了目前两个项目的进展情况。他说：“今天召集大家来有几个问题需要解决。首先是‘海湾绿苑’，前期各项筹备都已就绪。一期前期资金需要2.7亿左右，我们目前自有资金连土地投入共计8000多万，亚华投6000万，剩下的1.2亿由银行以抵押方式分期贷款解决。会开完后，如大家没意见，马上就要开工了。按目前的房价，销售额最少可达7个亿！其次是‘元山现代城’自春节过后，销售额已过9000万。除投‘海湾绿苑’的4000万，剩余5000万，我计划把元山的土地抵押贷款还清，剩下的2000万要还掉陆晓东从银行贷的500万，余下的钱我想给各位股东分发部分红利和员工的半年奖。还有公司准备买两辆车，用于工作方便。另外，公司副总于飞在危难之际为公司融资5000万，使公司起死回生，又于年后大抓销售，使我们的楼盘不到四个月就实现9000万的销售额，功劳之大无人能比。为体现公司的奖励机制，我决定拿出50万奖励她一部车。今后谁为公司做出贡献，都论功行赏。我的话说完了。请大家发表意见！”

股东们是屏住呼吸一口气听完了田一珉的讲话内容，每条消息对于他们来说都是振奋人心的喜讯。田一珉的话语刚落，下面就热烈讨论起来。

“田总的报告很令人鼓舞，公司的各项措施也是为今后的发展制订的，我坚决支持！”

“与亚华的合作怎么分红？”

“于副总是该奖励，这项制度应在公司广为宣传。”

“股东的分红该怎么分？”

“诸位还有什么要说的？”看着大家讨论得差不多了，田一珉问了一句。

“公司能取得今天这样的成绩很不容易，希望各位今后一如既往，全力支持公司的工作。下面，我就刚才提出的问题一一解答，有不同意见，大家共同讨论。关于与‘亚华’合作的问题，他们投资6000万，按项目总投资两亿七千万的预算，他们只占百分之二十二点二。考虑上次合作是我们最后没有签约，欠亚华一个人情，这次又是人家主动上门，所以给他们加了二点八，总共是百分之二十五。其次是股东分红问题，我打算拿出1000万按每人所持股份派发。不知大家对上述两项方案有何意见？”田一珉说完看了大家一眼。

“没意见！”众股东异口同声地表态。

对于股东分红的决议最兴奋的莫过于徐明凯了。根据所持股份，他可以拿到50万的红利。想到有这么多的钱将进入腰包，那种兴奋之情是无法用语言来表达的。有生以来，他还是第一次见到这么多的钱，他盘算着这些钱拿来做什么。自离婚后，他一直没遇到过什么开心的事，刘燕的离去和林发权的食言都让他最近心灰意冷。感叹世态炎凉的同时，又看到时下婚姻关系的脆弱。他想不通刘燕为何如此绝情，仅仅是因为他在南方有了女人，抑或是她也有了情人？肯定因为后者才不顾十多年夫妻情弃他而去。如果真是这样，那现在的社会简直太可怕了，新型的夫妻关系该是如何的呢？想到这儿他又联想起眼下的肖虹。虽然肖虹并未让他看出什么异常，但谁又能保证今后不发生变化呢！刚才田一珉在会上宣布股东将得到相应的红利，照此计算，他能得到50万的分红。他原计划给肖虹再买一套三室的大房子，现在看来，计划要修改，不仅钱不能告诉肖虹，而且房产证上要写自己的名字，防人之心不可无。万一两人闹到不可开交的时候，自己也有落脚之地。主意打定，他开始在市区物色合适的楼盘了。

为了给陆晓雅营造一个较好的休养环境，田一珉也开始选购房子。经多方了解和朋友的介绍，他终于在依山而建的银山书苑看中一套大四房的楼中楼。带装修，送全套家具家电，可拎包入住。楼层位于二十八楼，前可纵览半个城市，后可欣赏半山风景。出得后门，便可拾级而上，尽享山上无限风光。是开发商老总得知“元山现代城”老板要在此处购房，便将这套公司预留房卖给了田一珉。

拿到钥匙的田一珉，第一时间打给了远在河南的陆晓雅。他欣喜地说：“咱们有新家了，你快回来。房子里什么都不缺，就缺女主人！”

远在千里之外的陆晓雅，并不知道田一珉的公司所发生的变化。自父亲的丧事料理完后，她就一直陪在母亲身边。与母亲一起逛街、买菜，一起做饭、刷锅洗灶，日子倒也安静。她告诫自己，要学会忘却。今天田一珉打来电话，又使她平静的心里起了涟漪。她想起如今不知在天涯海角的儿子，想起大半年来所受的屈辱，想起田一珉，想起徽山农场的周建平，她又开始流泪了。母亲见女儿黯然神伤，反倒劝起她来：“一珉来电话让你回去，你就回吧。我这儿有你姐，放心去吧！”

“妈，我哪儿都不想去，就想陪着你！”晓雅把头靠在母亲的肩上。

“别说傻话了，你们未来的日子还很长。妈老了，看着你们幸福就知足了！”母亲安慰女儿说。

看着母亲，晓雅知道自己不能再任性了，她开始收拾东西，准备回南厦。她想回南厦前先到周建平的农场去一趟，一来还钱，二来到派出所询问孩子的下落。收拾好了，又到姐姐那儿跑了一趟，说了些叮嘱的话，就登上南下的列车，开始了她期待而无法忘怀的伤感之旅。

火车到了黄山，周建平早已在站台迎接她了。眼前的周建平一身正装，笔挺的藏蓝色西装衬托出他的英俊潇洒、清爽干练，看得晓雅不禁惊异：“士别三日，让人不认识了！”

周建平被说得不好意思了：“他们说别老弄得土里土气的，让人把我们农村人看扁！”

看得出来晓雅这次到访，周建平很高兴，言谈中掩饰不住内心的惊喜。

看到天色已晚，晓雅只好打消去派出所的念头，径直来到农场。场里的员工看到晓雅又回来了，都热情无比。尤其是小刘：“晓雅姐，这儿既然让你留恋，干脆来我们这儿好了！”

“陆姐，我们这儿的学校没老师，你要能来教书，那可是造福子孙的好事啊！”另一吴姓小伙子说。

“别瞎说，人家在城里的中学教书，这次只是顺路来看看咱们，你们不要异想天开！”周建平打断了大家的七嘴八舌。

第二天，周建平开车带晓雅去了派出所一趟。还是那个女警官接待了晓雅。她告诉晓雅，至今还没抓到贩卖婴儿的犯罪分子。不过他们已在网上下了通缉，相信不久就会落网。请她耐心等待。

晓雅一言不发，听完后木木地坐在那里，表情呆滞，眼神虚无。忽然，痛哭起来，而且一发不可收拾。周建平见状只好拉起晓雅往外走。

车快到农场，晓雅才止住哭声，下车后，进了房间便不再出来。

整整一下午，房间毫无动静。快到晚上，周建平怕出意外，敲门询问，才见晓雅出来开门。只见她眼睛红肿，面容悲戚，一副无神的表情，仿佛枯萎的花朵一般。见此，周建平也找不到合适的话语劝解，只好说：“别难过了，不管什么时候都别放弃希望，我一定会帮你找到孩子的。”

不知是这句话起了作用，还是晓雅的情绪有了转变，她看着周建平的眼睛，仿佛想从那里找到力量。

第二天早晨，周建平意外发现，陆晓雅已出了房门，在后面的果园里散步。周建平赶了过去，他发现晓雅又恢复了先前平静的神态。没了昨日的悲伤，脸上有了些许的笑容。“早上好！”她见了周建平主动打起招呼。

“我要回去了，谢谢您的关照。”

“这么急着赶回去，我还想领你去西峡洞呢！”

“家里的人在催，以后有时间再来。”晓雅说。

火车进站了，列车徐徐开动。晓雅见周建平还追着列车边跑边招手。一刹那，她的眼泪涌了出来……

第六章

伊人归来心已芜

Section 01 · 居心叵测

经过紧张而细致的筹备，“海湾绿苑”正式开工的奠基仪式已基本就绪。为了使田一珉放心，同时显示一下自己的工作能力，徐明凯在前一天下午约田一珉来工地视察。

此前，开完股东会，田一珉就把筹备奠基仪式的工作交给了徐明凯。看到机会来了，徐明凯从接到任务的那一天起，就苦思冥想，如何把这次活动搞得有声有色、家喻户晓，让全市都知道“海湾绿苑”开工了。他们的一线海景房，可是由世界一流的香港著名建筑设计师设计的。举行开工仪式那天，万里无云，彩旗飘飘，在一阵噼噼啪啪的鞭炮声中，奠基仪式开始了，鼓声震天、喇叭入耳。随着一阵热烈的掌声，记者们拿着长枪短炮，一起冲了上来，随着闪光灯的无数次亮起，一群人围着奠基石开始添土。活动搞得确实声势不小，一个时期以来，无论售楼处还是公司，咨询的电话都接连不断，有的甚至提出预付定金，争取拿到理想的房源。

参加奠基仪式回来的林发权，心情很好。在现场，看到南厦的各主管部门人员悉数到场，心里不禁暗暗佩服田一珉，场面之大，人数之多，令人震撼。尤其媒体人数众多，更让林发权吃惊。他知道，这样一来，“海湾绿苑”的项目就会在南厦火起来。那样，仅一期他将有五千万到七千万的收入，而二期，很有可能会超过一期的收入。林发权越想越兴奋，他为自己的这项决策感到满意。虽然没了年前的条件，但对田一琨的为人，他还是放心的。

林发权正在办公室反思与田一琨合作的前前后后，行政部经理忽然拿了一沓资料敲门进来。他告诉林发权："林总，这是最近招聘的售楼人员个人简历，请您过目。"说完，恭恭敬敬地呈上。

"放下吧，我看看再定！"林发权挥了挥手。

自台湾回来后，林发权就没在办公室坐过几次，而是去他的在建项目"绿城国际"里里外外转个不停。望着每天崛起的大厦，林发权充满了期待。按施工进度，每九天就能完成一层的浇筑，今年年底就能封顶，2009年6月完全可以交房。到时，他的原始积累就基本完成了，手中有近两亿的资金，他可以放开胆量攻城略地，不必像现在这样首先盘算手头资金有多少，还要求银行、找朋友，看人脸色。

林发权坐在办公桌前美美地盘算一番后，这才开始阅读送来的各种文件和资料。他先看了刚才行政部经理送来的应聘资料，有二十来人，他翻着翻着，一个熟悉的面容映入了眼帘。肖虹，女，29岁，东北吉林市人，有多年楼盘销售经验，曾在"元山现代城"等房地产公司做过销售。林发权拿在手中反复辨认，没错，正是徐明凯的小情人。她为什么离开元山公司，莫不是跟徐明凯闹翻了才转投别处？林发权一时判断不出原委，他把肖虹的表格放一边，又看起下个文件。文件的内容是一份调查报告。林发权发现，下半年将有14家新楼盘上市。如此多的楼盘一齐开售，势必影响价格的走向。他反复斟酌出手的时间。为了确保决策的正确性，他又召开了一次论证会，论证会的最后结论是与其卖期房不如两年后卖现房。而这个结论恰恰与林发权的想法不谋而合，他当即拍板决定，调整经营策略，变销售期房为现房，工作重心的转变首先是售楼处的装修设计和招聘工作的暂停。然而，肖虹却留下了。连肖虹本人也困惑不解。当她怀着惴惴不安的心情来见这儿的最高管理者时，首先就被室内的奢华装修和排场镇住了。她从未见过如此的排场和气度。宽敞明亮的办公室，各种现代化的办公设备一应俱全，豪华的大班桌及后面一排深咖啡色的书橱，彰显了主人的身份和品位。占据了大半个房间的一套深红色沙发下面，铺着图案雅致的纯羊毛地毯，房间正中摆着一张硕大的茶几。整个房间布置得浑然一体，庄严、高贵，让来人不得不矮却三分。

肖虹推门进来时，眼睛不敢朝里面的人物细看。当她听到眼前的人说："小肖，还认识我吧？"这才抬起头看了一眼。当她看清坐着的人居然是林发权时，这才长嘘了一口气："是林总！"她的神色舒缓下来。

"坐吧！"林发权客气地示意肖虹坐下，"你知道我为何单独把你留下来吗？"

"不知道！"

"你人聪明伶俐、端庄知性，长得又大方漂亮，适合做办公室的文秘。我把你留下来，就是让你帮我整理文件，接待客人，工资待遇和中层干部一样标准，你看行吗？"林发权一字一句，有板有眼地表述了他的意见，说完后看着肖虹。

肖虹怎么也没想到林发权这样高看她。她既没大学文凭，又没做过文秘，连办公室的椅子她也没坐过一天，怕承担不了这样的重担。"我怕自己干不了，影响您的工作。"肖虹诚惶诚恐地说。

"没关系的！我这儿的工作很简单，你熟悉熟悉就好了。"林发权有意把话说得轻松些，因为他看得出肖虹一直很紧张。

"感谢林总的赏识。要不我先试着干一个月，如不行再主动辞职。"肖虹抬起头，坚定地看着林发权。

"那就定了，你明天就来上班，你的办公室就在我前面的那一间，一会儿我让他们收拾一下。另外，我办公室的钥匙也给你一套，有时间帮我收拾收拾！"林发权最后说。

肖虹离开亚华公司，一路上，她兴奋异常。因为长期在底层工作，她从未敢想与大人物在一起工作。现在机会来了，她要把握住，从中锻炼自己，以提高自己的工作能力和水平。在这个充满机遇和挑战的年代，她要适应形势，让自己强大起来，实现人生价值。当她兴冲冲地走进家门时，突然想到几天前咒骂林发权不讲商道规则的徐明凯，如果他知道这件事，肯定不会让她去亚华公司的，尤其是做林发权的文秘。那样，她的梦想就不可能实现，永远不可能独立做人。她想，不能告诉徐明凯，起码眼下还不能让他知道。刚认识徐明凯那会儿，她只觉得他一表人才，风流倜傥。相处久了，她发现徐有很多的人格缺陷，野心极大，对功利极为看重，有时甚至不择手段。当她得知徐给她的20万是拿公司的核心商业机密换来的之后，又听说田一珉为此差点获牢狱之灾，她就开始担惊受怕起来。虽然钱给她买了房子，但她心里还是不踏实，生怕有一天东窗事发，房子丢了不算，还要连累她一起受罚。每想到自己也曾帮他搜集资料，协同作案，就不禁心惊肉跳，坐立不安。无奈事已至此，只有内心祈祷平安无事了。跟徐明凯能走多远，她也无法预测。她知道徐明凯不是老实本分的泛泛之辈，跟这样的人在一起，不是洪福齐天、荣华富贵，就是万劫不复、一无所有。但眼下，已上了他的船，也只能是多留心眼，静观其变，给自己留条后路才是上策。想好了对策的肖虹进得屋来发现徐明凯并没有回来，她于是做好饭等他回来。直到9点多，醉醺醺的徐明凯才推门进屋。

“又喝酒，不是和你说少喝酒多吃菜吗！”肖虹给徐明凯倒了一杯水。

“你知道什么，这次开工典礼行政部受到公司的表扬。我今天请大家喝酒，就是笼络人心，以后有什么事，都支持我，站在我这一边！”徐明凯虽酒喝得有些多，但头脑还是清醒的。

“我今天去一家房地产公司应聘，他们看了我的简历，同意聘我，工资加提成，每月保底工资有2000块，你看行吗？”肖虹说。

“哪家房地产公司？”原本闭目养神的徐明凯听肖虹这么说马上睁开了眼睛。

“是一家叫……什么华的地产公司。”肖虹差点脱口而出但又觉得不合适，马上改口。

“不是亚华吧？”徐明凯说。

“不是，叫华润地产，对！叫华润地产。”肖虹急忙为自己的失口掩饰。

“那好，要不然你在家也待不住，这下有散心的地方了！”徐明凯说完进卧室睡觉去了。望着熟睡的徐明凯，肖虹总算放下心来。好在徐喝多了酒，神志不清醒，若他刨根问底还不露馅了。那样，她就去不成了，这个机会将与她擦肩而过，而且永远失之交臂。

Section 02 · 故人归来

陆晓雅终于回到南厦，走出车站，看着鳞次栉比的高楼和眼前熙熙攘攘的人群，她不禁感慨万千。当年第一次来南厦时，满怀憧憬和期待，一待就是三年多。这是第二次来南厦，不到一年的时间，徒增了许多的陌生感。田一珉亲自到站台来接她，热情仍不减当年。但陆晓雅的心情与三年前已大不一样，那份激动与期许早已荡然无存，代之而来的是亲情般的温热和久别重逢的思念。

出了车站，来到停车场，上了崭新的黑色奥迪A6。晓雅很意外，她还记得三年前第一次来南厦时，田一珉来接她时两人坐的是的士，而且排队等了好半天。不到五年的时间，田一珉已拥有了令人羡慕的豪华车。变化真是太大了！去年离开前，田一珉在她眼中每天是愁容满面、忧心忡忡的，现如今是春风满面、笑逐颜开，一副怡然自得的表情。

“这车是你的？”

“算是吧！公司为我买了辆车。”

晓雅不再说话了，专注地看着车窗外的纷繁。不知过了多久，车进了一地下停车场，晓雅随田一琨进了电梯。不一会儿门开了，迈出电梯是宽敞豪华的候梯间，不仅设置有沙发、茶几，而且还有漂亮的滴水观音和巴西铁等高档植物置放其间，和田一琨先前住的房改房简直是贫民窟和天堂的区别。更让晓雅惊诧的是，进了房门，宽敞豪华的客厅直连餐厅，几盆名贵的植物摆放屋中，增添了生活的气息。沙发的背景墙上挂着一幅豪放洒脱的字画，大概是哪位名家送给田一琨的作品。房间里的摆设也极尽奢华和精致。顺着楼梯来到楼上，清一色的纯木制家具及红色的地板为整个房间增添了无尽的惬意与舒适。尤其是占据大半个卧室的双人大床，四周镶有精细的羊皮软托，床头也是起伏自由的包枕，平添了卧室的奢华气息。床对面的背景墙是一幅泼墨山水，下面置放了一平板电视。从楼下到楼上无不显示这是当下最为豪华和舒适的公寓住宅。

晓雅在南厦做老师时做过家访，也见过许多家庭条件好的，但这样奢华的还是头一回见到。她似乎在梦里，并未觉得自己是在现实中。

“满意吗？这是我们的新家！”田一琨的耳语，打断了晓雅的神游。

“买这么好的房子，你发财了？”陆晓雅说。

“发财的日子还在后头，你就等着过好日子吧！”田一琨激动地抱着晓雅原地转了两圈。

“好了！好了！我有点晕。”晓雅受了田一琨的感染，心情也开朗了几分。

“到阳台看看，四处都是风景，包你每天都有好心情！”田一琨拉着晓雅到阳台上欣赏起四周的风景。

远处山峦起伏，一抹青黛色，似墨绿的浪潮翻腾汹涌。脚下的绿色也舞姿翩跹，充满生机活力。

“这房子挺好的，你怎么搞到的？”晓雅很高兴。

“赶巧朋友帮忙，我猜想你肯定喜欢！”田一珉顺手揽过晓雅，共同看着远方的景物。

天色逐渐暗了下来，两人回到屋中坐下。

“今晚给你接风，咱们还到临江晚茶去，怎么样？”田一珉望着晓雅。

“随你，你说哪儿好就去哪儿！”晓雅点点头。

华灯初上，大街上，川流不息的车辆缓缓前行，时而停下，时而移动。街道两边的人流更是熙熙攘攘，拥挤不堪。晓雅很感慨：“我刚来时没有这么多的车，怎么一下子冒出这么多的车，人也好像多了几倍！”

田一珉笑着说：“时代在变，连我这一文不名的人都开上了好车，所以道路拥挤也就不足为怪了！”

“人多车也多，这个城市没以前好了！”晓雅摇摇头。

两人来到临江晚茶，停车上了七楼，依旧是宾客盈门。迎宾小姐微笑着给每位前来就餐的客人发等候号。

“到处都是人，连吃饭也这样拥挤，真烦人！”晓雅脸上露出烦躁的神色。

看晓雅有些心烦意乱，田一珉安慰说：“既然来了，就耐心等吧。其实等待和期望有时是最令人幸福的时刻！”

“如果等来等去只是一场空，那不更令人悲哀！”晓雅随口说。

对晓雅这句没头没脑的话，田一珉虽感意外，但仍微笑着说：“其实从严格意义讲，除了吃和穿，其余什么都是空的。我给你讲一个最近网上流传的故事。说的是一个凡人偶然有幸遇到佛祖，于是跪拜问：失去的东西，有必要去追讨吗？佛曰：失去的东西，其实从未真正地属于你，不必惋惜，更不必追讨。又问：生活太累，如何轻松？佛曰：生活累，一半源于生存，一半源于欲望与攀比。又问：如何对自己，对他人？佛曰：对自己好点，因为一辈子不长，对身边的人好点，因为下辈子不一定能够遇见。又问：怎样平衡快乐与悲伤？佛曰：一个人只有一个心脏，却有两个心房，一个住着快乐，一个住着悲伤，不要笑得太大声，不然会吵醒旁边的悲伤。又问：如何理解永远？佛曰：人人都觉得永远很远，其实它可能短暂得你都看不见。又问：昨天与今天，我该如何把握？佛曰：不要让太多的昨天占据你的今天。最后问：两个相爱的人不能在一起，怎么办？佛曰：不能在一起，就不在一起吧，其实一辈子也没那么长！”田一琨说完意味深长地看着陆晓雅。

晓雅静静地听田一琨讲完，许久沉默无语，忽然失声大哭起来，而且哭得泪流满面，伤心不已。田一琨有些慌乱，他不知道哪句话触到了她的伤心处，在四周诧异的眼光中扶起陆晓雅走出了餐厅。饭是吃不成了，田一琨索性开着车在沿海滨的凤凰大道开下去。开到海滨中部的音乐广场，车还没到就听见管弦鼓乐的交响声。见晓雅还沉浸在刚才的悲恸中，田一琨停下车牵着她的手来到广场边。此时广场正有人演奏世界名曲《梁祝》。随着小提琴与大提琴的合奏，全场寂静无声。小提琴的哀婉凄怨与大提琴的如泣如诉，构成了感人至深的情境。田一琨侧看晓雅，又是泪眼蒙眬，凄凄惨惨。

“走吧，咱不听了！”田一琨拉着晓雅的手回到车上。田一琨正要发动车子，坐在旁边的陆晓雅忽然双手抱住了他，头也顺势靠到他的身上。田一琨知道晓雅心里很苦，于是拍拍她说：“我知道你吃了很多苦。但你得学会忘记，如果你不能忘怀，它就像恶魔一样吞噬你的灵魂，让你痛不欲生。对于无法改变的事情，我们可以改变心情。当你觉得天快塌下来的时候，实际是自己站歪了。要顺其自然，随遇而安。”

“我没法忘记！孩子丢了，我对不起你；爸爸去世，我更对不起妈妈及哥哥姐姐。一想到这些，我就恨自己。”陆晓雅把头埋得很深，痛苦地摇着。看到晓雅痛苦不堪的样子，田一琨觉得再说什么都是多余的，他只好轻轻地拍着她，任泪水在他的身上横流……

回到家，两人都已饥肠辘辘。田一琨安排晓雅到沙发休息，自己到厨房开始做饭。当两碗热腾腾的西红柿鸡蛋面端到餐桌时，田一珉发现陆晓雅已倒在沙发上睡着了。他没有惊动晓雅，只是在她身上盖了一张毛巾被，然后坐下来仔细端详她。看得出来，晓雅依然没有从悲伤的情感中走出来。即便睡了，仍然是愁云满面，一副悲戚的样子。身上不时有抽搐的悸动，仿佛电击一般。田一珉看在眼里，泪流在心中。要不是自己的固执、漠视，没有用心来关爱她，晓雅也不至于离家出走。跟他过了三年多，晓雅从未主动提“结婚”二字，他也就得过且过，一晃到如今。他不是不想给她一个名分，实在是他的心全让那个工程给填满了，没有一点空间想些花前月下、卿卿我我的事情。他只盼望自己亲手创造的“元山现代城”完工后，他能给晓雅一个风风光光的婚礼，完成两人曾互许下的诺言，到黄山也安上一把“情人锁”，给晚年留下一笔浪漫的财富。但当时的状况不给他一点喘息的机会，每天面临的都是巨大的压力，都在考验他的耐力和智慧。那一段时间，他的肝火特别旺，与人说三句，就想发火。连他自己都暗暗告诫自己，别丢掉了修养和品德。但遇到事，他仍不能控制自己，三句话不对，火就上来了。结果很多事情都适得其反，造成五家公司起诉、农民工集体讨债，这都跟他的性格有很大关系。就这样的心态，回到家里，自然也没有什么好脸色对待亲人。好在晓雅通情达理且包容心强，理解田一珉的苦衷，很多事情都抱着宽容的态度让着他，并没有使田一珉在家里感到任何不快。到现在，田一珉才恍然觉得晓雅的可贵。越想这些，就越觉得欠晓雅的太多了。今天的这个后果，完全是自己造成的。不仅给晓雅带来精神和肉体上的伤害，还连累她的父亲跟着丧了命。想想，自己真是罪不可赦！

田一珉正坐在晓雅面前泪流满面，自责时，陆晓雅醒了，她看见田一珉如此伤情，马上坐起来：“一珉，你咋了？”

看见晓雅起来，田一珉赶忙擦拭眼泪：“没啥，我恨自己对你关心不够，害你遭受弥天大罪！”

“不是你的错，是我今生必遭此劫难，这都是定数。合该我有这一难！”晓雅拿起餐巾纸擦拭田一琨的眼泪。

“别这样说，我要早同意你生这个孩子，能有今天吗？”田一琨说。

“一琨，不说了好吗？”晓雅说。

“好，不说了！咱们吃饭吧！”田一琨站起身来。

面条虽然有些凉了，但还是香味扑鼻，引人食欲。看着晓雅装出很饿的样子，大口地吞着，田一琨的心里又涌出无限的伤感，不经意间，一颗眼泪落入碗中。

早上，田一琨正在办公室看阅国家税务总局下发的《关于加强住房营业税征收管理有关问题的通知》，于飞推门进来。这些天的形势让人始料不及，售楼处每天都签约三四套。上个星期六一天竟然售出七套，总计580多平米。于飞今天来给田一琨做汇报，告诉他销售额已超一个亿，销售面积也有23000多平方米。

看见于飞满面春风，田一琨知道准是又来报告什么好消息了。“看你的神色就知道有好消息了！”田一琨起身给于飞倒了杯茶。

“让你猜对了，从上次统计到现在，又售出4000多平方米，2000多万的销售额。”于飞兴奋地说。

“按这样的速度，年底至少可消化百分之八十的房产，2007年上半年就可售罄！”田一琨掰着手指头算了起来。

“别算，计划没有变化快，谁也不知道下一分钟会发生什么！”于飞说。

“也是，我刚才看国家税务总局下发的文件强调个人购买不足五年的二手房要征收营业税。这就表明国家想利用税收来打压二手房的利润空间，给二手房交易降温。这是一个信号！”田一琨赞同于飞的意见。

看看时间已接近中午，于飞习惯地提出一起去楼下的百客居吃午饭：“咱们到楼下那家常去的餐馆吃千叶豆腐，怎么样？”

田一珉看了看表说："今天不行，我得回家，晓雅昨天回来了，我得回去看看。"

"嫂子回来了，这是好事啊，赶快走吧！"于飞催促说。

看着田一珉匆匆离开的身影，于飞说不出是什么滋味儿。那种失落感一下子袭上心头。自打进了田一珉的公司，她发觉自己不但与公司休戚与共，同呼吸、共命运，而且深深地爱上了田一珉。不知从什么时候开始，她把田一珉当作自己的精神支柱。没有他的日子，她会感到无所适从，甚至乱了方寸，每天不知要干什么。看到田一珉被逼得走投无路的那段时间里，她心如刀绞，恨自己能力有限，不能帮他解燃眉之急，眼睁睁看着心爱的人痛苦不堪地受着煎熬。田被纪委联合调查组带走后，她更是心急如焚，感觉如天塌一般。看到田一珉回来了，她的世界也跟着阳光灿烂。在田一珉被带走的日子里，她虽表面显得坚强无比，但内心却极其脆弱，她努力维系的是那根牵着田一珉的线，如果线断了，她也将崩溃。她知道田一珉早已离婚多年，但不知道他还有女友。直到那天到她家，田一珉讲了自己的罗曼史，她才知道还有另一个女人已和田一珉同居三年多了。她知道后，虽表面毫无反应，但内心却沉重起来。尽管此后的日子，晓雅没有出现，她还是隐约感到，自己是一厢情愿，纯属单相思。但她不愿面对，不想断绝自己内心的这点柔情。或许她还期望有某种奇迹发生。

如今陆晓雅回来了，她的心在一点点往下沉。其实早些日子她就知道陆晓雅找到了。但人没回来，她仍不以为意。现在人已出现，所有残留的幻想碎片顷刻间无影无踪，她感到有点失重。以致车开到大街上，竟不知是回家还是去售楼处。

Section 03 · 天上掉下个陶妹妹

自从被于飞当面拒绝后，叶昌德便心灰意冷。追于飞已无希望，他虽心有不甘却也别无他法。想到此前有朋友劝说：无法改变的事情，那就要改变自己的心情。现在看来，要改变自己的观念了，天涯何处无芳草，何必固执寻烦恼！但说着简单，真要做起来，并不那么容易。叶昌德心里正纠结着，忽然手机响了，一看是徐明凯打来的，他虽然不太喜欢和徐来往，但徐是那种思想活泛且有一定利用价值的人，从他口中会时常听到许多不为人知的小道消息。

“今晚有时间吗？我请你喝酒！”电话中徐明凯说。

叶昌德正郁闷得不可开交，他不想与任何人闲聊，正斟酌着如何谢绝，电话中的徐明凯又爆出一个令他大吃一惊的消息：“你不知道吧？田总的女人回来了！”

他感到有点意外。还是上次两人喝酒的时候，酒喝多了，徐明凯失口透露了田一珉女朋友失踪的消息。时隔几个月又说人回来了，他多少想了解一下，于是说：“好吧，到一品鲜，晚上7点不见不散！”

晚上7点，叶昌德来到一品鲜，徐明凯见叶昌德进门，摆了摆手，两人来到预订的位子坐下来。菜谱送到叶昌德手中，叶见了马上摆手说：“你来点，我随意！”

徐明凯见状点了起来，又点了一瓶红酒。菜不一会儿陆续上来，两人开始对饮起来。

酒过三巡后，双方都有些酒意，叶昌德放下酒杯眯缝着眼看着徐明凯说：“听你说田总的女朋友回来了，怎么回事？”

徐明凯故做神秘状向前凑了凑说：“丢了半年多，现在突然冒出来，大家都很意外。”

叶昌德没言语，拿起酒杯与徐明凯碰了一下才说：“你是怎么知道的？”

“田总亲自和我说的，他问我什么手机适合女人用，他打算给他女友买一部。”徐明凯说。

“来！喝酒。”叶昌德与徐明凯又碰了一下，干了。

两人正喝着，徐明凯的手机响了。叶昌德凭直觉知道是一个女孩子打来的，电话不一会儿说完了。叶昌德笑了：“兄弟真是艳福不浅，什么时候都有女人想着！”

见叶昌德拿他取笑，徐明凯急忙辩解：“兄弟说笑了，是公司行政部的小陶，她打电话来说有份材料需要复印四十份，才印二十多份复印机就坏了，因为明天要用，她请示我怎么办。”

“小陶，是不是给田一珉当秘书的那个小妹？”叶昌德印象很深。前些日子，她还来叶昌德的公司送过资料。因在田一珉的办公室看见她审查合同很认真，当时还夸赞了几句：“陶主任光临我这儿，真是蓬荜生辉呀！”

“别叫我陶主任。我只是一打杂的，跑跑腿，接个电话什么的。”陶洁很诚实地说。

“你在那儿工资有多少？”叶昌德说。

“按副职对待，也就2000多！”陶洁说。

“你在那儿干得怎么样？”叶昌德说。

“挺好的呀，田总、徐总对我都很好！”陶洁说

“没打算跳槽，换个工作？”叶昌德见小女孩挺可爱的，忍不住想逗逗她。

“我现在还没这个打算，干得很好，不想换！”陶洁很认真地说。

“如果你找了老公，他觉得你做秘书不合适，那你怎么办？”叶昌德说。

“我现在没老公，‘如果’这个词不成立！”

叶昌德觉得这个小女孩很不一般，回答问题也很睿智：“你学的是什么专业？”

“文秘专业。学习不太好，只混了个大专文凭！”陶洁说这话时，显得怅然若失的样子。

“不错嘛，还是个大学生，有前途！”叶昌德赞口不绝。

“承蒙叶总夸奖，毕业到现在，你是第一个夸我的人。”陶洁脸上露出开心的笑容。

叶昌德见陶洁有了笑容，就势说：“愿不愿到我这儿来？给你一个办公室主任的位置，工资3000元以上！”

陶洁想了想，最后摇头说：“不行，那边公司的领导对我很好，是他们把我从一个小售楼员提拔到总部当秘书，我不能忘恩负义，做人不能没良心！”

叶昌德当时就很佩服陶洁，虽然没能如愿以偿，但对她更有了好感。今天徐明凯提到她，让叶想起了前些日子的事：“那个小陶还在你们公司上班？”

徐明凯见叶昌德问得突兀，随口答道：“她不到公司上班能去哪儿？”

“那小女孩不错。上次来我公司送材料，我故意逗她说给她加薪晋爵让她到我公司干，结果她并不上钩，说做人不能见利忘义，愣是不为所动！”叶昌德说。

徐明凯见叶昌德一个劲夸奖陶洁，很意外。前些日子田一珉要把陶洁介绍给叶时，当时他仍然对于飞情有独钟，还借酒话说田一珉给他下套。现在却见异思迁，让徐有些意外。他虽不知发生了什么，但凭感觉知道这里面有问题：“我今天告诉你田总的女朋友回来了，意思就是你可以放心去追于飞了，不必担心田总这边。”

叶昌德见徐已把话说到这儿了，也就实话实说：“我和她无缘，追了这些年还是无果而终。即使没田总，她与我也不合适！”

徐明凯这回明白了，叶昌德准是被于飞明确地拒绝了。想到这儿，他说：“兄弟，天底下好女人多的是，你的事我包了，不出半个月，保证帮你找到一个比于飞还漂亮能干的女人。”说完与叶昌德碰杯干了。

见徐明凯如此仗义，叶昌德也就不再隐瞒自己的想法：“其实看到现在，除了于飞，就是小陶。这女孩不论气质、长相和文化水平都非同一般。前日我逗她给工资3000元以上，并许办公室主任一职，她都不为所动，足见她的品质，我叶昌德喜欢这样的人！”

见叶昌德对陶洁赞誉有加，徐明凯连忙说：“兄弟，这事包在我身上，小陶就是我亲手调到办公室的，她现在最感谢的是我。哪天把她叫——不！现在就叫她来。”徐明凯说话时拿出手机拨了过去。电话通了，那边清晰地传出女人清脆的声音：“徐总，找我有事吗？”

“你马上到滨河西路的一品鲜来，要快！车票我给你报销。”徐明凯说完得意地看着叶昌德。

“不太合适吧，你这简直是命令！”叶昌德看着徐明凯。

“我的部下个个忠诚尽责。咱们先喝着，她一会儿就到。”徐明凯说完举起杯与叶昌德又碰了一下。

不到一刻钟，陶洁来了，她进门环视了四周，径直朝徐明凯的桌前走来。

还是叶昌德先看见陶洁，他示意徐，然后站起来：“是小陶，欢迎！请坐。”他边说边把里面的椅子摆正让陶洁落座。

另一边的徐明凯见陶洁坐下说：“这么晚把你叫来，不会影响你吧？”

陶洁坐在车上时想着徐副总叫她的用意，坐下后才晓得是请她陪酒。她本不愿意在这种场合同两个大男人喝酒，但没办法，徐是她的上司，又是他把她从基层调上来的。本来在售楼处钱要比在总部赚得多，但陶洁不这样想，她觉得自己学了一门专业，好歹是一个大学生，她有自己的追求，她想通过自己的努力，当上白领，那样才能对得起家人，对得起自己的学历。机会是徐副总给的，她必须努力做好，确保自己的椅子能坐得牢。只一瞬间，她就想好了对策。面对徐明凯的问话，她说："我的姐姐来南厦看我，您打电话时我俩正在一起，我不知道什么事，放下电话就来了。"

徐明凯没料到陶洁家里有事，他失望地看了叶昌德一眼，然后说："既然小陶家里有事，那就不耽误你了。本来是有件好事和你讲，看今天是不行了，以后再说吧！"

叶昌德也很失望，但他表现得很大度："既然家里来亲戚，那就回吧。我送你。"

陶洁看两位老总都认真起来，反倒于心不忍，连忙说："没关系的，我姐她常来，有什么事就说吧！"

"没有酒助兴，干坐着，这事怎么好说！"徐明凯眨了眨眼睛。

"要不这样，你俩喝酒，我喝茶吃菜，可以吗？"陶洁这样说。

两人互相看了一眼，还是徐明凯说："你陪我们少喝点，我俩干杯你随意，怎么样？"

看着徐明凯提出不算过分的建议，陶洁无奈地点点头说："好吧，我陪二位老总喝一杯，然后你俩喝，我吃菜！"

叶昌德见状说："小陶不能喝就算了，人家一小女孩，能有这样的气度就很不错了！"

"还是叶总体贴人。我一小女子喝吐了，你们看着好啊？"陶洁很机敏地抓住叶昌德为她做挡箭牌。

"这小陶很会借力打力。聪明！"徐明凯给陶洁点了个赞。

陶洁见徐明凯耐人寻味地称赞她，马上现出一副委屈的神态："徐总，咱们是一家人！"

徐明凯顺势说："行了，你们才是一家人，我跟你只是同事。"

陶洁见徐明凯话里有话，有些疑惑：“什么意思？”她看着徐明凯。

“来！咱仨人先把这杯酒喝掉，然后我再说。”徐明凯说完先举起酒杯。

看着叶昌德也拿起杯，陶洁也端起来。“干！”徐、叶二人一饮而尽，陶洁看两人都干了，无奈也一口喝了下去。

“好样的！”徐明凯又夸赞起来。

陶洁刚放下酒杯，徐明凯又往杯里倒酒，陶洁忙用手挡住：“你刚才的话是啥意思？你不说，我不喝了！”

“本想等喝完这杯酒再说，看你这么急，就说了吧。咱们这位叶总，叶大老板看上你了，他想跟你交个朋友，你看怎么样？”徐明凯据实说出，然后盯着陶洁看。

陶洁没想到会有人关注她，并且是一位钻石王老五。她跟他有过接触，说心里话，刚开始她并没有太看得起这位所谓的青年企业家和大老板，听他说话的腔调和架势跟田一琨比起来简直是天上地下。论教养和学识，他胸无点墨；论品位和层次，他充其量是一个既狂妄又自负的土豪。印象归印象，当真与本人接触后，她发觉叶昌德虽表面上大大咧咧，但实际上还是相当老到和精明的。尤其谈到他的钢窗，更是显出旁若无人、舍我其谁的精神来。陶洁清楚地记得，她送材料时，正赶上一客户与他计算钢窗面积，那客人用计算器竟然没他用脑子算得准确，最后不得不佩服他的功夫。从表面上看叶昌德是属粗线条的性格，但对女人却有其细腻的一面。和他聊天他时不时会露出幽默的一面，为她倒茶并拿出小点心款待，甚至临走时还亲自开车送她回公司，下车时也像绅士一般为她打开车门。这些细节在女人看来，都是非常体贴和暖心的，能触动女人心中最柔软的地方。有了这些粗浅的印象，她并没有马上表示拒绝，而是施展卖萌的功夫：“徐总，这话是你的意思还是人家叶总的意思？人家叶总是堂堂一大老板，身边不乏美女，还用得着您从中斡旋哪！”

“这就是缘分。咱们兄弟是弱水三千，只取一瓢。他说这世界只看得上两人，你就是其中一个。”徐明凯说。

见徐明凯这样说，叶昌德赶紧插话：“那是过去的皇历了，现在没了！”

徐明凯发觉自己大脑不太清醒，见叶昌德这样说，也顺着叶的意思捋过去：“对！现在没了，就剩你一人。”

叶昌德觉得自己该上阵了，他站了起来：“小陶，从见你第一眼起，我就觉得你是工作很认真的一个人。说心里话，我公司就缺你这样的人才，咱们别的先暂且不谈，如果你愿意，先给你一个总经理助理的位置，工资不低于3500元，你看怎么样？”

面对如此巨大的诱惑，陶洁还是有些心动的。撇开能否做叶的女朋友不谈，仅能升到这个职务，又有三四千的收入，这在白领当中也是佼佼者。即使和叶昌德谈上朋友又有什么不好，这年头傍大款是一种时尚，可以让你少奋斗十年二十年。再者，叶昌德长相俊朗、相貌堂堂，身高也比一般闽南人高出半头。这些都符合陶洁的择偶标准。自己年龄虽然不是太大，但距30岁也不远了，婚恋虽还没列入议事日程，如有可能，也不失为一件好事。主意打定了，就对叶昌德说：“这事来得太突然，你得让我考虑考虑。再说，你想把我挖走，公司能同意吗？”

叶昌德没想到陶洁会这样想。他看陶洁在那儿思考半天，心想完了，人家可能不愿意。正一点点心凉，忽听陶洁这样说，不禁喜出望外，急忙说：“这事我出面，不信田总不给我面子。再说，有一次我们三人在一起喝酒，谈起你，田总当时说，如果我要看中你，他就同意放你走。我不相信他会变卦。”

“合着你们早就挖好了坑等着我跳吧，太卑鄙了！”陶洁又开始卖萌了。

Section 04 · 昨日风情不再

无时无刻不挂念陆晓雅的田一珉赶到家时，发现晓雅不在家，心一急，冲出家门满小区地找，也不见踪影。他更急了，围着小区的周边道路找了起来。他真后悔，一直想着给晓雅买手机，就是没时间。今天无论如何，也要把手机买回来。不然，他的心就踏实不下来。

转了一个多小时的田一珉，大汗淋漓地在阳光下漫无边际地寻着陆晓雅。周边已找遍了，他于是又扩大了寻找范围，商店、菜市场、超市，他几乎找遍了一公里范围内所有她能去的地方，可是连个人影也没看到。他心里沮丧透了，从过年后，他的心情第一次这样糟糕。望着眼前川流不息、来来往往的人流和车流，烦躁和失望一齐涌上心头，他真想大喊几声，让不知在什么地方的晓雅听到，赶快回到他的身边来。然而，他什么也做不成，眼前依然是川流不息的车流，依然是熙熙攘攘、来来往往的人群。

正当他在一个十字路口茫然四顾时，忽然，一眼看到了一个熟悉的身影，是晓雅！他连忙朝路对面大声喊起来。然而，他的声音在这个喧嚣的世界实在是太微弱了，她又朝右面的那条路走了下去。此时的田一珉什么都不想了，他直冲上了滚滚车流的车行道中。在接二连三刺耳的刹车响声中，田一珉跌跌撞撞地冲到了路对面，然后又朝右面的那条路猛追了下去。

“晓雅！”快追到跟前，陆晓雅才回过头来。当她看到田一珉时，眼泪差点涌出来：“我找不到家了，明明那是咱住的小区，怎么到眼前就不是了呢！”田一珉看她手里买了很多菜，接过来尽力平复着情绪说：“你刚来，找不到也正常，咱们回去吧。”

下午，田一珉先领晓雅到手机店买了一部她自己喜欢的手机。也许很久没摸手机了，晓雅拿到机子显得有些爱不释手，那是一部摩托罗拉翻盖手机，晓雅拿在手里一会儿打开盖，一会儿又拨起了号码。田一珉看她此时的心境，只有20多岁。她先给家里的母亲打完，又分别给姐姐和嫂子打去了电话。看样子情绪好了起来：“一珉，今晚咱们在家吃吧，我掌勺。好久没下厨，手艺都生疏了！”

晚上，陆晓雅忙乎了好长时间，终于完事了。田一珉从书房走出来，看见餐桌上摆了五六个菜，最显眼的是那条红烧鱼被烧成了黑烧鱼，黑乎乎的让人没胃口。看着晓雅呆呆的表情，田一珉赶紧坐下来安慰：“看啥呢？这不很好吗！吃饭吧，我都有些饿了！”然后盛了两碗饭，大口吃起来。

晓雅坐下来看着田一珉贪婪地吃着，自己也端起碗先夹了一口土豆丝，咸得她差点吐出来。又夹了一筷子豆干炒芹菜，还算勉强可以，又吃了一口鸡蛋炒韭菜，好像忘了放盐，什么味也没有。晓雅望着田一珉埋头吃得很香的样子，眼泪差点掉下来：“先别吃了，有的菜好像没放盐，有的又太咸了。我重新调理一下再吃。”

“别再弄了，有这吃的就不错了。你知道吗？这大半年天天吃餐馆，我现在一进饭店就有想吐的感觉！”田一珉一脸诚实的样子。

看着田一珉满足的表情，陆晓雅忽然心生歉意：“我好像不会做饭了，怎么丢三落四的！”

“没关系，只要你在我身边，吃什么都香！再说，好长时间没做了，肯定要适应一阵子。”田一珉看晓雅心情有些黯然，马上安慰说。

翌日下午，看着田一珉上班去了，晓雅百无聊赖，索性打开电视看起来。电视频道很多，节目五花八门，晓雅看了一会儿觉得没意思就关了。前后阳台的风景已无新鲜感，转了一圈晓雅想到外面去看一看。这次她留意起门前的标志和路的名称。来到大街上，她忽然想起教书的学校，想去看看那里的同事。虽然教书的时间不长，但与同事们相处得很好，都是外来的，家庭背景虽各有不同，但却有“同是天涯沦落人”之感。倒了两次车，好不容易找到学校，让她始料不及的是原来的学校早已被夷为平地。现如今高墙圈起，里面机器轰鸣，大型载重车辆进进出出，一派繁忙的景象。找人打听一下，原来是校址已被一开发商购得，正搞新的开发项目。晓雅听完心里一阵难过，城市高楼崛起，面貌日新月异，可那些孩子如今身在何处，有无书可读？晓雅感伤了好一阵子，才黯然离开。来到公交车站，等了好长时间才见一辆车到来，见人蜂拥而上，她也跟着挤上车。过了不知几站，刚巧身边有下车的，晓雅坐下后便闭上了眼睛。待她睁开眼睛时，车不知什么时候已离开了喧闹的城市，在郊区的公路上行驶。晓雅感到不对，急忙起来询问同座的人，这才知道坐错车了。询问司机，才得知这是开往郊区的车，到前面下来再到对面往回坐。下了车到对面的公交站，晓雅这回仔细看了车次，确认是刚才的那路车，这才安心上车。

就在陆晓雅往回坐的时候，田一珉早已约了陆晓东到维多利亚大酒楼吃饭。看看时候快到了，田一珉给家里打了个电话，响了很久也没人接听，知道陆晓雅可能出去了。于是，又拨通了她的手机，响了好一阵子，才听见晓雅的声音：“一珉，我坐错车了！现已在回来的路上，我是在原来的学校门口上的车。”

“你在学校门口那儿下车别走动，我马上来接你！”田一珉放下电话，开车直奔晓雅原来所在的学校。天有些黑了，田一珉开车来到学校门前的公交站，远远就看见陆晓雅孤零零的身影在那儿伫立着，那情景勾起田一珉许多对往事的回忆。刹那间，他的眼睛湿润起来。他把车停下，走到跟前把她拥在怀里。

“不知怎的就上错了车，醒来看时，都快到终点站了！”晓雅在田一珉的怀里喃喃地诉说着。

“走吧，你哥哥在维多利亚等着呢。今天咱们自家相聚，高兴一点！”车开动了，田一珉告诉晓雅。

此时在酒楼里的陆晓东想着如何感谢未来的妹夫。想当初晓雅在电话里介绍南厦这边的机遇时，他并不以然，没想到这儿的市场要比老家不知大多少倍，他很庆幸自己在对的时间里又遇到了对的人，给他的事业锦上添花。不到半年已拥有元山房地产公司百分之十的股份，而且上月还分到100万的红利。看样子这个项目完工售罄，他极有可能还能分到七八百万的红利。至于现在开工的“海湾绿苑”更是无法预测。他仿佛看到百元大钞像从天上掉下来一样，落入他的腰包。他所带领的工程队，也是群情高涨，仅这五个月下来，已完成将近全年的工程量，而且利润也超过全年总和。看来妹妹说得没错，这种机会在北方是打着灯笼也难找到的。他从内心感谢晓雅和田一珉，没有这个妹夫，他想发家致富，起码得多十年八年的奋斗时间。以后要好好跟着田一珉大干一场，争取把全家搬到南厦来，弄套大房子，让母亲好好安享晚年，让父亲的在天之灵也备感欣慰。陆晓东正美滋滋地想着，田一珉和陆晓雅来到桌前。妹妹看见哥哥自然分外亲近，拉着哥哥的手不知道说什么好。

“点菜吧？”田一珉说。

“早就点好了，看你们还想要些什么？”陆晓东说。

“那就上菜，晓雅恐怕早就饿了！”田一珉说。

“咱们喝点红酒，怎么样？”陆晓东说。

“酒就免了吧，我一会儿还得开车。今天是自家人聚会不必拘束。晓雅回来了，咱们要常聚，改天到家里来，咱喝个一醉方休！”田一珉语言质朴，毫无客套虚华之言。

一直没说话的陆晓雅这时开口了：“哥，一珉要开车就不喝了，咱俩今天可以喝点。自爸去世以来，我的心情一直不好。感觉自己快疯了，见了你，我的情绪才好一些，今晚我就放纵一次。你们谁也别拦我！”

酒先上来，没等陆晓东伸手，晓雅就拿了过来，给哥哥倒了一杯，然后给自己倒上满满的一大杯：“哥，我对不起妈和你还有姐，是我害了爸爸，今天，我把这杯酒喝下以示谢罪，请原谅我！”

陆晓东和田一珉还没有反应过来，晓雅就已“咕咚咕咚”喝了下去。

“慢点，这样喝会伤胃的！”田一珉边说边倒了一杯开水递过来。

没等陆晓东开口，晓雅又倒一杯，举了起来：“一珉，我也对不起你，孩子让我弄丢了。虽然这杯酒不算什么，但它代表我的心，我把它喝了，不把儿子找回，我绝不安心地活下去！”说完，又一气喝干了。

陆晓雅的反常举动不仅让哥哥陆晓东感到吃惊，也让田一珉忧心不已。从在开封见到她伊始，田一珉就发现她与昔日的陆晓雅判若两人。不仅神情恍惚、失魂落魄，而且心不在焉、丢三落四，举止怪异、魂不守舍。睡到半夜时常身体抽搐、痉挛，偶尔还大哭不止，安抚好一阵子才又睡去。而且第二天全然不记得昨晚发生的事情。田一珉曾为此请教医生朋友，得到的答复是很可能患了抑郁症，并要求把人带来诊断。他也想找个合适的机会带晓雅去医院就诊。今晚见她这些异乎寻常的举动，更增加了他的忧虑。他恨自己，当初要不是他反对生孩子，哪能出现这样的情景。可话说回来，还不是生存受到威胁，不得已而为之。他历来鄙视那种向生活低头、人格扭曲的人，所谓的“贫贱夫妻百事哀”，他觉得自己还没俗到那种地步。但晓雅的现状打破了他的自我感觉，如果当时不是身无分文，不是穷途末路，他会不要孩子吗？说来说去还是免不了钱与俗。天下熙熙，皆为利来。谁又比谁清高多少呢！田一珉开始怀疑自己。“衣食足而知礼节”，再高雅的人饿上七天，也会饥不择食，放下斯文，可见生存是第一要义。

就在田一珉进行自我反思的时候，那边的陆晓雅又做出了一个更反常的动作。只见她另拿一只杯子倒了一杯酒，恭敬地放在桌上，然后把自己的酒杯倒满，“扑通”一声跪在地上，举杯说：“爸爸，恕女儿不孝，害您过早离世。如有来生，我还做您的子女。今世，您就原谅女儿的过失吧！”说完又将杯中酒喝了下去。

不止田一珉意外，哥哥陆晓东也被妹妹的举动弄得不知所措：“见面就是这几句。对不起这，对不起那，连我都听烦了。田大哥天天和你在一起，能不烦吗？”

陆晓雅听哥哥这样说，眼泪即刻涌了出来：“我说错了吗？我现在是全家的罪人。你不安慰我，反倒数落我，还是我哥哥吗？”陆晓雅又开始哭了起来。

“我没说你错了，我的意思是，大家好不容易凑到一块儿吃顿饭，你讲这些话合适吗？”哥哥陆晓东无奈地辩解着。

“你就是看我有错，你嘴上不说，心里一定是怨我把爸爸害死了。”陆晓雅哭得伤心欲绝。

哥哥陆晓东双手一摊，无奈地看着田一珉。

“你以为我不知道？你们大家都怨我，可谁也不当面说，你们不说我就不知道了？！”陆晓雅此时已完全忘记这是在公共场所，无所顾忌、随心所欲地发泄着自己的情绪。引得四桌惊诧，纷纷把目光聚焦到这边来，不知发生了什么事。

如此情景，饭也没法吃下去了，田一珉只好说：“今天就这样了，改天再聚吧！”说完喊服务员埋单。陆晓东说他已付过账了。三人离开餐桌，晓雅还在絮叨着刚才的话。

回到家后，田一珉看着晓雅逐渐平静了，好像忘记了刚才的失态。这才走到她面前双手扶住她的肩，郑重地说：“咱们结婚吧！你的年龄也不小了，我欠你的太多，不想再遗憾下去。”

陆晓雅没想到田一珉在这个时候提出结婚的要求。她年轻时曾憧憬未来那个浪漫的求婚该是以什么样的方式，没想到竟然是如此简单、质朴。“齐万物而为一”，晓雅目前需要的就是以最简洁的方式来结束她单身的宿命。外面的风雨委实让人难以招架，她渴望有人为她遮风挡雨，为她排忧解难，使她那颗漂泊的心找到归宿，找到安魂的心法。

田一珉见晓雅的眼泪又流出来了，马上将她搂在怀里。他们就这样紧紧贴在一起，两颗受伤而孤寂的心在一起战栗。不知过了多久，两人才坐下来。

“星期一咱们一早去民政局登记。”田一珉看着晓雅说。

晓雅点点头。

“身份证带来了吧？”田一珉说。

“刚快递过来。”晓雅说。

“办完登记就把户口也迁过来，有很多事都需要有户口才行。”田一珉说。

晓雅又点点头。

次日早上，吃完早餐，两人正准备出门时，晓雅的手机响了，知道她手机号码的人并不多，晓雅很奇怪，忙打开接通，原来是安徽万山县新镇派出所的张警官打来的。她告诉陆晓雅，通缉的人贩子已被抓到，根据他的供词，倒卖的六起婴儿案已破获四起，希望陆晓雅前来辨认。

接到电话的陆晓雅心潮澎湃，她说不上是喜是悲。本来丢子之痛已渐渐沉缓下来，现在一个电话又勾起往事，让她不能自已。旁边的田一珉上前安慰说：“你也别着急，咱们先去民政局登记，然后订机票，我陪你去，好不好？”

“一珉，登记什么时候都可以，找到孩子却是刻不容缓。我现在什么心情都没有了，你现在就送我去机场，今天晚上准能到。”

两人正说着，晓雅的手机又响了，接通后，原来是周建平打来的。他说是派出所先打给他，获悉她的号码才打给她的。他问晓雅何时来，他好到机场接她。晓雅心里一热，这个年轻人始终如一，热心无边。

田一珉见状问：“又是谁的电话？”

“我之前跟你说过的，是那个帮我报警又送我回来的小伙子。我给他电话号码就是让他帮我注意派出所那边的消息。”晓雅说。

“他说什么？”

“他问我几时过去，要到机场接我。”晓雅说完急忙收拾衣服和该带的东西。

“我和你一起去，路上也好有个照应。”田一珉关切地说。

“公司一大摊事你能离开吗？再说，孩子在什么地方都不清楚，不知道要费多大周折。等都落实了你再去也不迟。”晓雅边收拾东西边说。

听晓雅这样讲，田一珉也就不说什么了，但他还是放心不下说：“你要每天给我来一个电话，免得我担心。”说完又拿出一张卡递给陆晓雅，“这卡里有20万，是我特意为你存的，收好了，以备不时之需。”

陆晓雅想了想，接过来放在钱包里。

两人急匆匆赶到机场，刚好有一个飞往黄山的航班一小时后起飞。匆匆买了票，要过安检了，晓雅看了看田一珉，忽然双手搂住他的脖子头贴在他胸膛上喃喃地说：“你放心，不要挂念我，等好消息吧！”说完从田一珉手中接过包，摆摆手，进了安检口。

好像丢了魂一般的田一珉一直等到航班起飞才怅然若失地走出机场。一路上感受着音响中《布列瑟农》里的忧伤，一面心情黯然地开着车……

Section 05 · 钻石王老五求婚

人有悲欢离合。这几天，心情最坏也最好的要数叶昌德了。求爱遭拒，让他的情绪一连很多天都郁闷至极。但他又是幸运的，在徐明凯和田一珉的撮合下，与于飞相差无几的陶洁走进了他的生活。正所谓天上掉下个林妹妹，陶洁无论长相、身材，还是文化素质都出类拔萃，尤其年龄更是优于于飞一筹，优势明显。但叶昌德偏偏怀揣了一个无解的心结，即得不到的东西都是美好的。虽然陶洁楚楚动人，青春无限，活力四射，可以说是形神兼备的一流美女，但在叶昌德眼里，世界上没有比于飞再好的女人。恐怕西施再世、嫦娥下凡，他也不屑一顾。虽然他也知道“天涯何处无芳草”，是自己的偏爱才导致一厢情愿的单恋。但没办法，他纵有一万个理由来说服自己，仍没有一把钥匙能解开他的心结。就在他痛苦不堪、万般无奈的时候，陶洁来电话了。原来那天临下车时，叶昌德一时高兴，开口请她星期五到观海楼吃饭赏景，并叮咛千万不可失约，谁失约，再次见面时必须亲对方一口不算，还得背着对方跑一公里。陶洁既不想亲他也不想让他亲，所以主动打电话过来。“说话还算数吗？说请我吃饭到现在音信皆无，是没钱还是抠门？”

叶昌德这才想起那天高兴时说的话。他大脑一转说：“我早就在等你的电话呢，你要今天不来，明天就得背我一公里，末了还得亲我一下。”

“美得你，赶紧过来接我。凭你说这话，今晚非得狠狠地宰你一通！”电话里的陶洁高声尖叫着。

跟于飞的沉稳气度相比，叶昌德忽然觉得这小女孩也自有她的风情，也有动人的一面。

当叶昌德的车停在陶洁的面前时，陶洁已满脸汗水，艳若桃花的粉红脸蛋上有几道汗痕，惹人怜爱。

“咋才来，害得我白化妆了！”关上车门，陶洁开口抱怨起来。

叶昌德心里暗笑，这小姑娘还真把约会当成大事了。化了妆不说，就连穿的衣服也特别讲究，白色长裙配一头黑发更显其高雅和娇美，引得叶昌德心头不免为之一动。

“专心开车，看我做什么！”陶洁见了叶昌德一点也不拘谨，反而有凌驾他人之上的意味。

叶昌德经她这样一说，反而哈哈大笑起来："爱美之心，人皆有之。你长得这样漂亮，哪个男人不想多看几眼！"

陶洁让叶昌德说得更加得意起来："谁看你也不准看！"

叶昌德又乐了："别人可以随便看，为什么我不能看！"

"不许看就是不许看！"陶洁既蛮横又撒娇地说。

"天哪！这是什么道理？"叶昌德在车里喊起冤来。

"我怕你看多了会审美疲劳，到时就不想看我了！"陶洁调皮地看了叶昌德一眼。

叶昌德听后又哈哈大笑起来。他觉得这小女孩太有意思了，几天来的郁闷，被这小丫头给逗得烟消云散。他还真有点喜欢陶洁了。乘着兴头，他给陶洁讲了一个故事："有一美女，为了让自己的身材更迷人，花了十多万元瘦身，在回家的路上，她在报摊买了一份报纸，找钱的时候，她问报贩，老板你猜我几岁？报贩说也就二十五六岁。她高兴地说，我已三十七岁了！去吃麦当劳的时候，她又问收银员说你看我多大了？收银员端详了一下说，有二十八九岁吧！她又高兴地说，我已三十七岁了！她去超市买口香糖忍不住又问收银小姐，你看我有几岁？收银小姐说，我猜二十七岁。她好不得意，我已三十七岁了！出来门口等的士的时候，她又忍不住问旁边的老先生。老先生说，我已七十八岁了，眼睛不好，但有种方法可以断定。如果你让我的手伸进你的胸罩里摸摸我就可以推断你的年龄。美女半晌无语。看看大街无人，她终于忍不住好奇，说好吧，你来摸。老先生伸进她的胸罩摸了起来，几分钟后，她说，好了吧？我几岁？老先生摸了左边又摸了右边几分钟才收手。美女说，我多大岁数？老先生说，你三十七岁。美女大吃一惊。好厉害，你是怎么摸出来的？老先生说，我说了你可不许生气。美女说不生气。老先生的回答让美女晕倒。他说，在麦当劳我一直排在你后面。所以……"

叶昌德说完了仍表情严肃，面不改色。可陶洁却笑得前仰后合："太逗了！

那老先生奔八了，还有这精神头，可见不是一般人。”

两人说话间，已来到观海楼。里面人满为患，多亏叶昌德事先给酒楼打了电话预订，他是这儿的VIP客户，自然不用排队而且给他们预留的是一小包间。进了房间，陶洁兴奋得像只小鸟，不顾矜持，径直来到窗前。窗外的大海，在月色的映衬下，闪闪发光。远处停泊的商船，亮起无数灯光的窗口，犹如座座高楼大厦，平添了海岸夜晚的繁华。

“太美了！坐在这儿看景比吃饭都好。”陶洁发出了感叹。

“还有比这更好的节目呢，包你今晚惊喜不断！”叶昌德被陶洁的情绪感染了，他似乎也年轻了十岁。

“你老给我讲故事，本姑娘今天高兴，也给你讲一笑话，看你乐不乐！说的是一南方老板死后到天堂也不忘做生意。天堂的门坏了，上帝招标重建。西北人说做好要3000元，理由是材料费1000元、人工费1000元、我赚1000元；东北人说要6000元，理由是材料费2000元，人工费2000元，自己赚2000元；南方人淡定地说要9000元，3000元给你，3000元给我，剩下的3000元给西北人去干。上帝拍板，南方人中标。

“后来地狱的大门也坏了，阎王吸取了上帝的经验教训，控制定价为3000元。西北人报价3000元，东北人看了一眼走了，南方人先给评标的500元，报价也是3000元，结果南方人又中标了。西北人和东北人很纳闷。之后，南方人花了500元的材料费，500元的人工费修了一半宣布停工，拖了半年后，阎王急了，最后又追加了3000元才完工。

“再后来连接天堂和地狱的电梯坏了，经过前两次的教训，于是控制定价为3000元，而且要一次性修好。东北人看了一眼就走了，西北人报价3000元，南方人也报价3000并称完工后有茅台酒送，又中标了。拿到钱的南方人还是材料费500元，人工费500元，完工后拿了500元红包的验收员声称合格。不久又坏了，安监、质检等收了钱的部门都说是超载所致，要重建，于是又追加了

9000元重建。

“再后来，通往人间的大门也坏了，投胎的下不去，死的上不来，上帝和阎王都急了，经过几次的经验教训后，他们严格定价为3000元。监理、审计现场跟踪，并且免费保修一亿年。东北人吓跑了，西北人报价3000元。南方人来了，不但无偿修理且免费保修二亿年，但要一亿年的管理权，上帝和阎王都同意了。南方人修好门后，在门口设了收费站。死了想上天堂收500元，下去投胎的收500元。双向收费上不封顶，给1000元的投胎北、上、广、深；给500元的投胎二、三线城市；逃费的一律发配新疆罗布泊，变成各种耐旱的动物。上帝和阎王双双无语。”

叶昌德听完不禁哈哈大笑：“这潜规则哪儿都有，连天堂和地狱都无一幸免，真是绝了！”

正说着，菜陆续上来，叶昌德又点了一瓶“人头马”。服务生为二人倒完酒，自觉退出门外。“还想来点浪漫的？”陶洁说。

叶昌德看陶洁今天格外迷人。目光也比平日也多了几分妩媚，明亮的眼神让叶昌德也随之灿烂起来：“小陶今天太漂亮了，让我都不敢认了！”

“如今的时代不是讲颜值吗！女人拼的就是这个，颜值代表你的价值。我漂亮难道不给你增加身价吗？”陶洁直视叶昌德的眼睛。

叶昌德没想到陶洁讲得这么直白，他被她看得反而有些拘谨，自己还从来没有过这种感觉。但叶昌德毕竟摸爬滚打了十几年，见陶洁如此洒脱就随口说：“其实女人的颜值高仅代表一个方面，如果你腹中空空，无真才实学，最终只能是昙花一现。”叶昌德说这话时想起了于飞，想起那个让他无法忘怀的自信的女人。

看着叶昌德一副沉思的样子，陶洁发话了：“本姑娘上得厅堂、下得厨房；学富五车、才高八斗；上知天文地理，下晓人间万象，只是时运没到罢了！”陶洁说完眉眼一挑直视叶昌德。

“好！听你讲话让我热血沸腾，给你找个平台，让你有用武之地怎么样？来，干一个！”叶昌德一时间打定主意，他要把陶洁打造成像于飞那样的女强人，不仅成为他的贤内助，而且对外也能独当一面，成为他事业上的左膀右臂。

“借你吉言，咱们再干一个！”陶洁说完又喝了一口杯中的酒，“其实这年头找一个爱你的人容易，找一个懂你的人就难了！男人永远只会盯着你的脸蛋。”陶洁说着又喝了一口。

“我懂你。来，为我们成为好朋友，干一杯。”叶昌德也端起酒杯。

看着陶洁很斯文地喝了杯中的酒，叶昌德觉得这小女子很有意思。说的是一套，做起来又是一套。单凭喝酒就看得出来。他想再深入地了解一些，于是说：“最近网上流传这样的说法，长得像女人的那叫有女人味，长得不像女人的叫超女。不知道你是属于哪种人？”叶昌德说完看着陶洁。

听着叶昌德的论调，陶洁忍不住想大笑，但看他的表情，又不敢太放肆，于是说：“您看我是哪种人，有时连我自己都不知道自己是哪种人！”

叶昌德听陶洁这么说，心想这小丫头又精又鬼，明明知道自己是哪种人，却偏偏不对号入座，就说：“这年头什么事都要反着看，没结婚的像结婚的一样同居，结婚的却像没结婚的一样分居；动物像人一样穿着衣服，人却像动物一样袒胸露肉；女人像男人一样爷们儿，男人却像女人一样娘们儿；小孩像大人一样成熟，大人像小孩一样幼稚；没钱的像有钱的一样装富，有钱的却像没钱的一样装穷；夫人像情人一样深居简出，情人却像夫人一样招摇过市。你对此怎么看？”

“我不觉得有什么意外。人类社会发展到今天，是一种必然现象。一切皆有可能，谁都不知明天会发生什么！”陶洁看着叶昌德说。

一番交谈，叶昌德感到陶洁并不像他最初时的判断，而是一个很有思想、有抱负的女孩子。与于飞相比，两人是，梅虽逊雪三分白，雪却输梅一段香。有了这样的判断，叶昌德有些释怀了。长夜漫漫，他终于挨到黎明，往后的日子就可看见曙光了，甚至阳光灿烂的日子也为期不远了。他似乎看到春光明媚中，陶洁和他携手同行，同行在如诗如画的五月鲜花中。

“你在想什么？”一句问话打断了叶昌德的遐想，把他带回现实中。

“我是想如何把这个戴在你的手上。”叶昌德话还没说完，一个精致的紫罗兰色戒指盒出现在他的手中。陶洁没想到她一生最圣洁、最浪漫的求婚时刻竟然是在这种地方和眼前这个人。说心里话，如同每个年轻女孩一样，她也有自己的憧憬，梦幻一般的追求。梦想心中的白马王子有一天带着她奔向理想的远方。但眼下的情景远未达到她的理想。这个看上去比她大十来岁的男人，要成为她一生的伴侣，她还是有所顾虑的。然而叶的外形和身家确实符合她的理想，只是年纪略大了些。这年头时兴傍大款，像这样的钻石王老五，打着灯笼也难找。陶洁的心开始“怦怦”地快速跳起来。她想到刚进元山房地产公司做秘书时，经徐明凯的暗示，她对田一珉也喜欢起来。但田一珉并不为她的美色所动，这让她的心也伤痛了很长时间。按年龄来说，田比叶还大很多岁，而且又是离异，为什么她当时毫不犹豫呢？可见年龄不存在问题。这点想开了，还有什么困扰呢？

当陶洁把所有的问题都想开了，这才又看着眼前的叶昌德。他依然举着首饰盒微笑着，等待她的答复。“你就这个姿态求婚吗？”陶洁显然认为叶昌德不够浪漫、不够虔诚。

叶昌德不愧是生意人，脑子转得快，他马上想到西方人的求婚姿态，立即跪下一条腿开始了他的求婚……

第七章

风波易定 情关难过

Section 01 · 乡村孩子们的渴望

一路上心急如焚的陆晓雅在黄山机场下飞机后，见周建平正在出口朝她招手，内心顿时涌出一股暖意。其实在登机前她就给他打过电话，询问从黄山机场去万山县新镇派出所的路线。周建平当时就答应晓雅去机场接她。晓雅自觉欠他的太多，执意不肯让他前来接机，没想到，他还是风尘仆仆地出现在机场。快到两点了，两人才赶到新镇派出所。一见面，张警官就说：“你来了？没想到这样快！”停了一下她又说，“我们在贵州毕城抓获一贩卖儿童团伙，据犯罪嫌疑人的交代，已追查到四名儿童的下落，现均收养在毕城福利院，等待家人前来认领。给你打电话的意思是想让你去认领，你看怎么样？”

晓雅听了这个消息，一下子站了起来：“谢谢您，太谢谢了！张警官，我什么时候能去？”

“这样，我们派出所给你出一份证明，并电话通知毕城警方，你可到毕城县公安局，由他们领你去辨认，然后再办理相关手续。”张警官讲了必要的流程及注意事项，然后出具一份证明交给了陆晓雅。

满怀希望的两人到了毕城，最终失落而归。经过两晚一白天的辗转奔波，如今又回到了黄山。从机场出来，一脸疲惫的周建平开着车情绪也没高涨起来。只听见车在路面沙沙地响着，而车内的人却毫无声响。

一直没说话的晓雅被悲情所感染着。自毕城无果，她就寡言少语。飞机到了黄山，是回南厦还是去农场？这个问题一直在困扰着她。倒是周建平下了飞机拿了行李就直奔停车场，上了车也没问一句，就奔家乡而去，压根就没征求晓雅的意见。看周建平心无旁骛，想法单纯，晓雅也就缄默不语了。回南厦见田一珉怎么说，她到现在还没想好。一想到田一珉期待的眼神，她就无法面对。索性随周建平去他的农场待几天，想好了再回去也不失为中策。经过这些日子与周建平的相处，她感到这是一个值得信赖的人，没受任何社会不良习气的污染，人的劣根性及圆滑世故在他的身上完全看不到，纯洁得就像荷塘中的莲藕，出污泥而不染。晓雅喜欢与这样的人来往，不计功利，不求回报，这是一个志存高远、心存高洁的君子。

由于对路比较熟悉，晓雅觉得没多长时间车就回到了农场。一切都是那样熟悉，连出来迎接的人都是熟悉的面孔。

“你们看，我带回来的是谁？”周建平一下车就对他的员工说。

“是陆老师，欢迎！”几个员工一见陆晓雅都显得很高兴。

“让食堂今天多做几个菜，这两天太累了，好觉都没睡一个！”周建平说完又看看陆晓雅，“你也先休息一下，待会儿饭做好了，再叫醒你。”说完领晓雅进了客房，安慰了几句就离开了。晓雅虽然也是又困又乏，头还昏沉沉的，但躺在床上就是睡不着。毕城跑了一趟，虽没什么收获，但把她的心给搅乱了。她想不出以后将如何走下去，她更不知道未来的生活该是什么样子，没找回孩子，让她有了不愿见田一珉的念头。什么地方才是她的栖身之地呢？回家是不可能的，母亲见了她更会加重心理负担。老人家会误以为她和田一珉有矛盾，回不去南厦了。那么，还有什么地方可去呢？晓雅就在反复衡量的情况下迷迷糊糊地睡着了。

当她隐约被敲门声叫醒时，才发现已睡了两个多小时，天完全黑了下来。周建平在门外大声喊她赶紧吃饭去。来到餐厅看见大家都在等她就座，一种歉意随之而升。“不好意思，让大家久等了！”晓雅很难为情地说。

“没有，我们也是刚坐下。”曾带她到村中和学校看过的小刘代大家做了回答。

晚餐很丰盛，有鱼，有排骨还有一大盆老鸭笋干汤。晓雅知道，可能是她来的缘故，才有了这样的待遇。看着大家对她既客气又礼貌，那种家庭般的亲情氛围让她感到无比温暖，她抬头下意识地看了周建平一眼，想不到他也正在看着她，一种安然让她端起了饭碗……

早上起来，经常与她聊天的小刘告诉她：“陆老师，你要不到学校去看看吧，这几天学校没老师，学生们不知学什么，乱成一团！”

“怎么回事？”陆晓雅感到有些意外。

“学校现有两名教师。最近其中一名老师患病无法教学，另一名也两天没来了，家长都急得不行。孩子们无学可上，让全村人都没法下田干活！”小刘原原本本地把学校的事告诉了晓雅。

“那咱去看看吧，如果需要我，代几天课没问题！”晓雅说。

“那可太好了！全村人都会很高兴的。我代表他们先谢谢您！”小刘有些意外，他高兴地向晓雅行了个礼。

来到学校，果然如小刘说的那样，校园内毫无秩序而言。孩子们有的在室外奔跑撒欢；有的三三两两凑在一起玩耍；有的则坐在教室看书写字。小刘见状马上敲起了学校挂在树上的钟。

钟声清远悠长，不一会儿所有的学生都集中在了操场上。

“大家听好了，这是城里来的陆老师，从今天起，就由陆老师给你们上课，大家注意听讲，不要辜负老师的心血。听明白了吗？”

“听明白了！”整齐而稚嫩的童声响彻整个校园。

晓雅很激动。久违的校园，久违的学生，她又回到了熟悉的讲堂：“同学们，我叫陆晓雅，这几天，我做你们的代课老师，现在请各班同学回到教室，马上准备上课。”

或许是出于新奇，抑或是陆晓雅的气场征服了这群孩子，晓雅的话说完后，大家齐刷刷地回到了教室。晓雅看清了，共有两个班，听小刘介绍过，这个学校只有一到四年级，可能是一二年级合并，三四年级一班。她决定先让高年级的学生朗诵课文，然后到小班上课。

一上午的时间很快就过去了，看着同学们走出校园，向老师告别时，晓雅陶醉了。她已不记得有多久没体验这种当教师的感受了，教师在她看来无疑是她的毕生职业，如今却灰飞烟灭，甚至连渗透血液里的那种使命感都消失得毫无踪影。她正出神地望着远去的学生，周建平不知从什么地方冒了出来：“是金子到哪儿都会发光，真有你的！”他微笑着看着她。

“你别笑我了，这是赶鸭子上架，我自己都觉得有点生疏了！”陆晓雅有些不好意思地说。

“听小刘说你上来就把学生给镇住了，大家乖乖地听你讲话，还真有老师的尊严和威望！”周建平不无感叹地说。

“哪有他说得那么玄乎！我只不过用老师的习惯方式去教导他们而已。”陆晓雅笑了，她笑得很灿烂，这是周建平第一次见陆晓雅发自内心地笑。

下午，两个班的授课进入正常的讲解中，学生们都很认真听讲，晓雅感到效果还不错。虽然分一到四年级要讲解不同的内容，但她很快就适应了。讲的生动，听的认真，学生们很快就被这位博学的美女老师给迷住了。晓雅讲课的最大特点就是旁征博引，她从不就书本的内容就题论事，而是通过多侧面、多角度的阐述论证，让同学们能心领神会，进而达到开化解惑的目的。晓雅的独特授课方式很快取得了成效，她发现，只要她出现，整个教室就鸦雀无声，孩子们都静悄悄地听她讲课。放学了，还有很多学生围着她不肯离去。

晓雅也很开心，看着孩子们对她的敬仰，看到那一双双天真而渴望的眼睛，她觉得自己又有了教书育人的神圣职责和自我价值的体现。

一天就这样过去了。接连三天她一直在学校和孩子们交流互动，忘记了自我，忘记了世界。直到田一珉打来电话，她才意识到还有另一个与她有千丝万缕联系的世界在期待着她，召唤她的回归。

“怎么了？电话一直不回，让我很担心！”电话里，田一珉说不上是挂念还是抱怨。

晓雅一时不知说什么好。本来这几天她的心情很好，一直处于愉悦和平静之中，田的这个电话又把她拉回令她痛苦不堪的现实中。当南厦、田一珉、父亲、孩子等这些问题搅和在一起，她又仿佛落入万丈深渊，神经完全错乱了。这段时间，陆晓雅尽量不让自己想这些事，一想到这些，她就有抓狂的感觉，而这感觉，又常使她进入疯狂的状态，以致陷入混沌初开、洪荒远古的懵懂无序中。

那边的田一珉还在电话里“喂、喂”地呼唤着，而晓雅却不知如何回答，她甚至想不出要说什么。

电话的那边仍在不断地呼唤着，晓雅终于拿起了电话：“一珉，我现已在徽山，就是丢孩子的地方。”

“没找到就回来吧，在那儿干什么？”田一珉不解地说。

“我现在还不想回去，等些日子再说吧！”晓雅说完挂断了电话。

只平静了三天的陆晓雅此时的心又被搅乱了。虽然这地方很好，让她感到是一个疗伤的极佳场所，但她并不属于这个地方，或者说跟这儿无一丝的渊源，要不是周建平的救助，她恐怕一辈子也来不到这个她只在书本上看到过的人间胜境，恬淡自然、清静无尘。她在教学生时，内心就充满了对这种生活的无限憧憬和向往。现在不期而遇，却让她剪不断、理还乱。一边是她的亲密爱人，费尽千辛万苦才走到一起的良师益友、情侣知音；一边是山清水秀、相忘江湖，无尘无我的世外桃源。她对哪边都割舍不下，但她又必须舍弃一方，此时的晓雅陷入两难的境地。

周建平不知什么时候来到她的身边，看着她不发一言。他望着晓雅在那儿沉思，猜想她又遇到了什么问题。许久，他才开口：“怎么了，又遇到什么难题？看你的神情，就知道有不开心的事。”

也许晓雅太专注了，她不知道周建平什么时候站在了她的后边：“是你？”

“我是来看你下课没有，顺便请你回去吃饭。”周建平说。

“咱们回吧，学生都走了！”二人沿着弯弯的山道一路向农场走去。正是夕阳西下的时候，太阳透过天边厚厚的云层，透出万道霞光，露出动人的壮美。蜿蜒起伏的群山，层林尽染，一派生机，尽情展现秋色的妖娆和深沉。

二人回到农场，已经开饭了。晓雅一进餐厅，大家就把目光移到她的身上。晓雅很意外，她不知大家为什么这样看她。

“陆老师，你的水平太高了，全村家长都感谢你呢！村支书一会儿要来看你。”小刘兴奋地说。

晓雅听了虽然很高兴，她的价值能在这地方体现出来，而且是以这样的方式，她感到很欣慰，但此时她不想表露出来，就说：“我做的事太平常了，根本不值得一提！”

“陆老师谦虚了，那些孩子回家却把你夸得像文曲星下凡一般，说你教得太好了，大家都愿意听你讲课。”小刘依旧滔滔不绝。

饭还没吃完，村支书老周就进了餐厅，他一眼就认出晓雅。上前热情地握住陆晓雅的手说：“你是陆老师？太感谢了！这几天，咱们村里议论最多的就是学校和你。我们村的娃娃们从来没有接受过正规的教学，你上的课让大家眼前一亮，都说愿意听你讲课。”

听支书这样说，晓雅感到有些不好意思，她没想到这点小事竟然引起如此大的反响。在周支书和大家的掌声里，她很难为情地说：“其实，我只做了一点微不足道的小事，不值得领导表扬，谢谢！我会一如既往，直到老师回来。”

支书走后，大家热议好一阵子才各自散去。饭前还不知如何处理心事的晓雅，经村支书的肯定，心里有了主张。她打算先在这儿教下去，等告假的老师回来后她再回南厦。既让孩子们不存在无老师的空当期，也让自己回南厦有更多的心理准备。想好了，她也就坦然了。

就在第二天下午给四年级上课时，田一珉的电话打来了，他跟晓雅说，他已到了万山县新镇派出所，问她在什么地方。晓雅听后吃了一惊，虽然她知道田一珉放心不下她，但依此时的心境，她最不想见的就是田一珉。她受不了田对她的关心，尤其是那愧疚的眼神，更让她心如刀绞。明明是自己一意孤行，才闯下的祸事，现在却要他来承担，显然是太不公平了。她既安抚不了田一珉，又无法说服和解开自己的心结，只有逃避了。但她的亲密爱人却不这样想，他甚至把全部罪责归咎于自己对她的漠不关心，为了挽回自己的过失，他在用全部的关爱来补偿她。这次来新镇，就是最好的表现方式。但晓雅却感到了一种爱的不能承受之重，这爱让她感到窒息，进而想逃之夭夭，避而不见。她的这种心理，却愈增加了田一珉的强烈责任感。无论如何，他也要把她找到，让她回到他的庇护下。这样，他才心安理得。

电话接完了，她只有求周建平了。正在忙碌送货装车的周建平放下手中的活，开车来到学校接她。两人一齐来到新镇派出所。看见在那儿坐立不安的田一珉，晓雅想扑到田一珉的怀中大哭一场，她要把这几天的辛劳和委屈统统哭出来，哭得酣畅淋漓，那样，她才会好受一些，痛快一些。但派出所不是自家，她想想还是忍住了，虽然眼里噙着泪水，但她还是没有让它掉下来。他们只是相拥了一下，然后走出了派出所。

“天有些晚了，到农场先住下再说。”周建平先说话了。

田一珉看着陆晓雅的眼睛，那意思也很赞同，就答应下来：“也好，想回去也回不成了！”

农场的员工见新来一位不速之客，都感到诧异，待明白了是怎么回事时，都悄悄地散去了。餐厅里只剩下他们三人。周建平倒是热情不减，他一边招呼开饭，一边为田一珉盛饭送汤，尽显地主之谊。倒是晓雅见气氛有些冷，感到有些尴尬，心里着实不安。田一珉则显出一副无所谓的状态，相反，就餐时还不忘称赞饭菜可口。晚餐用完，田一珉提议到村中转转，为防夜间路黑，周建平还拿出一手电筒交给晓雅。二人告别周建平，沿山路向村中走去。

今夜的月儿时隐时现，浓重的云彩遮住了大半个天空，远处黑黝黝的山峦突显神秘深沉，偶有山风掠过，便似万顷波涛汹涌而过，发出低沉而厚重的呻吟。两人就在这若明若暗的山路上散着步。见陆晓雅一直默默不语，田一珉说："明天咱们回吧，你一人待在这人生地不熟的乡村，我不放心！"

晓雅没有说话，她不愿离开田一珉，但学校里的老师一个也没回来。她走了，那群孩子又得变成一盘散沙了，她有些为难。见她仍不说话，他又说："你是怎么了，难道这儿有什么让你放不下的人和事吗？"

晓雅还是一声不吭。她觉得田一珉的话中有话，她不想解释。见陆晓雅好像跟他无话可说，田一珉深感意外，自这次见面，他就发觉，晓雅像换了个人似的，不像过去老在他耳边絮叨的她了。他感到不太适应。

他们就这样沿着山道来到村中。许是晚间了，劳作一天的村民已经休息了，街上没有人走动，偶有人家传出婴儿的啼哭，此外，静夜无声，整个村庄像是熟睡了。两人在村上转了一圈后，来到学校，看到一片断壁残垣，在月色的映衬下，更显其颓败和荒凉。一直没说话的陆晓雅开口了，她说："这个学校老师都请假了，我在这儿顶几天，估计他们也该回来了。等他们回来，我就走！"

"他们要是不回来，你就不走了！"田一珉终于找到可宣泄的切入点，他的心里涌出一股无名的火气。人家没老师与你何干？就为这点事，害得我公司不管，千里迢迢跑到这儿来找你。他的心中生出了怨气。

"我那天要是不知道，不接手，也就算了。现如今接了手又撒手而去，总是于心不忍。"晓雅说。

"这样说，你是不想走？"田一珉强忍怒气。

“一珉，你不要逼我，好吗？”晓雅语气低沉，恳求着。

“好吧，既然你不愿离开，我明天自己先回去，公司的事太多，不允许我在外面耽搁太久。”田一珉见晓雅不为所动，只好放手。

这一夜，晓雅又是翻来覆去睡不着了。田一珉的到来，无疑打乱了她的节奏，让她自我调整的心又乱了。她知道跟田一珉回去是正道，但心里又总有那么一点愧疚。她就在这两种选择中左右不定。天亮了，听着外面有动静，她也起来了。周建平正在外面做早操。晓雅想征求他的意见，于是说：“我想随他回去，但又考虑学校的学生没老师教，你看怎么办好？”

“还是回去吧，这样对大家都好。反之，会影响你们的感情！”周建平看着晓雅说。

或许田一珉也没睡好觉，天已大亮仍然没有起床，快到8点了，晓雅敲门，田才从睡梦中醒来。

“我和你回去，我想好了！”晓雅说。

睡眼惺忪的田一珉听到晓雅这句话，脸色由阴转晴，马上穿起衣裤，开始洗漱。两人吃完早饭，走出小楼上车时，一群孩子已来到农场。他们都不说话，只静静地看着陆晓雅，目送她上了车。汽车发动了，有的孩子掩面开始哭起来。晓雅实在忍不住了，她冲下车跑向孩子们，热泪盈眶，抱着孩子哭起来。霎时，哭声一片。有的说：“陆老师，你还来看我们吗？”还有个很小的女孩更是哭得揪心：“姐姐，我想你！”她走到陆晓雅跟前一头扎进晓雅的怀里哭个没完。

田一珉没想到短短几天晓雅就与这些孩子建立了如此深厚的感情，他更没想到晓雅也如此动情，只一瞬间的感慨，他就恢复常态，晓雅是属于他的，即使这世界有一万个理由需要她，那她也是永远属于他。

车走远了，田一珉看见孩子们还在不停地招手。

Section 02 · 两个女人的情怀

这些日子，最为忙碌的要数于飞了。她一边在元山售楼处坐镇，一边又开始策划“海湾绿苑”的前期销售。跑媒体、进网站，看广告样片，写创意文案，忙得是不亦乐乎。很久没见田一琨了，她想向他汇报这一阶段元山的销售情况，让他对公司的资金有所了解；其次是关于“海湾绿苑”的一期销售计划，并介绍她这边的策划筹备情况。当然她最想知道的，就是陆晓雅怎样了。思来想去她给田一琨打了个电话，谁知竟然不在服务区，一连打了几个，都是同样的回答。她忽然想起，前天田一琨告诉她要出去两天，因为当时她正忙于签字，也就没往心里去。现在回想起来，可能与陆晓雅有关。到了晚上，她忍不住又给他拨了过去，谁知这一下子竟然拨通了。田一琨告诉她说刚下飞机，还没走出机场。于飞马上说：“我去接你！”没等田一琨说话，她就开车直奔机场。好在机场距市区只有不到20公里，晚上车少，田一琨刚出机场没一会儿，她的车就到了。三人相见，田一琨首先给她俩互做介绍。于飞见陆晓雅果然气质不凡，犹如水中芙蓉，亭亭玉立，恹恹病态中有闭月羞花之貌，心中不由得暗暗称赞。陆晓雅虽不甚关注周围之人，但还是被于飞的气场所吸引。大度潇洒，仅浑身散发的活力，就让晓雅自愧不如。再一看，一副遮住半个脸的太阳镜摘下后，娇艳妖娆，深邃的眼神直逼人心扉，仿佛能看透你的五脏六腑。晓雅从未见过如此奇女子，心里不禁为之一动。想到田一琨手下还有这般女强人，真是人才济济、了不得！听田一琨介绍这是公司副总经理于飞时，还没等她伸手，于飞早已伸出手来，并上前问候“你好”，两手相握的一瞬间，晓雅觉得对方手的力度要比她大得多。她甚至在微妙中感到对方咄咄逼人的气场。

于飞显然不想输在气势上。她没见过陆晓雅，对于这个谜一般的女人，于飞揣测过不止一次。是什么样的人能让田一珉无怨无悔、不离不弃。今天见到了，果然不同凡响。虽然自己表现出过分张扬的姿态，但对方却以水的柔和拂却了她的锋芒，以善利万物而不争的形态和气质，彰显了内心的修为。于飞较少有服人的时候，但今天，她有些气馁。难怪田一珉对眼前的纷繁不为所动，原来有这样的雅士隐藏身边。陆是那种“看庭前花开花落，宠辱不惊，望天上云卷云舒，去留无意”的女人。她不由得重新打量了陆一眼。看那女人仍心如止水，丝毫没有与她争锋的意思，这才放下心来，赶紧招呼上车。

于飞又换了一辆红色的奥迪Q7，开起来风风火火，在大街上也算一道风景。车开出机场，音响里正播放着小提琴独奏曲《苗岭的早晨》。引子抒情明快，给车厢里的气氛带来些许的轻松。每个人都似乎被音乐感染了。

“这车真漂亮！”田一珉说话了。

“女人开这车的少。但我就想给人看看，女人为啥不能比男人强！”于飞说。

“巾帼不让须眉！”田一珉说。

说话间，车已来到田一珉住的小区门口，于飞下车与两人道别后，才将车开走。望着远去的车影，田一珉说：“于副总为人豁达，要不是去年年底她从晋江融资5000万，我就完了，有没有今天都不知道！”

“你手下要是多两个这样的人，公司肯定能做大！”晓雅说。

说话间，人已进了电梯。田一珉近看陆晓雅才发现她瘦了。一种怜爱涌上心间，他想要给晓雅补补身体，让她的身心尽快恢复起来。他现在不比从前，鸟枪换炮，他要让晓雅过上锦衣玉食、无忧无虑的生活。这样，他才能赎回以往对晓雅的漠不关心所带来的伤害。

于飞送完田一珉和陆晓雅，心情郁闷，索性把车开到海滨大道的音乐家广场。时值初秋，海岸的木栈道上，情侣依依，男女成双，漫步在浪漫的夜色里。更有骑单车的小伙子穿梭于小路上，给夜色平添了几分活力。于飞就坐在岸边的椅子上，看着来往的红男绿女，想着心事。从毕业至今，已逾十个年头，自思虽没做出丰功伟业，却也不落人后；虽说不上星光耀眼，却也算出人头地。唯独个人终身大事，却一直没有着落。好不容易喜欢上一个人，可却是有鹊早占枝头，让她几多欢喜几多愁。她原以为凭自己的优越条件，能让所有的人甘拜她的石榴裙下，但没想到偏遇上个田一珉，并不为她所动，让她爱恨不得。此前，她对田一珉只是欣赏，长久的交往中，她发现田一珉是个可以托付终身的人。也就是在这个时候，她听到田一珉给她讲了那个既浪漫又凄婉的故事，知道还有另一女人与田有三年的糟糠之情，虽然她不愿相信这是真的。直到今天，她亲眼见到了陆晓雅本人，这才真真切切地知道她的一切想法都是痴想。她的一厢情愿只不过是水中月、镜中花而已。如今梦已大醒，她该何去何从？望着往来的人们，她陷入了深思。

栈道上的游人越来越少，海面上涛声依旧，该是回家的时候了，可于飞不想回家。往日，忙完公司的事，她唯一的念头就是回家睡觉。可今天晚上，她却不想睡，她觉得很多问题至今都没认真想透过，她要好好想一想。于飞知道自己已不是单纯的小女孩了，过了青春期，天真幼稚的遐想和虚无缥缈的幻想都与她渐行渐远，可现实中她的归宿在哪儿？虽说万物皆有定数，可她的定数又是什么？于飞一连给自己抛出了几个问题，她想求得答案，但没人回答，只有远处的航船不时响起孤寂的笛声，似乎在回应她的思考。

夜深了，栈道上已看不到游人来往，于飞仍坐在那儿看着海面上粼粼的波光出神。恍惚间，她仿佛想起多年前读过的《问佛》：

世间为何有那么多遗憾？

曰：这是一个娑婆世界，没有遗憾，给你再多的幸福也不会感到快乐。

如何让人的心不再感到孤单？

曰：每一颗心生来就是孤单而残缺的。多数人带着这种残缺度过一生，只因与能使它圆满的另一半相遇时，不是疏忽错过，就是已失去了拥有它的资格。

有些事情怎样才能放得下？

曰：命由己造，相由心生。世间万物皆是化相，心不动，万物皆不动；心不变，万物皆不变。万法皆生，皆系缘分。无穷般若心自在，语默动静体自然。缘起即灭，缘生已空。人生有八苦，即生、老、病、死、爱离别、怨长久、求不得、放不下。

做学生时，她觉得写得太深刻了，但还没有像今天这样领悟得如此透彻。回想与田一琨的相处，虽然至今还是风雨如磐、无坚可摧。但她的心境变了。过去，两人相处，心无旁骛，简单明了，想的是如何把公司搞好，并没有其他的问题存在。现在，有陆晓雅横在中间，于飞不得不想自己以后的路。先前，她曾把自己和田一琨联系在一起，休戚与共、息息相关。现在，她发现其实她和他并不在同一轨道上，或者说是自己的一厢情愿而已。虽然田对她是信任百倍，默契始终，但她要的不仅是工作上的默契，而是一份情感，一份心心相印的思恋。她自己也清楚，田一琨从未在她面前流露出儿女情长，但却让她曲解，误以为是男人高尚的表现。当真相浮出水面时，于飞才如梦初醒，是她自己求不得，放不下。想到这儿，她又记起不知谁写的箴言：

最好不相见，如此便可不相恋；

最好不相知，如此便可不相思；

最好不相伴，如此便可不相欠；

最好不相惜，如此便可不相忆；

最好不相爱，如此便可不相弃；

最好不相对，如此便可不相会；

最好不相误，如此便可不相负；

最好不相许，如此便可不相续；

最好不相依，如此便可不相偎；

最好不相遇，如此便可不相聚。

于飞默诵了这些诗句后，与以前不同的是，今天她有醍醐灌顶的感觉。大脑好像一下子开化了，芸芸众生，各有各的活法。“发上等愿，结中等缘，享下等福”，难道不是时下的处世哲学吗？自己为何偏执一隅，冥顽不化呢！或许定数未到，任你千般挣扎，终究是空空如也；或许是缘分皆无，任你望穿秋水，终究残缺，不能圆满。人生就是由诸多无奈构成的，而没有这些个孤单和残缺也就显不出生命的色彩。想到这儿，她忽然释怀了，眼前仿佛亮了许多，周围的万物也跟着欢呼雀跃、生机盎然。她感到这一晚没有白来，起码弄清了自己想什么、要什么。

Section 03 · 叶昌德的心事

这些日子，叶昌德的心情一直不错。厂里的钢窗供不应求，找他签合同的人络绎不绝，连明年的供货合同都快签完了。他心里的喜悦溢于言表。而自从陶洁接受了他的定情物后，他的心更是锦上添花。人逢喜事精神爽，此时，他就沉浸在这种幸福中。刚才接到陶洁的一条短信，让他更是喜不自禁。心中暗笑，这小女子还真有那么点情致，看了两遍这会儿又看了起来：“我要让你时刻牢记：不给我打电话的发配西藏训猴，不想我的刑事拘留，忘了我的一律斩首，贪睡的拉去放牛。善良的我祝你快乐，有比我还想你的一律开除地球。”叶昌德看完乐得笑出声来。有这么个精灵在他身边，的确是其乐无穷。才分开这么几天，她就发来这样的短信，思念之情可见一斑。原来，陶洁已经经田一珉批准来他的公司报到了。为把她和叶昌德这件大事告诉父母，陶洁决定回家一趟，一来有两年没回家了，很想念爸妈；二来告知父母，听听他们的意见。陶洁的家在咸阳，临走前，叶昌德亲自为她选了一些土特产和高档烟酒让她带回去，并亲自送到机场看着她过安检。现在看了这则短信，叶昌德有说不出的喜悦。想了想也回了一条短信：“有些男人爱你，是想和你过一辈子；有些男人爱你，只想和你过一阵子。过一辈子的男人爱你不会竭尽全力，因为他要把爱均匀地放在一辈子里。过一阵子的男人会爱得死去活来，因为他只需要爱过你、睡过你和抛弃你。所以，好男人照顾你的生活，坏男人照顾你的感情，两相对比，你选哪一种男人？”

叶昌德发过短信没一会儿就接到陶洁的回复：“好男人，我明天就回了，见面再听你的歪理邪说吧！”

叶昌德笑了。心想这小女子处处表现出她的古灵精怪，连发个短信也不忘幽默，真是一枚开心果，日后与这样的人耳鬓厮磨，肯定不会愁肠百结。想着明天就见着了，内心多了几分期待。

几天后陶洁乘的飞机准点降落在南厦，当叶昌德看见陶洁现身在出口时，内心的激动传遍了周身，接过行李还不忘在她耳边吻了一下。陶洁的脸一下子红了起来，心里虽洋溢满满的幸福，但嘴上却尖刻无比：“哎，大叔，不得无礼。当这么多人的面你就放肆，小心有人扁你！”

叶昌德哈哈大笑：“我亲自己的老婆，碍别人啥事了！他不爽就亲自己的老婆去。”

陶洁娇嗔地说：“谁是你的老婆？真是秀才遇着兵！”

二人欢天喜地走出机场，上了车。路上，叶昌德问起回家的情况：“怎么样，这次回家有什么感受？”

“还是老样子，没啥大变化。还是这边好，一年四季如春，啥都能吃到。”陶洁感慨地说。

“好，有这样的想法就好，免得时间长了又想家！”叶昌德很高兴。

陶洁这次回家说是看二老，其实主要是征求父母对婚事的意见。每次与家里通电话，母亲总要问起她的个人大事。如今落实了，她如实告诉了二老。父亲听了半晌没有吭声，母亲则摇头，感叹年纪大了些：“要是差个五六岁还可以，差了整十岁，还是大了些！”

父亲倒还开明，听老伴儿这样说就开口道：“大一点没关系，只要能跟你一心过日子，就成哩！”陶洁认为母亲说的不无道理，但她自有个人的见解。这年头流行找大叔，年纪大的知道疼人、会体贴，还有至关重要的一条，叶昌德是一大老板，腰缠万贯。嫁了他，这辈子可以衣食无忧，再不用为柴米油盐发愁。叶昌德除了年龄，形象、人品、家底都无可挑剔，堪称极品。陶洁想到这儿，就对母亲说：“妈，我在南厦就遇到这么一个看得过去的人，如果您能找到比他更合适的，我还是按您说的办。”母亲听了半晌无话，末了说：“还是你自己做主吧！妈老了，跟不上形势，你自己看着好就行。”

说通了二老，一高兴，陶洁就给叶昌德发了前面的短信。

叶昌德当然不知道陶洁家里所发生的一切，他也担心陶洁家里会不同意他俩相处，那样，麻烦就大了。虽然他也能如愿以偿，但终究不算圆满。现在看陶洁神采飞扬、情绪高涨，知道进展顺利，心也放下了：“今晚给你接风洗尘，劳苦功高，好好犒劳犒劳你！”

“那还用说，本姑娘这次回家费了多少周折才说服爸妈，把这么个如花似玉的闺女让你收编，而且分文不取，你上哪儿找这等好事，偷着乐去吧！”陶洁诙谐地说。

叶昌德听后大喜过望，知道家里人已通过，他可以堂而皇之地做陶家女婿了，一种成就感随之涌上心头。他暗暗下定决心，要好好疼爱陶洁，让她幸福一辈子。但这种男人的担当和责任感在一阵激动过后，他又想起于飞，想起自己七年的心血，结果却是水中捞月、竹篮打水，终究徒劳一场。与于飞相比，他觉得陶洁追得太容易了，简直没费吹灰之力。对于这样的游戏，他反而觉得有些许遗憾，将来回顾自己的恋爱史，都没什么值得回味和令人激动之处。而追于飞追得又太苦了，苦得让他耿耿于怀、欲罢不能。假如时光倒流，他可能还会选择去追于飞，即使一无所获，他也觉得让他感触的东西实在太多了，欣喜、期盼、失望、憧憬，一会儿跃上巅峰，刹那间又跌进谷底，起伏跌宕，让他回味无穷。虽痛苦多于希冀，但叶昌德的性格中偏有那么一点基因，让他对任何人与事都有偏执的行为。现如今已完全没了这种可能，想想陶洁也是一刚烈女子，如发现他至今还三心二意，心有另属，会做出什么样的举动，他是无法揣测的。另外，让田一琨和徐明凯知道，他岂不成了拈花惹草、始乱终弃的薄幸之徒。想了许多，心游万刃，最终还是回到现实中。既然已有归宿，还是老老实实地认命罢。今世无缘，怕只有来生了！转世投胎变成一个品德高尚、学识渊博的才子，到时再与她断桥相会吧！

Section 04 · 利与色的权衡

这些日子，林发权心里一直蠢蠢欲动。楼市火爆空前，让他也有些坐不住了。前一时期由于制定了捂盘惜售的方针，所以就没考虑开盘的计划。现在销售火热，各家楼盘都提前开售，争取利用“金九银十”获取更为骄人的业绩。唯独他的“绿城国际”悄无声息。与全市如火如荼的叫买声相比，“绿城国际”则显得不合时宜、特立独行。从某种意义上，似乎淡出了南夏的房地产市场，转而成为孤独寂寞的弃妇。林发权对这样的形势显然心有不甘，他决定再开一次董事会，探讨当前变化的形势，以决定开盘与否。

会议如期召开。在林发权的主持下，董事们畅所欲言，大家都对房地产出现的火爆现象各抒己见。

有的认为应立即调整思路，开盘销售；有的认为要坚持既定方针，等房子完全盖好再出售获利或许更大。两种意见针锋相对，相持不下。林发权见双方都说出了利弊，思考再三，决定采用投票方式予以决议。最后，投票结果是四比三，赞成开盘的为四。少数服从多数，董事会决议开盘销售。于是立即组织人马，争取在较短时间内开盘。

其实在这件事上，林发权是倾向于前者的。一方面，开盘就会有源源不断的资金流进他的腰包；另一方面，价格已快涨到他的预期，这种涨势让他始料不及。他自己清楚投出6000万，囊中已空空如洗。如发生意外，对外又融不到资，他就会陷入和田一珉当年同样的下场。他生怕重蹈田一珉的覆辙，因此在势均力敌的情况下，他把自己最重要的一票投给了赞同方。手里有钱，心中不慌。其实，他是最不喜欢跟风的。但田一珉之前的遭遇历历在目，让他何时想起都不寒而栗。市场瞬息万变，他不想落入山穷水尽、求告无门的下场，因此，该出手时就出手，确保自己立于不败之地。但是，若现在出售，价格与他的预期还有一定的差距。他思考了几天，最后决定把价位定在原有预期的标准上，也就是每平方米8800元。为把“绿城国际”炒热，他不仅动员全市的媒体进行大肆炒作，增强影响力，而且拿出二到六层共计四十套的房子作为“特惠房”，以6888元低价测试市场的反应。他预估会有很好的效果。因为他的“绿城国际”地处南夏繁华地段，毗邻两园一山。白鹭公园、湾海公园和凤凰山公园近在咫尺，是全市公认的“贵族区”。周边交通四通八达，商场林立，名校环顾左右，称得上闹中取静的宜居场所。有这些得天独厚的地理条件，他相信卖个好价钱不在话下。他敢捂盘到今天，自有他的道理。但他还不放心，为了能在短期收回5000万的资金，他又给主管销售的副总面授机宜。他指示，凡本公司员工，每人必须从家里找两人到售楼处假意买房，营造销售火爆的场面，时间是一个月，如不能完成任务，扣半月工资。如超额完成，每天多发奖金100元。售楼部能从外找来人，每天每人发100元酬劳。此令一出，售楼处每天络绎不绝，人来人往，好不热闹。看房的、咨询的、坐下来算房价的、算按揭款的，占据了大半个售楼处。林发权来了几次，每每看到这样的景象都得意扬扬，他为自己的这个谋略备感自豪。

看到售楼处的销售如火如荼，他又想起身边的肖虹。以售楼小姐身份前来应聘的肖虹，是否该调去售楼处让他犹豫不决。论工作能力，肖虹到售楼处或许是一把好手，但在公司搞行政，不仅文字功底不够，就连起草一般的文件都不能胜任。唯一让他满意的就是勤快、周到，每天像小鸟一样出来进去，给他带来心情的愉悦和感官的享受。此外，还能替他挡酒。记得有次与一家老板谈合作，晚上请他们吃饭，喝到兴头上，非得罚林发权三杯，并扬言如不喝下去以后无法合作。迫于无奈，林发权正思谋如何应付时，肖虹挺身救主，一口气连喝三杯，镇住了对方，还博得了满堂彩，缓解了当时尴尬的气氛。从那儿以后，林发权不论到哪儿吃饭都带着肖虹，一来撑门面，二来帮他挡酒。一举两得，好不快活。如今开盘了，对于肖虹的去留，他似乎没了主意。论个人情感，他当然割舍不下，但论公事，他又不得不忍痛割爱。按理说，算上五险一金，公司每月支付她近5000元的工资，显然增加了不合理的负担。这让他感到左右为难，想了很久，仍没有什么良策。就他个人讲，即使把肖虹留下来，也没人敢说半个“不”字，但关键是留用得有价值体现。她能给自己带来什么？林发权是一个地道的商人，他所做的每一件事，利是他的首要考量。肖虹对他来说有什么价值可以榨取？想到最后，唯一就是她的美色还有利用的价值。林发权陷入沉思。对于肖虹，他简直可以做他的父辈，但这并不算什么。街上老夫少妻比比皆是，况且他也并没有想让她成为自己的夫人。只是他一个人有时回家太孤寂了，连个说话的人都没有，虽说上了些年纪，身体无碍，必要的床第之欢还是需要的。他的朋友们就常笑他太保守，大家在一起饮酒作乐时，常炫耀自己的女人多漂亮、多温柔，床上功夫如何了得。“老林，钱在你那儿都快发霉了，也不拿出来给女孩子花点，再过几年，想花都花不出去了！”每逢这时，他都一脸窘相。想到自己经常被人嘲弄，心有不甘的林发权此时自然想到肖虹。对这个常在他眼前晃来晃去的女孩子，他只是用眼睛欣赏，如同一朵娇艳的鲜花一般，还没有亲自触摸。两人的接触也仅限于酒醉的搀扶或捶腰捏背而已，没有过多的深入。现在机遇来了，关键是她是否愿意抓住这个机会。林发权想了许久，终于下了决心。既然潜规则无处不在，何不利用这样的契机，以工作的名义谈谈她的去留，何去何从，由她自己选择。愿意，“钱”景广阔；不干，扫地出门。如此，自己也平静坦然，不再为此大伤脑筋了。

快到下班的时间，他电话通知肖虹晚上陪他去吃饭。对于这类事，肖虹早已司空见惯。平时，办公室的事情并不多，看着他人都在忙里忙外，唯独她清闲自在，工资又不少，她真是暗暗惊喜。记得第一个月发工资，她看着工资条欣喜若狂。这是何等的待遇啊！只有公司中层才能拿到这样工资。而她第一个月就领到这么多，她按捺不住喜悦，到饭店犒劳了自己一顿，又买了一条金项链，花了小2000元。随着时间的推移，她兴奋的心情逐渐有了变化，心也变得惴惴不安了。因为她看到，这里的每个人都疲于奔命，甚至一人干两人的活，大多工资也没有她高。她想不明白，试图从同事口中探出点端倪，但大家都讳莫如深。她开始更加不安了，只有把自己的本职工作做得更好，把老总屋里收拾得更干净，茶水倒得更勤，她才有一丝的心安。今天见林总通知她陪酒，心想机会来了，她要在林总面前努力表现自己，以博取他的欢心，这样，她的位置才可以坐得稳当些，钱也拿得安心些。

当她跟随林总来到海岸酒店的中餐厅时，并无客人前来，直到酒菜都上来了，仍不见有人来。肖虹感到意外，以往客人一般会按时到席，唯独今天，到现在也没见踪影，她看了林发权一眼。林发权自然明白她的意思："别看了，今天没客人，是我请你！"

肖虹感到吃惊，她没想到林总竟然单独请她吃饭，既惊喜又有些不安。老板单独请一个普通员工吃饭，这是破天荒的事，惶恐中，她又有些自豪。既然已成事实，也只有既来之，则安之了。想到这儿，她连忙给林发权倒酒。

其实林发权一直斟酌如何与肖虹开口。无论如何他也难以启齿。既然已下定主意，只有一试了。男女之事，本是你情我愿心领神会，现在要像生意一样来谈判，让林发权感到很不适应。其实如果想简单化，他完全可以让他的亲信去谈，但这种事他不想让部下知道，他要做到神不知、鬼不觉，水过不湿鞋，然后心安理得地慢慢享用。想得高，难度自然增高，以致他在酒桌上还是没有想好如何开口。

"林总，感谢您如此高看我。茫茫人海，为表达知遇之恩，我敬您一杯！"肖虹站起来恭恭敬敬地举杯向前，然后干了。

还在思考如何找到切入点的林发权被肖虹的敬酒弄得有些措手不及，忙着举杯应付，也跟着干了。"吃菜、吃菜！"林发权忙掩饰自己的窘相。

"林总，我再敬您一杯，感谢您对我的关照，工作上有哪些没做好，请您多多海涵！"说完又一口干了。

对肖虹的酒量，林还是较清楚的，但对肖的性情，林发权知之甚少。他只知肖是个乐观开朗、积极向上、行事稳重的女孩。还没等他说话，肖虹又开口了："林总，所有感谢的话都在酒里，跟着您风雨同舟，无怨无悔！"说完又一口干了。

三杯酒下肚，肖虹的脸色变得红润起来，说话也一改平日的谨小慎微，变得无拘无束："林总，看您今天好像有话对我说，有什么事，请直说吧？"没等林发权说话，肖虹先挑开了话题。林发权暗想，她好像看穿了他的心事，看来现在的年轻女孩都极聪明，千万不要小看了她们，个个都是人精！

林发权沉吟了一会儿，终于开口："你知道公司要开盘，售楼处要增添人手吗？"

"知道！"肖虹看着林发权。

"有人建议让你到一线做骨干，你怎么看？"林发权试探着说。

肖虹想了想，眼珠一转随口说："我是一块砖，哪里需要往哪搬！"

她的话引得林发权笑了。"你愿意去吗？"林发权接着问。

肖虹想了一下，旋即用迷人的眉眼看着林发权说："林总愿意我去吗？"

林发权没想到肖虹会反问他，沉吟了一刻说："我愿意不愿意不重要，关键是你自己！"

肖虹见林发权话里有话，便说："想去如何，不想去又如何？"其实话说到这里，肖虹明白了，林发权之所以拐弯抹角地试探她，肯定有他的目的，只不过不好明说罢了，他肯定是想让自己说出口而已。她努力分析林的目的。其实她知道，在办公室要比去售楼处好多了。清闲自在，工资又高，售楼处赶上旺季可能还可以，摊上淡季就糟糕了。她在元山售楼处时每月只有不到两千元的保底工资，那情景才叫凄惨呢！有了这些经历，她自然知道好赖。况且来亚华已四五个月了，再让她去售楼处，她已完全不能适应那儿的环境了。羡慕忌妒恨，钩心斗角，任务完成得好引人妒忌；完成不好，领导批评，同事小看。肖虹是不想再回到那种地方了。但是林给她出了一道选择题，不想回去那就得乖乖地听他的安排，她不知道林发权打算如何安排她，也想不出自己能干什么。她陷入困惑中，只能用祈求的眼光看着林发权。

林发权从肖虹的眼神中看出了她内心的彷徨，但他仍不想明说，他要她自己悟，心甘情愿地投怀送抱，那样以后才不会生事。见肖虹茫然无助的神色，林发权又说："怎么样，想好了吗？"

肖虹心里有些期期艾艾。明明知道我不想去，却反过来问我，有何用意你就明说嘛，干吗绕来绕去折磨人！心里这样想，嘴上却说："还是我前边说的话，林总让我做什么我就做什么！"话说完了，一脸虔诚地看着林发权。

林发权见火候差不多了，这小女子已进入他的圈套中，只等收网了，于是开口说："你要不想走的话就做我的正式秘书，工资可考虑再加些，你同意吗？"

肖虹怎么也没想到林发权会做出这样的决定。她曾设想会把打字员的工作再加到她的头上，她没想到不但不用离开办公室，反而还给她加薪晋爵，让她风光无限，一激动，差点跳起来。但她随后又冷静下来，林总让她做秘书，这是一个什么性质的职务，她不由得细细思考起来。忽然，她从一小品中想起小秘管董事长的俏皮话来，一下子恍然大悟。原来这老东西是想把她变成情人，怪不得绕来绕去、拐弯抹角地吊她的胃口，而且给她提高薪水，显然都是给她精心设局，一恼，马上就想掉头一走了之。但转念一想，做秘书不一定非得当情人，万一是自己以小人之心度君子之腹呢，岂不是白白丢掉一次机会？想到这儿，心里又多云转晴了，她决定再探探口风，看看他的动机："林总，谢谢您这么高看我，但我不知道自己能否胜任……"

"你只管按以前的做就行，另外要常到我家去帮着洗洗衣服、打扫打扫房间。最好能照顾照顾我的私人生活。"话说完了林发权意味深长地盯着肖虹。

肖虹从林发权的眼睛里看不出任何异常，表情平和、自然，仿佛工作谈话，没什么两样。但她的心里像吃了蟑螂一样，虽说她现在还没与徐明凯领证，但将来他们肯定是夫妻。做这老东西的情人，她感到自己还没那么下贱。她很想拿起桌上的水杯，一下倒过去，但她没敢动。林发权平日里那种不怒自威的神态，不仅让她胆怯，就连公司那些中层以上的管理人员，个个见了林都毕恭毕敬、唯唯诺诺，稍见他脸上变色，便噤若寒蝉，大气不敢喘上一口。肖虹见得多了，自然也有了敬畏之感。她想了想说："谢谢林总这么看得起我，做秘书这件事，工作内容太复杂，我还是考虑考虑吧！"

林发权听了不置可否，仍然用平和的语气说："回去考虑考虑吧，但不要太久！”

肖虹回到家心还跳个不停。她想这老东西太伪善了，别看说得冠冕堂皇，讲的全是人话，实际一肚子男盗女娼，什么事都做得出来。她想自己如果不同意，别说现在的岗位保不住，就连去售楼处看来也成泡影。徐明凯早已回家，正在书房里填写合同，见肖虹进门来，急忙收起文件，塞到抽屉里，冲出门外。肖虹脱完鞋正往房间里走，见徐明凯神色慌张地冲出门来，感到诧异，随口说了一句：“做什么见不得人的事儿？”徐明凯立即呈现一副无可奈何的表情：“我有什么见不得人的事啊！”肖虹没好气地说：“谁知道你啊！不然怎么这么慌张？”徐明凯无心恋战，只好拿出大人不计小人过的口吻说：“好！我不跟你一般见识，我洗澡去了。”听见卫生间里“哗哗”的响声，肖虹才进厨房准备晚餐。

吃完晚饭，两人看了一会儿电视，就早早上床准备睡觉了，徐明凯精力旺盛，想和肖虹亲热一下。本来肖虹心情郁闷，正为白天的事烦恼不已，见徐明凯凑上前来，心里更加厌烦，脱口说：“从来不考虑别人的心情，就想着自己快活！”本来徐明凯兴致勃勃，经肖虹这么一说，情绪立刻低落下来，掉转头睡了。肖虹睡不着，她反复想着白天林发权对她说的话。按理说，她完全可以一拒了之，写份辞职报告然后潇洒地离开。但辞职容易求职难，她再想找一份坐办公室的，尤其轻松自在且拿高工资的工作就难上加难了。做林发权的情人又是万万不能的事。她进退维谷，不知如何是好。正当她迷迷糊糊进入蒙胧的状态时，发现徐明凯蹑手蹑脚地下床进了书房。肖虹感到有些纳闷，大半夜的不睡觉，却像贼一样溜进书房干什么？疑惑使她起身朝书房看去。徐明凯怕关门声吵醒肖虹，这恰恰给肖虹观察里面提供了方便。借着灯光，肖虹看见徐明凯正在A4纸上填写些什么。看清了徐明凯的作为，肖虹回到床上，仍旧双目紧闭，像是熟睡的样子。徐明凯填完了合同，回房上床又睡了。原来他在金山豪苑看到一套房子，虽说交了定金，但由于“海湾绿苑”一期开工，他一直没有腾出时间去签正式合同，直到昨天金山豪苑的刘小姐通知他说，如再不来办手续按规定将取消预售合约，定金没收。不得已，临下班前他赶到金山豪苑拿到合同，约定明天交款正式签约。回家见肖虹还没回来，放下公文包，马上翻阅起购房合同来。没等他翻上几页，外面响起开门声，知道是肖虹回来了，慌忙扔进抽屉，出门迎接。看肖虹睡了，这才起身又看了一遍，确定没啥问题便逐页签字放进公文包，回到床上继续睡了。

肖虹见徐明凯睡着了，轻轻起身进了书房。她一眼就看见放在桌上的公文包，打开包发现是一沓合同。凭着职业敏感，她知道这是一套购房合同。翻开第一页，她看到购房人一栏赫然填的是“徐明凯、刘丹”。她强忍泪水，看到刘丹一栏全是徐明凯代签。她忍不住潸然泪下。凭一个“丹”字，她判断这是一女性名字。想到徐明凯这么快就有了新欢，而且还瞒着她给人家买房，这让她无论如何都不能接受。她想马上冲回卧房，同徐明凯大闹一场。但她旋即又想，这个刘丹是何许人也？万一是两人合伙投资炒房，那自己岂不是冤枉了徐明凯，互不信任，以后还怎么生活在一起？想到这儿，她觉得不该冲动，冲动是魔鬼。但冷静下来思考，与人合伙投资，起码也该告诉她，为什么鬼鬼祟祟地瞒着她。肖虹使劲想也没想出合理的答案。回想自己糊里糊涂跟了徐明凯，经这一年来的交往，知道表面看上去一表人才的他，其实内心很阴暗，与他聊天讲的全是商道潜规则和三十六计，很少有正能量的话题。此时肖虹明白和这样一个心机太重的人恐怕没有未来。如今木已成舟，说什么都晚了，只有过一天算一天了。但给人买房这件事，让她心怀介蒂，她想看看他的表现，然后再说。一天、两天，肖虹看徐明凯毫无反应，像没事人一样，她明白了徐根本就不想让她知道。徐明凯不知道还有多少事在瞒着她。一想到这儿，她就不禁伤心欲绝，说来说去还是怪自己眼拙，当时没看透这个伪君子。现在说什么都晚了，哭昏了也没用，还是想想当下怎么办吧。肖虹不是小女人，当她冷静下来后，想想自己的未来，她很快给了自己定位，要不想沦落成弃妇、怨妇，首先就得独立，就得有钱。没这两样，你永远是个可怜的角色。时代变了，一切向钱看，饿死事小、失节事大的陈腐观念已无人喝彩，况且她要为谁守节？思路走到这儿，她想到林发权的提议，与其跟这么个朝三暮四的男人无福可享，还不如随了林发权，从那老东西手中多抠些钱财，甚至再要套房也不是没有可能。肖虹丰富的想象力让她一下子有些飘。想到今后将过上出卖自己、依附男人的生活，未免有些太龌龊了，但这想法只一瞬间便消失得无影无踪。混沌世界、物欲横流，小小女子，如何能独善其身，能生存下去，就阿弥陀佛了。肖虹想到这儿，决定接受林发权的要求。

林发权这两天未见肖虹，心里一直七上八下的，想到肖虹真要离开他，心里还真是万般不舍，他思忖实在不行私下每月再给她3000元作为补贴。今天见肖虹上班了，他连忙把她叫到办公室说了他的新提议，没想到肖虹不仅同意加3000元补贴，而且提出新要求：“为了确保咱俩的关系不受影响，建议提拔我为办公室主任，秘书一职容易引起别人的误解和猜想！”

林发权没想到肖虹会提出这么个要求，他思忖再三，还是觉得这个要求有点过分，就说：“你刚来不久，做办公室主任不太合适，以后再说吧！”

肖虹见林发权不同意，便说：“那就以后再说吧，你什么时候同意，我再来！”说完便往外面走。

林发权见肖虹二话不说掉头就走，连忙喊住她：“我话还没说完你就甩脸子，这样的涵养适合做办公室主任吗？”

肖虹反唇相讥：“我本来是考虑你在公司的形象和尊严，谁知你反倒不领情，既然这样，那就算了！”

林发权被肖虹这么一说，也感到有些道理。心里不由得想，这小女子心眼也是蛮多的，看来不能小瞧，于是说：“你搞行政需要历练，这么着吧，先任副主任，以后再提拔，免得引起公司上下的非议。”

肖虹见林发权说得在理，也就不再坚持，答应下来：“既然您这样说，那就照您说的办呗！”

林发权见肖虹应允，而且脸色也多云转晴，比进来时要开心多了，就说："这回满意了？"看肖虹点头，又说，"亲一下！"直到肖虹在他的老脸上亲了一口，才心满意足地压低声音说，"今晚去我家，给花浇浇水！"看着肖虹又点头，就捏了她屁股一把，这才放她走了。

Section 05 · 城市不属于我们

人回到南厦的陆晓雅，心却惦记着周村的孩子们，直到得知老师已回来，这才放下心来。不过，周建平还是透露给她一点信息："那些学生很想念你，他们觉得你讲的他们爱听，也记得住！"

晓雅听后久久无法平静下来。晚上，田一珉回来了，两人吃饭时，晓雅还跟田一珉谈起此事。此时田一珉大脑里装的全是"海湾绿苑"一期工程的进展情况。最近台风经常登陆，风裹着雨，一下就是三四天，大大影响了工程的进度。田一珉正为此烦恼不已，根本没心听晓雅的念叨。见田一珉心不在焉，并没有注意听她说事，晓雅也就不再言语了，收拾好厨房，看了一会儿电视，就睡下了。谁知还没睡多久，就被楼前面的工地电钻声给惊醒了。那电钻的声音格外刺耳，让人感到心都会被刺痛，连续不间断的轰鸣声让人的神经绷紧，根本无法休息。原来田一珉住的楼前连着山的一块空地已被开发商作为二期开发，现正在做基础地桩作业。震耳欲聋的轰鸣声响彻四周，给本来安静的小区带来困扰。田一珉尚且可以，而晓雅却不堪忍受，只睡了一晚上，就痛苦不堪，整个晚上，她没有合眼，直到天快亮了，才昏昏沉沉地睡着。等她醒来，田一珉已走了，餐桌上还为她准备了牛奶、面包、油条和包子。晓雅头疼得厉害，头晕眼花。没办法，她只好躺下又睡起来。当她再次醒来时，时间已近中午，她慌忙起来做饭，先把米放进电饭锅，然后看看没菜，只好下楼去买菜。当她匆忙把菜买回来时发现，竟然没带钥匙，没办法，她只好到门前的保安室给田一琨打电话。好在田一琨也快下班了，听到晓雅的电话，赶紧往家奔来。看见田一琨出现在眼前，晓雅才有了精神，随他一起进了房门。“一琨，你看我是不是老了，还是有什么病？怎么总是丢三落四的！”晓雅苦笑着说。

“什么老了，你可还是个未婚少女呢，怎么就说这样的话！”已经在洗菜的田一琨回过头来开玩笑说。

晚上，又到该睡觉的时候了，晓雅说：“今晚上咱们在北屋睡吧，虽然也吵，但总比南屋要强！”这一夜，外面虽依然机器轰鸣，但晓雅比昨天要好多了。

早上，看着田一琨上班走了，晓雅也收拾一番出门。原来她在田一琨拿来的《南厦日报》上看到一则本市一家民办中学招聘语文老师的广告。按报上登的条件，她是完全符合的。她想去试一试，整天在家无所事事，这不是她想要的生活。一切收拾完毕，她坐上了通往那所中学的公交车。当她来到那所学校教务处时，才晓得文凭是进入学校的第一块敲门砖。因为是民办学校，他们必须把招聘老师的简历及毕业证书上报给教育主管部门。晓雅的毕业证书去年回家时已被弄丢，见她拿不出文凭，那位负责招聘的人面有难色，晓雅说明了情况后，他马上到另一办公室请示去了，不一会儿回来后对陆晓雅说：“上级主管部门审查很严，你最好回学校申请补发一本，即使补发不成也要出具一份毕业证明。”

晓雅出得校门，想着如何让学校给她弄份毕业证明，来到车站，见有公交车开来，也没多想就随他人上了车。车开出很久，她还一直想着学校认识的老师还有谁……直到眼前已不是熟悉的高楼大厦和街道，而是空旷的田野时，晓雅知道又坐错车了。没办法，她只得下去等回来的车。当她回到家时，已是中午时分了。田一珉下了一锅面，正往碗里盛，见她疲惫不堪地回来了，马上招呼道：“回来得正好，赶紧吃面，不然一会儿就不好吃了！”

晓雅有些不好意思，连忙上前帮田一珉往碗里盛。两人快吃完了，田一珉不经意间问了一句：“干什么去了，大中午才回来？”

晓雅据实说：“看报上登招聘老师的广告，就去看了一下，回来晚了！”

“别去教书了，咱们现在有的是钱！你跟我吃苦的日子结束了！”田一珉真诚地说。

“不是钱的问题，我想活得有点意义，你说呢？”不知什么时候，晓雅发觉田一珉变了，不再是当年那个清高自负、视金钱如粪土令她高山仰止的文人雅士了。

“我这么做是为了什么？还不是让人看看，我田一珉干什么都不比别人差。他们有的，我照样有，甚至比他们还好！”田一珉说。

“咱们活咱们的，管别人做什么？菩提本无树，何必惹尘埃。一珉，我看你有些俗了！”晓雅说。

“整天在商海里，再高雅的人也离不开钱。而钱又是衡量你价值、能力和智商的考量因素。”田一珉的固执劲又上来了。

“我不跟你辩论，你觉得对你就坚持。”晓雅说完便进厨房了。

下午，陆晓雅给她的学校打去了一个电话，接电话的是一年轻教师，当她把事情原委说完时，那位老师问她还记不记得原来的班主任或她认识的老师的名字，晓雅说是不是有位叫卢俊贤的老师，那人说卢老师还在学校。晓雅很高兴，要了电话号码，又给卢老师打去电话说明情况，得到答复说可以帮她办。晓雅很高兴，打完电话下楼买菜，她要给田一珉做顿丰盛的饭菜，让他体验一次家庭的温馨。

不久，毕业证明寄来，晓雅兴冲冲地去到那家学校，当她拿出证明时，不料上次接待她的老师却说："对不起，招聘已结束，名额已满！"晓雅记不得自己是怎么走出学校的，找不到工作，她心里空落落的，她感到自己像没锚的船一样，随意漂向天涯，哪里才是她可以停靠的港湾？

晓雅又像上次刚回来时那样，萎靡不振，毫无精神。整天只是昏睡，有时睡到下班的时间还没有起来，害得田一珉还得亲自进厨房做饭。晚上，晓雅又开始失眠，躺在床上翻来覆去，弄得田一珉也整宿整宿地休息不好。到最后，田一珉只好到另一房间去睡，可晓雅还是睡不着觉，她感到自己快崩溃了，神经也陷入混沌无序的状态。

晚上吃饭时，田一珉拿来一份《教育人才报》，递给了她，并说："这里倒有所学校招老师，但是教小学，不知你是否愿意？"

晓雅足足看了三遍招聘广告才放下。

"可以吗？"田一珉问。

晓雅点点头。田一珉知道她在家太寂寞了，出去做点事可以调整一下心情，所以他也设法帮陆晓雅找工作、换环境，争取恢复到去年的状态。

晓雅按报上的地址前去面试，接待她的是那所学校的校长，看简历了解晓雅是师范学院毕业的，很高兴。"欢迎您来加盟，我也是福师大毕业的，在家乡的中学任教，没意思！就跑到南厦办起了学校，你不会嫌我们是民办的吧？"姓高的校长热情地说。

晓雅觉得校长为人很亲切，或许因为有类似的经历，她觉得学校的环境虽差，但人让她感到很投缘，其他的也就无所谓了。

"咱们是刚办学不久，办公条件和工资待遇都不太好，工资每月2000元，不知您能否接受？"高校长既坦诚又为难地说。

晓雅很受感动，当即表态说："我来这儿主要是做点事，至于报酬是其次，也相信将来会好起来的！"

晓雅成了树英小学的老师，主要承担六年级两个班的教学和班主任工作。虽然工作量较大，工作时间较长，但晓雅并不觉得累，相反倒觉得很充实，脸上也逐渐露出些许的笑容。田一珉见晓雅有了活力，尽管每天都忙忙碌碌，但精神却越来越好，家务事也承担起来，根本不让田一珉插手，仿佛又回到了一年前的时光。田一珉看在眼里，乐在心上。一天晚上两人坐在阳台乘凉时，聊了起来，田一珉又说出了那个令人欣喜而又期待的事："咱俩也该把结婚的事儿列上日程了吧？再拖下去，我都变成耄耋老人，你也变成白发苍苍的老太太了！"

"老太太就老太太呗！心在，老了又如何呢！"晓雅看着田一珉说。

"我可是一俗人，肉眼凡胎，还没超脱到你那境界，还是随大流吧！"田一珉说。

陆晓雅见田一珉很执拗，就说："随你，你说办就办吧！"

田一珉见晓雅无所谓的样子，故意说："看你好像不高兴，要么，等你想结的时候再考虑？"

见田一珉一副郑重的神态，晓雅开口了："是你提出来的，怎么又出尔反尔啊！"

"是你心不在焉，怎么又赖到我头上来了！"田一珉直喊冤枉。

"一珉，说心里话，就结婚这件事来讲，我心里一点准备都没有。刚上班，我想过一段再说，你看呢？"晓雅拉着田一珉的手说。

晓雅说得很诚恳，田一珉想想答应了："你说的话都是金科玉律，我照办就是了！"

晓雅每天早出晚归，忙得是不亦乐乎，晚上，还批改作业到深夜。田一珉有些心疼，时常泡壶好茶并拿出一些小点心和热牛奶陪在身边。晓雅感到两人又回到四年前她刚来南厦时的幸福时光，她边工作边体味着这种无以言明的幸福感，内心充满了感激，感激上天让她遇到了田一珉，遇到一个能和她携手同行、相知相爱的人。

寒假很快就过去了，过了年又到学校开学的时候了，这天，她照例按时进了学校，谁知刚到校门前，就见一张布告贴在门上，很多老师和学生也在看。原来是他们这所学校经区教委检查被列为不符合办学条件的违规学校，责令停课整顿，现有学生将被分流到其他学校就读。

晓雅见到了高校长，他也是刚打完电话，露出一脸的无奈：“各位同人，对不住了，咱们的学校被查封了！本来按规定校舍的面积已达标，往年检查都合格，谁知新调来个副主任非说校舍条件不达标。现在想起来是我头脑不活泛，今年过年要是登门拜访，疏通关系，可能开学就不会有这事儿了！”高校长叹了一口气。隔了一会儿，他又说，“大家先回去，有愿意跟着我干的，不出半年，我一定再办一所学校。外地打工子女没书可读，公办又不收，我不信政府不管，不扶持民办学校！”

晓雅又失业了，她像断了线的风筝，不知该飘向何方。田一珉回来见晓雅精神不振，知道又遇到了不开心的事。一了解，才知学校停业了，他想了想说：“我帮你办个幼儿园怎么样？”

“你是不是看我也很幼稚呀！大孩带小孩，变成儿童乐园？”晓雅回敬了田一珉一句。

田一珉见晓雅不屑，又说：“要么你到公司来上班，也免去我的后顾之忧！”

“和你去开夫妻店？让大家整天提防我，你想，这是我能干得了的事吗？”晓雅说。

“我是考虑你长期待在家会有问题，出来工作能调解你的心情。”

“一珉，把你自己的事做好，我的事我自己来解决，不要管我，好吗？”陆晓雅见田一珉很关心，便恳求说。

田一珉见晓雅这样说也就不再说什么了。

晓雅每天在家除了做饭便是看自家订的《南厦日报》，报纸看完了，便无所事事。前面的工地电钻的声音虽小了些，但嘈杂声、轰鸣声还是不绝于耳。家里待不住，她只好到大街上闲逛。马路上，汽车川流不息、人群熙熙攘攘，虽然还没到五月份，但天气闷热，没走两个小时，晓雅已汗流浃背了。没办法只好躲进商场，逛了一阵子，也没什么意思，只好退了出来。家无法待，外面同样无处容身，晓雅感到无所适从了。她正想着，不觉已横穿马路来到路中央，恍惚中，耳边听见有人大喊，并且朝她招手，晓雅以为是在呼喊别人，还左右观望，谁知那人喊的声音更高了，晓雅此时竟像魇住一般，大脑空空的，完全迷失了方向，定在路中间，不知该向前行还是往后退。整整三排汽车被她挡在路上无法前进。直到一位大姐疾步上前将她拉回马路边，她才如梦初醒。望着车流滚滚，耳边听着“太危险了”的话语，晓雅才知道刚才发生了多么惊险的一幕。晚上，当她把这件事说给田一珉听时，田一珉也被吓得张大了嘴，“啊”了一声后，又站起来前后看了一圈晓雅才坐下来。

“我当时也不知怎么了，大脑空空的，站在路中间就是不知向前走，直到有人拉我一把，我才安全回到路边。”晓雅平静地叙述着。

“没让车碰到吧？”田一珉关切地问。

“没有！我只看到一大排车都停在眼前。”晓雅说。

“以后横穿马路要注意，千万不要在路中间停留，一定要看红绿灯。”田一珉叮嘱说。

晓雅不敢再逛街了，她知道自从再次回到南厦，她就患上了连她自己都说不清的毛病。精神恍惚、健忘，注意力不集中，坐车老坐过站。甚至常常做菜忘了放盐，有时锅里没放油就把菜丢进去。有时米放进电饭锅里竟忘了按开关。更严重的是大脑经常空白一片，那次站在马路中央不知往前走就是明显的病征。

但待在家里也让她感到困兽犹斗。她只好打开电视，让空空的大脑更加空幻起来。如遇到悲欢离合、引人伤感的剧情，晓雅也跟着一起伤心、一起落泪。

今天，周建平来电话了，他告诉晓雅，她建议论证的西峡洞矿泉水项目经上级主管部门批准已经立项了，不久就会启动，到时就可像“农夫山泉”那样上市。“没想到吧，你的一点建议竟给周村带来巨大的经济效益。村长说你啥时再来，全村要为你杀猪宰羊，大摆酒席呢！”

晓雅听了很激动，她当时就随口说了几句，没想到今已成真，让当地农民又多了一条致富的门路，她觉得自己又有了一份成就感。此后两人又聊了许多，让晓雅兴奋不已。一连几天，晓雅都处在欢愉中，做事也有了精神，使田一珉大感意外。他好奇地问：“这几天是怎么了？咱们的陆晓雅比结婚都高兴！”

晓雅头一歪，一脸俏皮的表情说：“一般人我不告诉他！”弄得田一珉一头雾水，不知发生了什么事。

见晓雅精神好转，田一珉就势提出把婚事办了。晓雅点点头，两人算定了下来。因为要拍好结婚照才能去登记，第二天上午，晓雅就先和田一珉去了照相馆，拍完照后，她自己去看婚纱，看了几款都不满意。她觉得婚纱应简洁素雅，不要太多的点缀，颜色她想穿黑色的，但婚纱馆的人说穿黑的不吉利，并且基本没人穿，既然没人穿，那就只好选白的了。没选中又到别家去看，仍然没有中意的。晓雅失望至极，跑了一上午，也没看上一套满意的婚纱。她想着下午让田一珉开车陪她多看几家，她就不信，这么大的城市找套理想的婚纱都找不到。

离家已不太远了，向左拐走五十米再向右拐三四十米就进自家的小区了。晓雅边走边想着心事。快到右拐的道路上了，迎面一辆左拐的“别克”轿车冲了过来，而与它相向而行的一辆“宝马”车见它直冲过来，慌忙往左边打方向，由于速度较快，一下子把在路上行走的陆晓雅撞了出去。两辆车都停了下来，大家同时察看被车撞出去的陆晓雅。

晓雅正想着下午去哪家看婚纱的事，没想到身子被车“咣”地一下子撞了出去，头先着地，“嗡”地一下昏了过去。看到人已毫无知觉，有人赶紧拨打

120，有人拨110。那个撞了陆晓雅的小青年见人一动不动，吓得当即哭了起来，已六神无主，掏出电话就给妈妈打了过去。不一会儿，交警赶了过来，而120随后也到了。众人帮着把陆晓雅抬上救护车，车子走了，警察开始询问情况，并察看俩车主的驾照。别克车主拿出了驾驶证，而开宝马车的年轻人却拿不出驾照。警察又问了一些情况，决定带两人到交警队处理。正要上车离开，年轻人的母亲赶到了，儿子一见妈妈来了，马上扑到母亲怀里哭开了。“警察同志，能不能让我跟你们去，让他先回去？”“不行，我们要做笔录，任何人不能代替！”看着不行，那位母亲只好随警察一起去了交警队。

当田一珉得知晓雅出了车祸，已是晚上快7点了，他急急忙忙赶到市骨科医院，见晓雅躺在床上，头上缠着绷带，右脚打着石膏高高吊起。晓雅看见田一珉来了，眼里瞬间流出泪水，仿佛孩子在外面惹祸见了大人一般。田一珉赶紧上前安慰，并询问原因。随后又到主治医生那儿了解情况，医生告诉他，只是轻微骨折，脸部触地软组织受伤，并无大碍，估计两到三个月便可痊愈。田一珉听完才放下心来。

半个月后，晓雅出院回家养伤。那个无证驾驶的小青年承担全部责任，出院后他的母亲多次来看望，双方达成谅解协议，男孩才免于行政处分。婚暂时结不成了，晓雅倒没觉得什么，而田一珉却懊恼得什么似的，他的心里总有些隐约的不安，感到有什么事要发生。

日子就这样一天天过去，晓雅的腿也在好转，石膏拆了，晓雅开始试着迈步。千里之行，始于足下。她在家开始一步步地锻炼着、前进着。几天后，她终于能一瘸一拐地走路了。随着身体的好转，郁闷的心情又开始一点点蔓延开来。

周建平打来电话，他说村上的矿泉水厂开建了，末了还说：“学校的老师又走了一个。孩子们常念叨你，他们说数你教的课最好！”

晓雅陷入了沉思，她知道周建平是说者无心，但听者有意。依现在的精神状态，她已绝对不适合在喧嚣的都市里继续生活了。就在她住院期间，田一珉特意请来两位本市著名的心理医生给她会诊，通过十多分钟的聊天，两位专家不约而同地说出了一个名词，医学上称之为“城市综合焦虑症”。晓雅听到后，一时无言以对。这种病最好的疗养方法就是远离城市，回归自然。对于专家的建议，田一珉并未在意，但晓雅听后却开始了长时间的思考。实事求是地讲，周村是她理想的疗养基地，山好、水好、人更好。如果在那儿待上一年两载，她的病肯定会好起来。但她舍不得离开田一珉，近五年的情感，已成为她一生最为刻骨铭心的印迹。无论生死，都抹不掉两人的过往。她早已把田一珉视为除父母兄弟姐妹外唯一的亲人。现在要离开他无论如何都是万万不可能的。晓雅内心纠结着、矛盾着。

晓雅的心刚刚平静下来不久，一天早上，9点多钟，手机忽然响个不停，她拿起电话，原来是姐姐打来的。“晓雅，咱妈去世了！昨晚她还催我快回家，今早她就走了，躺在床上很平静，没有痛苦的表情，怕是被爸爸接去了……”姐姐边说边哭。当姐姐说出第一句时，晓雅已感到晴天霹雳，天都要塌下来了，爸爸去世的阴霾刚刚消散，现在母亲又随他而去，这个世界她最亲的人相继离她而去，让她感到眼前一片黑暗。拿着手机一时不知说什么。对面的姐姐似乎感觉到了什么，大声地呼唤着。许久，晓雅才吐出一口气，放声痛哭起来。直到如今，晓雅都不曾原谅自己，要不是自己任性，与田一珉不辞而别，故意不开手机，就不会上当受骗，也不会丢了孩子，更不会让二老操心，以致害得老爸丢了性命。而所有这一切，都是自己造成的，晓雅不想则已，一想到这儿就如万箭穿心，如今姐姐的电话又把这块伤疤揭开，让她又想起往事，她感到自己羸弱的身躯已经不起任何打击了。田一珉来电话了，他是从陆晓东那里听到了消息。他一边安慰晓雅，一边开车往家赶。听到开门声，晓雅就冲了出去，她一下子抱住田一珉，眼泪仍不停地流着。田一珉轻轻地拍着晓雅安慰说：“别哭了。下午2点40分有回家的航班，咱们快准备，一会儿去接你哥。”

三人晚上8点多就回到了家里，晓雅见到姐姐又是一通大哭。简单的询问后，便商量起如何处理后事，虽然其间晓雅仍不断地抹着眼泪，但显然比一路上要平静多了。第二天，灵堂摆好，有朋友、同事、邻居陆续前来吊唁。晓雅和哥哥及田一珉到医院看了母亲最后一眼。老太太面部安详，毫无痛苦表情，让人心里顿生欣慰。看来真是如挽联中写的“驾鹤西去”，到天堂追随老伴去了。第三天便是火化安葬。当众人将母亲的骨灰与父亲葬在一起并静默哀思后，走出墓园，晓雅又忍不住呜呜地哭开了。一路上，晓雅的哭声让大家都沉默不语，只有田一珉拍着她以示安慰。第四天早上，田一珉便先飞回南厦，剩下哥哥、晓雅与姐姐商量母亲走后的琐事。

第五天，晓雅也走了。她实在无法继续在家待下去。睹物思人，往事历历在目。母亲曾陪她走过儿时的天真、少年的梦幻和青年的憧憬……往事如烟，既真切又虚幻，让陆晓雅又平添了对未来的迷茫。走出门外，变了模样的街道，给了她无限的惆怅，一切都在变，唯独她的心一成不变，而这不变的心灵带给她的未来将是什么呢？她回头又望了一眼她的家园，心里喊了一句：再见了，我的故乡！然后，头也不回地走了。

Section 06 · 众里寻他千百度

一年一度的股东会今年因田一珉的外出而延误了一周。今天终于召开了。会场上，各位股东都有话要说。回想公司这几年的起落沉浮，大家都感慨颇多。商海的潮起潮落，让每位股东都经历了如过山车一般的惊险和喜悦。如今，大风大浪过去了，留给每位的是一份难得的收获。

田一琨来了，身后是公司的财务总监。他坐下后开始讲话：“各位，刚才跟财务又核对了一下报表，现在我向大家正式宣布，元山现代城项目历时4年7个月，除目前还有三套计520多平方米没有售出，其余已售罄。销售额达2亿3761万4295元整，减去土地、人工及各项费用开支等共计9330多万，净剩利润有1.43亿。按百分之三十五的股份支付陈浩、刘富通、江黎平，预计有4200万左右，剩下的将由公司的各位股东所拥有。下面，由财务部邱总监详细通报各项数据。我的话说完了！”田一琨的话刚讲完，下面就响起一阵热烈的掌声。会场也开始活跃起来。

陈浩第一个发言：“这次与元山公司合作得非常愉快，由于彼此信任度极高，所以没发生任何纠纷，希望以后能长期合作。”江黎平、刘富通也都先后发言，大家都表示今后要保持合作势头，争取再上新台阶。

看各位发言完毕，田一琨做了最后发言。他说：“刚才给大家报的是喜，现在我要说说忧。进入7月以来，由美国‘次贷危机’引起的全世界金融风暴对中国房地产业的影响逐步显现出来，大家也看到了，最近，南厦的二手房市场每况愈下，可以说是价格一路下跌。这种趋势还处于刚刚开始的阶段，谁都无法预测今后的形势，希望大家要做好抱团取暖的准备，因为房地产的冬天可能就要来了！”田一琨说完，宣布散会。

股东会开完后，下午公司又召开了下半年工作安排及2008年全年的工作规划会。会上，田一琨就“海湾绿苑”工程进展提出意见，他说：“元山现代城已基本处于收尾阶段，要把工作重点转移到‘海湾绿苑’一期上来。施工进度要严格按计划进行，不得耽误。”另外，据传“万科”在某些城市降价抛售在售楼盘，他指示于飞要跟踪“万科”的动向。他说：“最近，在全国一手房中，唯独万科在杭州等地降价抛售，要引起我们足够的警惕。”

于飞对田一琨的敏感还是很佩服的，就目前的形势，虽然二手房市场频现降价风声，但一手房还没出现降价的端倪。不过，就南厦的整个房地产市场来说，她确实感到萧条多了。仅一个月前，来“海湾绿苑”看房的人还络绎不绝，现在看房的明显减少，签约认购的更是寥寥无几。形势骤冷，令所有的人都意想不到。听田一珉这样讲，于飞似乎感到了阵阵寒意。

“对于当前的形势，咱们谁也看不透，只能观望。好在元山现代城卖完了，要是拖到现在，恐怕我只有跳楼一条路了！”田一珉感慨万千。于飞见田一珉向她吐出肺腑之言，也心生感慨。回想自创业以来，风风雨雨，行路坎坷，经历了多少之前全然没想到的商海凶险及人心叵测。

两人正谈论当前的工作时，于飞的手机响了，原来是陈浩打来的。他说：“亲爱的，告诉你一好消息，咱的老同学吴学岩从美国回来了，他找到了我并问起你，我俩现在海天酒店，快过来！”于飞知道，吴学岩毕业后考取了美国斯坦福大学环境工程研究生，后又攻读博士。现在突然回来了，让她有些意外。田一珉见有人约她，就说：“既然有人找你，那就快去吧，免得让人感觉不礼貌。”于飞说：“是一个老同学，美国回来的！”田一珉马上说：“那更得去了，这么多年没见面了，肯定有很多话说。”

在海天酒店，于飞见到了久违的吴学岩，还是那副黝黑的脸膛，却比在学校时成熟了许多。最明显的是学者风范显露无遗，举手投足间皆显斯文礼貌，一看就是谦谦君子。吴见于飞到来起身相迎，握手寒暄，热情得让于飞有些不好意思。好在有陈浩在场，倒也没有什么生疏之感。

“人我给你请来了，你们谈吧，我点菜！”陈浩见于飞来了松了口气。

于飞对这位多年不见的老同学印象最深的，是当年在学校期间，因和陈浩同时爱慕她，所以成了情敌。陈浩属外向型的，把爱宣扬得无人不知；而吴学岩属于内向且不事张扬的性格。两人为此还打了一架。自那以后，在于飞的视线里，再也见不到吴学岩的身影了。后来得知他到美国深造，一去十多年杳无音信。今天在这儿相见，不免心生诸多感慨，时光荏苒、岁月如梭，学校时的生活依稀浮现眼前，仿佛昨天的事情一样。听陈浩讲的话和吴学岩的点头微笑，她才逐渐明白，原来吴学岩一直忘不了她。那么多年过去了，不承想遥远的大洋彼岸还有一颗始终为她亮着的星，这让她既感动又悲伤。听陈浩介绍说他至今未婚，她心里不禁怦然一动，心随之起了涟漪。她不相信，这么多年为什么他不给她来信一封？为什么从未向她有过一丝的表白？她想得到一个答复，平心而论，吴学岩在学校时由于不善与人交往，并没有引起于飞的注意，加之那时的于飞还处于青春懵懂期，对男女之情虽内心欢愉但表面还处于本能的排斥阶段，以致忽略了这位对她始终如一的男人。

吴学岩看出了于飞内心的疑虑，开口说：“去美国读书主要是与陈浩置气。后来真去了美国，才知道美国并不是天堂。表面的繁华其实掩盖的是严酷的生存竞争，我每天除了学习就是为生存而战，根本无暇顾及其他。那时，能坚持到毕业的心胜过一切欲望。就这样，到第八个年头，我终于拿到博士文凭。我想这回总算熬出头了，谁知我的老师又要我读博士后，这样，我又水深火热地坚持了两年，终于完成了学业。有时我真想与你们联系，但我那时就是饭店跑堂的，送外卖的小伙计，什么都不是，我和你们怎么说呀！”看得出，他为完成学业，为了梦中的橄榄树吃尽了苦头。

于飞感动了，这个看似其貌不扬的老同学跟田一珉有异曲同工之妙。外表低调平和，内心却坚如磐石，认准的事绝不动摇，不屈不挠、勇往直前。刹那间，她对眼前的这个人有了全新的认识。

坐在一旁的陈浩看于飞若有所思，便说：“当年是我的错。谁知道这小子还较起劲了！不过话说回来，就你那公主身价，追求者众多。谁知道，至今也还单着！你俩其实……”

吴学岩听陈浩这样讲便说：“其实这件事是我一厢情愿。刚开始时很单纯，走到后来，就变成了梦。十年过去了，谁知道会发生什么变化呀！”

于飞坐在那儿聆听两人的对话，内心却极不平静。想着吴只身一人在美国过着苦行僧一般的生活，若没有坚定的信念，没有非一般的意志，是无法坚持下来的。她对吴学岩自然而然生出一份敬意：“你这人好像18世纪的古董，现代人哪有你这种轴劲呀！民国才女石评梅遇到了高君宇，之后再没听说还有这样的人！”

“人家石评梅和高君宇不到30岁都归天了，你俩的日子还没开始呢！”陈浩打趣道。

饭吃完了，陈浩上车前还不忘幽默：“我说‘海龟’大学士，花可是完好无缺地交到你手里了，要是掉了一瓣，那可是你这护花使者的问题了！”说完一声“拜拜”，车开走了。

二人驱车来到滨海大道音乐广场。时令虽已初秋，但海边仍是游人如织，情侣成双。随处可见大人带着孩子在海边或漫步或乘凉，不时有孩子在木栈道上嬉戏奔跑，欢笑声、呼叫声响彻周边。

于飞和吴学岩选了稍安静的地方坐下，海风吹来，平添了几分凉爽。两人似乎都有千言万语要和对方说。于飞面对眼前的吴学岩仍然感觉如梦幻一般，此人就像空降到她眼前一样。这个老同学，他身上有很多谜一般的东西等她来解开。说心里话，她从未把他与自己联系起来。虽然当年从他躲躲闪闪的眼神下，知道他对自己心怀爱慕，但并没让于飞心动。于飞喜欢的是外表大气、睿智，有亲和力和感染力，振臂一呼而应者云集的领袖型的人物。可惜吴学岩不是，陈浩也不是。虽然标准或许在潜移默化中有了更为确切的定义，但心中的那种向往仍左右着她的选择。认识田一珉后，不知不觉地爱上了他，虽没看到田一珉大开大合的气概，但却看见了他坚忍不拔、不屈不挠的执着精神；虽没有力拔山兮气盖世的豪情壮志，却体会到了儒商的气度和风范。于飞还没看到吴学岩身上有着这样的禀赋，但凭他十年如一日的精神，能够在极度艰难困苦的情况下仍然坚持自己的梦想，也不失为令人佩服和景仰的对象。于飞想到这儿，不由得看了吴学岩一眼。

此时的吴学岩心潮澎湃，这么多年过去了，如今终于和自己心中的女神坐在一起。他浮想联翩，学生时，由于家境贫寒，自然无法跟那些达官贵人的子女比拼，看于飞被男同学奉为公主或女神，他的内心有强烈的愿望，幻想有一天让于飞跟自己坐在一起，倾听他讲自己奋斗的人生。为了这个目标，他甘愿背井离乡，远赴美国，忍受常人难以想象的困苦，一直坚持了10年。虽然如今功成名就，但他的心却伤痕累累。想起那些难忘的岁月，他觉得眼前的幸福来得太晚了，而且当年他所钟情的于飞，经历10年的岁月磨砺是否伊人未变，是否已被眼前的乱花迷住双眼？但随即他就否定了自己的想法。仅凭她孑然一身，就证明她仍然不为外界所动，依然坚守着内心。

“其实岁月很难改变人内心坚持的东西。我在美国读书的那些年，因为心中有梦，所以尽管苦累，还是坚持下来了。虽然也有迷惘茫然的时候，但我仍然把它当成我的精神支柱，自信人生二百年，会当击水三千里！所以能走到今天。”吴学岩说。

一直沉浸在感动氛围中的于飞，今晚确实体验到了幸福的滋味儿。虽然她并不知道两人未来是否会走到一起，但今晚所听到的一切，足可让她品味很长一段时间了。这么多年她踽踽独行，很少体会到内心的甜蜜。唯今晚有别，眼前的这个人，让她燃起了内心久违的激动和热烈。

“你回来有什么打算，下海经商还是从政为官？”于飞轻声问。

吴学岩似乎早有主意，见于飞问他，便说：“家里早就托人给办妥了。因为市政府对引进‘海归’人才有优惠政策，我可能会被安排在市建筑研究院工作。听说，还能分到一套150多平米的住房。”

听到吴学岩的回答，于飞很欣慰：“恭喜你了，终于有了用武之地！”

“这两天就去报到，上班后又该忙了，以后恐怕没这样的清闲时光。”吴学岩说。

“你的专业让我想起最近房地产的形势，能给我分析分析吗？”于飞说。

本来在谈情说爱上就不大擅长的吴学岩正抓耳挠腮地想如何取悦于飞的芳心，暗恨自己在这方面先天是弱智的时候，于飞却丢给他一个显示才能的机会，他终于可用滔滔不绝的演讲口才、缜密严谨的思辨逻辑来展示他知识的精髓。他说：“纵观21世纪中国的房地产业，由于改革开放之前处于停滞状态，因此，发展到中期，经济活跃到一定程度，蓄积的能量逐渐显露出来。到2000年后，这种需求呈爆发式增长。随着城市化进程的加快，房地产业也在一定程度上得到了蓬勃发展。但严格意义上讲，中国的房地产业并不是纯粹的市场经济。各级政府在‘土地财政’的吸引下，盲目地、一窝蜂地开发起了房地产业，直接催生了该产业泡沫的风险。反观国际形势，由于中国已加入WTO世贸组织，世界任何一个国家发生金融危机，都会影响到中国。这次发生在美国的‘次贷危机’对我们的房地产业间接地发生了作用，进而出现周期性的‘瓶颈’期。表现最直接的就是‘银根紧缩、适度从紧’，而这又与井喷式增长的房地产业出现了不可调和的矛盾。于是，近期我们看到了到处是肃杀一片。开发商的叫苦连天和媒体倡导的‘抱团取暖’都不是空穴来风。事实上，这仅仅是开始，更严峻的局势还在后面。”吴学岩侃侃而谈，充分展示了学者的风范。

“依你看这场金融危机会持续多久，房地产要下滑到什么程度？”于飞被吴的宏论所折服，自然而然地问起关乎自己职业前景的事。“眼下还不好说，这要看大环境的变化程度和市场的需求度，尤其是开发商的期望值。如开发商挺不住了，价格便会如雪崩一样。反过来，政府受不了，定会在税收和金融等其他政策上采取宽松及优惠措施，这也能刺激房地产的复苏。”

这时于飞才看出吴学岩的魅力，他的理性思维和对事情的通透让她看到他的过人之处。这么多年，很少有人能让她刮目相看。除田一珉外，就是这个老同学了。她的眼前一下子亮起来。仿佛看见这么多年所寻求的梦幻一般的人今晚就在眼前，那样真实，那样生动，她感到自己的心跳加快了，有生以来，这是第二次脸上感到发烫，她情不自禁地靠近了他……

第八章

昔日大亨 虎落平阳

Section 01 · 金融风暴来了

看着肖虹穿上衣服离去的身影，恋恋不舍的林发权坐了起来。他想着刚才的一幕，回味着与肖虹做爱时妙不可言的感觉，似乎又找回了年轻时的威猛，焕发了以往不曾有过的自信。女人真是天生的尤物，尤其是漂亮的女人，她们能让你元气复苏、精神焕发，让你在低迷困顿时信心倍增。无怪乎弗洛伊德把人们所有的活动都归咎于性意识的主宰。此时他还真有这样的心境。他忽然想起有个同乡一次在酒桌上喝多了大谈与女人做爱时的"九大感受"："做爱与做官一样，一是都有快感，二是都有成就感，三是都会上瘾，四是都很累人，五是都有力不从心的时候，六是都怕别人干扰，七是都讲究花样，八是都想干出成绩，九是都想长久。"他想以后要对肖虹好点，适当给她些小恩小惠，让她感激涕零，心甘情愿地接受他的宠幸。这次交欢，林发权明显感觉肖虹是被动地承受，并未表现出热情。虽然林发权自己宣泄到了极致，但他仍觉得满足感欠缺。他需要肖虹的配合，需要她的互动，尽情地展现自己的妖娆妩媚、风情万种，这样他才会感到身心满足，酣畅淋漓。

床上的林发权还在回味与肖虹的鱼水之欢时，手机响了，原来是公司财务经理打来的。她告诉林发权："林总，台湾高雄的蔡总刚才来电说，他的借款期限到了，他让咱把到期的2000万马上给他汇过去。"

林发权说了声“知道了”，便放下电话。他很不高兴，这些生意人，眼里只有利而从不注重友情。以往到期仍然答应续借，有的甚至主动提出续借合约。自金融危机以来，仿佛一下子都缺起钱来了。林发权在台湾共融资3000万之多，利息每月就要付150多万。他的“绿城国际”和参股田一珉的“海湾绿苑”项目都是利用融来的资金启动的。原来蔡的借款没到期前他已事先打了招呼，提出续借，蔡当时没表示异议，只是双方没有签订续借合约。现如今蔡提出来要钱，让林发权懊恼不已，后悔没及时续约。另外还有三笔共计6500多万也陆续到期，他记得最后一笔是10月21日，1500万。也就是说，他要在不到三个月的时间里筹到8500万才能缓解资金压力。他很后悔夏天回台湾时没带来已同意借他的6000万，现在恐怕早已花落别家了。就他目前手里的资金，加一起也凑不足2000万，多亏他及时调整公司的营销策略，对外开售，才卖出近2000万的营业额，否则，按原来捂盘惜售的方略，现在可真要身无分文了。没发生金融危机前，融资尚有机会，现在找人借钱，恐怕是有些难了。但再难也要面对，自打下海经商，就没有不难的事。林发权这样想后，便拿起电话给他的老友，做了多年融资业务的老何打去：“老何，现在你那边的情况怎么样？我现在急需一大笔资金。”谁知他的话还没讲完，对方便说开了：“夏天好不容易帮你找到那些钱，你怕多付息不要，害得我左右为难。现在都缺钱，找我帮着借钱的太多了，根本融不到资，利息比原来高出一倍多，还是没人借！”林发权没想到美国的“次贷危机”竟然影响了全世界，连台湾也未能幸免，他感到事态严重了。放下电话，思索着该如何应对眼下的困局。

第二天，林发权上班后，马上驱车到“绿城国际”售楼处了解情况。当他进了售楼处，一眼望去，豪华宽敞的大厅冷冷清清，只有几个售楼小姐在闲聊，见林发权到来，惊恐得不知所措，慌乱中忘却了该有的礼貌。几天不来，这里已完全是两个天地，半个月前，客人还是熙熙攘攘，现在是门庭冷落、无人问津。林发权正环顾四周发呆时，售楼经理小何慌慌张张地跑过来，还没等他说话，林发权便示意他到办公室去谈。

“林总，最近一个时期，不知是什么原因，客户越来越少，连一些有意向的客户都不见了。打电话联系，也是以各种借口推托搪塞，有的干脆拒绝，至于下单签约的更是少之又少。”何经理坐下便大倒苦水。

林发权一直在听，并不说话，直到小何倒完苦水，他才正色说：“我来这儿不是听你诉苦的，而是想听你在困难下如何开拓进取，吸引客户的！”

小何见林发权变了腔调，马上改口说：“根据目前形势，我们售楼处也制定了相应的措施，不仅加强绩效考核制度，而且把任务落实到每个人头上，完不成最低的考核任务，工资停发，待完成后再补发。另外，我们还派人走出去，掌握信息、了解情况，到外面散发楼盘广告，以争取更多的客户。”

林发权听完了何经理的汇报，若有所思。他问了一句：“外面其他楼盘的情况怎么样？”

“情况和咱们都差不多，整个南厦都一样，没哪个楼盘这时候还销售火爆！”小何说。

“价格情况怎么样，有没有降价销售的楼盘？”林发权又说。

“没有，据了解，二手房市场好像降得厉害！”小何说。

林发权没再说什么，他点了点头说：“注意掌握动向，有情况及时汇报。”说完便离开了售楼处。来到工地，看着已经快封顶的大厦，林发权感慨万千，来南厦十年有余，唯一引以为豪的就是建了这座南厦最高的标志性建筑———栋46层商住两用大厦，如今拔地而起，屹立在全市最令人注目的繁华地段。无疑，林发权倾注了他的全部心血，而这种心血的后面，又凝聚了他很深的感情。他要让南厦人记住一个拳拳报国之心的海外游子，记住他为南厦人所做的贡献。虽然这种贡献掺杂着功利心，但还是不乏爱国情怀。林发权看着大厦，就像看着自己的孩子一样，内心是无比欣慰又有成就感。他觉得自己没有白活，起码给后人留下一份可以说得出的遗产。若干年后，当人们议论起这栋大楼时，溯本追源，还能记起林发权这三个字，他在九泉之下也能含笑从容了。林发权临上车前，又看了大厦一眼，然后才上车走了。

忧心忡忡的林发权回到公司后马上召开中层以上管理干部动员会。针对目前金融危机所带来的房地产业的严峻形势，他在会上讲了三点意见：“一是要加大销售力度，公司主管销售的副总要坐镇一线，不惜采取促销打折的手段，确保每月完成2000万的销售额。完不成任务，工资一律减半；二是加大全员融资力度，凡为公司融资1000万，利息在百分之一以下者，每人奖励5000元；三是可采取灵活多样的抵押贷款形式，重点在民间资本上做文章，争取有较大突破。”林发权话讲完了，看了各位一眼，又说，“公司现在面临生死存亡的危急关头，希望各位殚精竭虑，尽职尽责，确保公司渡过难关，我在此谢过大家！”

会开过了，林发权又给他的好友逐一打电话了解情况，通过一个下午的叙谈，南厦的房地产乃至北、上、广、深等一线城市完全出现“拐点”，东莞等一些城市甚至发生“雪崩”式的坍塌。还有一些城市的购房人纷纷要求退房，各地法院一个时期因房产纠纷引发的诉讼官司急速上升。更让林发权心惊肉跳的是老友屈松龄说，昨晚央视二台报道深圳一湖南籍女孩自动放弃首付款，因为房价的断崖式跳水已经超出所有人的预期。林发权不听则已，一听更是慌乱。他怎么也没想到短短几天竟会发生如此的惊天逆转，前天还是骄阳似火的夏日，今天却变成了皑皑白雪的冬季。此时的林发权有些不寒而栗，他更关心他的“绿城国际”能否在这场金融海啸中屹立不倒。

林发权正思虑眼前形势会给他带来什么后果时，手机又响了起来，往日，他都是毫无顾忌地拿起手机接听，今天，听到手机铃声，他的心不知怎地虚了起来。拿起一看，又是台湾的蔡总。他不想接，无奈铃声响个没完，踌躇再三，还是接通了。对面的老蔡显然不高兴了，见林发权接了，便说：“老林，你的财务怎么回事？说给我汇款，一星期都过去了，还是不见款打来，还讲不讲信用啊！”林发权听对方火气挺大，话中带刺儿，一时按捺不住，回敬了两句：“老蔡，火气那么大干吗！牢骚太盛防肠断。有话好好说，不就是那点钱吗，耽搁你几天，我照付利息就是。以后大家还要互相帮助才是。”对方听了这话马上回敬说：“老林，咱们交往不是一天两天了，大家靠的就是信用，你这拖我快一个月了。这钱是别人的，到期人家都来朝我要，你说我的脸往哪儿放？”林发权还想再商量商量看有没有缓和的余地，就说：“你看能不能再缓我一段时间，利息加倍，怎么样？”对方一听生气了：“你这不是把我架到火上烤吗？我蔡丙生从不干没信用的事。你如三天不把钱汇来，我只好到南厦找你，到那时咱们朋友就没得做了，你想想后果吧！”对方说完把电话撂了。林发权连唤了两声，见毫无反应才极不情愿地放下手机。

撂下电话的林发权思谋再三，他觉得如不及时还给人家，一旦来南厦讨要，在南厦房地产业界传出去，他今后还怎么混下去？思忖再三，他最后决定先把这笔借款还了，以免将来麻烦。他不曾料到，正是这点面子的虚荣心让他毁了半生心血，导致他在这场金融海啸中彻底翻船。

钱是汇过去了，但也把公司的全部家底都挪空了。财务把公司所有的资金都汇拢一块儿才1830多万。不得已，林发权从自己小金库里拿出170万顶了上去才算勉强凑够。

钱汇走还不到半月，另一笔3500万的借款又来催讨了。电话打完第三天，债主已差遣人前来追讨，而且大有一副拿不到钱就不回去的架势。

林发权这回确实犯难了。无论说了多少好话，对方就是一句话：“合约到期赶快还钱！”一连三天讨债的人每天一上班就来，在财务部一待就是一天。天天如此，弄得公司无法正常办公。林发权为此不止一次给借钱的金主打去电话，无奈金主也推说钱是众筹来的，到期大家都在催要，他也没有办法。林发权从未体验到如此的困境，现在他有点理解田一珉当时的处境了。这种让人逼债的滋味能让你疯狂，更能让你绝望。讨债的人告诉他，如在一周之内还不能按合约还钱，他们将提起诉讼。

听到这消息的林发权犹如当头一棒，他怎么也没想到多年的好友竟然要跟他对簿公堂，思来想去都觉得是金融危机害了他。此时的林发权急得像热锅上的蚂蚁，他知道，还有三家共计2500万的欠款也陆续到了还款时间，如果他们得知有人已先行起诉，跟着效仿，那他在台湾了的名声可就臭了。毕竟在台湾人眼里，面子大于一切。起码他这代人仍信奉这点。此时的林发权陷入无比煎熬的困顿中。思考再三，还得在他的“绿城国际”上做文章。他不能捧着金饭碗要饭，想罢，他拿起电话给主管销售的杨副总打了过去。他在电话中明确指示，根据具体情况，最高可打到八折，也就是说，最初定价8800元的起价现在要折到7200元每平方米。虽然割去林发权一大块肉，但他已顾不得了，要想医得眼前疮，就得剜却心头肉。否则，他就无法应付眼前的困境。安排下去了，他长吁了一口气。想着接下去钞票会源源不断地向他飘来，心也随之飘了起来。他忽然想起肖虹，这个能让他销魂的女人，最近没时间顾得上她。不仅冷落了她，而且也没滋润着自己。想着想着，心生无限怜爱，马上把肖虹叫到眼前，吩咐她先行回家，到餐厅订一桌酒席，然后回家慢慢享用。肖虹自然心领神会，打完了订餐电话，出门打车去林发权家等他回来一醉方休……

市场的急剧变化不仅让林发权的如意算盘落空，而且让所有人都猝不及防。从七月份起，交易量锐减到了惊人的地步，过去的房产交易大厅熙熙攘攘、人头攒动，如今却冷冷清清，三三两两的人难掩萧条冷落的场景。而市面上，万户萧瑟，无论一手房、二手房，每家的售楼处或中介店面，几乎都是无人问津。与昔日热闹的情景相比，如今是门庭冷落车马稀。不知道怎么了，无论降到什么价格，都无人出手。一些投资者，为了缓解贷款压力，降回原来三分之二的价格，仍无人为之所动。所有的人都惶恐不安，大家都纷纷猜测，房价是否要回归2000年初期的情况。就在这样震荡的期间，《南厦日报》上刊登了一条更令人震惊的消息：“本人位于滨海大道‘阳光海岸”小区163平方米的新购商品房因资金问题现已无力偿还按揭贷款，为保障银行信用，现甘愿以1元钱转让他人，有想接盘者，请速联系，电话：63254781。”这条转让启事，无疑是个炸弹，它再一次触动了与房地产链条有关的每一个人脆弱的神经，大家都惶惶不可终日，不知道下一刻是什么情形。而后陆续有类似的启事登在报上。每次出现都引起业界的震动，触动着人们敏感的神经。网上又疯传广州、深圳也出现类似的无偿转让的消息，而每一次的转让消息，都如重锤无情地砸在人们悬着的心里。

这些日子，度日如年的林发权每天都在心惊肉跳中过活。所有反馈来的信息都是噩耗，这让他承受着巨大的压力。前些日子，他虽感到了一丝寒意，但还没有感到冰天雪地的来临。如今接近零摄氏度了，业界是哀鸿遍野，南厦房地产协会的简报，林发权每次看完都不免黯然。低价转让地块，项目兼并重组，破产倒闭的比比皆是。看到这些，林发权总不免有兔死狐悲的感觉。今早，肖虹又送来一份简报，他已懒得看下去了，便让肖虹给他说说简报的内容。肖虹告诉他，今天最大的消息是东雄房地产公司宣布停业，其开发的项目“南城雅苑”业已转手本地的建华公司，以低于成本价1.4亿交割，目前，正在办理相关手续。肖虹的话还没说完，林发权便坐了起来。他和东雄的老总许志宾都是台湾人，他在高雄，而许是在台北。如今老许关门了，只剩他还在风雨中飘摇，内心不免徒增了无比的孤独和悲凉。

林发权自从知道东雄关门停业的消息就在思考，他目前的路该怎么走。现在所有的融资渠道都已堵死，只有走合资或转让这两条路。“绿城国际”这个项目，可以说凝聚了他多年的心血，也一直是他引以为豪的，转让万万不能，那只有合资。合资就意味风险共担、利益同享。但想找一个与他能互为谅解、和平相处的合作伙伴简直是大海捞针。这些年与本地人打交道，他深知他们极不好相处。本地人讲圈子，不是他们圈中人很难沟通合作。但眼下找不到什么合适的人，明知不是伴，事急且相随！林发权想了一圈最终想到了叶昌德。他觉得叶昌德眼下是他最佳的合作伙伴。叶虽是闽南人，但不是本地人，性格豪爽，慷慨大气。虽上次没有达成合作，但成了朋友，给他一些利益应该会上钩的，他这样想着，就拿起了电话……

Section 02 · 老男人盯小情人的梢

徐明凯自“海湾绿苑”开工以来，一直忙于工地建设的各项工作。如今，工程已进入正负零阶段，地下两层车库的桩基和防水等工作都已结束。工程已进入正轨，他的使命圆满完成，剩下的该由现场工程监理负责了。

徐明凯又恢复了正常的工作作息时间。让他意外的是肖虹最近也忙得不亦乐乎，经常很晚才回来，而且回来也不吃饭，进屋洗洗就睡下了。弄得徐明凯很诧异。上床把她唤醒，也常常推说太累了，然后又翻身睡去。把徐明凯晾在一旁，好不尴尬。时间长了，徐明凯渐渐觉得有些不对头。他发现肖与他做爱的兴趣越来越少，有时简直就是应付，这让他索然无味，甚至每次下来后都沮丧得不行。他开始怀疑肖是否另有新欢，当这个念头一出现，他自己不禁打了个寒战。如果肖虹真有了新欢，他如何面对？徐明凯不愿再想下去，他甚至暗骂自己“神经病”。但想归想，事归事。他觉得应该搞清楚事情的真相。他开始跟踪起肖虹来。虽然他知道这样做不太好，肖知道后肯定会受到伤害，但如果最后证明她是清白的，徐明凯愿意负荆请罪，以后和她再无二心，结婚生子过一辈子。然而，他的这想法被眼前的情景推翻了。首先他看见肖虹去的不是什么华润而是亚华所在的大厦。对这地方他太熟悉了，林发权在这里租了一层楼，他清楚是在十一楼办公。为了证实自己的判断，他又给亚华的前台打了一个电话，说是找肖虹小姐。果然前台将电话转给了肖虹。“喂！您找哪位？”电话里传出肖虹的声音，徐明凯赶紧挂断电话。

坐实了肖虹在亚华上班后，徐明凯的心开始收紧了。他知道肖虹落到林发权的手里，一定逃不过这老色鬼的魔掌。本地坊间传言：台湾人干什么都抠抠搜搜，唯独在女人身上花钱毫不吝啬。买铺购房、穿金戴银，一掷千金，凸显男人的豪气。徐明凯想到这些不禁疑惑，他知道肖虹并不太看重金钱，但这年头金钱至上，谁能保证她在拜金主义的影响下不会低头？徐明凯胡思乱想了一通，他决定晚上下班前再来，看她到哪儿去。他这么想着，就先撤了。

快到下班时，徐明凯又来到亚华公司楼下，他选了一个别人看不着他，而他却能看到每一个走出来的人的角落。下班了，没一会儿工夫，他就看见肖虹走出门来。她坐的是公交车，徐明凯据此判断，肖虹坐的方向该是回家的路线。他不放心，打了一辆的跟在后面。肖虹今天回家得早，进屋就开始做饭，徐明凯转了一圈，见没什么发现也回家了。不过，对她瞒着自己去亚华上班，徐明凯还是感到不解。按理说现在房地产行业处于萧条期，每个售楼处或裁员或工资减半，可肖虹却只字不提，不仅如此，她是售楼员应该在工地的售楼处，而肖虹下班时却是从大厦里出来，更有前台证明。据此，徐明凯推断肖虹是在办公室上班。一想到她每天接触的是林发权，徐明凯就有一种不祥之感。他越这样想，心里就越担心。别家房地产公司都无所事事，而肖虹却经常很晚回来，无论从哪点上讲，都是说不通的。徐明凯越这样想，心里就愈坚定自己的判断。他一定要查个水落石出，否则他连觉也睡不好。晚上，快休息了，他故意抛出话题，试探肖虹：“现在各家售楼处都冷冷清清，怎么你却忙得早出晚归，有那么多客户吗？”

对徐明凯的问话，肖虹早已想好对策。她不假思索地说：“你前些日子经常回来得晚，我一人在家待着也没意思，就办了一张健身卡，在减肥瘦身呢！”

徐明凯见肖虹对答如流，根本无任何破绽，知道她已做了充分准备，再问，只会让她提高警惕，弄不好还落一身不是，想想便蒙头睡觉了。

接连两天，徐明凯都无果而终，礼拜天又来了。徐明凯还是没发现什么，他甚至有些灰心，一个大叔级的老男人整天跟踪自己的小情人企图捉奸，如果传出去，还不让全城人笑掉大牙。徐明凯想到这儿觉得该消停会儿了，再这样下去，他也太累了。思前想后，他决定就此罢手，想定了，心也就放下了。

晚上，快到下班时，他的心又活了，他反复说服自己，到最后他对自己说，如果今天还是一无所获，那就从此收手，再不干这种连自己都瞧不起自己的龌龊事。想好了，他又打车来到亚华，等待肖虹出来。

肖虹出来了，走得很快，出了门并没有等公交车，而是打了一辆的士，急匆匆地一溜烟走了。徐明凯见状也拦下一辆的士跟了上去。车来到南厦很有名的"红牡丹园"小区，徐明凯亲眼看见肖虹进了小区的C栋五楼，不一会儿五楼有一家带阳台的灯亮了，徐明凯猜想肖虹肯定是进了这家。就在他反复思考这是谁的家时，一辆奔驰亮着大灯进了小区，徐明凯不想让人看到，急忙躲到一棵大树后。下车的不是别人，正是林发权，徐明凯看得心开始"咚咚"地跳了起来。没一会儿，他看见另一房间的灯也亮起来，接下去，灯又灭了。二十多分钟后，灯又亮了，而且再没有灭。不久，就看见肖虹急匆匆地出门来，然后打了辆的士消失在夜色中。

"红牡丹园"里发生的一幕，让徐明凯五内俱焚，若不是亲眼看到，他是不会相信的。肖虹已和林发权这老东西搞在一起。一想到这儿，徐明凯真是欲哭无泪。他没想到，肖虹竟然以这种方式背叛他，而且是水过不湿鞋，不留任何痕迹，真是太绝了！徐明凯失魂落魄地走在大街上，他想不通的是这样用心对一个人，可换来的却是无情的背叛。此时，徐明凯像一只被人抛弃的狗一样，踯躅在川流不息的车流、人流之中，毫不在意身边汽车的喇叭声和车上的咒骂声。他找了一家小酒馆，一个人自斟自饮起来。他想找个朋友陪他对饮，可翻了好多号码，没一个合适的，他忽然感到，真到关键时，不要说两肋插刀，就连一个能和他交交心，让他倾诉苦闷的朋友都没有。此时，徐明凯孤零零地坐在酒馆里，看着邻桌四个小青年推杯换盏、划拳行令，内心填满了无尽的孤独。

他不知自己什么时候喝完的，也不知喝了多少，只记得二两一瓶的北京二锅头有三四个空瓶子堆在眼前。他跌跌撞撞地来到大街上，使劲地朝的士摆手。好容易等来一辆车停下，司机看他醉醺醺的怕吐到车上，急忙一脚油门开走了。徐明凯气得大骂："你他妈的是什么东西！女人为钱抛弃我，你为钱干这个的，怎么也抛弃我啊？"徐明凯回到家里已是深夜了，肖虹早已睡下。可他睡不着，晚上的一幕幕又浮现在眼前。他感到血脉偾张，每一根神经都紧绷到了极致。今晚，他要说个明白，无论如何，他都要搞个水落石出，不达目的，绝不罢休。

肖虹就在卧室里，他推开了门，并把灯打亮。强烈的灯光让肖虹不得不睁开眼睛，她叫了一声："你干什么呀！"

"干什么！难道你不明白自己干了什么？"徐明凯满嘴酒气冷笑一声。

肖虹心里一紧，难道他知道了什么？今天她去林发权家不知为什么心里总感到不安。为此她还对林说，徐明凯好像闻到了什么。谁知林发权却不以为然："你不是说到健身房去了吗，就这样说他不会怀疑的！"肖虹虽然表面上能应付，但做贼心虚让她心里终究感到不踏实。现在徐明凯问到头上来了，她感到一阵心慌。不过，看到徐明凯醉醺醺的样子，她马上有了话柄："酒喝到人肚子还是狗肚子去了！回家不睡觉，耍什么酒疯？"

徐明凯仍然穷追不舍："别打岔，我问你今晚下班去哪儿了？"

肖虹想起林发权说的话，顺口说："去健身房了，有问题吗？"

"去哪家健身房，跟谁健身去了？"徐明凯穷追猛打。

肖虹知道事情可能败露了，但她仍不想承认，旋即反守为攻："你什么意思呀？喝得五迷三道的不睡觉，在这儿耍酒疯！"

"看来你是不见棺材不掉泪！"徐明凯的口气变得诡异起来。

肖虹觉得自己快崩溃了，她觉得自己今晚恐怕在劫难逃。但她告诉自己，绝不能承认，没抓在被窝里，就不算人赃俱获，死不认账，看他有什么办法。心里有主意了，她故意把头一甩，气咻咻地哼了一声：“耍什么酒疯！”

徐明凯不听则已，一听肖虹故意刺激他，肝火立即蹿了上来，他跳到肖虹面前，手指着她骂了起来：“我耍什么酒疯？要不是你做出背叛我的事，我能喝这么多酒！”

“我背叛你什么了，你不要血口喷人！”肖虹还是不想服软，她要激怒徐明凯，让他做出点出格的事，那样，事情弄得一塌糊涂、不可收拾，也就无法分辨是非了。

谁知徐明凯话锋一转，冷笑说：“好啊，既然没骗我，那你说，你现如今在哪儿上班？”

肖虹想说在华润，但她忽然觉得事情恐怕已败露，马上改口说：“在亚华！”

徐明凯马上说：“你这是不是骗人，为什么在亚华却说在华润？”

肖虹不语。

徐明凯见肖虹默不作声，便说：“你以为说去华润就骗得了我，其实骗得了一时骗不了一世。你跟林发权那点丑事，我早就知道。我给过机会让你回头，谁知你执迷不悟，真让我太寒心了！”

一直没有言语的肖虹开口了：“你说我骗你，那你给刘丹买房子的事怎么讲？你在外面养小情人，又给人家买房，你以为我不知道！”

徐明凯没想到他买房的事肖虹已知道，他一时有些语塞。本来自己占得先机，已完全控制主动权。现在肖虹揭了他私下买房的事，并且说他在外面养小情人，让他理不直，气也不壮了。他甚至哭笑不得：“我啥时给小情人买房了？那是我女儿的名字，你可看清楚！”

“给你女儿买房子为什么瞒着我？再说，你女儿才多大呀！”肖虹说着说着哭了起来。

事已至此，徐明凯气短了。本来是一场占据上风的问责战，现在自己被奇袭，露出了软肋。他说不出地懊恼、无奈，只好鸣金收兵：“今天太晚了，这事不算完，明天再和你算账！”

他的本意是想息事宁人，不料肖虹却开始反攻了：“咱们今天就算账，你想怎样？”

徐明凯本来想睡觉了，见肖虹开始撒泼，不由得恶向胆边生：“想怎样？想杀了你！”他的眼睛忽然恶狠狠地看着肖虹。

肖虹今天不知怎么了，疯了一般，上前抓住徐明凯的衣服撕扯，一边大声叫嚷：“你杀，你杀了我，不杀你不姓徐！”

徐明凯本想宣泄一下自己的愤懑，没承想肖虹反倒不依不饶，一副要和他拼命的样子。见她不识好歹，他马上怒了。他本能地抓住肖虹的肩部，用力一推，肖虹就倒在了床上，还没等肖虹起身，他又冲上前，掐住她的脖子，两手狠狠地掐起来。那一刻，徐明凯把他所有的怒火全都用在了大拇指上，他的念头就是通过指尖把他对这个女人的怒气全都发泄出来。渐渐地他发现身下的女人挣扎得弱了，一个闪念让他突然放开了双手。联想到电视中女人被掐死的镜头，他吓出了一身冷汗，弯下身查看起肖虹的动静。此时的肖虹似乎气息全无，徐明凯有些慌了，他真怕这个女人死在他手里。那样，他就全完了。故意杀人罪！一想到这个罪名，他一下子六神无主了。他甚至用着哭腔呼唤着肖虹，见她没反应，又学着电视里救人的方式做起人工呼吸来。正当他使劲地做着重复动作时，肖虹有了反应，她先是嘴动了一下，紧接着又连续咳嗽了两声，眼睛也睁开了。本来已吓得魂飞魄散的徐明凯见肖虹醒了，马上换了一副面孔，冷冷地看着坐起来的肖虹，无任何表情，也无任何语言，一直看着肖虹进了卫生间，这才转身进了客房。

这一夜，徐明凯始终没合眼，他脑中像放电影一样回顾自己来南厦这些年的过往。他不知道现在的社会怎么了，他也不知道自己究竟错在哪儿了？为什么他就是融不进当今的时代。连他心爱的女人都暗度陈仓，为利而背叛他。今后何去何从，他自己真不知道。徐明凯就这样瞪着眼睛反复思考着，天色不觉有些发白了，徐明凯才迷迷糊糊地睡了过去。

当徐明凯醒来时，天已大亮。肖虹早已不知去向，徐明凯洗把脸出了家门。不知是昨晚没睡好还是他的情绪低落所致，总之，一天都无精打采，闷闷地度过了难过的一天。晚上回到家门，仍是空无一人。他想自己先做饭吧，然后等肖虹回来，两人再好好沟通一下，如有必要，他决定领证结婚。那样，她就会踏踏实实、一心一意跟自己过日子了。想得很好，手下的活儿也麻利，一会儿就做了四道肖虹爱吃的菜。当他把四道菜一一摆到桌上时，还天真地想，肖虹看他表现这样好，说不定会激动地亲他一口。

他就这样满怀期待地等肖虹回家。时钟已指向10点了，肖虹还是身影未露。徐明凯虽预感有些不妙，但他仍在等她，他还设想肖虹有什么事抑或是有同事请客等耽误了。时钟已到11点半了，徐明凯知道肖虹不会回来了，这才撤了饭菜，躺下睡觉。虽然躺在床上，他还留心走廊里有什么动静，等待肖虹进家。

徐明凯就在这种期盼中不知不觉地睡着了。早晨起来，他还到卧室里看上一眼，床上还是空无一人。徐明凯又度过了郁闷而空虚的一天，当晚上回来推门看时，屋中显然有了变化。凡是肖虹的物品，已全然无影无踪。徐明凯还努力搜寻肖虹的痕迹，但他什么也看不到了。屋中似乎从未生活过肖虹这个人，她是想与徐明凯彻底划清界限，不给他一丝一毫的念想和回忆。

此时的徐明凯有些傻，他不明白女人为何比男人更狠。她们跟你在一起的时候，常表现出对你的膜拜和依赖，让你有强烈的存在感；可当她们想离开你时，态度转变之快简直是迅雷不及掩耳。徐明凯甚至很伤感地想，两人在一起有两年多了，耳鬓厮磨、卿卿我我，总该有一些感情，但肖虹却全然不念这些过往抬腿就走。他忽然想起时下社会的流行语：“情已欠费，爱已停机，缘分不在服务区；思无应答，想也占线，感情不能再充电。心若移动，如何联通！”可见，现代人与人的交往，感情一文不值，男女间的儿女情长更是脆弱得不堪一击。徐明凯坐在屋中不禁潸然泪下。

正在徐明凯伤心欲绝、无法自拔时，包中的手机忽然响了，他以为是肖虹打来的，急忙接通了……

Section 03 · 造福桑梓的讲堂

陆晓雅离开故乡开封没直接回南厦，而是去了周村。临近傍晚她才来到农场，大家都感到很意外。谁都没想到她还会回来。特别是周建平，看见晓雅突然出现在眼前，既意外又惊喜："你来也不说一声，我好去接你，这么远，怎么来的？"

陆晓雅只是笑了笑："我从老家来，我母亲去世了，安葬后我才出来。"

周建平见晓雅说话时眼里噙满泪水，一时也不知说什么好，只好关切地问："什么时候的事，老人家患的是什么病？"

"半个月前的事，前一天晚上还好好的，第二天早上突然就走了，脸上毫无痛苦的表情，我姐说大概父亲唤她去了。"陆晓雅平静地叙述着，看得出来内心深藏着巨大的悲痛，给什么诱发一下，便是倾盆大雨或是汹涌澎湃的江河。

此后，晓雅长久地沉默。周建平搜肠刮肚也找不出安慰晓雅的话语，只好默默地陪着。

许久，陆晓雅终于开口了："我这次来就不回去了，我想去你们的学校教书。"陆晓雅这次不回南厦转道来周村一半是无奈之举，另一半也是经过深思熟虑的。按理说，南厦有她钟爱的人，有人人向往的繁华，有风景如画和四季常青的生活空间，但她感到那里再好也不属于她。尤其是孩子丢了，父母双亡，无所适从之下，她才想起周村。当她第一次来周村时，就看中了这里的山山水水。绿树掩映的村庄，阡陌纵横、鸡犬相闻；小桥流水、花红柳绿，无不显露一派世外桃源的风光景象。陆晓雅中学时就学过陶渊明的《桃花源记》，看到周村的环境，她自然而然地联想起世外桃源。

见晓雅提出要去学校教书，周建平是太开心了。晓雅每次来这儿都是匆匆过客，这回不走了，让周建平大喜过望。他马上向农场的员工宣布了这个喜讯："大家听着，陆老师说这次要在咱们周村长期待下去，教咱们的弟弟妹妹学知识、长文化，你们说好不好？"随着一声"好"的欢呼，掌声也响了起来。

陆晓雅第二天就来到了学校。她提出要到学校住。一则方便，农场离学校还有很长一段路，无论工作和生活都不方便。二则她不想给农场添更多的麻烦，衣食住都需要他人来关照，这对她来说是负担，使她时时不安。周建平虽感到一丝遗憾，但他还是尊重晓雅的选择。于是，学校里的一间办公室，经打扫和整理，就成了晓雅的安身之地。周建平特意从家里搬来说不上是什么年代的秀才娘子床，又从农场搬来一张办公桌和几把椅子，还到远处的百货店买来被褥、枕头和各种生活必需品，晓雅的新家就算安下了。周村的乡亲们听说陆老师来学校教书，大家纷纷前来看望。之前他们就听自家孩子说过，知道陆是大城市来的知识分子，按过去讲是文曲星下界。每人都拿着鸡蛋、鸭蛋，水果、蔬菜等表示欢迎，村支书更是喜出望外。这些日子，他一直为学校没有老师而四处奔走，希望乡上或县里能为周村调派几个老师，但一直没有结果。现在听说有人志愿来这儿教书，而且是大受孩子们欢迎的陆老师，自然是喜不自禁。他当面表态：给上面申请，积极争取公办名额转正；工作补贴按村上脱产干部支付。

晓雅很感动，乡亲们的热情及村上的大力支持让她感到久违的关怀。面对村支书和众乡亲，她热泪盈眶，表示一定要做好本职工作，努力教书育人，决不辜负全村父老乡亲的重托。

晓雅的教学生涯又开始了，虽然教学环境不如城里，但孩子们的学习热情并不亚于任何城里的学生。从那一双双渴求知识的眼睛里，晓雅看到了希望，看到了憧憬，看到他们美好的未来。教学实践中，晓雅觉得目前的教学方法仍有很多局限，有鉴于此，她提出了新的教改方案。针对学校只有她和另一位高中毕业的老师，有一、二、三、四不同年级的学生，她认为早晨是学生记忆最好的时光，因此，每天早上两节课要讲新课程，其余时间可复习讲过的内容。这样，不仅增强了学生对所学知识的记忆，而且也调动了学生学习的积极性。另外，她把两个年级同在一个教室的教学区分开来，老师给一个年级上课时，另一个年级可复习昨天所学知识。由于课改科学、实用，效果很快显现出来，周末、月末、期末的考试，孩子们的进步很大，他们惊奇地发现，自己的考分直线上升。个别学生的成绩由过去的60分、70分已逐渐达到80分、90分，甚至接近100分。每次考试完毕，孩子们再也不像先前那样把考卷藏起来，现在他们个个主动把考卷拿给爸爸、妈妈看，骄傲地展示自己的成绩。父母也由过去的担心而变得放心起来，他们十分感激这位新来的女老师，燃起了孩子对未来的希望。

经过三个多月的教改，学校的学风焕然一新，晓雅也得到了全村父老乡亲的肯定，教学进入正轨，她的心也逐渐安稳下来。其间，田一珉虽打过两次电话，并得知晓雅去了周村，也没有催她回来。田一珉清楚，如果说晓雅当初来南厦是为了寻找她的爱情，现在，一系列的波折已使爱情变得不那么令人神往。当然，这并不表明她不爱田一珉，相反，田一珉在她心里的位置还是无人能取代的。正当陆晓雅坐在床前回想过往时，手机响了一声，原来是田一珉发来一条短信："所有的经历，都是修炼。不执于苦，不执于乐；因为看轻，所以快乐；因为看淡，所以幸福。"陆晓雅看完，徒生万般的惆怅，她知道田一珉在想念自己，虽然字里行间显露豁达的情怀，但忧伤多于思念，悲凉多于牵挂，甚至字里行间还渗透出一种淡淡的忧愁和哀怨。想到这儿她不禁笑了，堂堂七尺男儿，看似顶天立地，却也深藏儿女情怀，未免让人贻笑大方。想了想，她发了一条短信：

我终于明白，

世间有一种思绪无法用语言形容，

回声的千结百绕，

而守候的是执着。

一如月光下的高原，

一抹淡淡痴痴的笑。

笑那浮华落尽月色如洗；

笑那悄然而逝的飞花万盏。

有谁灼灼热烈的双眸，

在你的领首中攀援而上。

遥远的忧伤，

穿过千山万水，

纵使高原的风也吹不走你执着的背影；

纵使清晨的霜凌也融不化你心头的温热。

静守在月下，

悄悄地来，

悄悄地走。

Section 04 · 岌岌可危

电话铃响起，徐明凯一看是叶昌德打来的，急忙接通。好久没与叶昌德联系，他不知道叶昌德找他有什么事。在南厦，徐明凯只成全了他一件好事。因此，电话接通了也不忘调侃叶昌德："我还以为跟小情人忙得忘了老朋友呢！"

"哪里，每天忙得头昏脑涨，哪有时间调情！"叶昌德听完哈哈大笑起来。

"别人我不了解，你还能闲着吗，30多岁的老牛，见着这样丰盛的嫩草，还不大吃特嚼啊！"徐明凯打趣说。

叶昌德又是一阵大笑。末了，才言归正传："兄弟，我有件事想问你，林发权邀我投资参股他的'绿城国际'，并答应投资5000万给百分之二十五的股份，你看怎么样？"

徐明凯听说林发权找叶昌德投资他的"绿城国际"，不由得暗想，林发权肯定是资金出了问题，要不然他不会找人合作的。他决定再详细了解一下，以便从中搅局，对林发权他是恨之入骨。俗话讲，杀父之仇、夺妻之恨，不共戴天。林发权明知肖虹是他的女朋友，却横插一脚，硬是把他心爱的女人抢走，此仇不报，枉为男人。徐明凯想到这儿说："兄弟，电话里说不清楚，出来喝几杯，慢慢聊，如何？"

叶昌德也正有此意，马上约好地方。不一会儿，两人都到了，遂点菜倒酒，喝上了。徐明凯见叶昌德喝得并不爽快，就说："今个儿怎么了？"

叶昌德放下筷子摇摇头说："别提了！那小姑奶奶一点也不给咱留面，愣说喝酒伤身，不准喝白酒，啤酒也只限两瓶，多了不准上床！"

徐明凯笑了："有人管管也好，家有贤妻，男人在外不做混事。你该偷着乐才对。"

"唉！没办法。她说的都是为咱好，咱不听那就是咱的不是了。"叶昌德说完放下杯子。

徐明凯见叶昌德被陶洁收拾得如此听话，也就不再追问下去。他端起酒杯说："兄弟，祝你夫妻同心，发财发福！"说完碰杯干掉了。

看看酒喝得差不多了，叶昌德又聊起林发权："兄弟，林发权的合作伙伴多的是，为什么看上我，依你看，他有哪些考量呢？"

徐明凯并没有急于回答，反而看着叶昌德，许久，才吐出三个字："你说呢？"

叶昌德被徐一时问住了，他张口想说但又觉着不对路，愣在那里不知说什么好："兄弟，几个意思？有什么就说，咱俩谁跟谁！"

徐明凯一直看着叶昌德，半晌才开口："你知道他为什么找你吗？告诉你，林发权老谋深算，一般人是没人愿意与他合作的。他给你百分之二十五的股份，看上去挺诱人的，若在金融风暴没来之前，他会愿意吗？现在全国都喊缺钱，谁也不知道房价会跌到什么程度。如果真回到2000年前的价格，哪个开发商能承受得了！他知道在房地产行当里，你是外行，忽悠你两句，你会飘起来。这个时间节点拉你下水，其用意难道还不昭然若揭吗！"

经徐明凯点拨，叶昌德如梦初醒，连连点头。徐分析得头头是道，而且有理有据，让叶昌德逐渐有了清晰的思路。"这老狐狸临死还想抓个垫背的，怪不得请我吃饭还拿出好酒款待。真看错人了！"叶昌德说完一口气干了杯中的酒，"我明天就给他回话，告诉他另找他人吧！"

"别介！到嘴的肉既要吃还要全身而退，这才是得道高人。"徐明凯又给叶昌德倒上酒，然后意味深长地看着他。

叶昌德有点糊涂，刚才徐明凯还说林是给他下套，让他别中招，现在怎么又让他将计就计，顺势而为呢？他想不明白，懵懂地看着徐明凯。

徐明凯并不急于说出他的锦囊妙计，而是呷了一口酒，然后才慢条斯理地道出他的谋略。“如果这时候要把林发权的项目吃掉，你怎么做？”徐明凯说。

叶昌德不愧是生意人，马上明白了徐的用意：“你是让我找几个商家把‘绿城国际’买下来，然后，再转手倒卖？”

“对！就是把它买下来，然后等上涨时再抛出，赚它个盆满钵满！”徐明凯说。

“现在谁说得清房价跌到什么程度才算触底，万一回到2000年前，那不穷得连裤子都穿不上了！”

徐明凯看叶昌德一副瞻前顾后的样子，忍不住笑了，他郑重地说：“你要学会看大势，政府不会让房地产业跌得那样惨的，否则地方的土地财政怎么办？况且，随着城市化进程加快，房价不反弹才怪呢！”

叶昌德半信半疑地看着徐明凯。他心想，眼下的形势谁能说得清，连地方政府都不知如何应付，凭你一个徐明凯就能观天下、看大势？未免有些不知天高地厚吧！

徐明凯知道叶昌德此时在想什么。为了让他信服，他说：“我知道你有顾虑，况且你一个人也吃不掉‘绿城国际’，这样，我帮你约田一珉来合作，你可以听听他的看法，看他是什么态度，怎么样？”

叶昌德一听要把田一珉拉进来，自然高兴。田一珉站得高、看得远，又是专业人士，自然不会干亏本的生意。更主要的是，田一珉现在卖了“元山现代城”，手里有上亿资金，跟他一起做这事，天塌下来有他顶着，风险比自己单干要小多了。想到这儿他说：“好！兄弟的建议我回去考虑一下，到时咱们再聊。”叶昌德说完与徐明凯碰了一下杯。

徐明凯与叶昌德喝完酒各自散了，他给田一珉拨了个电话，把林发权欲拉拢叶昌德入伙“绿城国际”的事及他本人的建议给田一珉说了一遍。末了他说：

“如能以低于实际投资额的底价吃掉‘绿城国际’，无论市场的震荡有多大，我认为咱们还是有盈利的空间。”

田一琨听完沉思了半晌说：“这样吧，天太晚了，容我考虑一下，咱们明天上班再谈。”

第二天早上，两人见面后又做了一番沟通。田一琨把他昨晚的想法与徐明凯做了交流，他说：“我昨晚反复分析了林先生的项目，他找叶昌德合作无论从哪点上都不成立，即使是资金问题，叶昌德能给林帮上多大忙？”

“这就是林发权的高明之处。找业界人士即使有钱，人家也会挖他一大块肉，而叶则不同，他还不那么内行，利益的多少，他还算不到那么精确。此外，或许林发权资金缺口不那么大，找一家就可解决，人多了，有矛盾不好平衡。”徐明凯说了他的分析。

“现在我们都是在主观臆断，并没有依据，这样，你想想办法，从林的内部搞到真实的情况，我们就知道怎么应对和取舍。”田一琨说。

“好！我去找人了解，然后再议。”徐明凯说完拿出了手机。

第二天下午，徐明凯回来了，脸上难掩兴奋：“了解清楚了，林发权现已山穷水尽，工程马上就停工了，员工上个月的工资就没发。主要原因是他先前的借款到期，拖了将近两个月，后来人家到台湾的法院起诉他，要查封他的房子，这才逼得他不得不把款还给人家。这样一来，他就身无分文了。”徐明凯把林发权的底摸了个一清二楚。

田一琨听完徐明凯的汇报，深感意外。他没想到他眼里的融资高手如今也无计可施。联想自己去年的困境，不由得同情起林发权来。

“这样吧，咱们明天下午召开股东会，通报这个情况，看看股东们的意见。顺便把叶昌德也请来，大家共同研究，最后决定干与不干。”

股东会第二天下午如期举行。先是由徐明凯介绍了亚华“绿城国际”的现状及林发权急于寻求合作伙伴的事情，接着又由叶昌德谈了林发权主动提出与他合作的经过与相应的优惠条件，然后大家开始发表自己的看法。看看大家都在酝酿发言，徐明凯先开了头：“现在大环境虽然不明朗，但我们业界总还有个基本面的判断。如果亚华公司同意以投资总额来与我们谈，我想还是可以接受的。据内线报告，现如今亚华已捉襟见肘，人心惶惶，所有人都不知明天会怎样。这个时候有人来接盘，我想林发权会考虑的。”

“三十年河东，三十年河西。去年，咱不也是落到这步田地吗，差点让人宰割！”股东张发了感慨。

“那不一样，今年是全球性的金融危机，谁都缺钱。真要接盘，我提醒各位，不要忘了去年他是怎么对待我们的！”股东郑发言。

看其他人都不发言，田一珉示意陆晓东发表意见。陆晓东看了看左右说：“我现在没听明白，林发权现在同意让咱公司接盘了吗？如果是这样，我认为可以，如果还没到这一步，咱们在这不是空谈吗！”

“不能说是空谈，只能是讨论有没有可行性，如果有，我们就考虑，如果都不同意，那就不做了。”田一珉说。

一直没发言的于飞开口了：“这件事虽关乎亚华的生死，但也关系到咱们的利益与风险。虽然我们现在有能力接盘，但之后怎么运作，是个大问题。前事不忘，后事之师。所以我建议再反复讨论，必要时，可以请专家帮我们论证。这样，才能做到科学决策。”

听于飞这样讲，田一珉当即表态：“我同意。今天的会就开到这儿，改天我们请专家就这个项目的风险进行评估，然后根据结果再做讨论。”

会散了，田一珉邀叶昌德、于飞和徐明凯坐下来就“绿城国际”的合作探讨初步意向：“叶总，这件事你是牵头者，如果可操作，你看咱们怎么合作？”

叶昌德不假思索地说：“你是老大，你来牵头。我只想找棵大树好乘凉。至于合作嘛，咱们就按投资比例来承担风险和分配利益。可以吧？”

事情就这样定了下来。田一珉同时指示徐明凯近期要重点抓好这项工作，协调各方关系，及时掌握亚华方面的动向，选择最佳时机出手。

看着徐明凯走出房门后，于飞问了一句：“看来你是下定决心、志在必得？如果论证下来不适合接盘，怎么办？”

田一珉笑笑说：“如果论证下来风险超过可控度，公司将放弃收购。我个人可与他合作，我体验过面临破产的滋味儿，况且他也投资了咱们的‘海湾绿苑’，无论从哪点上，我都不能见死不救！”

“这不是市场经济下的商业行为，倒像是做慈善事业。换句话说，不是一个合格商人的所为！”于飞直言不讳地说。

田一珉笑了，说：“你知道，我从来没把自己往商人上靠。不是我想往商海里钻，而实在是这个时代让我别无选择！”

项目论证会在田一珉的主持下召开了。会上，由市建筑研究院的海归博士吴学岩主讲。当年，海归博士，毕竟是稀缺人才，因此，全公司的员工都想一睹其风采，引得会议室内外站满人。当于飞把“绿城国际”的全部情况介绍完后，吴学岩开始了他的阐述。其实，这之前他已同于飞到“绿城国际”周边考察了一趟，基本做到心中有数，有的放矢。他说：“要对目前的形势做出研判和预估，就要对它的起因和形成做一个全面的阐述。大家知道，美国的次贷危机起源于它一直以来所奉行宽松的货币政策，由此造成了经济的全面下滑和萎缩，同时，不可避免地影响世界经济。由于我国已加入WTO，因此无法避免地深受其害。而面对这样的洪水猛兽，政府只能采取适度从紧的货币政策。因此，大家就看到国内无论大小企业，在银根紧缩的宏观调控下，犹如缺水一样纷纷喊‘渴’，这就是当前我们所面临的大环境。中国的房地产业起步较晚，尚处于发展阶段，因此，无论国有还是民营资本都处于逐渐积累的过程中。在这种风浪中有些企业，尤其是民营企业更显力不从心。这就是中国房地产业的现状。毋庸置疑，任何事物都有其两面性，房地产也是如此。我刚才讲到，房地产业在中国是方兴未艾，八亿人的刚性需求是支撑中国房地产业发展的强劲动力。此外，政府提出城市化进程，也决不会因为短期的金融危机而搁浅。所以，我相信房地产的反弹一定会在不久的将来出现。而支撑这一观点的论据是经济的发展，必然带来城市的繁荣和人民的安居乐业！”吴学岩的话讲完了，会场鸦雀无声，继而爆发一阵热烈的掌声。大家都被他精辟的论述折服了。陆晓东感慨地说：“到底是留过洋的，站得高、看得远，咱们就看不透，想不到！”

看到吴学岩的演讲征服了参会人员，最得意的还是于飞。听着吴的侃侃而谈和缜密的思维，她忽然觉得吴在她的心中高大起来，她这些年的寻寻觅觅终于有了结果。上苍把这么个才高八斗、学富五车的才子推到她面前，不就是对她这些年坚守的最好回馈吗！

而最激动的要数田一琨了。吴的论述不仅解开了他眼下的困惑，更重要的是使他对未来充满信心。接下来，他马上与在座的各位股东进行了讨论。经过各位的表决，大家一致同意收购亚华的“绿城国际”，由元山公司和昌德公司合资运作。

散会后，田一琨主动给林发权拨去了电话……

Section 05 · 饮鸩止渴

已濒临绝望的林发权眼下四面楚歌、内忧外患。他所借钱的三家公司已联合将他告上台北地方法院，并查封了他在台湾的三处房产。官司开庭，他的三处房产不仅全部抵债，而且还将面临通过司法程序拍卖他的“绿城国际”的境况。这些天，林发权动用了他所有的关系，希望能力挽狂澜。奔波了大半月，结果，家里后院起火，乱成一团。先是他的副总——主管销售的杨君越带着肖虹离开了公司，主管销售的何经理也不辞而别，更有三三两两的员工不知去向。眼下，只剩下财务两人和一名行政人员。售楼处人已走光，只剩看门的人在把守。工地空无一人，一派萧条荒凉的场景。林发权想不到，不到三个月的光景，他就沦落到如此境地。忽喇喇大厦将倾，昏惨惨似灯将灭。市场的瞬息万变，让他像大海里的小船一样，从浪尖一下子跌入海底。那种恐惧和绝望感绝非一般人所能体会到的。就在他坐在办公桌前一筹莫展时，手机响了，原来是田一珉打来的。他告诉林发权晚上7点在南海渔家会面。电话打完了，林发权呆呆地坐在那里，半晌没反应。他想不通田一珉这个时候请他有什么动机。林发权带着满腹疑惑来到相约的地点——南海渔家。一进屋，就见叶昌德也在场，他顿时明白了许多。原来两人在算计他的“绿城国际”，怪不得叶昌德一直没有回复，原来是两人已达成某种共识，找他摊牌来了。想到这儿，他不免提高了警惕。

接着是握手寒暄，宾主落座。不一会儿，酒菜上齐了，三人各自端起杯。叶昌德先开宗明义：“今天请老林是田总的意思，一来老朋友好久不见，叙叙旧；二来谈谈合作的事，看看有没有可能。”三人干完后，田一珉先开口了：“林总，咱明人不说暗话，您公司的情况我是清清如水，就像去年您把元山摸得是了如指掌，昌德找我本意是想看看我的意见。您知道，现在的形势，谁也说不好明天会是什么样。但我是想帮您，不管您怎么想。年关快到了，能活下来就有希望，我的意思是由我来接盘，这样您的一切死结都解了，还可趁机以便宜价格再拿一块地，伺机东山再起，不知您的意下如何？”

没人来找时，林发权暗暗祈祷有人能拉他一把，甚至能把他的投资成本如数拿回来，就算谢天谢地了。如今田一珉主动说出，他心里又有些不平衡。虽窃喜这回总算有人能为他扛包了，但他还不想轻易就范。思考再三他说：“感谢田总这个时候雪中送炭，但是不是可以考虑合作，如此风险共担、利益同享对大家岂不更好！”林的话一出，田一珉和叶昌德互相看了一眼，同时选择沉默。

林发权没想到他的话让两人没声了，心里预感不妙，为挽回尴尬场面，他又说：“我这也是为二位考虑。如果你们认为不妥，咱们好商量。”

田一珉见林发权把话又拉回来，感到有必要表明自己的心迹，说：“林总，您不要认为我俩是趁火打劫来了，如果您这样误解，我们还是不谈为好，权当叙旧了！”说完举起杯子。

叶昌德也随声附和说：“老林，来之前田总还担心你有误解，是我力劝他帮你。说实话，你的事在圈里早传得沸沸扬扬，谁都知道你官司缠身、债务不断，公司现已是空壳一个。这个时候除了田总还有给你雪中送炭的人吗？”

田一珉见叶昌德说得差不多了，接着说：“林总，我是看在咱们的友情上想帮您。其实，南厦像您这样的不止一家。之所以敢冒此风险，还是基于我们是合作伙伴；其次，我手中只有一个多亿，如果拆开，就什么也干不了。所以，只能选一个项目，望您理解。”

林发权见两人言之切切，丝毫没有虚假成分，倒是自己以小人之心度君子之腹了，不免生出愧意，于是说：“二位好意我领了，只是‘绿城国际’是我来南厦多年的全部心血，就这样毁在我手里，实在是痛心疾首啊！”林发权说完脸上呈现痛苦的表情。

“老林，干咱这行的就得拿得起、放得下，庄稼不好明年种。形势好了再干嘛！”叶昌德劝慰说。

林发权见叶昌德这样说，恢复了原来的表情，之后，又像下了很大的决心说：“既然田总要接盘，我也不再坚持，但不知田总是以什么价格来接？”

“我早已给您算好。您的土地及配套费，建筑成本与门窗及管网、电梯等，加上工程管理和税收等所有的费用共计是1.74亿。我说的是指完工。您现在只是封顶，后续装修还有一大半没完成，仅施工费就得五六百万。我说得没错吧？”田一珉一口气把“绿城国际”的投资成本一一列出来，然后看着林发权。

林发权心里不由得暗暗佩服田一珉，对于行家里手，只用一个动作或一句话就知道对方的水准。正所谓，“未弹曲调先有情”。林发权看出了对方早有充分准备，心里也不再存有任何侥幸的想法，便说：“田总说得没错，大概情况就是这样。”

“您现在已售出多少，总销售额多少？”田一珉又追问了一个问题。

“有3270多平方米，总销售收入2600万有余。”林发权努力回忆后说。他想着这2600多万最近已闹得他心神不宁、六神无主，也直接导致他的售楼处关门停业。自10月以来，林发权尝试打折促销，而原来的购房者闻讯后，也要求降价，遭到拒绝后，开始拒付银行按揭款。到11月底，消息不断蔓延，最后导致42个购房户集体要求退房。他们每天派年迈的父母坐在售楼处，有时还举起手中的横幅，高呼口号：“黑心开发商，还我血汗钱！”弄得售楼小姐们相继辞职，最后连经理也不辞而别。

田、叶二人看此时的林发权完全失去往日的神采，两人相互看了一眼，还是田一珉开口：“林总，看您今天不在状态。这样吧，咱们今天就到这儿，改天再聊。”说完站起身。

林发权见两人要走，有些急了，连忙摆手说：“咱们刚谈一半，你们就要走，刚才还说帮我，现在却急着要走，这是什么意思？”

田一珉和叶昌德见林发权这样说，也就不好意思了，于是重新坐下来。

“你们既然说来帮我，那就说说看，怎么帮？”林发权像是下了决心说道。

田一珉首先表态：“如果您没意见，就按南厦最近一次成功的收购方案参照执行。”田一珉说完拿出一份资料递给林发权。

林发权翻了翻，然后开口说：“他的地块怎么能与我的‘绿城国际’比呢！再说东雄房地产公司的项目才26000来平方米，而我的‘绿城国际’38000多平方米，他怎么和我比呢！”

“老林，论房地产我是外行，但我总知道项目越大风险越大吧？”叶昌德插了一嘴。

林发权没有反驳，而是在反复权衡。他知道叶昌德话里的意思，但他不想这样轻易地缴械认输，可已有先例，不同意只能放弃，放弃后他还有别的路可选择吗？思忖再三他说：“项目我原则上同意转让，但后续的内外装修费由你们来承担，各项营业税等也要你们承担。如果可以，咱们随时可以签合同。”

叶昌德还想张口反驳，被田一珉的一个眼色制止住，只见田一珉说：“林总，这样吧，我们回去再考虑考虑，然后再给您回话，您看可以吗？”

林发权没想到田一珉跟他来个釜底抽薪。按生意人不成文的共识，“考虑考虑”通常是不考虑的委婉托辞。林发权深知其中含义。但话已出，一言九鼎，想改也说不出口了，只好挺着，等田一珉的下文了。他想田一珉不是本地人，不一定就此放弃。要不是火烧眉毛，为解眼下之难，有人拿两亿给他，他也决不动心。

田一珉回来后，第二天上午就与于飞和徐明凯做了通报。并研究决定，采取拖延战术，围而不打，让林发权着急。

对于这样的战术，徐明凯是举双手赞成。他甚至觉得这样做还不过瘾，他要再烧一把火，让林发权死前不得安宁。原来“绿城国际”售楼处的客户退房，拒付银行按揭款以及煽动到楼前举牌示威等一系列的动作都是徐明凯和亚华售楼何经理共同策划的。他承诺事成之后让他来“海湾绿苑”做售楼部经理。此外，导致售楼员一哄而散也是他的杰作。现在，他要再导一出众客户大闹亚华公司的大戏，以宣泄他心中的怒火。上苍让谁灭亡，就让谁先疯狂。徐明凯此时就像中了邪一样，他利用何经理给他的客户通信录，并以亚华公司的名义分别给42户购房者打去电话，谎称公司同意退房，让大家明天上午9点到公司总部办理手续。

消息一传出，第二天上午8点多，就陆续有购房者拿着相关手续来到亚华公司办公大楼。9点后，他们发现并没有亚华公司的人前来上班。直到9点半，才陆续来了一名行政和两名财务人员。众购房者见有财务人员进了财务室，马上站队排号等待办理退房手续。财务经理感到很意外，她上前询问才得知公司于昨天就已通知购房人前来办理退房手续。经理觉得事情非同小可，立即给林发权打电话求证。林发权虽感事情蹊跷，但一时又查不出原因，无奈，他只好指示财务经理好言相劝，耐心说明情况，求得大家谅解。话说得容易，可当财务把林发权的意思传达给退房者时，现场马上炸锅了。大家纷纷指责开发商出尔反尔，没有商业道德。一年轻人愤怒地冲上前对财务经理说：“快到年终，单位很忙，接到你们的电话，我是冒着被扣掉全月奖金的风险的。现在你们跟我说没这事，亚华公司也太会玩了！告诉你，今天必须给退，不退不行！”

“对，不退不行！”众人一致响应。时间已过了10点半，另一购房者给电视台的《新闻广场》栏目打了一个电话，不一会儿，电视台的一班人马来到亚华公司，记者们的长枪短炮瞬间对准了人群。主持人开始讲话，接着又将话筒逐一对准了在场的购房者们，接着又采访了亚华的财务经理。忙乎了大约一小时，他们才班师回朝。

时间已近中午，等了一上午的人们见毫无结果，他们愤怒了，纷纷要求亚华公司的老总出面，给他们一个合理的解释，并扬言如不出来，他们就不回去。吵到最后，一些年轻人开始摔凳子、砸桌子，闹得公司办公室一片狼藉。大约1点时，林发权出现了。起初他是不想出面的，但现在已无人替他挡驾，他只有自己出马协调了。当众人看到亚华老板露头了，纷纷把他围起来。其中一老人紧紧抓住林发权的胳臂，嘴里不停地念叨："把我的房钱退了，把我的房钱退了，你们不能言而无信！"另一人大声说："说9点就办手续，可到现在又说没这回事，耍人也不该这样呀！"剩下的人七嘴八舌嚷成一团，根本不容林发权解释。无奈的林发权只好任凭众人推来搡去、苦不堪言。

看到众人的情绪稍微缓和下来，林发权才对众人说："各位购房人，大家安静下来听我说，公司并没有通知各位前来退房，是个别居心叵测的人恶意挑事。房子已卖出，哪有再退的道理！"

林发权的话一出，42位购房人的愤慨一下子给点燃了，本来在这儿熬了一上午，个个饥肠辘辘，很多人已烦躁了，听林发权这样说，他们更加失控了，一时间群情激愤，个个发出怒吼。

"你说，谁挑事了？明明是你通知前来退房，现在又说不能退，这样说话怎么行，今天你非得给个解释不行！"

"什么开发商，纯粹是骗子，要他退房！"

"工地早已停工，他不退房咱们告他诈骗！"

"售楼处已关门多日，公司快破产了，说不定哪天老板就跑路了！"

"对，今天不能让他走，他跑了咱们就找不到了！"

"不能让他走！"人群再一次发出怒吼。一直抓着林发权的老人嘴里不断地喊着"退房！给我退房"，老人家喊着喊着忽然手一松，倒在地下，口吐白沫，不省人事。众人又是一阵慌乱，有人马上急呼120前来抢救。不一会儿，120急救车就赶到了，眼看救护车把人拉走，如梦初醒的林发权才命财务经理赶紧到医院看护。

此时要求退房的人也没了刚才的情绪，大家纷纷看着林发权，等着他表态。

被刚才一幕弄得心慌意乱的林发权此时唯一的念头就是祈祷老人家平安无事。如果这件事闹大，不仅涉及官司，而且很有可能让他的公司雪上加霜。林发权正忧心老人的健康时，财务经理打来电话告诉林，老人家已苏醒，现在正在观察，看样没啥问题。林发权一颗悬着的心才放下来。他想自己现在真是山穷水尽、四面楚歌。其实，在林发权内心深处，谋利已不是第一要义，让他不舍的是成就感。作为一个台湾商人，他还想表达一下他的爱国情怀，能用自己的绵薄之力为祖国做一点贡献，也算作为中国人的骄傲。可惜，他的这点心愿眼看也要破灭了，此时的林发权心里有无限的惋惜和遗憾。

"林老板，你总不能让我们跟着你这样耗下去吧？"一个声音把他从无尽的遐想拉回到现实来。

要拿得起，放得下。他想起叶昌德的话来。于是，他面对众客户，神情郑重地说："关于退房的事，请各位给我三天时间，到时我一定会给大家满意的答复。请相信我！"

谁都不曾想到，当晚，南厦电视台的《新闻广场》栏目播放了这样一条新闻报道，并配发了记者的现场采访和相关人员的发言。

"本台消息，引人关注的亚华退房事件，今天上午有了新的进展。42个购房户声称昨晚接到亚华公司的通知，要求他们今天上午9点到公司财务处办理退房手续。他们按通知时间来到亚华公司，9点半钟才有该公司的工作人员前来上班。当购房户拿出相关手续准备办理退房时，被该公司财务告知，亚华并没有发出任何退房通知。客户们感到上当受骗，纷纷要求亚华公司给个说法……"

接着，电视里播出现场记者采访一位老伯的画面。老人说："我们接到通知后，今个儿一大早就来到这里，等来等去，好容易来人了，却说公司没发通知，这不是骗人吗？"镜头又切换到另一年轻人，他说："我也是昨晚接到通知的，害得我赶过来扔下我老婆一人去孕检。现在却说没这事，你说气人不气人。"接着镜头又转切到亚华公司的财务人员，她说："我们财务并没有接到公司的退房通知。而且老板也不知此事，是不是搞错了！"镜头又切换到记者面前："目前，这件事还在调查中，相关问题，我台还将继续关注。"

不单徐明凯看到了这则消息，林发权及田一珉、叶昌德等都看到了电视台的报道。所有的人都大惑不解。唯独徐明凯露出一丝冷笑，他感到特别痛快，他的报复终于显效，他要林发权尝尝害人的苦果。

第九章

各安天命 相忘江湖

Section 01 · 第三只手

退房风波成了催化剂，促成了林发权全盘转让的决心。第二天上午，他就主动给田一珉打去电话：“田总，我想通了，按你的意思办吧，要尽快，你看行吗？”

田一珉其实就等这句话，他马上说：“就下午吧，你看怎么样？”

林发权一听大喜过望，他恨不得马上就办，早一分钟拿到钱，他就少六十秒的煎熬。这种日子比小时候的穷困要可怕多了，那时是穷，仅体现在肚子不饱、衣衫褴褛上；现在欠债，让人起诉或当面羞辱，是灵魂上的挤压，精神上的煎熬，远比肉体的折磨要痛苦百倍、千倍。林发权就是基于这样的心理，在度日如年的心情下看着墙上的时钟一秒一秒地向前移动……

下午2点10分，林发权带着财务经理直奔元山公司。当他一脚踏进会议室时，望着熟悉的环境，不禁触景生情，感慨万千。去年此时，同样的地点、同样的人，但事情却截然相反。他和田一珉互换了位置，如今他成了被兼并的对象，而且是全盘转让，不留一点余地。

林发权正黯然神伤，田一珉和叶昌德推门进来。三人互相握手落座，田一珉首先开口：“林总，接了您的电话，我又与叶总商量一下，觉得虽然生意是生意，但朋友也要做。我俩不愿在你最困难的时候趁火打劫，所以决定，项目接手后，前期所拖欠的各项管理费及税费等一律由我们承担，估算也得两三百万。其他按实际账面结算，您看如何？”

林发权听说后期的费用全由田一琨承担，心里为之一喜。如换作自己，断然是不会答应的，毕竟近300万不是小数字。两相比较，还是人家大度。但林发权就是个纯粹的商人，无论做什么，他都想做到极致。他想把近四万平方米按前期八千元的均价说给田一琨听，现在以一半的价格转手，希望田能再考虑把后期的500万免掉。但他思考再三，想到去年田这样讲时，自己不也是毫不理会吗？怎么轮到自己就想别人让步呢？想想，还是没说出口。于是他说：“我已把财务带来，让他们把账目全部拿来，剩下的票据等双方交接时再行审查。我们今天重点是先签合同，你看如何？”

田一琨和叶昌德看今天的林发权跟在南海渔家那天判若两人，心里的负担也减轻了许多。大家不在枝节上争来讨去，很多的问题就不是问题了。转让合同经三人仔细看过后，林发权先是在四份合同上签了字，并拿出公章盖上。田一琨和叶昌德也分别在合同上签字盖章，三方签署合同完毕，互相握了握手，算是合作愉快。然后又到市公证处进行公证，方为告一段落。叶昌德看林发权从签约至今，神色一直紧绷，抑郁大于欢颜，有无限惆怅之感，便拍拍林的肩头说：“老林，要想得开，生意有赔有赚，赶上这形势，你就得认倒霉。如果房价继续跌，到明年这个时候，你还不得偷着乐。心里还得暗骂，两个不知死的傻子，哭去吧！”

叶昌德的诙谐把林发权逗乐了，他连忙说：“不会的，不会的！”接着又说，“咱们明天就交接吧，希望二位能及时把款打给我。后天我就得给42家客户退款。请二位关照，多多理解。”林发权双手握拳行大礼以示谢意。

“好！林总放心，我明天就将应付款按您提供的账号转过去，肯定不会耽误后天的退款时间。”田一琨当即表态款会按约支付，绝不会耽搁亚华的退款承诺。

看着林发权走进电梯的背影，田一珉忽然发起感慨："看着林总的样子，我的心里也不好受。咱们今天接林的盘，明天如果有人再接咱的盘，到那时咱们会是什么样的心情？"

"嗨！别想那么多了，反正现在是骑到虎背上了，你想下也不成了。咱们就闭着眼睛向前冲，说不定能撞个好运呢！"叶昌德说，停了一下他又说，"大不了再从头来，我还年轻，我不怕！"

田一珉却仰天长叹："我可不年轻了！如果这次机遇没抓住，我就告老还乡，做一个日出而作、日落而息的农民。"他说完这话想起远在周村的陆晓雅，想起自己精神的归宿。

依依不舍的林发权，虽然换得了暂时的轻松，退还了42户的购房款，偿还了台湾三家的全部借款，保住了家产；可当所有的纠纷完全归于平静时，他始终耿耿于怀的是压死骆驼的最后一根稻草——那场退房风波。到底是谁导演的？是谁对他有如此的仇恨？这让他十分困惑。他始终想不出谁如此卑劣，会在这个时候落井下石。他最初推断是田一珉和叶昌德，因为他俩是最直接的受惠者。但看田一珉和叶昌德的表现，根本没有乘人之危、趁火打劫的迹象。尤其是田一珉，接了盘，也没显出什么兴奋和得意之感，反倒更加心事重重，好像背负了沉重的负担一样。如果不是他俩，那会是谁呢？他仔细琢磨与这个事件有关联的人。

林发权最终决定从42个购房户入手。因为只有拿到名单者，才能发通知，而有这些资料的人只有销售部何经理和财务。财务自然不会，剩下的就只有何经理了。他决定找出何经理，即使他躲到阴山背后，也要将他揪出来，否则，林发权的心就安不下来，这也将永远成为他的一个未解之谜。

皇天不负苦心人，经过一段时间，他终于找到了小何，知道了事情的来龙去脉。原来，正当整个售楼处面临关门及客户要求退房时，徐明凯找到了他，承诺让他到"海湾绿苑"去做售楼经理，然后从他那里拿走42名客户的资料。他当时并不知道徐明凯会拿这份资料大做文章，看到电视台的报道，他才知道徐的用意，很后悔被人利用。而且徐至今也没有兑现承诺，害得他如今只能在一房产中介公司做置业顾问。

谜团终于解开了，让林发权深感意外的是他和肖虹的关系藏得滴水不漏，他甚至没留过肖虹过夜，怎么还是被徐发现了？他反复思考肖虹每一次来他家的时间。有几次可能在他家待的时间太久了，以致引起了徐的怀疑。两人恶吵导致她又跟他人跑了。

在厘清了原因后，他觉得对徐明凯这等小人决不能放过。林发权反复思考如何报复徐明凯以解心头之恨。他忽然想起钟美华去年就扬言给徐明凯一个好瞧，但自己怕被牵连，这才阻止了钟的行动。现在自己被坑成这样，他的复仇心理更强烈了。想着想着，他便给钟美华打去了电话，并约她到南湖公园的上岛咖啡吃牛排。钟美华见林发权约她，自然喜出望外，于是，精心打扮了一番，来到相约的咖啡馆。林发权自从有了肖虹就不再跟钟美华来往，今天相见，不免为之一动。钟的穿着和浑身散发的清香味儿，熏得林发权有些飘飘然，看见钟愈发苗条的身段，久未尝荤腥的林发权的心又开始蠢蠢欲动了。但他告诫自己，要先谈正事，不要因小失大。对面的钟倒是不以为意，见了林发权仍然拿腔捏调地说："难得林总找我，说吧，有什么事？"

林发权见钟明显有点骚劲，就转了话题："没有事就不能找你？"

钟美华一听忍不住笑了起来："现在街上漂亮女孩多的是，拿我这半老徐娘寻什么开心！"

林发权一听哈哈笑了起来，说："老吃羊羔肉，换换黄瓜、白菜也别有风味！"

钟美华这才换作笑脸说："难得你还有这般风情，说吧，找我究竟有什么事？"

林发权见钟开心了才说："一是想你了；二是想问你知道徐明凯的情

况吗？”

钟美华听林发权提起徐明凯，脸上即刻现出恨恨的表情：“当初要不是你阻拦，我早把他打入十八层地狱了！”

见钟美华还是一副气愤难平的样子，林忙为自己开脱：“此一时，彼一时，那时整他还不到火候。现在是时候了！”

钟美华有些疑惑：“他怎么得罪你了？”

林发权于是一五一十地把事情的原委和钟美华说了一遍，末了，他说：“这人专做落井下石、赶尽杀绝的事。让他在房地产圈里混，大家都没好日子过。”

见林发权这样说，钟美华就问：“你打算怎么治他？”

“就出卖公司商业机密的事，已足够判他三年了！”林发权说。

“啊！三年？那不完了吗！”钟美华尖叫起来。

“这叫无毒不丈夫！他想把我置于死地，我岂能让他上天堂！”林发权恨恨地说。

“就是，让这样的人上天堂，世道岂不颠倒了！”钟美华也跟着说。

“其实做人要有胸怀，他跟田一珉比，一个在天上，一个在地下。我跟田办了几件事，都是人家比我大度，让你不得不佩服。跟这小子合作，你只能跟着卑劣了！”林发权言犹未尽。

“你说吧，要我做什么？”钟美华说。

“听你说写了一份揭发检举信，现如今还在吗？”林发权说。

“在！”钟美华点点头。

“你把它打三份给我！”林发权说。

“没问题，我明天交给你。”钟美华说。

“咱们先吃饭，一会儿到你家去取，可以吗？”林发权意味深长地看着钟美华。

“好！”钟美华用媚眼使劲瞟了一眼林发权，笑了。

三封揭发检举信分别寄给了南厦市公安局经济侦察支队和市房地产协会及元山房地产公司。当信投进信箱时，林发权露出一丝奸笑，他要看看徐明凯的下场，看看他如何面对老同学田一珉，如何在众目睽睽下被戴上手铐，塞进警车……

Section 02 · 善恶终有报

揭发检举信很快就有了回应，徐明凯因不是机关公务员，属于企业在职员工，按属地管辖原则，主管部门只是签注了意见后由公司研究上报处理意见。而市公安局则是直接到元山公司查证，然后将徐明凯带回了局里进行审讯。

徐明凯被警察带走的消息引起元山公司内部一片哗然。大家议论纷纷。

“为了区区的30万，就把自己的前程断送，太不值了！”一设计部的人发出这样的叹息。

“当时公司风雨飘摇，他以为要关门了，不捞白不捞吧！”工程部的一员工说。

“他是田总的同学，怎么能背后捅刀子啊！”行政部的一员工说。

下面的员工众说纷纭，而此时田一珉的办公室里更是火药味极浓。还在忧心“绿城国际”这个大包袱如何接好的田一珉，正想方设法解决公司压力时，却让徐明凯的案件给砸蒙了。他怎么也想不到徐明凯会做出这等事。要不是警察把徐明凯带走，他压根儿就不相信这是真的。

“徐明凯身为公司领导，出卖商业机密，这是什么行为？如果没有这些材料，当初你怎么可能被纪委隔离审查？”于飞一连串的提问，让田一珉无言以答。

“还有，你在审查期间，徐明凯在股东会上公然提出让工程停工，我当时就怀疑他的动机，现在明白了，他就是想趁机搞掉你，然后让他人来接盘。”于飞毫不留情地点出了真相。

田一珉眼下虽找不出理由反驳于飞，但他还是不愿相信这些都是真的。虽然他承认于飞比他的警惕性高，他也知道这是他的致命弱点，但每到实际上，他又情面难却，导致很多事情失算。今天，他又面临这样让他无法割舍的抉择，他知道眼下做任何决定，对徐明凯来说，都十分关键。想起徐明凯刚来投奔他时，他还亲口说过“苟富贵，勿相忘”，现在还没富贵呢，就要痛下杀手，这让田一珉怎么都狠不下心来。

于飞看出田一珉的心思，就说：“你下不了决心，我理解，他是你的老同学。这样，公司召开董事会研究处理，你总该没意见吧？”

看到于飞咄咄逼人的架势，田一珉只好点头答应：“好吧，开董事会讨论再定！”

元山房地产公司董事会在于飞的强烈要求下，在公司会议室如期召开。会上，田一珉把徐明凯出卖公司商业秘密被公安局经侦支队带走询问的事实向各位董事做了通报，请大家讨论表决。

“这种事怎么现在才捅出来，该不会出于什么私心吧？”一人发言。

“是咱们公司内部人揭发还是外人干的？”另一位董事说。

于飞看大家有些跑题，就说：“徐明凯身为公司领导，竟做出损害公司利益的事，给公司正常的工作带来严重影响，导致早前主要负责人被纪委带走的后果。鉴于徐已触犯了《中华人民共和国刑法》，所以，我建议移交司法部门依法处理。”于飞的话讲完，大家又议论起来。

“哇！这还不得判个三两年。”

“这种事企业是最痛恨的，开除、判刑都不为过！”

“这事还要看田总的意思，我没意见！”

田一珉看大家发言差不多了，就说：“大家的意见给了我不少启发。不错，徐副总是我的同学，但他犯了法谁也包庇不了他。但我们应抱着‘治病救人’的想法，让他认识到错误，挽救他，这也符合党和政府的宗旨。所以，我提议，开除徐明凯元山房地产公司员工的身份，其所担任的相应职务也一律撤免！”

于飞则表示异议，说：“徐明凯明明已触犯刑律，你作为老同学却为他开脱罪责，做一个开除就算了事，这明显是在包庇！”

田一珉对于飞穷追猛打的做法很不满意。他没想到于飞今天一反常态，明显在跟他唱对台戏。不仅语言犀利，切中要害，而且叫板逼宫，一副敢把皇帝拉下马的架势。田一珉拿不出服人的理由来反驳她，只能以中庸的态度说：“得饶人处且饶人，把人都开除了，还想怎么样？”

“这是原则问题，他犯了罪就该服法！”于飞义正词严地说。

会开不下去了，按程序进行，只能是投票表决。表决的结果，三票赞成，一票反对，一票弃权。董事们都很清楚，弃权的肯定是陆晓东，反对的自然是田一珉。

会散了，田一珉刚回到办公室，没一刻，于飞就跟了进来。田一珉明显心里不快。自成立公司以来，他还没被大家反对过，可今天，他却被孤立了。他感到一种莫名的悲哀。

于飞上前，双手扶着办公桌，盯着田一珉说：“心里不舒服了？我就知道你心眼小！刚才散会后和几位董事随便聊了一下，其中一位说，咱们大家得给田总个面子，如果田总坚持不起诉，那就把徐所占的股份取消。反正也是田总给他的，这样也算惩罚了他。你觉得这建议怎么样？”

“什么意思？你们研究完了通知我，把我当摆设，是不是还要架空我？”田一珉的火终于被点燃。

于飞一看田一珉发火了，而且是毫不留情，她感到委屈。她和田一珉在一起工作的五六年里，田一珉从来都是君子风范，从没像今天这样怒目而视地对她吼。她知道田一珉心里有气，没处撒，也只能朝她开火，想了想说：“我是替你着想，你反倒不领情。那好，随你的便吧！”说完，强忍泪水推门走了。

田一珉也不知自己今天火气为什么这样大，见于飞走了，这才觉得自己有些过头。但在气头上，拐不过弯来，心想，随她去吧，等气消了再找她道个歉，也就完了。

第二天，田一珉以公司的名义到市公安局经侦支队了解情况，通过交谈，他掌握了徐明凯是被人举报才被刑拘的。根据他的罪行可判处三年以下有期徒刑。但举报情况是否属实，是否有打击报复等情况还要根据调查以及单位意见酌情处理。目前，案件正在审查中。田一珉提出要见徐本人，被拒绝了。之后，田一珉又找了叶昌德，托了一圈的关系，才被允许看望徐明凯。

在拘留所的会见室里，田一珉见到了满脸憔悴的徐明凯。仅三天的时间，徐明凯一下子苍老了许多，满脸的胡须遮住了那张俊朗的脸，一双凄惶的眼睛早没了往日的风采。见了田一珉，话还没出口，眼泪先掉下来：“田兄，救我！”田一珉想问问情况，但又碍于眼前还有他人，只好说：“我正在想办法，你放心，我一定会把你救出去的！”

“我都不知道咋回事，他们就把我带到这儿来了！”徐明凯说。

“调查人员询问的时候，什么该说，什么不该说，要把握好！”田一珉看着徐明凯说。

探视的时间到了，徐明凯紧拉着田一珉的手不愿松开，弄得田一珉很长时间里都忘不掉那一幕。回来后，田一珉整理了一份关于徐明凯进公司以来的工作业绩报告，篇幅长达5000字。市公安局经侦支队的人前来调查时，田一珉代表公司表达了希望免于徐明凯刑事处罚的意见，并把整理好的材料也呈了上去。为了使这事大事化小、小事化了，田一琨又找叶昌德托人疏通关系，最终才把徐明凯捞了出来。

压惊洗尘的酒桌上，田一琨让徐明凯给叶昌德敬酒，并说：“你能出来，多亏了叶老弟，没有他，你恐怕是在劫难逃！”

徐明凯举起酒杯面对叶昌德说：“大恩不言谢，所有的感激都在酒里，我先干为敬！”说完，一口气喝光了。

轮到叶昌德开口了：“这件事你最要感谢的是田总。是他跑前跑后、跑上跑下，才有今天的结果。兄弟，患难见真情。田总才是可交的朋友！”叶昌德一语双关发了这样的感慨。接着，又说，“从陶洁这边论，我是义不容辞。陶洁听说你出事了，叮嘱我无论如何也要帮你。我欠你一个人情，今天算还了。来，兄弟，我敬你一个！”说完举杯干了。

敬了叶昌德，徐明凯又举起杯子面对田一琨说：“田兄，多亏你的鼎力相救，兄弟恩情，没齿难忘。在此，我真心谢谢你，这杯酒我干了，以前有什么得罪的地方，万望兄弟海涵！”说完一饮而尽。

“其实，你真要感谢田兄，听说董事会为你的事都吵起来了。最后还投票表决，三比一。兄弟，田总要承担多大压力呀！”叶昌德补充说。

徐明凯没想到公司为此进行了表决，他有些意外，看着田一琨不知说什么好。而田一琨也不愿谈及此事，只是拿起酒杯对着叶、徐二人说：“喝酒！”说完一口干了。

诧异的徐明凯又把眼光投向叶昌德。叶昌德看了看田一琨才对徐说：“田总为了你的事，威信在公司一落千丈，大家都说他太包庇你，明明受损害的是他自己，可他还一味地为你开脱罪责。兄弟，没有田总你死定了！”

徐明凯知道他能出来完全是田一琨努力的结果。办案的警察在释放时就明确给他说，要不是他公司全力担保，判个三年徒刑是板上钉钉——跑不了。徐明凯站起来，恭恭敬敬地向田一琨鞠躬行礼：“兄弟，谢谢了！”田一琨见状脱口说："你也别谢我，这是公司的意见，条件是你离开公司，所持股份取消。"

徐明凯听后半晌没有说话。他原以为即使离开公司，他所持的股份还在，起码也有三五百万。有了这些资本，他照样还能开公司、办企业。现在这些都成了泡影，他的心顿时落入冰水中。

看到徐明凯绝望的表情，田一珉也觉得心里不是滋味，他安慰徐说："你也别太难过了，董事们坚持要你服刑，放人免刑是妥协的结果。我这儿有100万，算这些年你帮我忙的酬劳，拿去吧！"田一珉说完拿出存有100万的银行卡递给了徐明凯。

"钱是夏天时公司分的红利，除了买房子剩下的我还没动。"田一珉说。

不仅徐明凯意外，就连叶昌德也惊讶不已。对于田一珉的义举，他是佩服得五体投地。按本地人的习俗，有这样的馈赠，那可不是一般的情谊，起码是生死与共的兄弟。"明凯，你有这样的兄弟，真是你的福气，这种大恩大德一辈子都不该忘！"

"是我对不起他，前来投奔我，却落得这般下场，唉！"田一珉有些伤感地说。

徐明凯见田一珉丝毫没有责怪他的意思，反而愈发自责，更感到过意不去。他赶紧接过话茬说："是我对不起你，田兄，辜负了你对我的厚望，还让你为此受到非议。现在想起，羞愧至极！"

"好了，希望你今后牢记教训，勿以恶小而为之，回到老家，踏踏实实地过日子吧！"田一珉说完举起酒杯。

"兄弟，到家来个电话，有时间我到东北看你！"叶昌德也举起杯。

"田兄、叶老弟，兄弟情深，永生不忘；山高水远、后会有期。也祝你俩心想事成，万事顺意！"说完举起酒杯，"咣"的一声，各自干了。

徐明凯走了。他拉着箱包来到火车站，望着广场上仍是熙熙攘攘、川流不息的人群，感慨万千。八年前，他单刀赴会，如今败走他乡；八年前，他雄心勃勃地来到这里，以为可以大施拳脚、大展宏图。不料时运不济，人脉匮乏。遇上的人不是贪婪狡诈，就是唯利是图，没几个肝胆相照的朋友，就算田一珉还可以，但也没给他多大权力，让他在于飞的挤压下空间很小。这次事件虽然田做了很多工作，但最终还是把他的股份给取消了。按他自己的意愿，他宁可在监狱里服刑三年，也不想把股份弄丢。虽然不晓得股份会值多少钱，但按眼下至少也有500万。想到这儿，他的心里又有些不平衡了。500万，对于寻常人来说，这辈子能否挣得来都是问题！徐明凯陷入了百般纠结之中。成也萧何、败也萧何，谁知道田一珉心里想什么！

站在大厅里的徐明凯茫然四顾。想当年田一珉到火车站来接他的时候，他充满了希望和憧憬，如今，希望破灭，不知何处是他的栖身之地。他的妹妹几年前和丈夫一起迁到深圳，在一所中学教书，如今只能先到那里看看是否可以落脚。田一珉说要送他，他推说走时再通知。其实，他是不想让田一珉送别。如今这副丧家犬的模样，让谁看了都低人一等。此外，他不回家也不是怕无颜见江东父老，而实在是回去后什么也做不成。他已习惯了这种灯红酒绿的生活，要想改变还真不容易。虽然前方有太多的凄迷，甚至路漫漫其修远兮，但他还得义无反顾地前行，浪迹天涯、背井离乡可能是他的宿命。

开车的时间快到了，长长的站台上只有几个稀稀拉拉送别的人。寂寥而空旷，静谧而安详。而这时，一个女人急匆匆来到站台上，边小跑边大声地喊着："明凯——徐明凯！"长发飘飘的姿态吸引了众人的眼球，不由得随着她的移动而聚焦。本来徐明凯已进了车厢，却见一女人从窗前跑过。那熟悉的身影纵使一万年后他也不陌生，他赶紧冲下车厢。在站台上，他的回应让女人转过身来。是那个让他魂牵梦萦的肖虹。只不过眼睛里多了几分忧伤，没了先前的活力。手捧着一篮水果望着他，似有千言万语，又无语凝咽，呆呆地定在那里。忽然，她扔下水果，三步并两步冲到徐明凯面前，在众目睽睽之下，拥着徐明凯哭了起来，全然不顾旁人投来的惊异目光……

列车徐徐开动了，车上的徐明凯泪流满面，望着车下不停摆手的肖虹，他历经着生离死别的伤痛。再过多少年，再遇多少人，肖虹都是他的真爱。尽管他们曾互相伤害过，但毋庸置疑他是肖虹的第一个男人，而肖虹也是他一生最爱的女人。望着远去的肖虹，望着愈来愈远的高楼大厦，徐明凯的心里忽然涌出似曾相识的几句话：再见了！这个让人爱恨交织的地方；再见了！这个满是荒唐梦，一把辛酸泪的欲望城市。

奔驰的列车上，徐明凯的泪水再次模糊了双眼……

Section 03 · 断肠人在天涯

忙得脚不沾地的田一珉，这些天先是收购了林发权的“绿城国际”，还没把气喘匀，又发生了徐明凯的盗窃机密案。等把这一切摆平，他才想起陆晓雅。自母亲去世陆晓雅回家发完丧后，就没再回南厦。其间两人虽然有过几次联系，但一直无法相见。忙完这两件事，田一珉觉得轻松许多。虽然目前房地产界哀鸿遍野，但谁也没有回天之力，只能是静观其变。公司董事会早已确定“稳健开发，暂停销售，安抚客户，抱团取暖”的十六字方针。因此，他得到了一个空闲期。抓住这个难得的空闲，他准备看看陆晓雅，看看那儿究竟有什么东西吸引她有家不归、流连忘返。

第二天，天刚放亮，田一珉就开上他的奥迪A6上路了。他没给晓雅打电话，就是想给她一个惊喜。眼看汽车上了沈海高速，他又给车加了个定速巡航，于是，车风驰电掣般地向前“飘”了起来。

田一珉是在第二天下午到达周村的。当他的车开到周村的学校时，晓雅正在上课。田一珉就在学校的操场边停下车静静地等她下课。刚进周村时，田一珉就认出了周建平的农场，在得知陆晓雅在学校教书的消息后，他把车开进村里，停在学校边观察起学校的整体面貌来。学校占据的场地很大，房子因建造的年代久远，整体已呈颓败之势。破旧的房屋和东面的残垣断壁给整个学校蒙上了破败的气息。房子虽陈旧，但徽派建筑的风格犹存，有一种庄重肃穆之感。屋前房上的雕梁画栋，虽满面尘灰，但依稀可见昔日的神采。田一珉正打量学校风貌时，下课的铃声响了。

陆晓雅没想到田一珉会来看她。看到田一珉站在不远处正微笑地看着她，惊喜让她忘了一切，几步跑到田一珉面前，像当年在南厦火车站的月台上一样，无所顾忌地拥抱起来。满院的学生都惊讶地看到了这一幕。在他们的心目中，陆老师是亲切而威严，庄重而耐心的，这种热烈奔放的动作还是第一次见到，所有的学生都惊呆了。

当陆晓雅回过神来，发觉学生们都在看着她，她有些难为情了。田一珉倒无所谓，看见众多的孩子都在注视着他俩，反而说：“看来你在学生的心中占有很大位置！”

晓雅不说话，仍然依偎在田一珉的怀里。

晓雅还有一节课，她把田一珉带到她的宿舍，然后去继续上课了。晓雅走后，田一珉仔细打量起这间虽宽敞却显得空旷而简陋的居室。墙面虽涂成白色，但时间太久，颜色已呈发黄的趋势。一张老旧的课桌，漆面斑驳，但擦得明净。桌上的教科书及其他作业、纸、笔摆放整齐，彰显主人对生活的态度。陈旧的秀才娘子床挂一蚊帐，里面行李也叠得整洁有序，有严于律己之感。地面则是老式铺砖，打扫得纤尘不染，极其洁净。田一珉看着看着，忽然涌出莫名的酸楚。他想不到晓雅在这种环境中竟然还如此安然、恬静。相比时下的拜金女来说，晓雅的品格太难能可贵了。话虽如此，田一珉却为晓雅的这种生活感到深深的怜惜。他知道，当初若不是他把晓雅逼得离家出走，就没有今天的结局。每想到这儿，田一珉就有无限的悔恨和钻心的疼痛。他犯了一个永远都不能宽恕自己的错误。显然，陆晓雅正是看出了他内心的软弱，对他失望至极才选择离他而去。田一珉想到他在陆晓雅的心里，竟然是这般地猥琐，这般地无能，他的心再也没了先前的自信和优越感。他这次来原打算把晓雅带走，让她脱离这穷乡僻壤的山村，去繁华的大城市享受荣华富贵。现在想起来，是他不懂陆晓雅。别看他和陆晓雅心有灵犀、默契和谐，看起来好像是知己，其实，在灵魂深处，他发现自己并不真正了解陆晓雅。她对世俗的摒弃和对功利的不屑是两人最大的鸿沟。一个是受家风的影响，渗透骨髓；一个是受社会的侵蚀，功名利禄融化于血液中。两相比较，竟是天壤之别。田一珉越想越不寒而栗，他甚至感觉后背冒冷汗。此行的目的，看来得视情况而定，绝不能率性而为，让晓雅为难。另一方面，他这次看见的陆晓雅精神面貌与以往大有不同。在南厦她像一朵枯萎的花儿，整天萎靡不振，甚至浑浑噩噩、颠三倒四。但来到这儿，好像换了个人似的，见了田一珉也忘乎所以，完全恢复了两年前的活力。没了忧伤、抑郁和情绪失常，代之以焕然一新、生机盎然、精神饱满的状态。田一珉也不清楚，是这儿的钟灵毓秀给了她洗礼，还是人杰地灵滋润了她，总之，陆晓雅在这儿获得了重塑，并被赋予了一个全新的生命。

田一珉正想着他这次的使命时，陆晓雅回来了。学校已放学，她今天的课已上完了。田一珉想带她到不远的镇上吃顿晚饭，不料晓雅却说："在这儿吃吧，让你尝尝农家自种的蔬菜和粮食。"晓雅说完开始淘米洗菜。田一珉则在一旁，仿佛又回到好多年前的时光。待饭菜快好时，一学生敲门进来说："陆老师，我妈听说你这儿来客人了，让我把做好的鱼送来，请客人尝尝。"说完便跑了。

二人刚要吃饭，又一女生敲门进来："我妈让我给您拿几个咸鸭蛋过来。"没等晓雅说话，女孩也走了。

两人正要端起碗，农场的小刘开了一辆小拖拉机来到学校，他告诉晓雅："场长在万山打来电话，听说田总来了，特意安排厨房炒了几个菜，让我送来。"说完，放下做好的菜肴也回去了。

两人终于拿起筷子吃了起来。"太多了，怎么吃得完！"田一珉边说边吃。这顿饭吃得太饱了，两天的舟车劳顿，让这顿饱饭完全给抚慰了。田一珉打着饱嗝站了起来，看着晓雅收拾碗筷说："一会儿到外面走走？"

"你不怕冷？"晓雅说。

两人踩着月光走出学校，来到通往农场的大道上。深秋的月光，皎洁而明亮，四野空旷，万籁无声。田一珉和陆晓雅就走在空旷寂寥的山路上。两人默默地走了一段路，晓雅开口了："你就不想说点什么？"

"我来的时候是有很多话要和你说，可到这儿后，又觉得是多余了！"田一珉意味深长地说。

"你不说我也知道，但我还是想让你说出来，这样会帮我下定决心。"晓雅说。

田一珉没想到陆晓雅会这么说，他有些意外："你要下什么决心？"

"跟你回南厦呀！不能与你长相守、共枕眠，我还算个好女友吗？"晓雅说。

田一珉不再说话了，两人默默无声地向前走着。身后的村庄已渐行渐远，远处看不到灯光了，他们才往回走。

"其实来的时候，我是想带你回去。到了这里，看到你的精神状态，我改变了主意。按你的意愿去做吧。前些日子你还说'两情若是久长时，又岂在朝朝暮暮'，其实，与其相濡以沫，不如相忘江湖。真正的大爱是舍得，当往日的喧嚣归于平静，放弃也是一种收获！"田一珉说。

晓雅停下了脚步，她拉起田一珉的手说："你真的这样想？"她很惊奇田一珉会这样说。

“看到你精神焕发，快乐生活，我只能如此了！”

“你太好了，这世界只有你懂我！”陆晓雅激动得情不自禁地上前吻起了田一珉。

田一珉很无奈。他目睹陆晓雅在南厦的精神状态和眼下是天差地别。也许陆晓雅天生就适合这样的环境，有这样得天独厚的山水滋润，她才能焕发出如此娇艳的生命力……反之，她便枯萎，一如稻草人一般。但田一珉还是有隐约的伤感，晓雅的生活、工作环境太艰苦了。看到她吃住的地方，田一珉心酸得不行，他想为晓雅做点事，为那里贫困的孩子们做点事。无论是为了内心平衡还是为了自我救赎，他觉得他都该这样做，而且是义不容辞，没有任何附加条件。想好了，他说：“既然你不愿回去，那你说，需要我为你做些什么？”

“我在这儿挺好的，什么都不缺，你给的那20万我还留着，我打算下学期给孩子们买10台电脑，让他们也看看外面的世界。”晓雅平静地说。

“你就真的什么也不缺？”田一珉说。

“盼着你将来能发大财，再帮助我们把小学修缮一下！”陆晓雅不假思索地说。

田一珉沉默了，他的心与其说在流泪不如说在滴血。这个不求闻达、甘于淡泊的女人，不知要比那些所谓高颜值、整天作秀的明星和声嘶力竭呐喊的人要高尚多少呢！一瞬间，田一珉的主意打定了。他要为晓雅，为这里的孩子们，建一所希望小学，他要把所有的悔恨、愧歉都融入其中。对晓雅、对自己，对这里给予他所爱的人的重生做一个回馈。

“不用等发财那一天，我现在就能帮你完成心愿。”田一珉抱紧了晓雅。

“你哪来的钱？”在晓雅的眼中，她从来也没把田一珉当富翁。尽管她知道田一珉相比过去有了豪宅，有了好车，但盖这么大的一所学校，可不是一般的小钱能办得了的。

“你知道我是干什么的？”田一珉有些自豪地说。

“你——你是盖房子的，那又怎样？”晓雅心里想说这得要一大笔资金，而且不是小数目。但她又有些疑惑，终于没有说出口。

“你放心吧，明年秋天开学，我就让你看到一所新学校拔地而起，名字都想好了，叫陆田小学。怎么样？”田一珉兴奋得侃侃而谈。

陆晓雅听后很感动，她幸福地依偎在田一珉的怀里，喃喃地说：“谢谢你，一珉。”

学校就在眼前，两人正向前走着，晓雅的手机响了。原来是农场小刘打来的，他告诉晓雅：“客人的房间安排好了，请田总前来休息。”晓雅回话说：“谢谢了，他就在我这儿住！”说完，放下了电话。

田一珉没说什么，客随主便，只是那张床能否容下两人倒是个问题。但他终究没有说出口。

“住你那儿合适吗，对于你的名声？”田一珉说。

“我又不是神仙。况且我的丈夫来了，我岂能容他卧外人之床！”晓雅说。

两人一同进了宿舍。“这儿的条件可没城里好，要洗澡得到另一卫生间里。”晓雅叮嘱说。

深秋的天气还是有点凉，躺进被窝也没有丝毫的暖意。田一珉想拥抱晓雅取暖，他的身体还没接触到她，晓雅已钻进了他的怀里，并且对着他的耳朵说：“对不起，这两天是我的例假期！”田一珉还是紧紧地抱着晓雅，抱着她一直酣睡到天亮。

早晨8点不到，田一珉就给工程部的赵工打去了电话，吩咐他带着小吴今天务必乘飞机到黄山机场，他到机场接二人，任务是测量和绘制一份工程设计图纸。他要在这里坐镇，直到工程完成为止。打完电话，他又和晓雅见了村支书和其他领导说明来意，希望得到村上支持。村上的干部正为修建小学而愁肠百结，听说城里的房地产大老板愿为他们的学校添砖加瓦，兴师办学，不禁喜出望外。当即表示，修建学校，本来就是村上的头等大事，现在有人出资，他们会举全村之力来协助此事。为了尽快促成此事，又立刻成立了修建学校领导小组。村支书自任组长，由周建平和陆晓雅列任成员。下午，周建平从县城回来听说这件事，紧紧握住田一珉的手说："太感谢您了，您做了我一直梦寐以求的大事。捐资助学、造福桑梓是我回乡后的最大愿望。现在您帮我圆了此梦，真是太感谢了！"

快到晚上，元山工程部的工程师也来到周村。第二天便开始测量绘图。综合田一珉和村上的意见，他们回去将设计一套徽派建筑风格的房屋校舍。按田一珉的意愿，他要把它建成百年屹立不倒的艺术杰作，供后世景仰。为此，他把卡里仅存的600万全都转给了陆晓雅。他相信，这600万用于建一所1000多平方米的校舍和围墙是用不完的。即使加上学校的全部设施也是绰绰有余。

当这一切都完结后，田一珉也离开了。"相见时难别亦难……"他的耳中仿佛响起那首天籁之音和那个悲怆的男中音。望着窗外一掠而过的绿色，他久久不能忘却晓雅的声音："一珉，你知道这件事对你来说意味着什么吗？"他只是点点头。看他点头她又说，"你成个家吧，只有这样，我的心才能平衡些。儿子找到，我会带他去认你。如果没找到，我愿青丝变白发，陪这里的孩子终此一生。苍天保佑你，一生平安！"陆晓雅说完，双手掩面，跌跌撞撞而去，一直消失在残垣断壁的后面。

"……蜡炬成灰泪始干！"田一珉的耳中还在经久不息地响着那段震颤心灵的曲调和那个悲怆的男中音。

……

汽车上了高速公路，不知什么时候，天空中飘起了小雨。田一珉的眼睛始终被泪水模糊着，他一生唯一真心爱过的人从此将与他两地茫茫，不再相见，不再相拥；不再有举案齐眉、卿卿我我。田一珉的心此时落入无边的黑暗里。就在他凄凄惨惨戚戚的时候，手机传来一声提示音，停车打开一看，原来是一首《江城子 · 秋思》：

如丝秋雨雾茫茫，

惜流年，

忆难忘，

久别重逢，

执手话凄凉。

春去春来春梦去，

情已却，

发如霜！

夜来入梦远故乡，

倚轩窗，

泪千行，

残月晓风，

孤寂挽愁肠。

缘去缘来缘分尽，

君怅惘，

妾彷徨！

田一珉见陆晓雅此时发来这样的一首词，知道他走后她必定抑郁，无以抒发，故遥寄此词，倾诉其心。知道陆还沉浸在离愁别绪的感伤中不能自拔，思忖再三，他应和了一首《长相思·答友人》：

龙山青，

闽山青，

陇天辽水相送迎，

谁解迁徙情？

思泪盈，

梦泪盈，

几度凋零心未平，

归时难目瞑！

写完后，看了一遍，心情烦躁，一时不想推敲，也不管是否吻合词谱，便发给了晓雅。

此时的陆晓雅正在床上翻看她和田一珉在一起时的照片，看着当年风华正茂跟田一珉在大山里采风时的自己，晓雅的心里无限伤感。时光荏苒、物是人非，他和田一珉如今天各一方，虽不是她所愿，但命运却无情地折磨她这颗柔弱的心。她曾祈祷能与心爱之人天长地久、与子偕老，结果却南辕北辙、两地相思。冥冥中，她感到有无形之手在左右她的命运，只能一如隔河相望的牛郎织女，一如柏拉图式的精神恋爱。看了田一珉给她发来的《长相思》，一时陷入万般无奈的茫然之中。许久，她忽然想起最近经常背诵网传为仓央嘉措所作的《见与不见》：

你见，或者不见我

我就在那里，不悲不喜；

你念，或者不念我，

情就在那里，不来不去；

你爱，或者不爱我，

爱就在那里，不增不减；

你跟，或者不跟我，

我的手就在你手里，不舍不弃。

来我的怀里，

或者让我住进你的心里，

默然相爱，寂静欢喜。

她想把这首诗发给田一珉，但想了想还是没有发。万物相生皆有心灵感应，他能心有灵犀，说明她已住在他的心里，没有感应，亦属自然。陆晓雅想到这儿，心又开始流泪了。想此后一生，虽不似青灯孤影、香烟缭绕；却也是形单影只，坐看云起雨落；虽能在纯真的世界里，听童声稚语，看花开花落；却是回归自然，远离世间凡尘。想想，这是一种怎样的人生和特有的情怀呢？长夜难眠，陆晓雅就在这既矛盾又心事重重的小宇宙里看着窗外渐渐有了亮色。

Section 04 · 困惑

回去第二天刚上班，田一珉就感到身体不适，而且伴有心绞痛的感觉。起初，他并没有在意，直到痛得呼吸紧张，满身大汗时才感到不妙，赶紧叫办公室人员送他到医院就诊。众人慌忙把他送到市一院，一查，初步诊断是心梗，没耽搁多久，便办了住院手续，直接住进了心脑外科病房。接着便是一系列的检查、化验，没完没了地做起抽血、X光、CT、彩超、心电图、脑血流图等检查。而这全套程序都做完时，田一珉已成为该住院部一位名副其实的患者了。

于飞是将近晚上过来的。她得知田一珉住进医院后，下班连家都没回就来到住院部。

“听说你住院了，怎么样，查出什么问题了？”于飞关切地说，

看着于飞一脸担心的神色，田一珉解释说：“以前没觉得有什么事，今天心脏有点疼，还疼出一身汗，来这儿也没查出什么问题。”

“可别马虎，仔细查查有好处！”于飞不无担忧地说。

田一珉不说话了，若无其事地看着窗外。

“是不是这回去安徽累着了，还是有其他问题？”于飞的话像风飘过一般，不经意间揭开了田一琨至今还隐隐作痛的伤疤。让他的神色现出了万分痛苦的痉挛。

“我俩这回彻底结束了！”田一琨说完把手机里的《江城子》给于飞看。

“为什么，她有了新欢？”于飞说完觉得不妥又接着说，“是不是还有其他问题？”她感到事情非同小可。看那女人并不简单，仅凭这首词她也不会做出什么出格或越轨的事，那又是为什么呢？于飞急切想找出答案。她看着田一琨的眼睛。她想知晓，到底怎么了。

田一琨摇摇头，神色黯然，沉默了许久才说：“我放弃了。因为我知道她不想回来，这儿没有她的归属感。她让我再找个女人成家，这样她也就安心了！”

“她让你再成家？亏她想得出！是上街买萝卜、白菜还是领养只小狗那么容易？”于飞有些不忿了。

田一琨不再说话。本来，这次去周村是想接她回来，不料人非但没回来，反而成全了她的坚守。田一琨不知道这是不是天意，总之，木已成舟，即使他想反悔，怕也是回天乏力。他只能万般无奈地面对。

对于这个新情况的出现，就于飞来说，有些始料不及。那日看田一琨接陆晓雅回家，已把她的梦彻底击得粉碎。思而不能、求而不得，让她为此大病一场。从此，她选择放下，心也一度沉静下来。邂逅老同学吴学岩，得知他十年苦恋，深为感动，芳心回转，跟吴定了终身，准备不久大婚。她没想到恰恰这个时候，让她知道了田一琨和陆晓雅最终劳燕分飞的事实。她曾设想99种结局，但唯独没想到这种，她从没想到看似坚如磐石的爱情，却也会在阴差阳错中失之交臂，成了终生的憾事和永远的伤痛。看来没有什么能比得过一颗纯净仁爱的心，可并不是所有的人都具备这样的忠贞。于飞在为田一琨鸣不平时，又联想到自己。不错，她与吴学岩已定了终身，是不可更改的事实。但她只是被吴学岩的始终如一所感动，换句话来说，吴学岩是爱她的人，而不是她爱的人。如果时光倒流，她还是会选择她爱的人——田一珉，而不是爱她的人——吴学岩。其实爱情没有什么理由，有时只是一时的心血来潮，有时是长久的碰撞与磨合。于飞现在的心情与其说是矛盾，不如说是深深的遗憾。她所努力追求的真挚爱情最终竟是这般结局，这让她无论如何也心有不甘。但无奈也好，遗憾也罢，流水落花终去也，一江春水向东流！于飞望着田一珉的背影，依然是那般坚挺，毫无颓唐之态，而自己却平添了诸多的烦恼。想想，大千世界，有多少人一生能万事如意呢？六道众生要经历因果轮回，只有体验痛苦的过程，才能参悟生命的真谛。凡事皆有定数，看来她和田一珉只能随天意了。于飞忽然想起有位朋友和她说过，一个人悟道有三阶段——“勘破、放下、自在”。朋友说得没错，一个人要想自在，就必须放下。想来她和田一珉是缘起即灭、缘生已空，只求转世再续了……

于飞睁眼看时，田一珉已被护士扶下，开始检查身体了。

2008年的春节过了，田一珉仍在医院里住院。其间，院方动用了包括核磁共振等设备检查，也没查出什么原因。倒是又有两次不同程度的心绞痛，但仍然没得出什么结论。主治医生只好建议田一珉做“搭桥”手术，被田一珉拒绝了。看看医院也查不出什么问题，田一珉就要求出院了。出院那天，于飞特地来接他，并告诉他一特大好消息：“告诉你，楼市回暖了！现二手房市场火爆，有的房子已涨回去年春天的价格。”

田一珉虽期待楼市回暖，但没想到房地产市场复苏会这么快。他预感机会来了，吴学岩的理论没错，随着城市化进程的加快，中国新一轮的房地产热潮就要到来，他大显身手的机会也来了。

上班后，他马上召开董事会，研究当前的形势，并根据目前全国的状况，结合本公司“海湾绿苑”的实际，提出了“加快开发，突出销售，着手二期，全面开花”的工作重点，一是对现有在建工程加快进度；二是狠抓销售，利用目前反弹的形势，造成一个销售热潮；三是要着手二期的开发，积蓄力量，争取提前开工；四是全面恢复“绿城国际”的内外装修，争取明年年初上市。

计划制订下来，接着便是分头实施了。田一珉为此又招聘了两位主抓工程建设的副总和两名项目经理，同时对三个工地开始了大张旗鼓的建设。

这期间，田一珉每天不是在三个工地转悠，就是到售楼部观察，他希望看到各场地每天都有新的变化。而这时候，从全国到地方，房价已成为上至达官贵人下至平民百姓议论的热点。所有人都为昨天的错失而扼腕叹息，又为今天的疯涨目瞪口呆。大家不知道这样的势头会持续多久，人们在焦虑的过程中，不断听到让他们心情更为沉重的消息。

接近年底，为鼓励个人购房，国家也相继出台一系列支持房地产的新政。即个人首次购买90平方米以下住房，契税下调至百分之一，免征印花税、土地增值税等。而央行也推出贷款七折优惠，最低首付百分之二十，个人公积金贷款利率和商业贷款分别为百分之四点零五和四点五九等一系列刺激消费、鼓励个人购房的信贷优惠政策。其中，杭州市就出台了影响全国的“二十四条”，明确了购房可入户的政策。

这些政策的推出和舆论导向的推波助澜，都使得房价像脱缰的野马，一路高歌猛进，唱起了雄赳赳的进行曲。而对这种形势最为欣喜若狂的就是开发商了，他们眼见自己房子的价格噌噌地涨，仅半年的时间就涨了约百分之十，那心情甭提多美了。田一珉也不例外，眼看售楼处墙上小红旗每天挂上几十个，他的心里乐开了花。他指示，要加班加点做好客户的服务和签约工作。

时光飞逝，日月如梭。2010年的钟声敲响。年终总结会上，当田一珉宣布“海湾绿苑”一期售罄，二期封顶，两期共实现销售收入目前已达16.739亿时，各股东同时欢呼起来。田一珉兴奋地告诉各位，目前二期虽已封顶，但还有28000多平方米的房子没有售出，预计还有2.5亿的收入。一期处于马上交房收尾阶段，而“绿城国际”交工在即，他要求于飞组织人马，准备开盘销售。

至于周村的陆田小学，已于去年秋季开学前落成剪彩，当地县乡两级政府发来邀请，田一珉只派一名副总前去剪彩，从带回的录像和照片看，房子盖得很漂亮，达到了设计的预期。田一珉还得到一条信息，晓雅已成了该校的校长，并且取得了正式编制，学生们都亲切地称她为“陆校长”。田一珉听了深感欣慰。你若安好，我便是晴天。田一珉不想去，他怕自己和陆晓雅见面又生伤感，几天都不能心安。既然如此，就让它默然绽放、寂静欢喜吧！

当2013年的元旦钟声敲响后，在元山房地产公司的会议室里，田一珉再次向股东们宣布：“公司经过近10年的坚苦创业和奋斗，现已形成拥有20亿资产规模，具有一级房地产开发资质和特级建筑工程资质的民营企业。我们的‘海湾绿苑’和‘绿城国际’的销售都已进入尾声。目前，‘海湾绿苑’已基本按我们的预期共有18.5亿入账，还剩下九套房，1300多平方米。而‘绿城国际’则大大超出预期。当时是以1.74亿收购，现如今据财务统计实际已进账3.82亿。当然，这不是最终的结果，还要除掉增值税等各项费用以及叶昌德投资的5000万及所得的红利约6000来万。仅这个楼盘，我们就能净赚1.2亿。看来当时的决策没错，虽有些冒险，但还是值得，正应了那句话：胆小不得将军做！各位股东，一会儿散会后，你们可到财务处了解一下，看看自己能有多少分红。当然，这些钱不能马上兑现给你们，下一步，我们要研究新的经济增长点，找到资本切入点。只有这样，我们才能立于不败之地，才能做大做强。下面，请大家来讨论。”田一珉做完了报告，然后看着众人。

轮到大家讲话了，众人七嘴八舌议论一番，最终也没讨论出个所以然，到最后，又都把眼光投向了田一珉。看到各位都在等他拿主意，他也只好亮出自己的思路了。他说：“鉴于国家近年加大对房地产调控力度，同时结合南厦土地供应量逐年减少的情况，今后，房地产开发将会呈下降趋势。所以，我提议，元山公司的发展重点将要转移到商业地产。目前北京、上海、深圳等超级城市已兴起材，因为钱的价值只有这时才能被体现出来。

就在田一珉为财富大发感慨时，手机忽然响了，拿来一看，原来是叶昌德打来的，他告诉田一珉，市中心规划的大型商业项目已经市政府批准，准备马上开建。他想问问田一珉有何打算。田听后马上邀他到公司来详谈。

Section 05 · 远方的呼唤

叶昌德来了，田一珉泡了一壶上好的金骏眉端上。他听说叶昌德最近胃不大好，特地选了温胃养胃的茶来款待。

“我是从大哥那里听说的，市里今年重点的工程，占地23万平方米，投资40亿的商业地产项目，已经规划完成，现已开始下一步招投标工作。前一段，我一直听你说要转型做商业旅游地产，对这个项目，你有没有兴趣？”叶昌德大致把项目的情况向田一珉做了介绍。

“我也正在考虑咱们下一步做什么，既然是市重点工程，肯定在政策和资金上有扶持。先把它的规划图和招投标书拿来，咱们研究一下再定，如何？”田一珉看着叶昌德说。

“这样说你是有兴趣了？”叶昌德说。

“人在江湖，身不由己。股东们都眼巴巴地看着你，你不干，他们能愿意吗？不干我能去干什么？总不能回家去睡大觉吧！”田一珉幽默地说。

“好吧，你这样说我就有底了。我再跟家里人透个风，看他们能帮什么忙。”叶昌德说。

叶昌德的动作很快，第三天就带来全套关于南厦市建市中心商业广场的规划图及市政府会议纪要和发改委的批复文件等相关资料。

田一珉看后又马上召开董事会，商讨公司是否介入这个项目，经全体与会者的表决，大家一致同意联合几家公司一起拿下这个南厦标志性的建筑群。之后，田一珉和叶昌德又找了林发权。

此时的林发权正为自己失之东隅、收之桑榆的结果感到既欣慰又遗憾。按理说他只投了6000万，但回报的却是1.25亿，他该知足了。但林发权想的不是这些，他的拳拳报国之心以及在南厦所建的“绿城国际”，随着易主和改换门庭，已与他毫无瓜葛。自己辛苦栽成的参天大树，现在却要由别人来摘取果实，无论如何，林发权的心里都有着万般无奈和深深的痛惜。

就在他还为此纠结之时，见田一珉和叶昌德主动登门拜访，自然是不胜荣幸。待了解到田一珉有意邀他加盟市中心大型商业广场的建设时，更是喜出望外，当即表态全力支持投标这个项目，倾其所有与田一珉联手，以感谢田的大度和胸襟。但叶昌德也透露另一不利的消息，他说北京一大型房地产综合企业——百联城集团欲抢滩南厦，他们的目标就是这个对公司来说具有品牌战略意义的项目。

果不其然，就在元山公司报名投标的第五天，就有两位自称是北京百联城集团公司的人前来求见田一珉。在田一珉的办公室里，双方握手寒暄，互赠名片，然后分宾主落座。田一珉还亲自为客人泡上铁观音以示尊重。

来客首先自我介绍。田一珉细看名片，其中一位是李副总经理，另一位是百联城集团所属南厦房地产开发公司的魏总经理。李副总首先表明来意，他说：“我们初到贵地，首先想与贵地的同业广交朋友，向你们学习，也希望得到大家的关照，其次是看看我们有没有合作空间。不知田总有何见教？”

田一珉见对方态度谦虚，言语客气，也就逐渐放下戒心，他说：“二位前来，想必是有事找我，但说无妨。”

李总理解。”田一珉说完把卡推到李副总面前，然后站了起来。

李副总看出田一珉送客的意思，沮丧地摇了摇头，走了。

田一珉以为事情到此为止了，没想到两天后，与李副总一起来的百联城南厦公司的魏总经理登门拜访。他闭口不谈前日的事，只是与田一珉商谈用他们拍卖取得的地块来与元山公司做一次公平的买卖。他说：“我公司是从做商业地产项目起家的，这是我们的长项。今天来与您商量，是想把拍得的地块原价转让给您，条件是您不能参与这次投标。不知贵公司能否接受？”

田一珉心想百联城如此费尽心机，就是不想放弃这次投标机会。一计不成，又生一计。这说明这个项目是大有可为。从另一方面，百联城一直把元山公司当成最大对手，看来，如他不介入，恐怕是没人与之匹敌了。这也让田一珉看到了另一种可能，元山不转向，恐怕他田一珉就稳操胜券了。

“魏总，感谢您的厚意，元山已与另两家本土公司签约，木已成舟，还望魏总海涵！”田一珉婉拒了魏总，并亲自送其到电梯间。

婉拒百联城后，几天来，田一珉一直思考下面的路要怎么走。从来南厦，他未料到有一天会成为老板，拥有上亿的资产，成为南厦地产界叱咤风云的人物。他本没那么大的雄心，只想求得一份养家糊口的职业而已，不料遇上改制，船沉了，他自然落水，为了活命，他只好抓住水上的漂浮物，捆绑成船，以至于形成今天的气候。对于财富，他不像一些人那样贪婪成性、嗜财如命。他曾设想，能有一些积蓄时，领着心爱的人逛遍名山大川；老了，选一清静之地，执子之手，恬淡宁静，怡养天年。可如今，这些都是梦，有的甚至连梦都没得做。现在，他有钱了，能让这些梦实现，可伊人已去，徒留一腔惆怅！即使人还在，情依旧，他能什么都不顾地快活逍遥吗？即使这个商业中心建完了，还有很多事等着他干。解甲归田、告老还乡还不是时候。他早想好了，如今的“银色经济”是今后一个时期的发展趋势。要利用南厦独特的山海旅游资源，取得政府支持，争取多建一些养老院、家庭旅馆等。根据等级不同，以企业化经营，为本地和全国的“候鸟老人”提供休闲养老的一站式服务。田一珉每想到这些长远目标就感到激情澎湃，正所谓“烈士暮年，壮心未已”。但兴奋劲过后，他又感到一种无端的困惑。他与陆晓雅谈论的“采菊东篱下，悠然见南山”的恬淡自然生活已渐行渐远，恐怕今生都是奢望，但除此之外，人活着又为了什么呢？“人生是什么”和“永远有多远”是同一类命题，他想了50年也没想明白。儒家有“达者兼济天下”之说，现如今他也算作一个达者了。“兼济天下”就意味着他还得鞠躬尽瘁，还得先天下之忧而忧，但这又与他的清静无为、逍遥遁世观相矛盾。田一珉感到了一股莫名的惶惑，感慨中，似乎飘来一些灵感，如鲠在喉，不吐不快。于是他拿起笔，一挥而就：

《七绝·天问》

十年商海度春秋，

欲罢不能几时休，

庸庸碌碌无为故，

叩问苍天谁解忧！

田一珉自己也不知哪根神经搭错了，竟然冒出这么多乱七八糟的想法。细看时，却也道出了一些他的心声。再看时，又有了一些值得思考的东西。他正反复推敲时，手机响了，原来是叶昌德打来的。他告诉田一珉一个爆炸性的消息：“田总，百联城已正式退出竞标，今天上午已把招标书取走，看来咱们这回是稳操胜券了！”听得出来，那边的叶昌德按捺不住兴奋劲儿。

田一珉分析百联城与其他公司肯定也没谈成，不得已，才撤回招标书。资金有限，势必顾此失彼，而自有资金20亿以及土地限时开发的硬性规定都使得它只能望而却步，鱼与熊掌不能兼得。

田一珉正想着如何能中标开展下一步工作时，女儿朵朵的电话来了。这些年，让田一珉最欣慰、最宽心的就是女儿。朵朵的学习从没让田一珉操过一点心。考大学那年，田一珉帮着填了个志愿，考取了福建师范大学，四年后毕业，又顺利考上该校的研究生，目前在读研一，最近寒假在家歇着。

“爸爸，啥时来呀，妈妈把一切都做好了，就等您了！”朵朵说。

田一珉听后心里暖暖的。女儿昨天就打过电话来，告诉田一珉今天是她的生日。为此田一珉还到“安德鲁森”定制了一个大号蛋糕，估计已送达了。他现在只要带上嘴去就行了。但是他还想给女儿送上一份厚礼。昨天，他就到手表专营店给女儿花三万多买了一块“江诗丹顿”牌女表，他想把这个礼物送给女儿，以表示对女儿的嘉奖和肯定。

放下电话，他下楼在旁边的花店买了一束花，然后，把车开上车流滚滚的大道。他知道，何文华这些年一直炒房，早已把当年买的房炒成了联排别墅，位置就在国际会展中心旁的不夜城边。他开车驶上了海滨大道，再有五分钟，他就可以见到半年未见的女儿——朵朵了。

二〇一六年十月于厦门